スティーヴン・キング

THE
INSTITUTE
STEPHEN KING

白石 朗〔訳〕

文藝春秋

下

異能機関

異能機関

下

装画　藤田新策
装幀　石崎健太郎
DTP製作　エヴリ・シンク

目次

主な登場人物

【デュプレイ住民】

ティム・ジェイミースン……………………フロリダ州サラソタから流れ着いた元警察官

ウェンディ・ガリクスン……………………フェアリー郡警察のパートタイム巡査

アニー・レドゥー……………………ホームレスの女性、通称〈みなしごアニー〉

コーベット・デントン……………………理髪店店主、通称〈ドラマー〉

ノーバート・ホリスター……………………〈デュプレイ・モーテル〉支配人

【〈研究所〉】

ミセス・(ジュリア・)シグスビー…………首席統括官

トレヴァー・スタックハウス………………保安主任

ドクター・ダン・ヘンドリクス……………医学研究部門責任者

ドクター・ジェイムズ・エヴァンズ………眼科医

ドクター・フェリシア・リチャードスン…医師

モーリーン・アルヴォースン………………部屋係

グラディス・ヒクスン………………………世話係

ジーク・イオニーディス……………………医療技師

アンディ・フェロウズ………………………ＩＴスタッフ

デニー・ウィリアムズ………………………回収チーム〈ルビーレッド〉メンバー

ミシェル・ロバートスン……………………同右

ロザリンド・ドースン……………………ミセス・シグスビーの秘書
エヴェレット・ハラス…………………〈バックハーフ〉の医師、通称〈ヘッケル〉
ジョアン・ジェイムズ…………………同右、通称〈ジャッケル〉
ミスター・ビル・スミス………………舌足らずな話し方の男

【〈研究所〉の少年少女】
ルーク・エリス……………………………12歳の天才少年
カリーシャ・ベンスン……………………黒人の少女、愛称〈シャー〉
ニック（ニッキー）・ウィルホルム……反抗的な18歳の少年
ジョージ・アイルズ………………………小太りでおしゃべりな少年
ヘレン・シムズ……………………………緑と青紫の髪の少女
アイリス・スタンホープ…………………テキサス州出身の少女
エイヴァリー・ディクスン………………10歳の少年、愛称〈エイヴァスター〉
ハリー・クロス……………………………巨体の少年
ガーダ／グレタ・ウィルコックス………双子の姉妹
フリーダ・ブラウン………………………ミズーリ州出身の少女

地獄が待っている

1

　貨物列車四二九七号がニューハンプシャー州ポーツマスの操車場を出発して一路スターブリッジへむかっていたころ、ミセス・シグスビーはまもなく〈研究所〉の居留者になるはずのふたりの子供の関係書類とBDNF値の検査結果に目を通していた。ひとりは男子、ひとりは女子。ルビーレッド・チームがきょうの日没までに、ふたりをここへ運んでくる予定だった。前者はミシガン州スーセントマリーに住む十歳の少年で、BDNF値はちょうど八〇。後者はイリノイ州シカゴ在住の十四歳の少女で、値は八六。身上調書によれば自閉症だという。だとすれば、ここのスタッフにとっても居留者たちにとっても手を焼かされる存在になりかねない。もし少女の値が八〇以下だったら、彼らもこの少女を見送ったはずだ。しかし、八六は傑出して高い値だ。

　BDNFは、脳由来神経栄養因子《ブレイン・デライヴド・ニューロトロフィック・ファクター》の略だ。ミセス・シグスビーはこの分野の化学面での詳細をほとんど理解していなかったが（その方面はドクター・ヘンドリクスの領分だ）、それでもおおまかな基礎知識はあった。BDNFは、BMR（基礎代謝量《ベイザル・メタボリック・レイト》）と同様の尺度である。なんの尺度かといえば、全身の――とりわけ脳内における――神経単位《ニューロン》の成長と存続についての尺度だ。

　BDNF値が高い少数の人間――全人口の〇・五パーセントにも満たない――は、世界でももっとも幸運な人々だ。ヘンドリクスにいわせると、神が人類を創造したときに意図していたのは彼らのような人々らしい。記憶の減衰や気鬱や神経障害性の痛みに悩まされることはめったにない。拒食症や過食症の域に達するような極端な栄養失調や肥満に悩まされることもめったにない。人づきあいも如才なくこなし（到着予定の少女は珍しい例外だ）、トラブルを起こす側ではなくトラブルをおさめる側になることのほうが多く（ニック・ウィルホルムはこれまた珍しい例外だ）、ノイローゼや強迫性障害になりにくく、高度な言語能力を有する。めったに頭痛に悩まされず、吐き気をともなうような偏頭痛はほぼ皆無。なにをどれほど食べても、コレステロール値は変化しない。睡眠周期の面では、彼らは平均以下もしくは劣悪な部類だが、睡眠導入剤などを服用するのではなく、昼寝によって睡眠不足を補いがちだ。

　ＢＤＮＦは簡単には変動しないが損傷をこうむることがあり、ときにはそれが壊滅的な結果を招くこともないではない。そのもっとも多い原因は、ヘンドリクスが“慢性的外傷性脳障害《クロニック・トローマティック・エンセファロパシー》”——略してＣＴＥ——と呼んでいるものだ。ミセス・シグスビーにも理解できるように要約すれば、昔ながらの単純な頭部打撲による脳震盪のことだ。ＢＤＮＦの平均値はミリリットルあたり六〇単位。これが試合に出つづけて十年以上になるフットボール選手だと単位は三〇台のなかほどが多く、なかには二〇台にまで落ちている者もいる。ＢＤＮＦは正常な加齢にともなって次第に減少するが、アルツハイマーを発症した者は減少ペースがずっと速まった。ミセス・シグスビーにとって、こういったことはどうでもよかった——なんといっても、結果を出すことだけを責務として強いられている身であり、〈研究所〉におけるこれまでの歳月では一貫して好結果を出しつづけていた。

　ミセス・シグスビーにとって、〈研究所〉にとって、そして〈研究所〉に出資し、一九五五年以来ここを秘密の存在にしつづけている人々にとって重要だったのは、ＢＤＮＦ値の高い子供たちには、特性のひとつとして超常能力がそなわっているという事実だった——ＴＫ、ＴＰ、そして（きわめて稀なケースではあるが）その双方をそなえた者もいた。自分の能力にまったく気づいていない子供たちもいた。通常この能力は潜在性だからだ。自分の能力に気づいている者は——決まって、エイヴァリー・ディクスンのような高次機能性のＴＰたちだが——能力が有利に働く場面では自分の力をつかい、そうでない場面では無視していた。

　新生児のほぼ全員がＢＤＮＦ値の検査を受けている。そしていまミセス・シグスビーがファイルを読んでいるふたりのような子供たちは、要注意のしるしを付され、経過観察され、やがて拉致される。彼らがそなえている低レベルの超能力は磨きをかけられ、成長をうながされる。ドクター・ヘンドリクスによれば、彼らの能力を増進できる場合もあるとのこと——ＴＰ能力のある者にＴ

K能力を付与するとか、あるいはその逆とか。ただし、こういった能力増進が〈研究所〉の使命――存在理由《レゾン・デートル》――に寄与することはありえなかった。ヘンドリクスが与えられたピンクたちをモルモットにしておこなった実験でいくら成功をおさめても、それが論文としてまとめられることは永遠にない。ドンキーコングことヘンドリクスは――そんな論文を発表すればノーベル賞をもらえるどころか、逆に最高警備刑務所に収監されるのは確実だとわかっていてもなお――成果を発表できないことを嘆き悲しんでいた。

ドアに形ばかりのノックの音がしたかと思うと、ロザリンドがすまなさそうな顔を室内にのぞかせた。「お邪魔をして申しわけございません。ただ、フレッド・クラークがお目にかかりたいと申しておりまして。見たところ、ようすが――」

「思い出させてほしいの。そのフレッド・クラークとは何者？」ミセス・シグスビーは読書用眼鏡をはずし、鼻を指でつまんで揉みはじめた。

「清掃係のひとりです」

「だったら、あなたが用件をきいて、あとでわたしに伝えて。またぞろ鼠がどこかの配線をかじったとかいう話だったら、あとまわしにしてもかまわないし。悪いけど、いまは時間がないの」

「フレッドは重要な用件だといっています。それに、かなり動揺しているようすでもあります」

ミセス・シグスビーはため息をついてファイルを閉じ、抽斗にしまいこんだ。「わかった。その人をここへ通して。でも、中身がある話じゃなかったら承知しないから」

それどころではなかった。最悪の中身が詰まった話だった。最低最悪の中身が。

2

ミセス・シグスビーは、フレッド・クラークに見覚えがあった。所内の廊下を箒で掃いたりモップをせわしなく往復させたりしている姿を、何度となく見かけていたからだ。しかし、きょうのようなクラークは初めて見た。死人のように青ざめ、だれかに頭を撫でられたか髪をひっぱられたかしたように白髪まじりの髪がもつれていたばかりか、口もとが弱々しく痙攣していた。

「なにがあったの、クラーク？　まるで幽霊を見たような顔つきだけど」

「お願いですから、いっしょに来てください、ミセス・シグスビー。あんたにも見てもらわないことには」

「見るってなにを？」

クラークは頭を左右にふって、先ほどの言葉をくりかえした。「お願いですから、いっしょに来てください」

ミセス・シグスビーはクラークといっしょに、管理棟と居留エリアがある西翼棟のあいだの通路を歩いていった。そのあいだもミセス・シグスビーはなにが問題なのかと二度にわたってクラークにたずねたが、そのたびにこの清掃係は頭を左右にふって、自分の目で確かめてもらうほかはないとくりかえすだけだった。仕事の途中で邪魔をされたミセス・シグスビーの不快感が、しだいに胸騒ぎへと変わりはじめた。子供たちのだれか？　クロスという少年のときみたいに検査中に事故があった？　そうではなさそうだ。子供たちの身になにかがあれば、それを発見するのは清掃係ではなく、むしろ世話係か医療技師、あるいは医者のだれかのはずだ。

ほぼ無人の西翼棟の廊下を半分ほども進んだところで、シャツの裾をだらしなく垂らし、その隙間から大きく膨らんだ腹を突きださせた少年が、閉まったままのドアのノブに吊るされた紙切れをのぞきこんでいるのが見えた。少年はミセス・シグスビーに気づくと、すぐさま警戒の表情を見せた。ミセス・シグスビーの意見では、それは少年がこの場で見せるべき表情にほかならなかった。

「きみはホイップルね？」

「そうだよ」

「いま、わたしになんといったの？」

スティーヴィー・ホイップルは下唇を嚙みながら考えをめぐらせ、返事をいいなおした。「はい、そうです、ミセス・シグスビー」

「そのほうがいい。さて、もうここから出ていって。検査を受ける予定がないのなら、なにかすることを見つけなさい」

「オーケイ……じゃない、わかりました、ミセス・シグスビー」

スティーヴィーはそそくさとその場を離れ、途中一度だけうしろをふりかえって視線を投げた。ミセス・シグスビーはそれを見ていなかった。見ていたのは、ドアノブに吊られた紙だった。紙には《**入室禁止**》と書かれていた。おそらく、フレッド・クラークがシャツのポケットに差しているボールペンで書きつけたものだろう。

「鍵をもっていれば、きっちり施錠しておきたかったんですが」クラークがいった。

清掃係はレベルAの各所にある備品用クロゼットの鍵をもたされてはいるし、商品補充の仕事があるので自販機の鍵ももたされているが、検査室や居留エリアの個室の鍵はもたされていない。どのみち個室の扉はめったに施錠されない——例外は素行のわるい子供が大暴れをして、一日の自室監禁を罰として科された場合くらいだ。また清掃係は、エレベーター用のカードキーももたされていなかった。そのため地階へ行きたければ世話係か医療技師を見つけて、エレベーターに同乗させてもらう必要があった。

クラークがいった。「さっきの太ったガキがもしこの部屋にはいっていたら、やつは一生もんのショックを食らったことでしょうな」

ミセス・シグスビーはそれには答えずにドアをあけ、無人の部屋を見わたした——壁には絵もポスターも飾られず、ベッドの上にあるのはカバーを剝がしたマットレスだけだ。過去十数年、居留エリアの個室の多くはこと大差のない状態のままだった。というのも、かつて奔流のように流れこんできた高BDNF値の子供たちは、いつしかちょろちょろとしか水の流れない細流なみに減少してしまったからだ。ドクター・ヘンドリクスの理論によれば、BDNFは人類のゲノムから発達してきたものであり、人間のある種の特性——たとえば鋭敏な視覚や聴覚——と同等のものだという。あるいは、これまたヘンドリクスの言葉だったが、耳をぴくぴく動かせる能力と同等だと。ジョークだったのかもしれず、ジョークではなかったのかもしれない。相手がドンキーコングだと、そのあたりの見きわめは不可能だ。

ミセス・シグスビーはふりかえって、クラークに目顔で問いかけた。

「バスルームです」クラークが答えた。「念のためドアを閉めておきました」

ミセス・シグスビーはドアをあけ、そのまま数秒のあいだ凍りついていた。〈研究所〉の終身統括官として過ごしてきた歳月のあいだには、かなり多くの物事を目にしてきた――居留者のひとりが自殺した現場もあれば、自殺未遂の現場も二件ほど目にしていた。しかし、従業員の自殺現場は初めてだった。

部屋係は（茶色の制服は見誤りようもなかった）壁に固定されているシャワーヘッドをつかって首を吊っていた――もっと体重のある者が（たとえば、いましがた追い払ったホイップル少年のような者が）おなじことをしていたら、シャワーヘッドが壊れていたことだろう。ミセス・シグスビーをにらみかえしている死者の顔は、どす黒く膨れあがっていた。唇のあいだから舌が突きでているそのようすは、生涯最後の〝あかんべえ〟を彼らにむけているようだった。壁のタイルにはふぞろいな文字で、最後のメッセージが記されていた。

「こいつはモーリーンです」クラークが低い声でいい、作業ズボンの尻ポケットから丸めたハンカチを抜きだして唇を拭った。「モーリーン・アルヴォースン。ここの――」

ショックで凍りついていたミセス・シグスビーは、気をとりなおして顔をうしろへむけた。廊下へのドアがあいたままだった。「あのドアを閉めて」

「モーリーンは――」

「ドアを閉めなさい、い、い、い！」

清掃係はいわれたことに従った。ミセス・シグスビーはスーツのジャケットの右ポケットを手でさぐったが、ポケットは空だった。くそ――ミセス・シグスビーは思った。くそ、くそ、くそ。トランシーバーを忘れたとは不注意のきわみだ。しかし、ここでこんなものを見せられるとだれに予想できただろうか。

「いったんわたしのオフィスへもどりなさい。ロザリンドと話してわたしのトランシーバーを預かったら、ここへ帰ってくること」

「あなたは――」

「お黙り」ミセス・シグスビーはクラークにむきなおった。口はただの切れ目に見えるほど薄くなり、細い顔から両の目玉が飛びだしそうになった形相に、クラークは思わず一歩あとずさった。それは正気をなくした人間の顔だった。「いわれたことをしなさい。それも一刻も早く。くれぐれも他言は無用よ」

「オーケイ、わかりました」

クラークは個室から出てドアを閉めていった。ミセス・シグスビーは剝きだしのマットレスに腰をおろし、シャワーヘッドにかけたロープで首を吊った女を見つめた。つづいて、死んだ女が口紅で壁に書き殴ったメッセージに目をむける――その口紅そのものが、便器の前に落ちていることもわかった。

地獄が待っている。あとからおまえが来るのを待ってるぞ。

3

スタックハウスは〈研究所〉関係者の村にいた。ミセス・シグスビーの電話に出たときは、疲れはてている口調だった。どうせゆうべは〈アウトロー・カントリー〉で酒を飲んで騒いでいたのだろう。トレードマークの茶色のスーツ姿で。しかし、いちいちそんなことを質問したりはしなかった。ただ言葉少なに、いますぐ西翼棟へ来いと申しわたすにとどめた。どの個室かは来ればわかる――ドアの前に清掃係が立っているからだ、と。

ヘンドリクスとエヴァンズの医師ふたりは、レベルCで検査に従事していた。ミセス・シグスビーはふたりに、いまの作業を即刻中断して、被験者を居留エリアへ送り返せと命じた――ふたりとも西翼棟に出頭するべし。たとえ本人が上機嫌のときでも他人からすれば苛立たしい存在にもなるヘンドリクスは、その理由を知りたがった。ミセス・シグスビーは、四の五のいわずに来い、とだけいった。

最初にやってきたのはスタックハウス。ふたりの医師はそのすぐあとからやってきた。

「ジム」ひととおり現場のようすを見てとったのち、スタックハウスはエヴァンズにいった。「あの女の体をもちあげてくれ。ロープを少しゆるめてほしい」

エヴァンズは死んだ女の腰に両腕をまわして――一瞬だったが、ふたりがダンスをしているように見えた――その体をもちあげた。スタックハウスが、女のあごの下にあるロープの結び目をゆるめはじめた。

「早くしてくれ」エヴァンズがいった。「この女、ズロースのなかにお荷物をぶちまけてやがる」

「おまえなら、これ以上の悪臭だって嗅いだことがあるだろうよ」スタックハウスはいった。「もう少しだ……ちょっと待て……オーケイ、これでいい」

　スタックハウスは死んだ女の頭から輪縄を抜きとり（片方の腕が力なく垂れて、いかにも親しげにうなじにへばりついたときには、思わず小声で口汚く罵りつつ）、死体をマットレスまで運んだ。首すじには輪縄がつけた紫まじりの黒い痣《あざ》が残っていた。四人は無言で女の死体を見つめた。トレヴァー・スタックハウスは身長百九十センチの長身だったが、ヘンドリクスは少なくともさらに十センチは背が高かった。ふたりにはさまれていると、ミセス・シグスビーは小妖精に見えた。

　スタックハウスが眉をぴくんと吊りあげて、ミセス・シグスビーの顔をのぞきこんだ。ミセス・シグスビーは無言で視線を返した。

　ベッド横のテーブルに、茶色い薬瓶が置いてあった。ドクター・ヘンドリクスが瓶を手にとって振ると、からからと音がした。「オキシコンチン。四十ミリグラム。服用限度量ではないにしても、かなりの投与量だ。処方されたのが九十錠で、残っているのはたったの三錠。まさか、ここで解剖はおこなわないと思うが――」

　ああ、それはそのとおり――スタックハウスは思った。「しかし、もし本当に解剖したら、この女が首をくくる前に瓶の中身をあらかた飲んだことがわかるんじゃないかな」

「いずれにしても、それだけで充分に死ねる量だな」エヴァンズがいった。「この女は体重が四十五キロを下まわってる。本人がどう話していたかは知らないが、座骨神経痛がいちばん大きな悩みだったとは思えない。原因はともかく、もうこの先あまり長くは仕事をつづけられなくなったので、それならいっそ――」

「すべてをおわらせようと思い立った、と」ヘンドリクスが言葉を引きとった。

　スタックハウスはバスルームの壁に書かれたメッセージを見つめながら、「地獄が待っている……か」とつぶやいた。「われわれがここで進めている仕事の中身を考えれば、これは論理的な推測といえるね」

　一般的に無作法な言葉には我慢ならないミセス・シグスビーはこういった。「たわごとよ」

スタックハウスは肩をすくめた。禿げた頭部が照明の光を浴びて、自動車用の〈タートルワックス〉をかけられたかのように照り輝いていた。「わたしがいいたかったのは、ここの内情をまったく知らない外部の人間のことだよ。だが、それもどうだっていい。いまわれわれが見ているのは、きわめて単純な事態だね。末期の難病をわずらった女性が、みずからの命をおわらせることを選んだ――それだけだ」そういって壁を指さす。「みずからの罪を告白したあとでね。われわれの罪もだ」

それならそれで筋の通った話だったが、ミセス・シグスビーには気にいらなかった。モーリーン・アルヴォースンの生涯最後の発言は、たしかに罪悪感の吐露であってもおかしくないが、どことなく勝ち誇ったような雰囲気もあったからだ。

「モーリーンはついこのあいだ一週間の休暇をとってました」清掃係のフレッド・クラークが口をひらいた。この発言をきくまで、ミセス・シグスビーはクラークがまだ部屋にいたことに気づいていなかった。だれかがこの男を退出させておくべきだった。いや、わたしが自分で退出させておくべきだったのだ、とミセス・シグスビーは思った。「休暇のあいだヴァーモント州に帰ったそうです。薬はあっちで入手したのかもしれませんね」

「ありがとう」スタックハウスがいった。「ホームズ顔負けの推理だね。さあ、まだ床のモップがけがおわっていないところがあるんじゃないのか？」

「ついでに監視カメラのケースもきれいにしておくこと」ミセス・シグスビーがぴしゃりといった。「掃除しておけといったのは先週よ。二度とはいわせないで」

「かしこまりました」

「この件はだれにもしゃべらないように、ミスター・クラーク」

「かしこまりました。もちろん他言しません」

「火葬かな？」清掃係が出ていくと、スタックハウスがそういった。

「ええ。居留者たちがランチをとっているあいだに世話係をふたりばかりここへよこして、死体をエレベーターまで運ばせましょう。つまり――」ミセス・シグスビーは腕時計を確かめた。「――いまから一時間以内に」

「なにか問題でも？」スタックハウスがミセス・シグスビーにたずねた。「この件を居留者たちから秘密にしておくこと以外で？　いや、まだ問題があるといいたそうな顔をしているからね」

　ミセス・シグスビーはバスルームのタイル壁に書かれた言葉から、死んだ女のどす黒くなった顔や突きでた舌に視線を移動させた。ついで視線を生涯最後の〝あかんべえ〟から、ふたりの医者の顔に移した。

「あなたたちふたりはこの部屋から出ていって。ミスター・スタックハウスとふたりきりで話しあいたいことがあるので」

　ヘンドリクスとエヴァンズは顔を見あわせ、部屋を出ていった。

4

「この女はきみ子飼いの密告屋だったね。問題はその点かな？」

「わたしたちの子飼いの密告屋よ、トレヴァー。でも答えはイエス、問題はそこにある。いえ……問題になるかもしれないものが」

　一年前——いや、あのときはまだ地面に積雪が残っていたから、正確には一年と四カ月前だ——モーリーン・アルヴォースンはミセス・シグスビーとの面談を要請し、その場で給与以外の収入になる仕事があれば、なんでもやらせてほしいといってきた。当時ミセス・シグスビーはその一年ほど前からある計画を頭のなかであたためていたが、実行手段が明確には見えていなかった。そこでアルヴォースンに、子供たちから情報を仕入れて伝達する仕事でもいいかと打診した。アルヴォースンは同意したばかりか、ちょっとした卑怯な小技の提案までしてくれた——所内に盗聴マイクが音を拾いにくい場所や音をまったく拾わない場所、つまり〝デッドゾーン〟といえる場所があちこちにあるという話にしたらどうか、といってきたのだ。

　スタックハウスは肩をすくめた。「そうはいっても、あの女がもちこんできたのは、ほとんどがただのゴシップの域を出ないものだったぞ。どの少年がどの少女と一夜を過ごしていたかとか、カフェテリアの机に《**トニーはクソ**》と落書きしたのはだれかとか、その手の話ばっかりだった」いったん言葉を切って、「ただ、そんなふうに密告をしていたことで、罪悪感がそれだけ膨らんだというのは考えられる話だな」

「この女は結婚していたはず」ミセス・シグスビーはいった。「でもよく見れば、もう結婚指輪をはめていないことにも気づいたはずよ。ヴァーモント州でのこの女の暮らしについて、わたしたちがどれだけ知っているの？」

「すぐには答えられないが、人事ファイルに記録があるはずだ。なんなら、わたしが調べたっていい」

ミセス・シグスビーはこの言葉に考えこみ、モーリーン・アルヴォースンについてほとんどなにも知らないことをいまさらながら自覚した。結婚していることは知っていたが、それも指輪を見たからにすぎない。そう、アルヴォースンには軍隊経験があった――〈研究所〉の多くのスタッフとおなじように。実家がヴァーモント州であることも知っていた。しかし、それ以外はほとんど知らない。居留者をスパイさせるために雇った女なのに、どうしてこれほど情報が少ないままにしておけたのか？アルヴォースンが死んでしまったいまとなっては、もはや問題ではないかもしれない。しかし、これをきっかけにミセス・シグスビーは、オフィスに来た清掃係がどうせ空騒ぎをしているだけだろうと決めつけ、トランシーバーをオフィスに置きっぱなしにしたことを思い出していた。つづいて思い出したのは、埃まみれのままの監視カメラのケースや処理速度が遅いコンピューターのこと、その担当者たちが人員不足のうえに無能であり、カフェテリアの食材がしじゅう腐ること、電気の配線が鼠にかじられて駄目になったこと、そして監視報告書が杜撰なものだったことだった――とりわけ杜撰なのは、居留者が眠る午後十一時から午前七時までの時間帯の報告書だった。

今回のことをきっかけに、ミセス・シグスビーは不注意について考えていた。

「ジュリア、わたしはいったぞ、調べても――」

「話ならきいてる。耳はちゃんとしてるんだから。いま監視任務についてるスタッフはだれ？」

スタックハウスは腕時計を見やった。「いまはだれもいないんじゃないかな。真っ昼間だしね。だから子供たちはそれぞれの部屋にいるか、そうでなければいつもどおり、子供らしいことをしてるだろうし」

そう思いこんでいるだけでしょう？　ミセス・シグスビーは思った。そして〝不注意〟の母が〝思いこみ〟でなければ、なにが母だというのか？〈研究所〉が設立されてから六十年以上になる――いや、六十年をはるかに上まわっている。そのあいだ、一度の情報漏洩もなかった。だから、定期的な連絡ではない用件で特別なあの電話――ここでは〈ゼロフォン〉と呼ばれている電話――をつかう理由はなかった（少なくともミセス・シグスビーが責任者のあいだは）。つまり、所内で処理できない問題が起こったためしは一度もなかった、ということだ。

　もちろん、デニスンリバー・ベンドの町では噂が流れていた。住民のあいだでいちばん囁かれていたのは、森のなかにある施設は核ミサイル発射基地のようなものだという噂だった。細菌などの生物学兵器や化学兵器の研究施設だという噂もあった。また、森のなかにあるのは政府の実験組織だという、ほかよりも真相に近い噂もあった。しかし、噂なら問題にならなかった。噂が流れるのは、真実を隠蔽するための偽情報が勝手に発生してくれるようなものだからだ。

　万事順調、問題なしだ――ミセス・シグスビーはそう自分に語りかけた。すべてがあるべき姿そのままだ、と。病気に悩まされていた部屋係の自殺は、しょせん道路のちょっとしたこぶ、それも小さなこぶにすぎない。しかし、同時にもっと大きな……なにかを示唆してもいた。なにか……そう、もっと大きな問題ではない。これを問題と呼べば、狼少年のようになってしまう。だから……そう、懸案とでもいっておこう。しかも、その一部はほかならぬ自分の責任だ。ここの責任者になってまだ日が浅かったころなら、監視カメラのケースがいまのように埃まみれになることはなかったし、トランシーバーをもたずにオフィスから出ることはなかった。あのころだったら、居留者の秘密を密告させるために報酬を払う女について、もっと多くの情報をあつめていたはずだった。

　ミセス・シグスビーはエントロピーについて考えていた。物事が順調に運んでいるときには、つい惰性に身をまかせがちであることについても。

　思いこみについても。

「ミセス・シグスビー？　ジュリア？　わたしになにか命令することは？」

ミセス・シグスビーは我に返った。「ええ、あるわ。この女について、あらゆる情報を知っておきたい。それから監視室にいまだれもいなかったら、一刻も早くだれかを任務につけて。ジェリーがいいと思う」

ジェリー・シモンズは〈研究所〉にふたりいるコンピューター関係スタッフのひとりで、古い機械をなだめすかして動かすことにかけては他の追随を許さなかった。

「ジェリーはいま休暇中だよ」スタックハウスはいった。「ナッソーで釣り三昧だ」

「だったらアンディね」

「アンディ・フェロウズなら、いまは村にいる。さっき、購買部から出てくるところを見かけた」

「ふざけた話もあったものね。あの男はいまはここにいるべきなのに。じゃ、ジークにする。〈ギリシア人のジー《ジーク・ザ・グリー》ク《ク》〉。あの男は以前、監視任務についていたのではなかった？」

「そうだったような気がするね」スタックハウスはいった——またしてもこれだ。あいまいさ。想像。そして思いこみ。

埃まみれの監視カメラのケース。汚れたままの壁の幅木。レベルBでの不注意な会話。だれも詰めていない監視室。

ミセス・シグスビーはこの場で衝動的に、大々的な改革をおこなうことを決意した——それも木の葉が色づいて枝から舞い落ちてしまう前に。アルヴォースンの自殺にはなんの意味もなかったかもしれないが、少なくとも眠りを覚ますモーニングコールの役割を果たしたのだ。〈ゼロフォン〉の反対側にいる男と会話をかわすのは気が進まないし、男の挨拶の言葉に混じるわずかに舌足らずな発音を耳にするたびに（ぜったい〝ミセス・シグスビー〟とはならず、いつも歯擦音混じりの〝スィグジュビー〟になる）かすかな悪寒をおぼえるのだが、それでも電話をかけなくては。書面での報告はしない。連中は全国にくまなくスタッフを派遣している。すぐに利用できるプライベートジェット機を所有してもいる。スタッフには気前よく給与が支払われ、さまざまな業務に応じて手当が支給されもする。にもかかわらずここの施設は、廃業寸前のショッピングモールにある一ドル均一ショップにますます似通ってきている。こんないかれた話はない。改革を成しとげなくては。改革は実現できる。

ミセス・シグスビーはいった。「ジークにいって、全員の現在地をチェックさせるように。現在登録されている居留者が全員ここにいて、所在が判明していることを確認しなくては。わたしがとりわけ関心をもっているのはルーク・エリスとエイヴァリー・ディクスン。あのふたりはモーリーン・アルヴォースンとひんぱんに会話をかわしていたでしょう？」

「ただ、三人の会話の内容はわれわれも把握していて、それほどの内容でなかったこともわかってるよ」

「とにかく調べておいて」

「喜んで。そのあいだきみは、肩の力を抜いてのんびりしているといい」スタックハウスはそういうと、顔がどす黒くなって舌を無作法に突きだしている女の死体を指さした。「それから、あれの件では話をあわせておこう。死んだのは重病人の女性であり、いよいよ死が近づいたとわかって、その到来をみずから早めた、と」

「とにかく居留者全員の確認をしてちょうだい、トレヴァー。〝みんな残らずそろってる〟ことが確かめられたら――この〈おはようの歌《ザ・グッド・モーニング・ソング》〉の歌詞にある〝にこにこ明るい笑顔〟はなくたっていい――そこで初めて肩の力を抜いてのんびりさせてもらう」

とはいえ、ミセス・シグスビーが肩の力を抜ける機会は訪れなかった。彼らはこれまで、肩の力を抜きすぎていたのである。

5

オフィスへ引き返したミセス・シグスビーは秘書のロザリンドに、スタックハウスかジーク・イオニーディス以外の人間は通すな、と告げた。ちなみにジーク・イオニーディスは、いまレベルDで監視任務についていた。

ミセス・シグスビーはデスクにつくと、コンピューターのスクリーンセーバーを見つめた。表示されていたのはフロリダ州のビーチリゾート、シエスタキーの白砂のビーチの写真だった――かねてからミセス・シグスビーは、退職後はシエスタキーに住むつもりだと話していた。しかし、その退職プランはあきらめるしかないだろう。いまミセス・シグスビーは、自分はいずれこの森林の奥で死ぬものだと覚悟していた――村にある小さな家で死ぬかもしれないが、このデスクの前の椅子にすわったまま死ぬことになると見ていい。トマス・ハーディとラドヤード・キプリングというミセス・シグスビーの最愛の作家たちも、それぞれのデスクについたまま息絶えた。それでもいいではないか。〈研究所〉はミセス・シグスビーの人生そのものになっているし、そこに不満はなかった。

　スタッフの大多数も事情はおなじだった。みな前職は軍人か、ブラックウォーター社やトマホーク・グローバル社といった本格的な民間軍事会社の警備専門スタッフか、そうでなければ警察などの法執行機関の職員だった。ルビーレッド・チームのデニー・ウィリアムズとミシェル・ロバートスンはいずれもＦＢＩ出身。ヘッドハンティングされて新たな勤務地に配置された時点では、彼らにとって〈研究所〉は人生ではなかったかもしれないが、いまでは〈研究所〉が彼らの人生そのものになった。それも給与が理由ではない。諸手当や退職後に用意されている各種の年金プランが理由でもない。そうなった理由のひとつは、彼らにとって睡眠にさえ負けないほど馴染んだ生活習慣にある。〈研究所〉は規模の小さな軍事基地のようなものだ。隣接している村には軍隊流の売店《PX》まであり、さまざまな品物が安価に買えるばかりか、自分の乗用車やトラックに給油もできる――ちなみに価格はレギュラーがリッターあたり二十四セント、ハイオクが二十八セントと格安だ。ミセス・シグスビーはドイツのラムシュタイン空軍基地に赴任していたことがあり、デニスンリバー・ベンドは――規模はこちらがずっと小さいことは認めるものの――カイザースラウテルンの街を想い出させてくれた。基地にいたころ、ミセス・シグスビーはときおり友人たちとこのドイツの街を訪ねては気晴らしをしたものだ。ラムシュタイン基地にはあらゆるものがそろっていた――スクリーンがふたつある映画館や、バーガーショップの〈ジョニー・ロケッツ〉さえあった。しかし、ときには基地から離れたくなった。おなじことはここ、〈研究所〉にもいえた。

　しかし、ひととき離れた者たちもかならず帰ってくる――ミセス・シグスビーは、以前に足を運んだこともあるが一生住むことがないであろう白砂のビーチを見つめながら思った。彼らはかならずここへ帰ってくるし、

〈研究所〉の仕事の進め方がどこまでいい加減に堕していようとも、彼らがここの秘密を明かすことはぜったいにない。この部分にかぎっては、彼らがいい加減になることはなかった。自分たちがここでやっていることを――これまで数百人の子供たちを〝破壊した〟ことを――外部に知られたが最後、裁判にかけられて死刑に処せられる者が何十人と出てくる。一九九五年のオクラホマシティ連邦政府ビル爆破事件の主犯だったティモシー・マクヴェイとおなじように、致死薬注射によって処刑されるのだ。

それがコインの裏側、暗い面だ。明るい表側は、すこぶる単純な話。〈研究所〉の全スタッフが――やたらに癪にさわる存在だが、まちがいなく有能な医者であるドンキーコングことダン・ヘンドリクスや、ジャッケルとヘッケルの異名をもつ〈バックハーフ〉のふたりの医者にはじまって最下層の清掃係までの全員が――すべての前任者たちとおなじように、自分たちが世界の運命を握っているという事実をあますところなく理解しているからだ。人類の運命だけではなく、この惑星全体の運命だ。自分たちができることには限界がなく、目的達成のためにやることにも限界がないと理解しているからだ。〈研究所〉の意義を真に把握した者なら、ここを極悪非道な機関だと考えるはずもなかった。

ここでの暮らしは上等だった――とりわけ中東で砂を食わされるような目にあい、仲間の兵隊たちが足を吹き飛ばされたり内臓をぶら下げたりした姿でクソまみれの田舎に転がっているのを見てきた男女にとっては、上等以上の暮らしだといえた。スタッフには一定期間ごとに賜暇があたえられた――そのさいには帰省して家族と過ごす時間をもつこともできた。といっても、それは家族がいればの話だ（そして〈研究所〉の大多数のスタッフには家族がいなかった）。もちろん、どんな仕事をしているかを家族に話すわけにはいかない。そしてしばらくすると彼らは――家族の面々にとって、妻や夫や子供である彼らは――重要なのは仕事であって、自分自身ではなかったと気づかされる。なぜなら、ここの仕事に支配されるからだ。ここでの生活を重要度順にならべれば、一に〈研究所〉、二は村、三はデニスンリバー・ベンドの町と、町に三軒あってカントリーミュージックのバンドの生演奏を売りにしているバー……となる。こうした認識が頭にしっかり根づくと——モーリーン・アルヴォースンがその一例だが——たいていの結婚指輪はするりと抜けがちになる。

　ミセス・シグスビーは鍵をつかってデスクの最下段の抽斗をあけ、回収チームが携行するものに似た外見の電話機をとりだした。大きくて武骨なその形状は、カセットテープに代わってCDが登場し、電器店の店頭に携帯電話が登場したばかりの時代の遺物のようにも見えた。本体の色から〝緑の電話《グリーンフォン》〟とも呼ばれるが、それよりも一般的な呼称は〈ゼロフォン〉だった。ディスプレイもなければ数字ボタンもなく、ただ小さな白い丸が三つならんでいるだけだからだ。

　電話をかけよう——ミセス・シグスビーは思った。電話の向こうにいる人々がわたしの前向き思考を褒めそやし、わたしの指導力を賞賛してくれるかもしれない。あるいは電話の向こうにいる人々が、わたしは影に怯えてびくびくしているだけだと判断して、後任者を考えはじめるかもしれない。どちらにしても電話をかけなくては。否も応もなくかけなくてはならない電話。しかも、本来ならもっと早くにかけておくべきだった電話だ。

「でも、きょうはやめておく」ミセス・シグスビーは小声でぼそりといった。

　そう、きょうは電話はやめておこう……モーリーン・アルヴォースンの件を処理しなくては（ついでに死体を処分しなくては）。あしたも電話しないかもしれないし、今週中も無理かもしれなかった。いまミセス・シグスビーがやろうと考えていることは、決して瑣末なことではない。事前にメモを作成しておきたかった——そうすればいざ本当に電話をかけたとき、少しでも要領のいい受け答えができる。もしも本気で〈ゼロフォン〉をつかう気なら、事前のメモ作成は必須だ。それをすませてこそ、電話の向こうにいる男から《やあ、ミセェスゥ・スイグジュビー、どのようなご用件かな？》とたずねられても、簡にして要を得た答えを返せるというものだ。

　だから、ぐずぐずと先延ばしにしているわけではない——ミセス・シグスビーはそうひとりごちた。まったくちがう。それに、あえて他人をトラブルに引きこまずともいいではないか。それでも——

　インターフォンが静かな呼出音を鳴らした。「ジークを呼びだしました、ミセス・シグスビー。三番の回線です」

　ミセス・シグスビーは三番の電話をとった。「さて、報告をしてちょうだい、イオニーディス」

「全員そろっています」ジークは答えた。「〈バックハーフ〉では二十八人分の現在地信号を確認しました。また〈フロントハーフ〉ではラウンジにふたり、運動場に六人、それぞれの自室にいる子供が五人となっています」

「けっこう。ご苦労さま」

「どういたしまして、マーム」

　ミセス・シグスビーは立ちあがった。多少は気分も軽くなってはいたが、その理由は自分でも正確には説明できなかった。そもそも居留者は全員ここにいるに決まっている。わたしはなにを考えていたのか？　よもや、何人かがこっそりディズニー・ワールドへ行ったとでも思いこんでいた？

　それはそれとして、次の雑用にとりかからなくては。

6

　居留者全員が昼食に出払ってから、清掃係のフレッド・クラークはカフェテリアのキッチンから拝借してきた台車を押して、モーリーン・アルヴォースンがみずから生涯に幕を引いた部屋のドアの前にたどりついた。それからフレッドはスタックハウスとふたりでモーリーンのなきがらを緑のキャンバス地で包み、大急ぎで廊下の先へ台車を転がしていった。廊下の先のほうからは給餌の時間で大騒ぎしている子供という動物たちの声がきこえてきたが、このあたりは無人で、エレベーターホールの床にだれかが忘れたテディベアが落ちていただけだった。テディベアは無表情なシューボタンの目でじっと天井を見あげていた。フレッドは腹立ちまぎれにテディベアを蹴りつけた。

　スタックハウスが嫌悪もあらわな目をフレッドにむけた。「そんなことをすると悪運につきまとわれるぞ。子供のだれかが、安心のお守りにしているぬいぐるみなんだから」

「知るか、そんなこと」フレッドはいった。「ガキどもはいつだってこの手のクソを散らかしっぱなしにして、おれたちに拾わせるんだ」

エレベーターのドアがあき、フレッドは台車を押して乗りこもうとした。ところがスタックハウスが――遠慮のない手つきで――フレッドを押しもどした。「ここから先は、きみの作業協力は必要じゃない。あとはテディベアを拾い、ラウンジなり売店エリアなり、落とした子供が食事をおえて出てきたときに見える場所に置いておけ。それがすんだら、クソな監視カメラのケースの埃をきれいに拭いておくこと」

スタックハウスは天井に設置された監視カメラのケースのひとつを指さし、台車を押してエレベーターに乗りこむと、カードキーを読取センサーにかざした。

フレッド・クラークはドアが閉まるまで待ってから、スタックハウスにむけて中指を突き立てた。しかし命令は命令だし、監視カメラのケースをきれいに掃除しておこう。いずれそのうちに。

7

ミセス・シグスビーはレベルFでスタックハウスを待っていた。地下フロアはかなり冷えこむので、スーツのジャケットの上にトレーナーを着ていた。ミセス・シグスビーがうなずくと、スタックハウスはうなずきかえし、〈フロントハーフ〉と〈バックハーフ〉のあいだのトンネルに台車を進めていった。実用一点張りの見本そのもののトンネルだった――コンクリートの床、カーブを描いているタイル張りの壁、天井の蛍光灯。しかも蛍光灯のなかにはちかちか明滅してホラー映画めいた雰囲気を演出しているものが数本あり、まったく点灯していないものすらあった。だれかが片方の壁に、フットボールのニューイングランド・ペイトリオッツのバンパーステッカーを貼りつけていた。

これも不注意のあらわれだ。杜撰さのあらわれ。

トンネルの〈バックハーフ〉側の出口の扉には、《関係者以外通行禁止》と書いてあるプレートが出ていた。

ミセス・シグスビーは自分のカードキーをつかって解錠し、扉を押しあけた。扉の先もエレベーターホールだった。そこから少し上のフロアに移動すると、ふたりを〈バックハーフ〉にまで導いてきたトンネルとほとんど変わらないくらい実用一点張りのラウンジに出た。ヘッケル——本当の名前はドクター・エヴェレット・ハラス——がふたりを待っていた。にたにたと盛大に笑いながら、しじゅう口の端を触っている。それを見てミセス・シグスビーは、エイヴァリー・ディクスン少年がなにかに憑かれたように鼻をやたらにひっぱっていたことを思い出した。ただしディクスンはまだまだ子供だったのに引き換え、ハラスは五十代のいい大人だ。〈バックハーフ〉で勤務すれば、その影響を受けることは避けられない。ちょうど、低レベル放射能に汚染された環境で仕事をつづければ影響を受けてしまうのとおなじように。

「やあやあ、ミセス・シグスビー！　やあやあ、スタックハウス保安主任！　おふたりに会えてうれしいよ！　もっと顔を合わせる機会を増やすべきだね！　いやいや、そうはいっても、おふたりがきょうここに来るにいたった事情は気の毒なのだけどね」ハラスは上体をかがめ、モーリーン・アルヴォースンの遺体をくるんでいるキャンバス地をぽんぽんと叩いた。それから口の端に指先で触れる——本人しか見えず、本人しか感じとれない口唇ヘルペスがそこにあるかのように。「生のさなかにも、人は……とかなんとかいう文句があったね」

「この仕事を手早くおわらせる必要があるんだ」スタックハウスがいった。その心はといえば——ミセス・シグスビーは思った——早くここから出ていきたい、というところか。その気持ちはミセス・シグスビーもおなじだ。ここは仕事の核心部分が進められている場所。そしてドクター・ヘッケルとドクター・ジャッケル（本名はジョアン・ジェイムズ）はその仕事にたずさわっているヒーローだが、だからといってここに身を置くことが少しでも楽になるわけではない。ミセス・シグスビーは、早くもここの気配を肌に感じとっていた。それは、低レベルの電界に身を置いたときの感覚に似ていた。

「ええ、もちろんお急ぎでしょうとも。仕事は永遠に片づかず、複雑怪奇な事情もあるし、大きな蚤の背中に小さな蚤がのっかって血を吸ったりと……どうなんだろう、ま、とにかくそんな感じで」

一同は悪趣味なデザインの椅子と、それに見あう悪趣味なソファや年代物の液晶テレビがあるラウンジを抜けて、青い厚手のカーペットが敷かれた廊下に出た――〈バックハーフ〉ではときおり子供たちが転んで、かけがえのない小さな頭を床にぶつけてしまうことがあるからだ。台車のキャスターがカーペットにわだちを残した。廊下そのものは〈フロントハーフ〉の居留スペースの廊下とほとんどおなじだったが、全部閉まっている部屋のドアに錠前がついているところだけはちがった。ある部屋のドアの内側から壁をがんがん叩く音や、「ここから出してよ！」とか「せめてアスピリンぐらいくれてもいいだろ！」と叫ぶ声がくぐもってきこえた。

「あれはアイリス・スタンホープです」ヘッケルがいった。「どうもきょうは具合があまりよくないようですね。いい面に目をむけると、最近こちらに来た子供たちのなかには、目ざましくもちこたえている者がちらほらいましてね。今夜は、ええ、映画を見せる予定です。あしたは花火ですね」そういって含み笑いを洩らすと、ヘッケルはまたしても口角に指先をあてがい、そのようすにミセス・シグスビーは――なんとも薄気味わるいことに――シャーリー・テンプルを連想した。

それからミセス・シグスビーは髪をかきあげた。髪がまだそこにあることを確かめようとしたのだ。もちろん、髪はなくなってはいなかった。いまミセス・シグスビーが感じているものは――服に覆われていない皮膚を這っているように感じられる低いうなりのような感覚、両の目玉が眼窩のなかで振動しているかのような感覚は――電気によるものではなかった。

一同は、十あまりのビロード張りの座席がならぶ映写室の前を通りすぎた。最前列の座席に、カリーシャ・ベンスンとニック・ウィルホルムとジョージ・アイルズがすわっていた。三人とも赤や青の袖なしシャツを着ていた。ベンスンはキャンディ・シガレットをくわえ、ウィルホルムは本物のタバコをふかしていた。頭のまわりに灰色の煙の輪が浮かんでいる。アイルズは左右のこめかみをそっと揉んでいた。ミセス・シグスビーたちがキャンバス地に包まれた荷物を載せた台車を押して進んでいくと、ベンスンとアイルズは顔をむけてきたが、ウィルホルムはなにも映写されていないスクリーンをただ見つめていた。あの跳ねっかえり小僧もずいぶん毒気を抜かれたみたい――ミセス・シグスビーは満足を覚えつつそう思った。

　カフェテリアは映写室の先、廊下の反対側にあった。〈フロントハーフ〉のカフェテリアよりもずいぶん小さな部屋だった。ここにはいつも〈フロントハーフ〉以上の人数の子供たちがいるが、〈バックハーフ〉滞在日数が長引けば長引くほど、彼らの食は細くなる。英文学専攻の学生なら、それを〝反語法《アイロニー》〟などと表現するのだろう、とミセス・シグスビーは思った。いまカフェテリアにいる子供は三人。そのうちふたりはオートミールらしきものをずるずるとすすっていたが、もうひとり――十二歳くらいに見える少女――は、おなじものが満たされたボウルを前にすわっているだけだった。しかし台車を押して通りすぎていく一同の姿を見るなり、少女は顔を輝かせた。

「ねえ！　なに運んでるの？　もしかして死人じゃない？　そうなんでしょ？　その女の人、名前はモリスだった？　ううん、それじゃ女にしては変な名前。モリンじゃないかな？　死体を見せてもらえる？　目はあいたまま？」

「あれはドナです」ヘッケルがいった。「とりあわないでください。あの子は今夜こそ映画を見ますが、もうすぐ先の段階に進むと思われます。いまよりも緑ゆたかないいところ……なんてね。おわかりでしょうが」

　そう、ミセス・シグスビーにはわかっていた。ここには〈フロントハーフ〉があり、〈バックハーフ〉があり……さらに〈バックハーフ〉の〝うしろ半分《バックハーフ》〟がある。以上、おしまい。ミセス・シグスビーはふたたび髪に手をやった。あいかわらず髪はちゃんとある。それから、よちよち歩きの幼児だったころに初めて乗った三輪車のことを思い、三輪車で自宅のドライブウェイを行ったり来たりしているときにパンツに洩らした小便の生ぬるさを思った。それから切れた靴紐のことを思った。最初の車のことも思った――

「ヴァリウム！」ドナという名前の少女が大声をあげ、椅子をうしろへ倒しながら弾かれたように立ちあがった。ほかのふたりの子供が、どんより濁った目をドナにむける。片方の子のあごからオートミールが雫になってぽたぽたと落ちていた。「プリマス・ヴァリウムだね、わかっちゃった！」と叫んだのは、プリマス・ヴァリアントという車種名のつもりだったのか。「ああ、もう、本気でおうちに帰りたい！　ほんと、お願い、あたしの頭を止めて！」

赤い作業着《スクラブ》姿の世話係がふたり姿をあらわした……しかし、どこからあらわれたのか、ミセス・シグスビーにはわからなかった。とりたてて知りたくもなかった。ふたりはドナという少女の腕を左右からとった。

「よろしい。その子を部屋へ連れもどせ」ヘッケルがいった。「ただし薬は禁物。その子は今夜必要になるからね」

ドナ・ギブスン――カリーシャともども〈フロントハーフ〉にいたころには、そのカリーシャと少女ならではの秘密を打ち明けあっていた少女――は金切り声をあげながら抵抗した。ふたりの世話係がドナを引きずっていった――スニーカーの爪先がカーペットをこすっていた。

ミセス・シグスビーの頭のなかにうかんでいた断片的ないくつもの思考が次第に薄れ、やがて完全に消えた。しかし剝きだしの肌を駆けおり、歯の詰め物にも響くうなりめいたものは消えなかった。ここでは、そのうなりめいたものが消えることはなかった――廊下の天井にとりつけられた蛍光灯のうなりと同様に。

「大丈夫かい？」スタックハウスがミセス・シグスビーにたずねた。

「ええ」とにかく、わたしを早くここから連れだして。

「わたしも感じているよ。心地よければいいのだが」

心地よくはなかった。「トレヴァー、火葬場へ死体を運ぶのに、どうしてわざわざ子供たちの居留エリアのなかを通らなくてはいけないのか、その理由を説明してもらえる？」

「豆の町《ビーンタウン》には何トンもの豆があるんだよね」スタックハウスはそう答えた。

「なんですって？」ミセス・シグスビーはたずねた。

「いまなんていったの？」

スタックハウスは頭をすっきりさせたいらしく、かぶりをふっていた。「すまない。いまの言葉がいきなり頭のなかに飛びこんできたもので――」

「ええ、わかります」ドクター・ハラスがいった。「きょうはこのあたりの空中を、かなりの……なんというか……〝はぐれ思念〟のようなものが飛び交っていまして」

「これがなにかはわかってる」スタックハウスはいった。「ただ、こいつを頭から押しだしたいだけだ。まるで……その……」

「食べ物がのどに詰まったみたいですな」ドクター・ハラスがあっさりといった。「それからミセス・シグスビー、あなたの疑問への答えですが……理由はだれも知らないんです」ハラスはくすくす笑いながら、また口の端を触った。

とにかく、早くわたしをここから連れだして――ミセス・シグスビーはふたたび思った。「ドクター・ジェイムズはどこなの、ドクター・ハラス？」

「自分の研究エリアにいます。きょうはあまり具合がよくないみたいですね。でも、よろしくといってました。あなたのご健康を祈る、ご多幸ご健勝などもろもろ祈る、とね」ハラスはにっこりと笑うと、またもや例のシャーリー・テンプルしぐさをした――《あたしってかわいいでしょ？》と問いかけるようなしぐさを。

8

映写室ではカリーシャがニックの指からタバコを奪いとってフィルターのない両切りから最後の一回の煙を吸いこみ、それっきり床に落として踏みつけていた。それからニックの肩に片腕をまわして、こうたずねた。「具合がわるいの、ニッキー？」

「まだましなほうだ」

「映画を見れば調子もよくなるね」

「ああ。でも、いつだってあしたがある。いまなら、ふつか酔いのときの親父がとにかく不機嫌だった理由もよくわかるよ。そっちはどうなんだ、シャー？」

「なんともない」その言葉は嘘ではなかった。左目の上あたりに鈍痛があるだけだった。夜になれば消えてくれそうだ。しかし、あしたになればぶりかえす――それも控えめではなく。あしたになれば、ニックの父親を（ときにはカリーシャ自身の両親をも）悩ませたふつか酔いの頭痛が晴れた日の外遊びに思えるほどの激痛が襲ってくる。絶え間なくがんがんと強く殴られているような痛み――頭のなかに邪悪なエルフが閉じこめられ、脱出したい一心で頭蓋骨に内側からハンマーを叩きつけているかのような痛みだ。それでもまだまだ最悪にはほど遠いことも、カリーシャは知っていた。ニックの頭痛のほうがひどかったし、アイリスの頭痛はそれを上まわる苦痛だった。おまけに頭痛が消えるまでの時間はどんどん長くなる一方だった。

　ジョージは幸運に恵まれていた。強力なＴＫ能力をそなえているが、これまでのところほぼまったく苦痛を感じていないのだ。こめかみが痛み、後頭部にも痛みがあるだけとは当人の弁だ。しかし、いずれは頭痛が悪化する。かならず悪化していく――少なくとも、最終的にすべてがおわるまでは。そうなったら？　Ａ病棟。うなりの音。ハム音。〈バックハーフ〉の〝うしろ半分《バックハーフ》〟。カリーシャはその段階にたどりつくことをまだ楽しみに思えずにいたが――個人としての自分が消去されることを思うと恐ろしかった――これもいずれは変化するのだろう。アイリスにはもう変化が訪れていた――いまのアイリスはおおむね、ドラマの〈ウォーキング・デッド〉に出てくるゾンビにそっくりだ。以前、Ａ病棟にカリーシャが抱いている気分をヘレン・シムズがきわめて的確に表現してくれたことがある――いわく、〈シュタージライト〉と決しておわらない頭痛と比べれば、どんなものだってましだ。

　ジョージが身を乗りだし、いまのところ比較的苦痛に悩まされてはいない目をきらきらさせ、あいだにすわっているニッキーごしにカリーシャを見つめてきた。

「あいつは外へ出たぞ」ジョージが声を殺してささやいた。「そのことに集中するんだ。そうやって踏んばるんだ」

「あたしたちも出られるよ」カリーシャはいった。「そうだよね、ニッキー？」

「がんばるとも」ニッキーはいい、なんとか笑みをつくった。「ただ、あれだけＨＯＲＳＥ《ホース》が下手くそなルーク・エリスが騎兵隊を連れてくるなんて、どう考えてもありえない話だと思うな」

「たしかにあいつはＨＯＲＳＥ《ホース》が下手だったかもしれない。でもチェスは達人だったぞ」ジョージがいった。

「あいつには無理だなんて決めてかかるな」

赤い服の世話係のひとりが、映写室のあいたままのドアから姿をあらわした。〈フロントハーフ〉の世話係は胸に名札をつけていたが、こちらではだれもつけていなかった。ここでは世話係は名前をもたない交換可能な人材にすぎなかった。ここには医療技師もいなかった。いるのは〈バックハーフ〉の医者ふたりで、たまにドクター・ヘンドリクスが顔を出すだけ──綽名でいうならヘッケルとジャッケルとドンキーコング。さしずめ〈恐るべき三人組《テリブル・トリオ》〉だ。「自由時間はおわりだぞ。このあと食事をしないのなら、それぞれの部屋にもどれ」

昔のニックだったら、この無教養丸出しの筋肉馬鹿男にむかって、とっととくたばれと啖呵のひとつも切っただろう。しかし、新しいいまのニックはなにもいわずに座席から立ちあがり、ぐらりとよろけ、座席の背もたれをつかんで体を支えた。そんなふうになったニックを見せられると、カリーシャの胸は痛んだ。ニックからさまざまなものを奪いとった行為は、いくつかの点で殺人以上に悪質だった。いや、多くの点においては、だ。

「おいでよ」カリーシャはいった。「いっしょに行こう。わかった、ジョージ?」

「うん」ジョージはそういってから、軽口を叩いた。「きょうの午後は、〈ジャージー・ボーイズ〉のマチネを見にいく予定だったけど、きみがそういうのならね」

これでそろったわけね──カリーシャは思った──いかれ者ぞろいの三銃士。

廊下に出ると、うなり音はますます大きくなってきた。エイヴァリーから話をきいていたので、カリーシャはルークが逃げたことを知っていた。いいことだった。あの傲慢な連中はルークが逃げたことをまだ知らない。これは一段といいことだった。しかし頭痛に見舞われると、希望がますます薄れてくるように思える。希望が薄れても、人は希望がふたたび帰ってくるのを待つが、これはこれで新しい特別な地獄だった。そしてA病棟から響くうなり音が、希望をさらに筋ちがいなものに見せた。恐ろしいのはこのことだ。カリーシャがいまほど孤独を感じ、いまほど追いつめられた気分になったことはなかった。

でも、とにかくできるだけ長いこと踏んばっていなくちゃ──カリーシャは思った。あいつらが光の粒々や吐きそうな映画でわたしたちになにをしてこようとも、それでも踏んばらなくちゃ。踏んばって、自分の精神を守らなくては。

世話係に監視されながら廊下をのろのろと歩いていくカリーシャたち三人は、もう子供たちではなく、病気で衰弱した人々のようだった。あるいは老人たち……それも、劣悪なホスピスで人生最後の数週間を過ごしているだけの老人たちのようだった。

9

ミセス・シグスビーとスタックハウスはドクター・エヴェレット・ハラスに導かれて、A病棟にならぶ閉まったままのドアの前を歩いていった。スタックハウスは台車を押している。ずらりとならぶ閉まったドアの内側からは叫び声も悲鳴もきこえていなかったが、電界に身を置いているような感覚はますます強まっていた。その感覚が目に見えない鼠の足になって、ミセス・シグスビーの皮膚の表面を駆けめぐっていた。スタックハウスもおなじものを感じていた。モーリーン・アルヴォースンの仮の柩が載った台車を押していないほうの手は、きれいに禿げあがった頭頂部をしきりに撫でていた。

「これがわたしには、いつも蜘蛛の巣のように感じられてね」スタックハウスはいい、ヘッケルことハラスに語りかけた。「きみはこれを感じてないのか？」

「わたしは慣れました」ハラスは答え、また口の端に指先をもっていった。「慣れるのは同化のプロセスなんですね」と、ここでいったん黙りこみ、「いや、まちがえました。ただしい言葉は〝順応〟ですね。いや、ひょっとしたら〝順化〟ですか？　まあそのどっちかでしょう」

ミセス・シグスビーはふっと好奇心に駆られた――ふとした気まぐれが起こったかのように。「ドクター・ハラス、あなたの誕生日はいつ？　日付を覚えてる？」

「九月九日です。ええ、あなたがなにを考えてるかはわかります」ハラスはいったんふりむいて、閉ざされたドアに書かれた《A病棟》という赤い文字に目をむけてから、ミセス・シグスビーに目をもどした。「わたしは元気ですよ、いかような意味におきましても」

「九月九日」ミセス・シグスビーはいった。「というと……星座はなに？　天秤座？」

「水瓶座です」ハラスはいいながら、悪党っぽい顔をミセス・シグスビーに見せてきた。その表情は《わたしはそうそう簡単には騙されませんよ、マイレディ》と語っていた。「水瓶座《アクエリアス》、あの歌は〝月が第七室《ハウス》にあって水星が火星と直列にならぶとき〟なんて歌詞でしたね。頭を下げて、ミスター・スタックハウス。そこ、天井低くなってますから」

　一同は薄暗く短い廊下を通り、階段を一フロア分おりた——そのときにはスタックハウスが台車の前をもちあげてブレーキ役をつとめ、ミセス・シグスビーがうしろから動きを操った。たどりついた先にも閉まったドアがあった。ハラスがカードキーをつかってドアをあけ、一同はその先にある円形の部屋へはいっていった。室内は不快に感じられるほど暖かかった。家具のたぐいはひとつもなかったが、壁のひとつに《**彼らが英雄だったことを忘れるべからず**》という標語がフレームに入れて飾られていた。標語を上から覆うガラスには汚れがこびりついて、〈ウィンデックス〉のクリーナーをつかった拭き掃除を切実に必要としていた。部屋の突きあたり、ざらざらのコンクリート壁のちょうど中央あたりにスチール製のハッチがとりつけられていた。業務用の精肉貯蔵庫にあるようなハッチだった。その左に小さなモニター画面があった。いまは画面になにも表示されていない。そして右側にはボタンがふたつ——片方は赤、片方は緑だった。

　この部屋まで来ると、ミセス・シグスビーを悩ませていた分断された思考や記憶の断片はなりをひそめ、こめかみのあたりに浮かんでいた一過性の頭痛もわずかに軽くなっていた。これはいいことだったが、それでも一刻も早くここを出たい気持ちに変わりはなかった。ミセス・シグスビーはめったに〈バックハーフ〉を訪れなかった。ここでは自分の存在が必要とされていないからだ。戦況が良好であるかぎり、軍の総司令官がみずから前線に足を運ぶ必要に迫られることはめったにない。気分は先ほどよりよくなっていたが、この殺風景な円形の部屋にいるのは、ひたすら恐ろしい気分だった。

　ハラスも気分が回復してきたようだった。もうヘッケルと綽名で呼ばれる男ではなく、軍医として二十五年も勤務し、青銅星章を授与された男にもどっていた。背すじもすっくとまっすぐになり、やたらに口の端を触ることもなくなっていた。目はすっきりと澄み、質問も簡潔明瞭だった。

「この女性は装身具をつけていますか？」

「いいえ」ミセス・シグスビーは、モーリーン・アルヴォースンの紛失している結婚指輪のことを思いながら答えた。

「服は着ているんでしょうね？」

「もちろん」ミセス・シグスビーはこの質問に、漠然とながら気分を害されていた。

「ポケットのなかは確認しましたか？」

ミセス・シグスビーはスタックハウスに目でたずねた。スタックハウスはかぶりをふった。

「調べますか？　調べるのなら、いまが最後の機会です」

ミセス・シグスビーは少し考えてから、調べないことにした。アルヴォースンはバスルームの壁に遺書を書き残して死んだ。ロッカーを調べればハンドバッグがあるだろう。そちらの中身は、こういった場合の定例手順として調べる必要はあるだろう。しかし、ここで部屋係を包んだ布をひらいて、あの下品に突きでている舌をわざわざまたあらわにするのはまっぴらだ——そこまでの手間をかけても、見つかるのは薬用リップバームの〈チャップスティック〉や胃薬の〈タムズ〉が一ロール、それに数枚分の丸めた〈クリネックス〉がいいところだろう。

「わたしは遠慮する。あなたはどう、トレヴァー？」

スタックハウスはここでも頭を左右にふった。この男は一年じゅう日焼けした顔を見せているが、いま日焼けの下で素肌は青ざめていた。〈バックハーフ〉を歩いて通過したことで、おなじく影響を受けているのだ。もしかしたら、わたしたち全員がもっと頻繁にここを歩くべきなのかもしれない、とミセス・シグスビーは思った。ここのプロセスとの接触を保っておくためにも。そこでミセス・シグスビーは、ドクター・ハラスが自分は水瓶座生まれだと明かした件や、スタックハウスがビーンタウンには何トンもの豆があると発言したことを思い返した。そうしたことを考えあわせ、ミセス・シグスビーはプロセスと接触を保つのも褒められたことではないと結論づけた。それにしても、九月九日生まれのハラスは本当に天秤座だろうか？　どうにもこうにもしっくりこない。乙女座生まれなのでは？

「すませてしまいましょう」ミセス・シグスビーはいった。

「はい、りょ、ー、か、いです」ドクター・ハラスは、口が左右の耳に届くようなヘッケルそのものの笑みをちらりと見せた。ついでハラスがステンレススチールのドアのハンドルをつかんで手前に引くと扉がひらいた。その先は暗闇で、焼かれた肉の臭気がただよい、下方の闇へ下っていく煤まみれのベルトコンベヤが見えただけだった。

あの標語のフレームは掃除する必要がある——ミセス・シグスビーは思った。それからコンベヤのベルトも汚れを落としておかなくては、そのうちどこかが詰まって動かなくなってしまう。こういったことも不注意のあらわれだ。

「この女をもちあげるのに、おふたりなら手伝いはいらないでしょうね」ヘッケルは、いまもクイズ番組の司会者にこそ似つかわしい笑みを見せていた。「あいにく、きょうはどうも体に力がはいらないみたいでして。考えてみれば、毎朝食べているシリアルの〈ホイーティーズ〉、きょうにかぎって食べそこなったんですな」

スタックハウスは布にくるまれた死体をもちあげて、ベルトコンベヤに載せた。キャンバス地のいちばん端がめくれ、死人の片方の靴があらわになった。ミセス・シグスビーは傷だらけの靴底から顔をそむけたくなり、その衝動を抑えた。

「弔辞はどうします？」ハラスがたずねた。「会ったと思ったらもうお別れでさようなら？　それとも……ジェニー、もっとあなたを知りたかった？」と、フォークソングの歌詞をもじって口にする。

「馬鹿なおふざけはやめて」ミセス・シグスビーはいった。

ドクター・ハラスはドアを閉めて緑のボタンを押した。汚れたままのベルトコンベヤが動きだしたらしく、ごろごろという回転音ときしみ音がミセス・シグスビーの耳に届いた。その音がとまると、ハラスは赤いボタンを押した。モニター画面が息を吹きかえした。表示された温度をあらわす数字は一〇〇からたちまち二〇〇に、そして四〇〇から九〇〇にまで上昇して、最終的には一八〇〇になった。

「通常の火葬施設よりも、ずっと高温なんですよ」ハラスはいった。「所要時間もかなり短くなってはいますが、それなりの時間はかかります。お望みでしたら、こちらに残っていただいてもけっこうですよ。わたしがここをすっかりご案内いたしましょう」

「きょうは遠慮するわ」ミセス・シグスビーは答えた。「とにかく忙しすぎるから」

「そうだろうとお察ししていました。では、またの機会ということで。おふたりとも、ここへはめったにいらっしゃいませんが、わたしどもはいつでも大歓迎です」

10

モーリーン・アルヴォースンが生涯最後の滑り台をくだりはじめたとき、スティーヴィー・ホイップルは〈フロントハーフ〉のカフェテリアでマカロニチーズを食べていた。そこへエイヴァリー・ディクスンがやってきて、スティーヴィーのそばかすだらけの肉づきのいい腕をつかんでこういった。「ぼくといっしょに運動場に来てほしい」

「まだ食べおわってないんだよ、エイヴァリー」

「そんなのどうだっていい」エイヴァリーは声を殺した。「とっても大事な用なんだ」

スティーヴィーは最後にたっぷりと料理を口に詰めこみ、手の甲で口もとを拭いながらエイヴァリーについてきた。運動場に出ていたのはフリーダ・ブラウンひとりだった。フリーダはバスケットボールのゴールまわりのアスファルト舗装にすわりこみ、チョークでアニメのキャラクターたちの絵を描いていた。絵はかなり上手だった。みんな笑顔だった。ふたりの少年がそばを歩いて通りすぎても、フリーダは顔をあげなかった。

金網フェンスの前まで来ると、エイヴァリーは地面の土や砂利が掘られて穴ができている箇所を指さした。スティーヴィーは目を丸くして穴を見つめた。

「なにが掘ったんだよ、こんな穴？　ウッドチャックとか、その手の動物か？」そういってスティーヴィーは周囲をきょろきょろと見まわした。まるでウッドチャックが——おそらく狂犬病に感染した個体が——トランポリンの下に潜んでいるか、ピクニックテーブルの下にうずくまっていると思いこんでいるかのように。

「ちがうね、ウッドチャックなんかじゃない」エイヴァリーはいった。

「おまえなら、まちがいなくこの穴を通り抜けられるぞ、エイヴ。脱走《だっしょう》できるぞ」

　ぼくだって、それをいっぺんも考えなかったとはいえないけど――エイヴァリーは思った――でもぼくなら森のなかで迷うに決まってる。迷わなくても、ボートはもう残っていない。「そんなことはどうでもいい。でも、この穴を埋めるのを手伝ってほしいな」

「どうして？」

「穴を埋めるからだよ。それから、脱走《だっしょう》なんていわないほうがいい。頭がわるいって思われるよ。正しくは脱走《だっそう》だ。わかる、だっそう」それこそ、友人ルークがやってのけたことだ。神さま、ルークをお守りください。でも、いまはどこにいる？　エイヴァリーには全くわからなかった。ふたりのあいだのつながりは切れていた。

「だぁっそうだね」スティーヴィーはいった。「わかった」


「すばらしい。じゃ、今度はぼくを手伝ってよ」

　ふたりの少年は地面に膝をつき、両手を動かして土埃を舞いあげながらフェンス真下の穴を埋めもどしはじめた。重労働だった。ふたりはたちまち汗をかきはじめた。スティーヴィーの顔が真っ赤になっていた。

「あんたたち、なにをしてるの？」

　ふたりはさっとうしろをふりかえった。世話係のグラディスだった。いつものにこやかな笑顔は見あたらなかった。

「なんでもないよ」エイヴァリーはいった。

「そうそう、なんでもないんだ」スティーヴィーが調子をあわせた。「泥遊びしてただけ。ほらほら、昔からある泥遊び、泥んこ遊び」

「わたしに見せて。どきなさい」それでもふたりが動かないと、グラディスはエイヴァリーの脇腹を蹴りとばした。

「うわっ！」エイヴァリーは悲鳴をあげて体を丸めた。

「うわぁっ、すっごく痛いよ！」

　スティーヴィーがいった。「ったく、なんだよ。もしかして生理中かなにか――」といいかけたところで、おなじく足蹴りを食らった。ただし脇腹よりもずっと上、肩を蹴られた。

グラディスはまだ中途半端にしか埋められていない穴を見つめ、いまもまだ絵の制作に熱中しているフリーダに視線を移した。「これを掘ったのはおまえか?」

フリーダは顔をあげずに頭を左右にふり動かした。

グラディスは白いスラックスのポケットからトランシーバーをとりだしてボタンを押した。「ミスター・スタックハウス? こちらグラディス、ミスター・スタックハウス、応答願います」

一拍の間があって応答がきこえた。「スタックハウスだ。用件は?」

「なるべく早く運動場までいらっしゃるべきかと思います。ぜひとも見ていただきたいものがあります。なんでもないかもしれません。しかし、どうもいやな感じがします」

11

保安主任のスタックハウスに連絡を入れてから、グラディスは世話係のウィノナを呼んで、ふたりの少年をそれぞれの自室へ連れていくように命じた。少年たちは追って指示があるまで自室待機になった。

「穴のことなんか、なにも知らないよ」スティーヴィーはそういって口をとがらせた。「ウッドチャックが掘ったんだろうって思っただけさ」

ウィノナはスティーヴィーに黙れと命じ、ふたりの少年を屋内へ引き立てていった。

スタックハウスがミセス・シグスビーともども運動場へやってきた。ミセス・シグスビーは上体をかがめ、スタックハウスはしゃがみこんで、ともに最初は金網フェンス真下の地面の窪みを検分し、そのあとフェンスそのものに目をむけた。

「この下をくぐれる人間なんかいないわ」ミセス・シグ

スビーはいった。「たしかにエイヴァリー・ディクスンならくぐれるかもしれない。せいぜいウィルコックスの双子なみの体格だから。でも、ほかの子たちには無理ね」

スタックハウスは、ふたりの少年たちが穴を埋めようとして入れた砂利まじりのゆるい土をかきだした——それで、ただの土の窪みが穴に変わった。「これでもそう断言できるかい？」

ミセス・シグスビーはいつしか唇を噛んでいたことに気づき、自分で自分にやめさせた。だれかが逃げたなんて馬鹿馬鹿しいにもほどがある。ここには監視カメラがあり、集音マイクがあり、世話係や清掃係や部屋係がいて、保安警備システムもある。すべて、心底怯えて文句ひとついえなくなっている子供たちをここで世話するためだ。

もちろん、以前は文句をいわないどころか大暴れまでするニック・ウィルホルムという厄介者はいたし、長年のあいだには似たような子供も何人かいた。それでも……。

「ジュリア」ひときわ声を殺してスタックハウスがいった。

「なに？」

「こっちへ来てしゃがんでくれ」

ミセス・シグスビーはその言葉に従いかけたが、その拍子にフリーダ・ブラウンが自分たちを見つめていることに気がつき、「部屋にもどりなさい」と強い口調で命じた。「いますぐに」

フリーダは手をはたいてチョークの粉を払いながら急ぎ足で屋内へ引き返し、にこにこ笑っているアニメのキャラクターたちをあとに残していった。フリーダがラウンジにもどるところを目で追っていたミセス・シグスビーは、数人の子供たちが口をぽかんとあけて自分たちを窓から見ていることに気がついた。いざ必要というとき、あの世話係たちはどこにいるのか？　おおかた休憩室あたりでとぐろを巻いて、回収チームの連中とゴシップをやりとりしているのだろう。下品なジョークをいいあって——

「ジュリア！」

ミセス・シグスビーは地面に膝をつき、鋭く尖っている砂利が膝に食いこむ痛みに顔をしかめた。

「フェンスに血がついてる。見えるか？」

そんなものを見たくはなかったが……たしかに見えた。そう、あれは血だ。乾いて蝦茶《えびちゃ》色になっていたが、まちがいなく血だった。

「今度はあっちを見てほしい」

スタックハウスはそういって、金網フェンスの菱形の部分に指を突き入れると、根が引き抜かれている箇所がある茂みをさし示した。そこの草の葉にも血がついていた。ぽつぽつと落ちている血を――フェンスの外に落ちている血を――見ているうちに、ミセス・シグスビーの胃がすとんと落ちていき、大昔の三輪車に乗っていたあのときのように、ここでも下着を小便で濡らすかもしれないという恐怖が一瞬だけ頭をかすめた。ついで〈ゼロフォン〉のことを思い、〈研究所〉責任者としての自分の人生が――そう、これはただの仕事ではなく人生そのものだ――電話機に吸いこまれて消えていく光景が見えてきた。秘密保持の面でも保安警備の面でも国内トップクラスであるはずの施設で――いうまでもなく、国内でもトップクラスの重要度をそなえている施設で――ひとりの子供がフェンスの下に穴を掘って脱出した、などとミセス・シグスビーが電話で報告したら、電話の反対側にいる舌足らずな男はいったいなんということか？

決まっている――おまえはもう用ずみだ、といってくるに決まっている。もう用ずみ、あとはお払い箱にするだけだ、と。

「居留者は全員そろってる」ミセス・シグスビーはしゃがれた小声でそういい、スタックハウスの手首をつかんだ。爪が保安主任の肌に食いこんだ。しかしスタックハウスは気づいたようすもなかった。催眠術にかかったかのように、部分的に根が引き抜かれている茂みをひたすら見つめているばかりだった。この事態はミセス・シグスビーにとって凶事であり、スタックハウスにとっても同様だ。いずれかの凶事のほうが大きいということはない――そもそもこれ以上の凶事は存在しないからだ。

「トレヴァー、子供たちは全員ここにいるの。わたしが確認したのよ」

「それでも改めて確認したほうがいい。ちがうか？」

今回ミセス・シグスビーはトランシーバーを持参しており、それをとりだして（家畜が盗まれたあとで納屋の扉に錠前をおろすようなものだ、という思いが頭をかすめた）ボタンを押した。「ジークを。こちらミセス・シグスビー、ジークと話したいの。そこにいたほうが身のためよ、イオニーディス。いてちょうだい」

ジークはその場にいた。「はい、ジークです、ミセス・シグスビー。アルヴォースンの件についての確認作業を進めてます。ミスター・スタックハウスから、ジェリーが休暇中でアンディもここにいないので頼むといわれたんです。それで先ほどアルヴォースンの隣人に接触して――」

「いまはそっちの仕事のことは忘れて。もう一度、わたしのために追跡チップの位置情報をチェックして」

「オーケイ」ジークの口調がふいに慎重なものに変わった。わたしの声に緊張をききとったのだろう、とミセス・シグスビーは思った。「ちょっとお待ちを。きょうの午前中はなにもかもスローペースでして……あと数秒かかりそう……」

ミセス・シグスビーは金切り声をあげたい気分になった。スタックハウスはあいかわらずフェンスごしに外を見つめていた――魔法の力をもつクソったれホビットがいきなり姿をあらわし、謎のすべてを解明してくれると思いこんでいるかのように。

「オーケイ」ジークがいった。「居留者四十一人、全員が施設内にいます」

安堵が一陣のそよ風になって、ミセス・シグスビーの顔に涼しさを運んできた。「ああ、よかった。本当によかった」

スタックハウスがミセス・シグスビーの手からトランシーバーを奪った。「いま現在、子供たちはどこにいる?」

「ええと……〈バックハーフ〉にやはり二十八人……いま東翼棟のラウンジには四人……三人がカフェテリア……ふたりが自室で……三人が廊下……」

廊下の三人とはエイヴァリー・ディクスンとスティーヴィー・ホイップル、それから絵を描いていたあの少女だ、とミセス・シグスビーは思った。

「それから運動場にひとりです」ジークがしめくくった。

「しめて四十一人。先ほどいったとおりですね」

「ちょっと待った、ジーク」スタックハウスはミセス・シグスビーに目をむけてたずねた。「運動場に子供の姿はあるか?」

ミセス・シグスビーは答えなかった。答える必要もなかった。

　スタックハウスはふたたびトランシーバーをもちあげた。「ジーク？」

「はい、ミスター・スタックハウス。なんでしょうか？」

「運動場にいる子供だが、現在位置をもっと詳細に特定できるかね？」

「ええと……拡大表示してみます……そのためのボタンはここにあって……」

「その必要はないわ」ミセス・シグスビーはいった。午後早い時間の日ざしをきらきらと反射している物体をすでに見つけていたからだ。ミセス・シグスビーはバスケットボールのコートを進んでファウルラインで身をかがめ、問題の物体を拾いあげた。それからスタックハウス保安主任のもとにもどって、手をさしだした。ひらいた手のひらに載っていたのは、追跡チップが埋めこまれたままの、ほぼ完全な人間の耳たぶだった。

12

〈フロントハーフ〉の居留者たちには、自室にもどって外に出ないようという通達が出された。廊下に出ているところを見つかった者は厳罰に処す。〈研究所〉の保安警備スタッフは、主任のスタックハウスを入れても四人しかいなかった。そのうちふたりは〈研究所〉スタッフ用の村に滞在中だったが、ゴルフカート用のコースをつかって急遽駆けつけてきた。ちなみにモーリーンはルークがそのコースを見つけることを期待したが、ルークは三十メートルと離れていないところを通りすぎてしまっていた。スタックハウスの三人めの部下はデニスンリバー・ベンドの町にいた。スタックハウスはこの女性スタッフの帰りを待つつもりはなかった。ただし、ルビーレッド・チームのデニー・ウィリアムズとロビン・レックスの二名は〈研究所〉で次の任務を待っており、保安スタッフとして召集されることに否やはなかった。このふたりに、ジョー・ブリンクスとチャド・グリーンリーというふたりの偉丈夫がくわわった。

「ミネソタ小僧か」捜索チームが組織されて情報が全員に行きわたると、デニーが口をひらいた。「先月おれたちが連れてきた小僧だな」

「そのとおり」スタックハウスがうなずいた。「そのミネソタ小僧だ」

「で、その小僧が追跡チップが埋まってた耳たぶを自分で引きちぎったって？」ロビンがたずねた。

「切断面は、ただ引きちぎった場合よりも若干滑らかだった。ナイフをつかったのだろうね」

「どっちにしても、胆っ玉がすわってなくちゃできないな」デニーがいった。

「つかまえたら、おれが胆じゃないほうのタマをねじ切ってやるさ」ジョーがいった。「やつはウィルホルムみたいに抵抗して暴れたりはしなかったが、目には〝クソ食らえ〟って光を浮かべてた」

「どうせあいつのことだ、森のなかで道に迷ってるに決まってる――迷って途方にくれちまって、おれたちが見つけたら抱きついてくるかもよ」チャドはいい、いったん間をおいた。「もしおれたちが見つけたらの話だ。あの森には木がどっさりと生えてるからね」

「この子は耳から出血しているし、フェンスの下をくぐったことで背中に傷をいっぱい負っているかもしれない」スタックハウスはいった。「それから手にも怪我をしているだろうな。だから、とりあえずは追えるところまで血痕を追っていこう」

「犬がいればよかったのにな」デニー・ウィリアムズがいった。「優秀なブラッドハウンドかブルーティックあたりの犬種ならいうことなしだ」

「それをいうなら、そもそもこのガキが脱走なんかしなけりゃよかったんでしょう？」ロビンがいった。「フェンスの下から逃げたですって？　はは」本当に声をあげて笑いかけたところで、スタックハウスのやつれた顔と怒りに燃える目に気づいて考えなおした。

　ちょうどこのとき、村にいたふたりの保安スタッフ、レイフ・プルマンとジョン・ウォルシュが到着した。

　スタックハウスがいった。「頭に入れておいてほしいが、われわれはこの少年を殺したりしない。ただしひとたび見つけたら、クソちび助に電撃ショックを食らわせて、とことん思い知らせてやる」

「もしガキを見つけたら、だ」世話係のチャドが先ほどとおなじ言葉をくりかえした。

「見つけるに決まってる」スタックハウスはいった。というのも、もし見つけなければ、わたしは一巻のおわりだからだ――スタックハウスは思った――わたしだけじゃない、この施設すべてが一巻のおわりかもしれない。

「わたしは自分のオフィスにもどってるわ」ミセス・シグスビーはいった。

スタックハウスがその肘をつかんだ。「オフィスでなにをする?」

「考えをまとめるの」

「それはいい。好きなだけ考えればいい。でも電話は禁物だ。その点は共通理解ということでいいな?」

ミセス・シグスビーは軽蔑のまなざしをスタックハウスにむけたが、唇を噛んでいるようすからは、この女性もまた恐怖を感じていることが察せられた。「もちろん」

しかし、いざ自分のオフィスに――エアコンで涼しくなっている静かな部屋に――もどると、そう簡単には考えをまとめられないことがわかった。視線はくりかえし、デスクの施錠された抽斗に吸い寄せられた。抽斗におさめられているのが電話機ではなく、手榴弾であるかのような気分だった。

13

その日の午後三時。

ルーク・エリス捜索のために山狩りに出かけたチームからは、新たな報告はひとつもなかった。連絡などの言葉は大量に飛びかっていたが、ニュースはひとつもなかった。脱走者発生の報は、すでに〈研究所〉の全スタッフに知らされていた。全員に動員がかかっていた。捜索隊に参加したスタッフもいた。またある者は〈研究所〉スタッフのための村をしらみつぶしに捜索し、空室になっている部屋は残らず調べて、少年の姿がないか、あるいはせめて少年が立ち寄った形跡はないかと目を光らせた。スタッフの自動車類は一台残らず確認した。またスタッフがおりおりに移動につかっているゴルフカートも、すべて所定の位置にあった。デニスンリバー・ベンドの町にいる〈研究所〉との連絡員たち——そのなかには小さな町の警察に所属するふたりもふくまれていた——にもルーク・エリスの人相風体が伝えられたが、これまでのところ目撃情報は皆無だった。

　モーリーン・アルヴォースン関係では新情報が見つかった。

　ジーク・イオニーディスは、〈研究所〉のIT関係スタッフのジェリー・シモンズとアンディ・フェロウズにはおそらく欠けている実行力と狡猾さを発揮していた。最初はグーグル・アース、次は携帯電話の位置確認アプリを活用して、ジークはモーリーン・アルヴォースンがずっと自宅物件を保有していたヴァーモント州の小さな町に住む隣人と接触することに成功した。ジークは国税庁職員を名乗って接触したが、隣人女性は質問ひとつせずに信用した。北部人《ヤンキー》は寡黙で有名だという通説があるが、この隣人はそんな特性を発揮することもなく、最後にモーリーンがこちらの自宅に帰ってきたとき、数枚の書類に署名するので立会人になってほしいと頼まれた、と明かした。その場には女性弁護士が同席していた。書類の宛先は、数社の債権取立て会社だった。弁護士は書類を〝C＆D命令〟と呼んでいた。隣人はこれを〝違法《シー》行為《ズ・》の停止《アンド・》・排除命令《デジスト》〟の略称だと正しく理解していた。

「書類はどれも、ご亭主のクレジットカード関係だったね」隣人女性はそうジークに語った。「モーリーンはいちいち説明しなかったけど、そんな必要もないくらいだった。あたしだって、きのうきょう生まれたわけじゃない。あの人は亭主が踏み倒した借金をなんとかしようとしてた。その件であんたたち国税庁がモーリーンを訴えようとしてるなら、急いだほうがいいよ。モーリーンはずいぶん病気が重いように見えたから」

　ヴァーモント在住のこの隣人女性の見立てが正解だろう、とミセス・シグスビーは思った。ただし問題は、どうしてアルヴォースンがこんなやり方を選んだのかということだった——というのも、これは石炭の産地であるニューキャッスルにわざわざ石炭を運ぶのにも似た余計な行為だからだ。〈研究所〉のスタッフならだれもが知っていることだが、金銭面で立ち行かなくなるようなトラブルにあっても（いちばんの原因はギャンブルだ）、利息がゼロ同然の超低金利融資を利用できる仕組みになっている。この施設に新しく雇われたスタッフのためのオリエンテーションでは、福利厚生制度のこの部分についても説明される。ただし、これは本当は福利厚生ではなく予防手段だ。というのも、借金を背負った人間は金で秘密を売る誘惑に屈しやすくなるからだ。

　アルヴォースンのこうした行動の動機を簡単に説明すれば、自尊心と恥辱――家を出ていった夫につけこまれていたという恥辱――が組み合わされた結果ということもできるだろうが、ミセス・シグスビーはその説を買わなかった。あの女は人生のおわりに近づきつつあったし、そのことをしばらく前から知ってもいた。そこで、手の汚れをすっかり落とそうと思い立った。しかし、手を汚した張本人であるこの施設から金を受けとるのは、手を清めるための第一歩としてふさわしい行動ではなかった。これが正解のように――あるいは正解に近い仮説に――思えた。アルヴォースンが地獄うんぬんと書き残したことにぴったりと符合している。

　あのクソ女はルーク・エリスの脱走を手助けしたのだ――ミセス・シグスビーはそう思った。もちろんあの女に決まっている。それがあの女の考えた贖罪だ。しかし、そのことであの女を問いつめるのはもう不可能になった――あの女がそう画策したのだ。そうに決まっている。アルヴォースンはわたしたちの手口を知っていたのだから。では、わたしはどうするべきか？　万一、あの〝頭がよすぎて本人のためにならない〟少年がきょうの日没までにここへもどらなかったら、わたしはなにをどうすればいい？

　答えはわかっているように思えた。トレヴァー・スタックハウスも答えを知っているはずだ。そう、わたしは鍵のかかった抽斗から〈ゼロフォン〉をとりだし、三つある白いボタンを全部押すことになる。舌足らずな男が電話に出てくるだろう。その電話で〈研究所〉の歴史はじまって以来、はじめて居留者がひとり脱走したと――それも夜の夜中にフェンスの下に穴を掘って逃げたと――報告したら、電話の男はなにをいってよこすだろうか？　おお、しょれは残念《じゃんねん》だ？　大変《たいひえん》なことになったな？　それとも……気に病むことはない？

　そんなものですむか。

　考えろ――ミセス・シグスビーは自分を叱咤した。考えて、考えて、考えまくれ。あの困り者の部屋係が話をきかせたとしたら相手はだれだ？　それをいうなら、エ、リ、ス、が話をきかせたとしたら――

「くそ。くそっ！」

この件はずっとミセス・シグスビーの目の前にあった――フェンスの下に掘られた穴を見たその瞬間から、目の前に見えていたのだ。椅子にすわったまますっくと背を伸ばして、目を大きく見ひらく。先ほどスタックハウスから電話で、血痕は森にはいってから五十メートル弱のところで途切れていたと報告を受けて以来初めて、〈ゼロフォン〉のことが頭から消え去っていた。

ミセス・シグスビーはコンピューターの電源を入れ、目あてのファイルを見つけだした。ファイルをクリックすると動画の再生がはじまった。映っているのはスナックの自販機前に立っているモーリーン・アルヴォースンとルーク・エリス、それにエイヴァリー・ディクスンだった。

《ここなら話をしても大丈夫。マイクはあるけど何年も前から故障してる》

話をしているのはもっぱらルーク・エリスだった。双子の女の子とハリー・クロスの身を案じていると話していた。アルヴォースンが不安をなだめた。ディクスン少年はその場に立ってはいたが、ほとんどしゃべらず、腕をぽりぽりと掻いたり鼻をつまんでひっぱったりしているだけだった。

《ああ、いらいらする》この映像を見ながら、スタックハウスはそういった。《鼻をほじりたければ、とっとと指を突っこんで鼻をほじくれ》

しかしいまこうして新しい目でこのビデオを見なおしてみると、あの場で本当はなにが起こっていたのかがようやくミセス・シグスビーにも見えてきた。

ミセス・シグスビーはノートパソコンを閉じ、インターフォンのボタンを親指で押しこみ、秘書に話しかけた。

「ロザリンド、ディクスン少年と話がしたい。トニーとウィノナに、あの子をここへ連れてくるように伝えて。それもいますぐに」

14

エイヴァリー・ディクスン少年は、バットマンのTシャツと傷だらけの膝小僧もあらわな汚れたショートパンツという服装でデスクの前に立ち、恐怖に満ちた目でミセス・シグスビーを見つめていた。そもそもが年のわりに小柄なうえ、ウィノナ・ブリッグズとトニー・フィッツァーレに左右をはさまれているいまは、本来の十歳ではなく、かろうじて小学校にあがるくらいの年齢にしか見えなかった。

ミセス・シグスビーは淡い笑みをエイヴァリーにむけた。「本来なら、もっと早くきみと話をするべきだったのにね、ミスター・ディクスン。わたしがうっかりしていて」

「イエス・マーム」エイヴァリーは蚊の鳴くような声でいった。

「あら、きみもおなじ意見？　わたしがうっかりしてたといいたいの？」

「ち、ちがいます！」エイヴァリーの舌がちろちろと出入りして唇を湿していた。ただし、きょうは鼻を引っぱるしぐさを見せていない。

ミセス・シグスビーは前に乗りだし、両手を組みあわせた。「これまではうっかりしがちだった、でも、それはもうおわり。これから改革がおこなわれる。しかし、その前に大事なことがひとつ……最優先にするべき課題がひとつある――そう、ルーク・エリスをここへ連れもどすことよ」

「イエス・マーム」

ミセス・シグスビーはうなずいた。「意見が一致したみたい。いいことね。最初の一歩としては申しぶんなし。さて、ルークはどこへ行ったの？」

「知りません」

「知っているはずよ。きみはスティーヴィー・ホイップルといっしょに、ルークが逃げるのにつかった穴を埋めもどそうとしていた。馬鹿な真似をしたものね。あんな穴はそのまま放置しておけばよかったのに」

「ぼくたち、あれはウッドチャックが掘った穴だと思ったんです」

「嘘おっしゃい。だれが穴を掘ったのかを正確に知っていたはず。あなたの友だちのルーク。さてと……」ミセス・シグスビーはデスクについた両手を広げて、エイヴァリーに微笑みかけた。「ルークは頭のいい子。頭のいい子なら、ただやみくもに森のなかへ飛びだしたりはしないものよ。フェンスの下に掘った穴をつかうのはルークの思いつきかもしれない。でもね、フェンスの反対側に広がる土地の地理はアルヴォースンに教えてもらうしかなかったはず。だからアルヴォースンは、きみが自分の鼻をぎゅっと引っぱるたびに、一段階ずつにわけた道案内をきみに教えていた。あの女は、きみの有能な頭脳に情報を直接送りこんでいたのでは？　そしてあとになってから、きみはその情報をルークに伝えた。否定しても無意味よ、ミスター・ディクスン。わたしはね、あなたたち三人が会話をかわしているところのビデオを見たのよ。馬鹿なおばさんのジョークをきみが大目に見てくれればいいけれど、それこそ〝自分の顔の自分の鼻〟なみにはっきりと見えてきた。本当なら、もっと早く気づくべきだったのにね」

それをいうならトレヴァーもだ——ミセス・シグスビーは思った。あの男もおなじビデオを見たのだから、なにが進行中か見抜いていて当然だったのに。今回の件が片づいて総括的な事情聴取がおこなわれたら、その場でわたしたちはどこまで間抜けに見えてしまうことか。

「さあ、ルークがどこへ逃げたのかを白状なさい」

「でも、ほんとに知らないんです」

「目がこそこそあっちこっちに動いてるわね、ミスター・ディクスン。嘘つきの証拠よ。さあ、まっすぐわたしをごらんなさい。白状しないのなら、トニーがきみの腕を背中側へきつくねじあげることになる。とっても痛いわよ」

ミセス・シグスビーはトニーにうなずいて合図を送った。トニーはエイヴァリーの華奢な手首をつかんだ。

エイヴァリーはまっすぐミセス・シグスビーの顔を見つめた。といっても簡単ではなかった。痩せこけた恐ろしい面相だったからだ——たとえるなら《洗いざらい全部白状しなさい》と語っている教師の顔だ。しかし、エイヴァリーはしっかりと目をむけた。たちまち目のふちに涙がこみあげ、頬を伝い落ちはじめた。エイヴァリーは昔から泣き虫小僧だった。ふたりいる姉からはいつも、ビートルズの曲の題名にひっかけて〈リトル・クライベイビー・クライ〉と呼ばれていたし、休み時間の学校の校庭ではいつだってだれかのサンドバッグになっていた。ここの運動場のほうが、あの校庭よりもましだ。母親と父親が恋しかった――胸が痛むほど恋しい。しかし、少なくともここには友だちがいる。ハリー・クロスには最初押し倒されたが、そのあと友だちになった。ただしそれも、あいつらが馬鹿な検査でハリーを殺してしまうまでのことだった。カリーシャ・ベンスンもヘレン・シムズもいなくなったが、新しくやってきたフリーダ・ブラウンという少女はエイヴァリーにやさしく接し、ＨＯＲＳＥ《ホース》ではわざと勝たせてくれた。一回こっきりだったがゼロよりはまし。それからルーク。ルークは最高だった。エイヴァリーにとっては、これまでで最高の親友だった。

「アルヴォースンはルークにどこへ行けと話したのかな、ミスター・ディクスン？　どこへ逃げる計画だったの？」

「知りません」

ミセス・シグスビーがうなずきかけると、トニーがエイヴァリーの片腕を背中側にねじりあげ、肩胛骨にくっつきそうなほど高い位置にまで手首をひねりあげた。信じられないほどの激痛だった。エイヴァリーは悲鳴をあげた。

「ルーク・エリスはどこへ行ったの？　どんな計画だったの？」

「知りませんってば！」

「手を放しておやり、トニー」

トニーは手を放した。エイヴァリーはがくりと床に膝をつき、しゃくりあげて泣きはじめた。「すっごく痛かった、もう二度と痛くしないで、お願い、痛くしないで」《こんなのまちがってる》という言葉を添えようと思ったが、まちがっているかどうかを連中が気にするだろうか？　気にしないに決まっている。

「わたしだってこんなことはしたくない」ミセス・シグスビーはいった。嘘ではないが、嘘と紙一重の言葉。より真実に近いのは、長年このオフィスで過ごすあいだにミセス・シグスビーは子供の感じる苦痛にすっかり鈍感になってしまった、ということだった。火葬室にかかげられた標語に嘘はなかったが――英雄的な行為がどれほど不本意なものでも、子供たちは英雄にちがいなかった――子供たちのなかには、人の我慢の限界を確かめようとする者もいる。そして、ときには我慢の限界を越えさせてしまう者もいるのだ。

「本当に行先を知らないんです、嘘じゃありません」

「人がわざわざ嘘じゃないというときにはね、その人は嘘をついているの。わたしもそういう場面を何度も経験しているから知っているのよ。さあ、話しなさい。ルーク・エリスがどこへ行き、どういう計画だったのかを」

「知りません！」

「トニー、この子のTシャツをめくって。ウィノナ、テイザー銃の用意を。出力は中で」

「いやだ！」エイヴァリーは悲鳴をあげ、束縛から逃れようと身をよじった。「電撃スティックはやだ！　お願い、電撃スティックはやめて！」

トニーがエイヴァリーの腹のあたりをつかんでTシャツをめくりあげた。ウィノナはテイザー銃をエイヴァリーのへそのすこし上にあてがい、引金を引いた。エイヴァリーが金切り声をあげた。両足がひくひく痙攣し、小便がカーペットを濡らした。

「ルークはどこへ行ったの、ミスター・ディクスン？」少年の顔は汚れと鼻水だらけ、両目の下には黒々とした隈があり、失禁でショートパンツを濡らしていたが、それでもこのちび助は口を割ろうとしなかった。それがミセス・シグスビーには信じられなかった。「ルークはどこへ行き、計画はどんなものだったの？」

「ぼく、なんにも知らない、ない！」

「ウィノナ？　もう一回お願い。出力は中で」

「失礼ですが、本気で――」

「よければ今度は少し上にして。みぞおちのちょっと下あたりね」

エイヴァリーの腕が汗でぬるぬるになり、そのおかげで体をくねらせてトニーの手から逃れることができた。そのままなら、ただでさえ面倒なこの場がさらに悲惨なことになっていたはずだ――少年がガレージに閉じこめられた鳥よろしくこのオフィスを派手に飛びまわって、いろいろな物を蹴り飛ばしたり壁にぶつかって跳ね返ったりしたことだろう。しかしウィノナがすかさず少年の足をすくって転ばせ、両腕をつかんで引き立たせた。そんなわけで、トニーがテイザー銃をつかう役まわりになった。エイヴァリーが絶叫し、ぐったりとなった。

「気絶した？」ミセス・シグスビーがたずねた「気絶してたらドクター・エヴァンズを呼んで注射を打たせて。一刻も早く答えを引きだしたいから」

トニーがエイヴァリーの片頬を（ここへ来たときにはふっくらしていたが、いまはずいぶん肉が落ちていた）つかんでねじりあげた。エイヴァリーの目がぱっとひらいた。「気絶してません」

ミセス・シグスビーはいった。「ミスター・ディクスン、痛い思いをするのは馬鹿らしいし、しなければそれに越したことはないの。わたしが知りたいことを教えてくれれば、こんなことはもうおわりにできる。ルークはどこへ行ったの？　どういう計画だったの？」

「ぼくは知りません」エイヴァリーは弱々しい声でいった。「ぼく、ほんとに、ほんとに、ほんとに知らない――」

「ウィノナ？　ミスター・エイヴァリーのパンツを降ろして、テイザーを睾丸にあてなさい。最大出力でね」

ウィノナは反抗的な居留者には、顔を見るよりも平手打ちを食らわせがちな性格だったが、それでもこの命令には明らかに落ち着かないものを感じていた。しかし、エイヴァリーのショートパンツのウエストゴムに手をかけた。エイヴァリーがついに屈したのは、この瞬間だった。

「わかった！　わかったよ！　話すって！　だからもう痛くしないで！」

「ようやく、きみもわたしも楽になれるわけね」

「モーリーンはルークに、森を突っ切って進めって話した。ゴルフカート用のコースが見つかるかもしれないけど、見つからなくてもかまわずまっすぐ進めって話した。そのうち光が見えてくる、それも明るい黄色の光が見えるはずだって話した。それから家が何軒もある場所に着くから、そこからはフェンスに沿って進め、進むうちにスカーフが縛ってあるところに行き着くって話してた――スカーフが縛ってあるのが灌木の茂みか木のどっちかは忘れちゃった。そこの裏側に小道がある……あれ、ちゃんとした道路だったかな。それも忘れちゃった。でもモーリーンは、そこから道なりに進めば川にたどりつくと話してた。川にはボートがあるとも話してた」

エイヴァリーは口をつぐんだ。ミセス・シグスビーはエイヴァリーにうなずきかけ、慈愛に満ちた笑みをむけた……しかし内側では心臓が三倍のペースで鼓動を搏《う》っていた。スタックハウスが指揮をとる捜索チームでも、森のなかの迷子をつかまえることはできる。でも、ボート？　ルーク・エリスが川に漕ぎだしていった？　しかもエリスは、自分たちに何時間も先んじているのだ。

「そのつづきはどうなの、ミスター・ディクスン？　モーリーンは、どこで川から岸にあがれといってたの？　ベンド ―― そうじゃない？　デニスンリバー・ベンド？」

エイヴァリーは頭を左右にふり、大きく見ひらいた目で心底からの恐怖を感じつつ、ミセス・シグスビーをまっすぐ見すえた。「いいえ、その町じゃ近すぎると話してた。だから川をそのままずっと進んでプレスクアイルまで行けって」

「よく話してくれたわね、ミスター・ディクスン。もう部屋に帰っていいわ。でも、もしもいまの話が嘘だとわかったら、そのときは……」

「ぼくは面倒なことになりますね」エイヴァリーはそういい、震える両手で左右の頰から涙をぬぐった。

エイヴァリーの言葉に、ミセス・シグスビーはあろうことか声をあげて笑い、「きみは本当にわたしの心が読めるのね」といった。

15

午後五時になった。

ルーク・エリスの脱走から、少なくとも十八時間が経過したことになる。いや、じっさいはもっと長時間かもしれない。運動場の監視カメラに録画がなかったので、確実なところは不明のままだった。ミセス・シグスビーとスタックハウスはミセス・シグスビーのオフィスで、捜索の進捗情況をチェックし、各地の連絡員からの報告をきいていた。〈研究所〉の連絡員は全国に配置されている。通常であれば、彼ら連絡員たちは地味な下調べをしているだけだ ―― すなわち高いＢＤＮＦ値を示した少年少女を監視しつつ、その友人や家族や隣人たち、それに学校生活などについての情報収集にあたっている。もちろん住居についても調べる。あらゆる情報をあつめるが、重要なのはどのような防犯システムがそなわっているかだ。こうした背景情報は、いざ時機にいたれば回収チームにとって有用なものになる。また連絡員たちは、〈研究所〉のレーダーがまだ捕捉していない子供たちにも目を光らせている。ときおり、そういった子供たちが出現するのだ。ＢＤＮＦ値の検査は、足の裏から採血して調べるフェニルケトン尿症検査や新生児の活力を数字で示すアプガー指数《スコア》の検査とならんで、アメリカ国内の病院で生まれる新生児たちに一律でおこなわれている。しかし、いうまでもないことながら、すべての新生児が病院で生まれるわけではない。また多くの新生児の親たち——たとえば声高に自説を主張する反ワクチン派の親たちなど——が、種々の検査を忌避してもいる。

　こうした連絡員たちは、自分たちがなんの目的で、どんな相手に報告を入れているのかを知らない。大多数の連絡員たちは、アメリカ政府がおこなっている〝ビッグ・ブラザー〟的ななにかに関係しているのだろうと（見当ちがいの）推測をしているだけだ。ほとんどの連絡員は、一カ月あたり五百ドルの追加収入を銀行に預け、必要とされたときには報告書を作成し、あとはあれこれ質問せずに過ごしている。もちろん、おりおりに疑問の声をあげる連絡員もたしかに出てくる。そういった連絡員は、好奇心が猫だけではなく月々の余禄も殺してしまうことを、身をもって学ぶ羽目になる。

　連絡員たちがもっとも重点的に配置されているのは——総勢で約五十人——〈研究所〉周辺地域である。この連絡員たちのいちばん重要な仕事は、超能力をそなえた子供たちの動向監視ではない。彼らの主要な仕事は、だれかが筋のよくない質問を発してはいないかと耳をそばだてていることだ。彼らはいわば罠につながる仕掛け線であり、早期警戒システムである。

　スタックハウスは念には念を入れて、デニスンリバー・ベンドにいる半ダースほどの連絡員にも警戒態勢をとるように命じた——万が一エイヴァリー・ディクスンが嘘をついていた場合にそなえたのだ（「あの子は嘘をついてない、嘘ならわたしにもわかるはずだもの」ミセス・シグスビーはそう主張した）。しかし、いちばん重点を置いて連絡員たちに警戒態勢をとらせたのは、プレスクアイルとその周辺地域だった。連絡員のひとりには、プレスクアイル警察に連絡し、ＣＮＮのニュース番組で報じられていた少年の姿を目撃したと話すという仕事が課せられた。ニュース番組によれば、その少年は両親を殺害した容疑で手配されているという。少年の名前はルーク・エリス。連絡員は警察に、まちがいなくあの少年だとは断言できないが、とにかくよく似ていたし、なかば脅迫するような支離滅裂な言葉づかいで金を無心してきた、とも添えた。ミセス・シグスビーもスタックハウスも、自分たちのもとから脱走した少年の身柄を警察が確保しても、今回の問題の理想的な解決にはならないと承知していたが、警察ならどうとでも操れる。それにルーク・エリスが警察になにを話したところで、すべて精神のバランスを欠いた少年のたわごとだと片づけられてしまうのがおちだ。

〈研究所〉や村とその周辺は携帯電話の圏外だったので——それぞれの半径三キロの範囲はすべて圏外だった——捜索チームの面々はトランシーバーをつかっていた。ただし、固定電話は存在していた。いまミセス・シグスビーのデスクの電話が鳴りはじめた。スタックハウスが受話器をつかみあげた。「なんだ？　そっちはだれなんだ？」

電話をかけてきたのは、通信指令室の仕事をジークから引き継いだドクター・フェリシア・リチャードスンだった。みずから強くこの仕事に志願したのだ。というのも、この女性医師も首が危険に瀕していて、自分でもその事実を把握していたからだ。「いま、連絡員のひとりからの電話を保留にしています。ジャン・レヴェスクという男です。ルーク・エリスがつかったボートを見つけたと話しています。電話をそちらにおつなぎしましょうか？」

「いますぐつなげ！」

　このときにはミセス・シグスビーがスタックハウスのすぐ前に立って両手をかかげ、口の動きだけで《どうしたの？》とたずねてきていた。

　スタックハウスはミセス・シグスビーを無視していた。

〝かちり〟という音がして、電話にレヴェスクが出た。メイン州北部から流れるセントジョン川の峡谷地帯ならではの訛《なまり》があまりにも強く、それだけでパルプ材の伐採ができそうなほどだった。一度も会っていなくても、スタックハウスには釣りの擬似餌《ルアー》をつぼにどっさりとぶらさげた帽子をかぶっている、よく日に焼けた高齢の男の風貌を思い描くことができた。

「おいら、あのボートを見《め》っけたぞ」

「そういう話だったな。場所は？」

「プレスクアイルから八キロばかり上流にさかのぼったところで、川岸に乗りあげとった。かなり水がはいりこんじゃいたが、オールの持ち手はシートに立てかけてあった――いや、オールは一本しかなかった。船は見《め》っけた場所にそのままにしてある。だれにも知らせてない。オールには血がついてた。ついでに話しとくが、そこからちょっとばかし上流に急流があってね。あんたらがさがしてる男の子があんまりボートに慣れてなければ……おまけにまだそんなに小さかったら――」

「ボートから投げだされていてもおかしくない、か」スタックハウスは言葉をしめくくった。「いまいる場所から動くな。こちらからスタッフをそっちへ送る。情報に感謝する」

「ま、あんたたちから金をもらってるからね」レヴェスクはいった。「そのガキがなにをしてるかは、どうせおいらに教えちゃくれないんだろ？」

スタックハウスは電話を切り――これ自体が、いまのとりわけ馬鹿馬鹿しい質問への答えだった――ミセス・シグスビーに内容を伝えた。「運がわれわれの味方なら、あのくそ小僧は川で溺れ死に、今夜かあしたにはだれかがやつの死体を見つけることになる。ただし、そこまでの幸運をあてにするのは禁物だ。だからレイフとジョンのふたりを――保安スタッフはこのふたりしかいないし、今回の件が片づいたらまず変革するべきはその点だな――プレスクアイルのダウンタウンへ派遣したい。それもできるかぎり迅速に。ルーク・エリスが徒歩で移動しているのなら、目的地はまずダウンタウンだろうな。もしヒッチハイクで移動していれば、いずれ州警察なり地元警察なりがやつを見つけて拘束するはずだ。なにせエリスは両親を殺したあと、はるばるメイン州まで逃げてきた頭のいかれたガキにすぎないんだからね」

「ずいぶん楽観的な口ぶりだけど、本気でそう思ってるの？」ミセス・シグスビーは純粋な好奇心からたずねた。

「まさか」

16

居留者は夕食のために自室から出ることを許可された。全体的に見れば、異様なほど静かな食事時間だった。食事の場に世話係と医療技師が数人立ち会い、回遊する鮫のように見まわりをしていた。彼らはあきらかに苛立っており、だれかが口ごたえでもしようものなら、すかさず電撃スティックをつかう気満々に見えた。しかしこの静けさの裏側でひそかにこの場に流れていたのは、落ち着かない気持ちが入り交じった高揚感だった。その雰囲気の強さに、フリーダ・ブラウンはわずかに酔ったような心持ちにさせられた。ここからの脱走者が出た。ここにいる少年少女の全員がそのことを喜んでいたが、喜びを顔に出そうという者はひとりもいなかった。わたしは喜んでいるのだろうか？　フリーダには断言できなかった。たしかに喜ぶ気持ちも一部にはある。しかし……。

フリーダの隣にはエイヴァリーがすわっていた。二本のソーセージをベイクトビーンズに埋めては掘りだすことをくりかえしている。ソーセージの埋葬とソーセージの発掘。フリーダはルーク・エリスほど明敏ではなかったが、知能はかなり高く、〝埋葬〟も〝発掘〟もその意味はわかっていた。フリーダがわからなかったのは、ここでなにがおこなわれているのかをルークがだれかに話したとしたら、どんなことが起こるのかということだった。もっと具体的にいえば、自分たちになにが起こるのか、だ。自由の身になれるのか？　それぞれの両親の待つ家へ送りかえされるのか？　ここにいる子供たちはそういう展開になると信じたがっている――だからこそ、高揚感がひそかに流れていたのだ。しかし、フリーダは懐疑的だった。まだ十四歳だったが、この年齢にしてすでに筋金いりの冷笑家だった。フリーダが描くアニメのキャラクターはにこにこ笑っていたが、本人はめったに笑顔を見せなかった。さらにフリーダは、ほかの子供たちが知らないことを知っていた。エイヴァリーがミセス・シグスビーのオフィスへ連れていかれて、洗いざらい白状したにちがいない、ということを。

つまり、ルークは逃げおおせることができなくなった。

「ね、そのソーセージを食べるの？　それともただ遊んでるだけ？」

エイヴァリーは皿を押しやって立ちあがった。ミセス・シグスビーのオフィスからもどってきて以来、エイヴァリーは幽霊を見た少年のような顔つきになっていた。

「メニューにはデザートとして、アップルパイ・アラモードとチョコレートプディングが載ってる」フリーダはいった。「ここはうちじゃないから――って、わたしのうちのことだけど――おかずが残っててもデザートを食べていいんだよ」

「おなかがすいてなくて」エイヴァリーはいい、カフェテリアをあとにした。

しかし二時間後、子供たちがそれぞれの部屋へ帰されたあとになって（ラウンジと売店エリアは今夜は立入禁止とされ、運動場へ出ていくドアは施錠されていた）、エイヴァリーがパジャマ姿でフリーダの部屋にやってきて、空腹になったのでトークンをもらえないかとたずねた。

「それ、なにかの冗談？」フリーダはいった。「わたしはここに来たばっかりなんだよ」

本当は手もとにトークンが三枚あったが、それを与えるつもりはなかった。エイヴァリーのことは好きだったが、そこまで好きではなかったのだ。

「そっか。わかった」

「もうベッドにはいりなさい。寝ているあいだは空腹を感じないですむし、起きるころには朝食の時間になってるわ」

「ぼく、いっしょに寝てもいい、フリーダ？　ほら、ルークがもういなくなったんだし」

「きみは自分の部屋にもどらなくちゃだめ。きみがここで寝たら、わたしもいっしょに面倒なことになりかねないよ」

「でも、ひとりで寝たくない。あいつらに痛い思いをさせられたんだ。電気ショックをぼくに食らわせてね。そんなあいつらがまたやってきて、ぼくにもっと痛い思いをさせたらどうすればいい？　そうするかもしれないよ。あいつらに知られたら――」

「なにを？」

「なんでもない」

フリーダは考えをめぐらせた。実をいうなら、フリーダは数多くのあれこれについて考えをめぐらせている。ミズーリ州スプリングフィールドのフリーダ・ブラウンこそは傑出した〝考えめぐらせ人《びと》〟だ。「そうね……わかった。ベッドにはいってなさい。わたしはもうちょっと起きてるね。テレビで野生動物の番組をやるから、それを見たいの。自分たちの赤ちゃんを食べる野生動物もいるって知ってた？」

「ほんとに？」エイヴァリーはショックを受けた顔を見せた。「なんてひどくて悲しい話なんだろ」

フリーダはエイヴァリーの肩を叩いた。「でも、ほとんどの動物はそんなことをしないの」

「そう？　じゃ、よかった」

「ほんと。さあ、ベッドにはいって、もうおしゃべりはおしまい。テレビを見ているとき、人から話しかけられるのはきらいなの」

エイヴァリーはベッドに横たわった。フリーダは野生動物の番組を見た。アリゲーターがライオンと戦っていた。いや、クロコダイルだったかもしれない。どっちにしても興味をかきたてられる番組だった。それにエイヴァリーにも興味をかきたてられた。というのもエイヴァリーは秘密をかかえていたからだ。もしフリーダがエイヴァリーなみのTPをもっていたら、いまごろはその秘密もわかっていたはずだ。しかしフリーダには、秘密がそこにあることしかわからなかった。

エイヴァリーが完全に眠りについたと確信できると（エイヴァリーはいいびきをかいていた――幼い男の子らしく礼儀正しいいびきだった）、フリーダは部屋の明かりを消してエイヴァリーのいるベッドにもぐりこみ、その体を揺すった。「エイヴァリー」

エイヴァリーはうなり声を洩らし、フリーダと反対側に寝返りを打とうとした。フリーダはその寝返りをやめさせた。

「エイヴァリー、ルークはどこへ行ったの？」

「プレカイル」エイヴァリーは不明瞭にいった。

フリーダには〝プレカイル〟がなにかわからなかったが、知ろうとも思わなかった。なぜなら、その言葉は真実ではなかったからだ。

「ねえ、教えて。ルークはどこへ行ったの？　大丈夫、だれにもいわないから」

「赤い階段をあがれって」エイヴァリーはいった。まだ眠っているも同然の状態だった。夢を見ているとでも思っているのかもしれない。

「なに、赤い階段って？」フリーダはエイヴァリーの耳にささやきかけた。

　エイヴァリーは答えず、また寝返りを打とうとした。今回フリーダは寝返りをとめはしなかった。必要なものは手に入れたからだ。エイヴァリー（それから調子のいいときのカリーシャ）とは異なり、フリーダには他人の思考を正確に読みとる力はない。フリーダが手に入れられるのは、おそらく思考をもとにした直感らしきものだけだ。ただし、相手が例外的なくらい精神をひらいていれば（たとえば、ほとんど眠っているような状態の幼い少年ならば）一瞬だけでも、くっきりした映像を見てとることができた。

　フリーダは仰向けに横たわって天井を見あげ、ひたすら考えをめぐらせていた。

17

午後十時。〈研究所〉は静まりかえっていた。

　夜番の世話係のひとりであるソフィー・ターナーは、運動場のピクニックテーブルのひとつを前にしてすわり、禁じられているタバコをふかしては、指でタバコをとんとんと叩いて〈ビタミンウォーター〉のボトルキャップに灰を落としていた。隣にはドクター・エヴァンズがすわり、片手をソフィーの太腿に置いていた。エヴァンズが顔を近づけて、ソフィーの首すじにキスをした。

「ちょっと、よしてよ、ジミー」ソフィーはいった。「今夜はよして。〈研究所〉じゅうが警戒態勢にあるんだもの。だれが見てるかわかったものじゃないし」

「きみは全〈研究所〉が警戒態勢にあるというのに、ここでタバコを吸っているスタッフだぞ」エヴァンズはいった。「悪い女になろうとしてるのなら、いっそほんとに悪い女になってもいいだろ？」

エヴァンズが手を腿の付け根にむけて滑らせた。その手をそのままにしておくべきか否かを考えながら、あたりを見まわしたソフィーは、ラウンジに通じているドアのところに小柄な少女が立っていることに気がついた――最近ここへ連れてこられた子供のひとりだった。少女は両手をドアのガラスに押しつけて、ふたりをじっと見つめていた。

「いったいなにしてるの！」ソフィーはそういうとエヴァンズの手をどけさせ、吸いさしのタバコを押しつぶして火を消した。それからドアにつかつかと歩み寄ると、鍵をあけて一気にドアを引きあけ、〝のぞき屋トマス〟ならぬ〝のぞき屋トマシーナ〟のうなじをぎゅっとつかんだ。「こんな時間にふらふらして、なにをしてるの？今夜は部屋を出て歩きまわったりしてはいけない――その言いつけをきかなかった？　ラウンジと売店コーナーは立入禁止！　だからね、お尻を強くひっぱたかれたくなかったら、いますぐ自分の部屋へ――」

「ミセス・シグスビーとお話がしたいんです」フリーダはいった。「いますぐ」

「頭は大丈夫？　言葉で命令するのはこれが最後よ。いますぐ部屋へ――」

ドクター・エヴァンズがソフィーをわきへ押しのけた――しかも謝罪の言葉ひとつない。これでもう、今夜はあんたにお触りさせてあげない、とソフィーは誓った。

「フリーダ？　きみはフリーダだったね？」

「そうです」

「とりあえず、きみが話したいと思っていることを、ここでわたしに話してみてはどうかな？」

「ミセス・シグスビーにしか話せません。あの人がいちばん偉い人だから」

「そう、そのとおり。でも、いちばん偉いから、きょうは一日すごく忙しかったんだ。だから話をきかせてくれたら、それがミセス・シグスビーの耳に入れたほうがいい重要な話かどうかをわたしが判断しよう」

「勘弁してよ、もう」ソフィーはいった。「ここの悪ガキのひとりがあなたを騙そうとしてるのも見抜けないわけ？」

「わたし、ルークがどこへ行ったか知ってるんです」フリーダがいった。「あなたには話せません。でもミセス・シグスビーには話します」

「どうせ嘘をついてるのよ」ソフィーがいった。

フリーダはソフィーに一瞥もくれなかった。ひたすら目をドクター・エヴァンズにすえていた。「嘘じゃありません」

エヴァンズの脳内の議論は短時間でおわった。ルーク・エリスがここを脱走してから、まもなく丸一日、二十四時間になる。となれば、どこに行っていても不思議はないし、だれになにを話していてもおかしくはない——話す相手は警官かもしれないし、まさかそんなことになってほしくはないが、マスコミの記者かもしれない。少女の話がどれほど突拍子もなくとも、その真偽を判断するのは自分の仕事ではない。それはミセス・シグスビーの仕事だ。自分の仕事は、オールの一本ももたされずに糞便の川に流されるようなミスをしでかさないことに尽きる。

「くれぐれも本当のことを話したほうがいいよ、フリーダ。そうでないと、きみは〝痛い痛いの国〟に連れていかれるからね。どういうことかはわかってるね？」

フリーダは無言で、ただエヴァンズを見つめていた。

18

午後十時二十分。

ルークが回転式耕耘機や芝刈機、それに船外モーターの箱の裏ですやすやと眠っているあいだ、ルークを乗せた〈サウスウェイ・エクスプレス〉の貨車はニューヨーク州からペンシルヴェニア州にはいって〝高速走行ルート〟に突入した。これから三時間、貨物列車はそのルートをひた走る予定だった。列車はスピードを時速百三十キロ近くにまであげ、踏切で立ち往生したり線路で寝たりしている者にとっては悲運そのものになった。

そしてミセス・シグスビーのオフィスでは、フリーダ・ブラウンがデスクの前に立っていた。着ているのはピンクの上下一体タイプのパジャマで、自宅ではこんなすてきなパジャマは着せてもらえなかった。髪の毛は昼間のようにピッグテールに結び、いまは両手を背中で組んでいた。

スタックハウスはこのオフィスに隣接する小さな私室で、ソファに寝そべって仮眠をとっていた。ミセス・シグスビーには、スタックハウスをわざわざ起こす理由が見つからなかった。すくなくとも、いまの段階では。ミセス・シグスビーは少女を品さだめし、とりたてて特筆するべきところはないと結論を出した。その苗字のとおり茶色《ブラウン》の少女だった――茶色の目、鼠めいた茶色の髪、夏の日焼けでカフェオレ色になった肌。手もとのファイルによれば、この少女のBDNF値も――あくまでも〈研究所〉の水準に照らせばの話だが――特筆するほどではなかった。つまり、利用価値はあるが驚くほどではない。しかし、少女の茶色の瞳にはなにかがあった――なにかが。それはブリッジやホイストといったトランプゲームで、手のうちに強力なカードがそろっているプレイヤーが目にのぞかせる光でもおかしくなかった。

「ドクター・エヴァンズから話をきいたのだけれど、あなたは行方不明になっている男の子の居場所を知っているんですってね」ミセス・シグスビーはいった。「まず、その考えの出どころを教えてもらえる？」

「エイヴァリーです」フリーダはいった。「あの子、わたしの部屋へ来たんです。いまはベッドで眠っています」

ミセス・シグスビーは微笑んだ。「あいにく、あなたは少し出遅れたようね。ミスター・ディクスンはもう知っていることを残らず打ち明けてくれたの」

「あの子はあなたに嘘をつきました」フリーダはあいかわらず手を背中で組み、落ち着いた顔を見せていた。しかし多くの、本当に数多くの子供たちを相手にしてきたミセス・シグスビーには、この部屋に身を置いている少女が怯えていることくらい見とおせた。この行動にリスクがあることを理解しているのだ。しかし、茶色の目には確信が宿ったままだ。そのことが魅力的だった。

スタックハウスがシャツの裾をスラックスに押しこみながらあらわれた。「その子はだれなんだ？」

「フリーダ・ブラウン。作話《さくわ》を実践中の女の子。いまの言葉がどんな意味かは知らないんでしょう？」

「知ってます」フリーダはいった。「嘘をつくということですね。でも、わたしは嘘なんかついてません」

「エイヴァリー・ディクスンも嘘はついてなかった。ミスター・スタックハウスにはそう話したし、いまはここであなたに話してあげる――わたしには子供の嘘を見抜く目があるのよ」

「ああ、エイヴァリーはほぼ本当のことを話したんだと思います。だからあなたもあの子を信じた。でも、プレカイルのことでは真実を話していませんでした」

　ミセス・シグスビーのひたいに皺が寄った。「プレカイルって――？」

「プレスクアイルのことかな？」スタックハウスが近づいて、フリーダの腕をとった。「それがきみのいっていることなんだろう？」

「わたしじゃなくエイヴァリーがいってたことです。でも、それは嘘なんです」

「どうしてあなたに――」ミセス・シグスビーがいいかけたが、スタックハウスは片手をかかげて発言を制した。「もしエイヴァリーがプレスクアイルの件で嘘をついていたのなら、なにが本当なのかな？」

　フリーダは小ずるい笑みを見せた。「もしなにが本当かを話したら、わたしはなにをもらえますか？」

「あなたがもらわずにすむのは電気ショック」ミセス・シグスビーはいった。「半死半生になるくらいの電気ショックね」

「わたしに電気ショックを与えたりしたら、そのあとわたしがなにか話すとしても、それは本当のことじゃないかもしれません。あなたがエイヴァリーに電気ショックを与えたあと、あの子が本当のことを話さなかったように」

　ミセス・シグスビーは片手をデスクに叩きつけた。「わたし相手にふざけた真似をするんじゃないよ、このメスガキ！　いいたいことがあるのなら――」

　スタックハウスがここでもまた手をかかげた。それからフリーダの前に膝をついた。スタックハウスはかなりの長身なので、ふたりの目の高さにはまだ差があったが、それでもずいぶん縮まっていた。「きみの望みはなにかな、フリーダ？　家へ帰りたいとか？　率直にいわせてもらえば、その望みが現実になることはないよ」

　フリーダは笑いそうになった。家へ帰る？　つまり、頭のおかしな母親と、その母親がとっかえひっかえ連れこむ頭のおかしなボーイフレンドたちのところへ帰る？　最後に会った母親のボーイフレンドはフリーダに乳房を見せろ、といってきた。それを見れば〝どんなペースで成長しているか〟がわかる、といって。

「家なんか帰りたくない」

「そうか、わかった。ではなにが望みだ？」

「ずっとここにいたい」

「それはまた、ずいぶん珍しい希望だな」

「でも注射針はいやだし、これ以上なんやかや検査されるのもまっぴら、それに〈バックハーフ〉にも行きたくない。ぜったいに。ずっとここに住んで、大きくなったらグラディスやウィノナみたいな世話係になりたい。トニーやエヴァンみたいな医療技師でもいい。それか料理を勉強して、ダグみたいなシェフになるのもいいし」

スタックハウスは少女の肩ごしに視線を投げて、自分と同様にミセス・シグスビーも驚いているかどうかを確かめた。驚いているように見えた。

「そうだな……ここの施設への永住も手配できなくはないと……いっておこうか」スタックハウスはいった。

「うむ、そのように手配してもいいといっておく……きみの情報が正確で、われわれがルーク・エリスをつかまえたらの話だ」

「ルークをつかまえるかどうかは、この取引条件に入れないで。そんなのフェアじゃない。だってルークをつかまえるのは、そっちの仕事だもん。条件はわたしの情報が正確かどうかだけ。で、わたしの情報は正確なの」

スタックハウスはふたたびフリーダの肩ごしにミセス・シグスビーを見やった。ミセス・シグスビーは小さくうなずいた。

「了解」スタックハウスはいった。「その条件を受け入れる。さあ、話してもらおう」

フリーダは小ざかしい笑みをのぞかせ、スタックハウスは平手打ちでその笑みを少女の顔から叩き飛ばしたくなった。そう考えたのもほんの一瞬だったが、偽りない真情だった。「あとトークンを五十枚欲しいな」

「だめだ」

「じゃ、四十枚」

「二十枚ね」フリーダの背後からミセス・シグスビーがそういった。「でも、あくまでもあなたの情報が役に立った場合だけよ」

フリーダはこの発言に考えをめぐらせた。「わかった。でも、そっちが約束をかならず守るって、どうすればわたしにわかるの？」

「それはわたしたちを信頼してもらうほかないわ」ミセ

ス・シグスビーはいった。

フリーダはため息をついた。「でしょうね」

スタックハウス――「もう交渉ごとはおわりだ。話したいことがあれば、いま話したまえ」

「ルークはプレスクアイルに着く前にボートから降りたの。赤い階段があるところで」フリーダはいったんためらってから、残りの部分も明かした。それも重要な部分を。「階段をあがりきったところに鉄道の駅がある。ルークがむかったのはそこ。鉄道の駅」

19

フリーダがトークンを手に入れて自室にもどったあとで（もちろんミセス・シグスビーのオフィスでの言葉のやりとりを少しでも他人に洩らしたら、すべての約束は撤回されるという脅しをきかされていた）、スタックハウスは下のフロアにあるコンピューター室に電話をかけた。アンディ・フェロウズが村からもどって、医師のフェリシア・リチャードスンに代わって勤務についていた。スタックハウスはフェロウズに望みを伝え、他人を警戒させずに実行できるかとたずねた。フェロウズはできる、しかし数分の余裕が必要だと答えた。

「その数分を一分でも短くしろ」スタックハウスはそういって電話を切ると、待機中だったふたりの保安スタッフ――レイフ・プルマンとジョン・ウォルシュ――にボックスフォンで連絡した。

「それよりは子飼いの警察官のひとりを操車場まで派遣したほうがよかったのでは？」スタックハウスが連絡をおえると、ミセス・シグスビーはそういった。デニスンリバー・ベンド警察には、〈研究所〉の連絡員でもある警官がふたりいる。ちなみにこのふたりで、警察署全スタッフの二十パーセントにあたる。「そのほうが迅速に対応できない？」

「迅速にはなるけど安全性では疑問が残るね。わたしとしては、このクソな騒動の情報がいま以上に拡散することを避けたい――やむなく拡散する必要に迫られないかぎりはね」

「でもルーク・エリスが列車に乗ってたら、いまごろど、こにいても不思議はないのに！」

「そうはいっても、エリスが本当に駅まで行ったかどうかもわかってないんだ。あの女の子が出まかせをいってるだけという可能性だってある」

「あの子が出まかせをいってるとは思えない」

「ディクスンのときも出まかせだと思っていなかったのにね」

それは当たっているが――ついでにばつのわるい思いをさせられた――とりあえずいまの本題からは離れずに話をつづけた。現下の情況はあまりにも深刻で、それ以外の対応は許されなかった。「あなたの意見にも一理あるわ、トレヴァー。でも、あの小さな町にとどまりつづけていたなら、何時間も前にだれかがエリスを見つけてるはずよ！」

「そうでもないのかも。エリスは頭の切れる少年だ。どこか目立たない場所に隠れているかもしれないぞ」

「でも、列車に乗ったというのがいちばんありそうな展開よ。あなたにもわかっているはず」

電話がふたたび鳴った。両人とも手を伸ばしたが、勝ったのはスタックハウスだった。


「ああ、アンディか」と、ITスタッフの名前を口にする。「わかった？　でかしたぞ。中身を教えてくれ」

スタックハウスはメモ帳をつかんで引き寄せ、手早く文字を書きつけていった。ミセス・シグスビーは背後からスタックハウスの肩ごしにメモを読んでいた。

4297　AM10
16　PM2：30
77　PM5

ついでスタックハウスは《4297》を丸で囲んで目的地をたずね、《ポート　ポーツ　スター》とメモを書きとめた。「その貨物列車のスターブリッジ駅への到着時刻は？」

答えをききながらスタックハウスは《PM4～5》と書いた。それを見てとったミセス・シグスビーは落胆していた。ミセス・シグスビーにはスタックハウスの思いが手にとるようにわかった。あくまでもエリス少年が列車に乗っていればの話だが、少年は列車をいざおりるまでに少しでも距離を多く稼いでおきたいはずだ。となると、降りるのはスターブリッジ駅だ。たとえ遅延が発生していても、貨物列車がその駅に到着してから少なくとも五時間が経過してしまっている。

「ありがとう、アンディ」スタックハウスはいった。「スターブリッジはウェスタン・マス――マサチューセッツ州西部地域の都市だったな？」

スタックハウスはうなずきながら、相手の話をきいた。

「なるほど、州間高速道路は通っているが、立ち寄り先としてはかなり小さな町か。中継駅かもしれない。問題の貨物列車の全部、あるいはその一部でも、そこからどこへむかったかはわかるか？ ひょっとしたら、編成の一部が別の機関車につながれたのかもしれないぞ？」

ここでまた相手の言葉をきく。

「いやいや、ただの勘だ。もしエリスがその貨物列車に乗って逃げたのなら、スターブリッジでは安心できるほど距離を稼げた気がしなかったかもしれない。もっと遠くまで逃げたくなったのかもしれない。わたしがエリスなら、もっと遠くまで逃げるね。その点を調べて、結果をなるべく早く返してくれ」そういって電話を切る。

「アンディは鉄道会社のウェブサイトから情報をとってきてくれた。驚きじゃないか？ このごろじゃ、なんでもインターネットにあるんだから」

「ここのことは載ってないけど」

「ま、いまのところはね」スタックハウスはいいかえした。

「で、いまはなにを？」

「レイフとジョンの報告を待っているところだ」

そしてふたりは報告を待った。夜中の十二時になり、さらに時間が過ぎていった。十二時半を過ぎたころ、ミセス・シグスビーのデスクの電話が呼出音を鳴らしはじめた。今回はミセス・シグスビーがスタックハウスに先んじて受話器をとった。まずは大声で名乗り、それからしきりにうなずきつつ相手の話をきいている。

「けっこう。事情はすっかりわかった。それではこれから駅だか……停車場だか……操車場だか知らないけど、とにかくそこへ行って、人が残っていないかどうか確かめて。ええ、わかった。ありがとう」

ミセス・シグスビーは電話を切ってスタックハウスにむきなおった。

「あなたのところの保安スタッフのひとりよ」そういっ

たミセス・シグスビーの言葉には、多少の皮肉の棘があった。今夜つかえるスタックハウスの部下の保安スタッフはふたりだけであり、どちらも五十代で、お世辞にもすばらしい体形を維持しているとはいえなかった。「あの女の子、フリーダ・ブラウンの話のとおりだった。ふたりは階段を見つけ、そこで靴痕を見つけたほか、階段を半分くらいあがったところで指が残した血痕も見つけたって。レイフはエリス少年がそこでいったん休んだか、靴紐を結びなおしたんじゃないかと推測してる。ふたりは懐中電灯をつかったけれど、明るくなってから調べなおせば、もっと痕跡が見つかるだろうとジョンは話してた」ミセス・シグスビーはいったん言葉を切った。「それからふたりは駅も調べた。でも、だれもいなかった――夜警さえ見あたらなかったそうよ」

空調がきいている部屋のなかは快適な二十二度にたもたれていたが、スタックハウスはひたいにじっとりと汗をかいていた。「こいつはまずいな、ジュリア。しかし、いまならまだ、そいつをつかわずに――」いいながら、ミセス・シグスビーのデスクの〈ゼロフォン〉がしまってある抽斗を指さす。「――事態を抑えこむこともできなくはないな。ただし、エリス少年がスターブリッジの警官を訪ねていたら、こちらの立場はずっと危うくなる。しかもエリスには、そういう行動に出るために五時間の余裕があったんだ」

「スターブリッジで列車からおりたとしても、警察には行ってないかもしれないし」

「どうして行かないと思える？　あの少年は、自分が両親殺しの容疑者として手配されてることを知らないんだ。そもそも両親が死んでいることも知らないのに、そんなことまで知っている道理があるか？」

「両親の死を確実に知らなくても、薄々察していてもおかしくない。あの子はとても頭がいいのよ、トレヴァー。その事実を忘れると足をすくわれるわ。わたしだったら、スターブリッジで貨物列車からおりたあと、まっさきになにをすると思う？　そう、到着が……」いいながら、メモ帳を確かめる。「……午後四時から五時だったらね。わたしならとりあえず図書館に駆けこんでインターネットにアクセスする。そうやって、自分が住んでいたところの出来事について最新情報を仕入れるでしょうね」

今回は、ふたりとも鍵のかかった抽斗を見つめた。

スタックハウスはいった。「オーケイ。この件を広い範囲で考える必要があるということだね。正直にいえば気にくわないが、選択の余地もないようだ。スターブリッジ近郊につかえる人材がいるかどうかを調べよう。そのうえで、エリスが姿を見せたかどうかを調べさせるんだ」

　ミセス・シグスビーはデスク前の椅子にすわり、いま話に出た計画を実行させようとして電話に手を伸ばしたが、受話器をとるよりも先に呼出音が鳴りはじめた。短時間だけ相手の話をきくと、ミセス・シグスビーはすぐに受話器をスタックハウスに差しだした。

　かけてきたのはアンディ・フェロウズだった。このＩＴスタッフは忙しく調べを進めていた。スターブリッジには夜間勤務の駅員がちゃんといたらしい。フェロウズが自分はダウンイースト貨物社の在庫管理主任で、いまは輸送途中で紛失したとおぼしき活ロブスターの所在を確かめているところだ、と告げると、深夜勤務の駅長は喜んで協力してくれた。いや、スターブリッジでは活ロブスターは荷下ろしされていない。そして、そのとおり、貨物列車四二九七号の車両のほとんどは、スターブリッジからさらに先へ行く。ただし牽引するのはもっと強力な機関車だ。九九五六号と名前を変えたあと、さらに南へと走ってリッチモンド、ウィルミントン、デュプレイ、ブランズウィック、タンパを経由し、終点のマイアミにいたる。

　スタックハウスは経由地の地名を書きとめ、名前を知らなかったふたつの町について質問した。

「デュプレイはサウスカロライナ州の町です」フェロウズはそう教えた。「ひなびた小さな町ですよ――俗に〝信号が六本、木が九本〟っていうような――でも、ここは西から走ってくる列車との中継点です。そんなわけで、駅近くには物流倉庫がいっぱいあります。この倉庫群があるからこそ町があるんでしょうね。ブランズウィックはジョージア州です。こちらはもっと大きな都会ですよ。おそらく、かなりの量の農産物や海産物を積みこむんでしょうね」

　スタックハウスは電話を切り、ミセス・シグスビーに目をむけた。「では、こう仮定《アシューム》しよう――」

「仮定《アシューム》ね」ミセス・シグスビーはいった。「ＡＳＳＵＭＥ。あなた《ユー》とわたし《ミー》でつくったおケツ《アス》っていう意味の単語でしょう?」

「その話はしまっとけ」

スタックハウス以外に、ミセス・シグスビーにこれほど荒っぽく話しかける者はいなかった(もちろん、こんなに無作法に話す者も)。しかし、スタックハウス以外にミセス・シグスビーをファーストネームで呼ぶことが許されている者もいなかった。スタックハウスは室内を行きつもどりつ歩きはじめた。照明を受けて禿頭がてかてか輝いていた。ミセス・シグスビーはときおり、この男が本当に頭をワックスで磨いているのではないかと思っていた。

「まずこの施設にいるスタッフは何人になるだろうか?」スタックハウスはそう質問した。「わたしが教えよう。〈フロントハーフ〉の従業員が約四十人で、〈バックハーフ〉には——ヘッケルとジャッケルを除いて——さらに二十人ほどだ。秘密保持のために関係者を最小限に絞ってきたからだ。必要に迫られてのことだったが、今夜はそれが仇《あだ》になった。そこの抽斗にはいっている電話をつかえば、ありとあらゆる強力なバックアップを得られはするが、その電話をつかったが最後、われわれの生活は一変する——かならずしも、いい方向に変わるとはいえないね」

「あの電話をつかうしかないところまで追いつめられたら、わたしたちにはもう生活なんてなくなっているかも」ミセス・シグスビーはいった。

スタックハウスはこの発言を無視した。「われわれの連絡員たちは全国に散らばっている——この優秀な情報ネットワークをつくっているメンバーのなかには、地位の低い警官たちや医療関係者、ホテル従業員、小さな町の週刊新聞の記者、それにインターネット・サーフィンに費やす時間がふんだんにとれる年金生活者などがいる。さらに自在につかうことができる回収チームがふたつあり、彼らを事実上どこへでも迅速に連れていけるビジネスジェット機のボンバルディア・チャレンジャーもある。さらにわれわれには頭脳がある。ジュリア、頭脳がね。ルーク・エリスはチェス・プレイヤーだ。世話係たちはエリスがニック・ウィルホルムと運動場でチェスをしているところをよく見かけていたらしい。しかし、これは現実世界でのチェスだ。そしてエリスがこれまで経験したことのないゲームでもある。さて、こう仮定しよう

――」

「どうぞ、つづけて」

「まず連絡員に命じて、スターブリッジの警察署に話しにいかせよう。プレスクアイルの町でつかったのとおなじ話だ――連絡員は〝町でエリスそっくりの少年を見かけた〟と警察に話した。おなじつくり話でポートランドとポーツマスの警察にも確かめはするが、あの少年がそんなにすぐ列車からおりたとは一秒だって信じないがね。スターブリッジのほうがまだしも可能性が高いが、われらが連絡員はあの町でも収穫なしにおわりそうな気がするよ」

「それが希望的観測じゃないというのは確か？」

「いやいや、希望のままであってほしいと心底願ってはいる。しかし、エリスが逃走をつづけながら同時に頭をつかっていれば、これは筋の通った仮定なんだ」

「貨物列車四二九七号が九九五六号と名前を変えても、エリスは列車に乗ったままだった――それがあなたの仮定ね？」

「そのとおり。で、九九五六号は午前二時前後にリッチモンドに停車する。われわれに必要なのはこの貨物列車を見張る人物だ――できれば複数の人物が欲しい。ウィルミントンでもおなじことだ――到着は午前五時から六時のあいだ。しかし、わたしの考えをきかせようか？ルーク・エリスがこのふたつの駅のどちらかで列車をおりるとは思えないね」

「つまり、列車の終点までずっと乗っているだろうと予測しているのね」いいながらミセス・シグスビーは思った。トレヴァー、あなたは推測の木をひたすら上へ上へとのぼってる。のぼるたびに枝は着実に細くなるのに。

しかし、あの少年が逃げてしまったいま、ほかになにが残されているのか？　もし〈ゼロフォン〉をつかうまでに追いつめられたら、こういった事態にそなえておくべきだといわれるに決まっている。口でいうのは簡単だ。しかし十二歳の少年が脱走したい一心で、追跡チップを埋めこんだ耳たぶを自分で切り落とすような事態をだれが予見できたというのか？　あるいは部屋係がみずからすすんで少年を助け、そそのかすような事態は？　その次は、〈研究所〉のスタッフが無精になり、現状にただ甘んじていただけだと指摘されるのだろう。その指摘にはどう答えればいい？

「――とはかぎらないな」

ミセス・シグスビーは現在の場所にふっと立ち帰ると、話をききそびれたので最初からくりかえしてくれ、とスタックハウスに頼んだ。

「ルーク・エリスが終点までずっと列車に乗っているとはかぎらない、といったんだ。あそこまで頭が切れる少年なら、われわれがひとたび貨物列車の線を思いついたら終着駅に追っ手を配置することも察して当然だからね。また、エリスが大都市圏で列車をおりるとも思えない。とりわけリッチモンドでおりることはないだろうね――真夜中だし、まったく土地勘のない大都会だ。ウィルミントンなら考えられなくもない。こちらのほうが規模が小さいし、九九五六号が到着するのは昼間だ。しかし、わたしは急行列車が通過するような小さな町の駅が怪しいと思っている。サウスカロライナ州デュプレイか、あるいはジョージア州ブランズウィックか。どれもこれも、ルーク・エリスが列車に乗っていると仮定しての話だが」

「貨物列車に乗ったはいいけれど、スターブリッジを出たあとでどこへむかうかを知らないということも考えられない？　知らなかったら、終点まで乗ったままかもしれないし」

「貨車それぞれに行先が明記してある貨物列車に乗っていれば、停車駅や終点もわかるはずだ」

ミセス・シグスビーは、ここまで怯えた気分になるのは本当に久しぶりであることに気づいた。いや、これほど怯えたのは生まれて初めてかもしれない。いま自分たちはきちんと仮説を立てているのか？　それとも、ただ当て推量をしているだけか？　後者だったら、この程度の当て推量をいくらでもつづけられるのでは？　しかし手もちの材料がこれだけである以上、ミセス・シグスビーはただうなずいた。「ルーク・エリスがいま出た小さな町のどれかで列車をおりるのなら、回収チームを派遣して、ここへ連れもどすこともできそう。そうなってくれたら、ほんとに理想的ね、トレヴァー」

「派遣するなら、ふたつの回収チームだな。オパールとルビーレッド。ルビーレッドは、そもそもあの少年を拉致してきたチームだ。だから、因果がぐるりと一周することになりはしないかな？」

ミセス・シグスビーはため息をついた。「あの少年がまちがいなくその貨物列車に乗っているという証拠があればいいのに」

「裏づけがあるわけじゃないが、まちがいないと確信しているし、いまはそれで充分だ」スタックハウスはミセス・シグスビーに笑顔を見せた。「電話をかけるんだ。関係者を叩き起こせ。最初はリッチモンド。全国に配置しているあの手のスタッフには、総計でいくら払ってる？　年間百万ドル？　まあ、何人かのスタッフには給料に見あう働きをしてもらおうじゃないか」

三十分後、ミセス・シグスビーは受話器を電話機本体にもどした。「もしエリスがスターブリッジでおりたとしたら、あの子は地下の暗渠とか空家とか、そういったところに身を隠してるにちがいない——警察はエリスをつかまえてはいないわ。つかまえていれば、警察無線にその手の話がでてくるはずだから。リッチモンドとウィルミントンにも、例の貨物列車の到着予定時間にあわせて人を配置して目を光らせてもらう。それも、もっともらしい作り話を口実にして」

「きいていたよ。すばらしい仕事ぶりだね、ジュリア」

ミセス・シグスビーはこの褒め言葉をうけとめた合図に、疲れた片腕をあげて応えた。「目撃証言にはそれなりの報酬を出すし、こちらのスタッフが少年を捕獲し、回収チームが迎えにいけるように隠れ家《セーフハウス》まで連れていったら、それなり以上の——〝もっけの幸い〟と思えるくらいの金額の——報酬を出すつもり。リッチモンドにいるこちらの連絡員は、ふたりともごく一般的な民間人だから、そういった展開になるとは思えない。でもウィルミントンにはひとり、警官の連絡員がいる。だからウィルミントンで成果があることを祈りましょう」

「デュプレイとブランズウィックでは？」

「ブランズウィックではふたりの連絡員が目を光らせてる——近くに住む教会の牧師夫婦よ。デュプレイにいる連絡員はひとりだけ。でも、その連絡員は町に住んでる。町に一軒きりのモーテルのオーナーよ」

20

ルークはまたしても全身浴タンクに入れられていた。

ジークに頭を押さえられているので、水から浮かびあがれない。目の前に〈シュタージライト〉が渦巻いていた。〈シュタージライト〉は頭のなかでも渦を巻き、それが前者の十倍は苦しかった。このままでは、この光を見ながら死ぬことになりそうだった。

　こうやって意識をとりもどそうともがき苦しんでいるあいだに悲鳴がきこえていたが、最初はそれを自分の悲鳴だと思い、水に沈められているのにどうしてそんな大声が出せるのだろうかと首をかしげた。ついで、ようやく自分が貨車に乗っていることを思い出した。貨車は貨物列車の一部で、その貨物列車はいまどんどん減速しつつあった。

　色とりどりの粒々はひとしきり目の前に残っていたが、すぐに薄れていった。貨車のなかは墨を流したような暗闇だった。こわばった筋肉を伸ばそうとしたルークは、自分が狭い空間に閉じこめられていることに気づいた。三つか四つの船外モーターの箱が崩れていた。できれば悪夢を見ながら手足をばたつかせて、それで箱が落ちたのだと信じたい気持ちもあった。しかし、あの忌ま忌ましい光の粒々にとらわれているあいだに、精神の力だけで箱を落としたとも考えられた。昔々、ルークの精神の力は、せいぜいレストランのテーブルからピザのアルミ皿を押しやって落とすとか、本のページをひらひらさせるといった程度にとどまっていた。しかし、時代は変わった。ルーク自身も変わった。ただし、どれだけ変わったのかは自分でもわからず、また知りたいとも思わなかった。

　列車はさらに減速し、ポイントを通過するたびにがたんごとんと揺れはじめた。ルークは自分がかなり苦境にあることを意識した。肉体は――いまはまだ――最高度警戒レベルに達していなかったが、その一段階下のコード・イエロー状態だった。たしかに空腹だったし、それも心配事だったが、のどの渇きと比較すれば空腹も些細なものだった。土手を滑りおりて〈蒸気船《SS》チッポケ号〉が繋留されていたところへたどりついたときのことや、冷たい川の水を顔に浴びせ、手ですくって口に流しこんだときのことを思い出した。いまあの川の水が一杯でも飲めるものなら、なんでも差しだしたい気分だった。舌先を唇に滑らせたが、ほとんど効果はなかった――舌もからからに干からびていたからだ。

やがて列車が停止した。ルークは手さぐりだけで箱を積み直した。箱はかなり重かったが、なんとか積み直すことができた。自分がどこにいるのかはわからなかった。〈サウスウェイ・エクスプレス〉の貨車の扉が、スタブリッジ駅で完全に閉ざされてしまっていたからだ。ルークは荷物の箱や小型エンジンの機材の裏側という隠れ場所に引き返し、みじめな気分をかかえながら待った。

空腹と渇きをおぼえ、膀胱は限界、耳を切り落とした傷がずきずき痛んではいたが、それでもうとうとと眠りかけたそのとき、貨車の扉ががらがらという金属音とともにひらき、月の光が洪水のように流れこんできた。目覚めたとき完全な闇のなかにいたせいで、ルークにはそれが洪水なみに思えたのだ。一台のトラックがバックで貨車に近づき、男は大声で運転手に合図を送っていた。

「オーライオーライ……もうちょっとだ……はい、ゆっくり……あとちょっと……ストップ！」

トラックのエンジンがとまった。荷台の扉があけられる物音がきこえたかと思うと、ひとりの男が貨車に飛び乗ってきた。コーヒーの香りを感じるなり、腹が空腹を訴えてごろごろと鳴った。男がききつけてもおかしくないほどの大きな音だった。しかし、きかれずにすんだ──芝刈トラクターと座席つき芝刈機のあいだからのぞくと、作業服姿の男は両耳にイヤフォンを入れていた。

最初の男にくわえて、もうひとりの男が貨車に飛び乗ってきて、箱型の携帯ライトを床に置いた。光はルークのいるところではなく──ありがたいことに──貨車のドアにむけられていた。ふたりの男はスチール板のスロープを設置し、木箱をトラックの荷台から貨車に積みこみはじめた。どの木箱にも《**コーラー**》という社名や、《**この面を上に**》《**取扱注意**》などの注意書きがあった。つまり、ここがどこかはわからないが、まだ終点ではないということだ。

木箱を十個ないし十二個積みこむと、男たちはひと休みして、紙袋からドーナツを食べはじめた。隠れ場所から躍りでていき、せめてひと口だけでもドーナツを食べさせてほしいと男たちに懇願したい気持ちを抑えこむには、ありったけの努力が必要だった──ジークの手でタンクに押しこめられたときのことを思い、ウィルコックスの双子のことを思い、カリーシャやニッキー、そのほか何人いるとも知れない子供たち、自分が命運を背負っている子供たちのことを思った。いや、それでも飛びだしていったかもしれないが、ルークは片方の男のこんな発言でその場に凍りついた。

「そうだ、そのへんを走りまわってる子供を見かけなかったか？」

「なんだって？」もうひとりがドーナツで口をいっぱいにしたままいった。

「子供だよ、子供。ほら、さっきおまえが機関士のところへ魔法瓶をもっていったとき、子供を見かけなかったかってきいたんだ」

「子供がこんなところでなにをしてるっていうんだ？いまは夜中の二時半だぞ」

「それがさ、さっきドーナツを買いにいったとき、どこかの男にそんな質問をされたんだよ。マサチューセッツにいる義理の兄だか弟だかの電話で、ぐっすり眠っていたところを叩き起こされて、鉄道駅を調べろといわれたってね。マサチューセッツに住んでるそいつの息子が家出をしたという話でね。なんでもそいつの息子は、貨物列車にただ乗りしてカリフォルニアまで逃げていくとしじゅう話してたんだと」

「おいおい、カリフォルニアはこの国の反対側だぞ」

「おれでも知ってるよ。おまえが知ってるくらいだからな。で、その男の子は、そのことを知ってるのか？」

「ま、そのガキがちゃんと学校でお勉強してれば、リッチモンドがロサンジェルスから遠く遠く離れてることくらい知ってるだろうよ」

「そりゃそうだ。ただ、ここは連絡駅だ。だから男がいうには、息子はここで貨物列車からおりて、西行き列車に乗り換えるかもしれないというんだ」

「ま、子供なんてひとりも見かけちゃいないね」

「その男は、義理の兄だか弟だかは謝礼を支払う用意があるとも話してた」

「百万ドル弾むといわれてもな、ビリー、そこにいりゃ見えてるはずのガキなんか、ひとりも見つけられなかったよ」

いまここでまた腹がぐうぐう鳴ったら、ぼくは一巻のおわりだ。ルークは思った。こんがり揚げられてしまう。核ミサイルでやられちまう。

貨車の外から、だれかが大声で叫んできた。「ビリー！デュエイン！あと二十分だ。急いでおわらせろ！」

　ビリーとデュエインのふたりは、さらにいくつかの木箱をトラックから貨車に積みこみ、橋わたしにつかったスロープを片づけてトラックで走り去った。あいたままの扉からは都会のスカイラインがちらりと見えたが――街の名前はわからなかった――オーバーオールを着て鉄道会社のキャップをかぶった男がやってきて、〈サウスウェイ〉の貨車の扉を閉めていった。しかし今回、扉は完全には閉まらなかった。扉を滑らせるレールにひっかかる箇所があるのだろう。それから五分ばかりしたころ、貨物列車はがくんと揺れてまた動きはじめた。最初のうちはのろのろと走り、ポイントや踏切を通過するたびに金属音があがっていたが、やがて速度をあげはじめた。

　だれかの義理の兄だか弟だかを自称している人物。

《なんでもそいつの息子は、貨物列車にただ乗りしてカリフォルニアまで逃げていくってしじゅう話してたんだと》

　つまり、連中はぼくが逃げだしたことをもう知っている。そして〈蒸気船《SS》チッポケ号〉をデニスンリバー・ベンドよりも下流で見つけたとしても、そんな偽の手がかりには騙されていない。モーリーンの口を無理やり割ったにちがいない。あるいはエイヴァリーの口を。あいつらがなんとしても情報を引きだそうとして小さなエイヴァスターを拷問しているところは想像するだけでも恐ろしく、ルークはあわてて想像を頭から押しだした。あいつらがここの駅にも見張りを配置して列車をおりるルークを見つけようとしていたのなら、次の停車駅にも見張りを置いているにちがいないし、その駅には昼間のうちにとまることになるかもしれない。見張り連中はトラブルが起こることをのぞまず、ただ監視して報告するだけかもしれないが、ルークを捕獲しようとしてくる可能性もあった。もちろん、そのあたりは配下の者の人数にもよる。それから、彼らがどれほど追いつめられて必死になっているかにも。それにも左右される。

　こうして貨物列車に乗ったことで、ぼくは自分で自分を罠にかけてしまったのかも。ルークは思った。でも、ほかになにができたというのか？　そもそも、あいつらにこんなに早く足どりをつかまれるはずではなかったのだ。

　その一方で、自力で解決できる不愉快な問題もひとつだけあった。ルークは座席つき芝刈機のシートに腰をすえて体のバランスをたもちながら、ジョンディア社製の耕耘機の燃料キャップをひねってはずした。それからズボンのファスナーをおろし、七、八リットルはあるように思われた小便を空っぽのガソリンタンクに注ぎこんだ。どう考えても褒められた行為ではないし、耕耘機をつかう人物にとってははなはだ迷惑だったが、いまは非常時であり緊急時だ。用を足しおえると、ルークはキャップを元の位置にもどし、しっかりと閉めた。座席つき芝刈機のシートにすわりなおすと、空っぽの腹の上で両手を組みあわせて両目を閉じる。

　おまえの耳のことを思え――ルークはおのれに命じた。背中の切り傷のことも考えろ。体に負った傷の数々がどれほど激しく痛むかを考えるんだ。そうすれば腹が減っていることも、のどが渇ききっていることも忘れられるぞ。

　この作戦にも効き目があったが、それも効き目が消えるまでだった。頭に忍びこんできたのは、いまから数時間後にそれぞれの部屋を出てカフェテリアへ行き、朝食をとっている子供たちの姿だった。オレンジジュースで満たされたピッチャーや、赤いハワイアンパンチでいっぱいになっている噴水式ディスペンサーの映像を頭から払いのけようとしても、ルークはあまりにも無力だった。いまこの瞬間、あの朝食の場に身を置いていたかった。もしいられたら、まず両方の飲み物をごくごくと飲み、そのあとで保温容器からスクランブルエッグとベーコンを自分の皿に盛りつけたはずだった。

　あの場にいたかったなんて考えるな。そんなことを望むのは正気の沙汰じゃない。

　そうわかっていてもなお、ルークのなかにはそう願う部分があった。

　頭のなかの映像を打ち消すため、ルークは瞼をひらいた。オレンジジュースのピッチャーの映像はしぶとく、なかなか消えようとしなかったが……そのとき、新たに積みこまれた木箱と小型エンジン部品の箱にはさまれた空きスペースにあったものにルークは目を引かれた。最初は閉まりきっていない貨車の扉の隙間から射しこむ月明かりのいたずらか、そうでなければ純粋な幻覚だと思った。しかし二度ばかりまばたきをしたあとでも、それは消えていなかった。そこでルークは芝刈機のシートからおり、目にしたものに這って近づいていった。右に目をむけると、月の光を浴びている草原が貨車の後方へとびゅんびゅん飛び去っていた。デニスンリバー・ベンドを出て以来、ルークは目に見えるものすべてに驚きを感じつつ、うっとりとながめてきていた。しかし、いまばかりは外部の世界に目をむける余裕はなかった。いま目に見えていたのは、貨車の床に落ちていたものだけだった――それはドーナツの小さなくずだった。

　ひとつだけ、くずというには大きなかけらがあった。

　ルークは最初にそのかけらをつまみあげた。もっと小さなくずを拾うために親指を舐めて湿らせ、その要領でほかのくずも拾っていく。いちばん小さなくずは貨車の床の隙間に落としてしまうのが怖くて、舌を突きだして床から舐めとった。

21

　今度はミセス・シグスビーが奥の私室のソファで仮眠をとる番だった。スタックハウスは電話――固定電話と自分のボックスフォンの両方――がミセス・シグスビーの眠りを妨げないようドアを閉めた。午前三時十分前、フェロウズがコンピューター室から電話をよこした。

「九九五六号がリッチモンドを出発しました」フェロウズはそういった。「男の子は見つかっていません」

　スタックハウスはため息をついて、あごをさすった――無精ひげのざらりとした感触が伝わってきた。「わかった」

「あの貨物列車を待避線に引きこんで捜索をおこなえないのが残念ですよ。そうすれば、男の子が乗っているのか乗っていないのかという問題を一気に解決できるんですが」

「それをいうなら、世界じゅうの人々が手をつないで大きな輪をつくって、ジョン・レノンの〈平和を我等に〉を歌っていないことも残念だよ。で、その貨物列車がウイルミントンに着くのは何時だ？」

「六時には着くはずです。途中で多少時間を稼げば、それより早く着くかもしれません」

「ウィルミントンにいるこちらの連絡員は何人だ？」

「いま現在はふたりで、ただいまゴールズボロからひとりがむかっているところです」

「三人ともやたら熱心な態度を見せないようにするくらいの知恵はあるだろうね？　むやみに熱心な人間は怪しまれるものだから」

「あの三人なら、巧くこなすでしょうね。表向きの作り話も上出来ですよ。家出をした少年、そして心配している親戚……」

「三人が巧くこなすように祈るんだね。情況を報告するように」

ドクター・ヘンドリクスがノックも省いて部屋にはいってきた。両目の下に隈ができていたし、服は皺だらけ、おまけに頭ではスチールグレイの髪が逆毛になって突き立っていた。「なにか知らせは？」

「なにもない」

「ミセス・シグスビーはどこに？」

「睡眠が深刻に必要だったので仮眠中だ」スタックハウスはミセス・シグスビーの椅子にすわって背にもたれ、体を伸ばした。「エイヴァリー・ディクスン少年は、まだタンクを体験していないんだっけ？」

「もちろん」ドンキーコングことドクター・ヘンドリクスは、そんなことは考えるだけでも不愉快だといいたげな顔を漠然とのぞかせた。「ディクスンはピンクじゃない。いやピンクからもっとも遠い存在だ。あの子のようにBDNF値のきわめて高い者を傷つける危険をおかすのは正気の沙汰じゃない。あるいは、ディクスンの能力をいま以上に伸ばす危険をおかすこともね。能力がもっと伸びることはまずなかろうが、完全にありえないわけじゃない。ミセス・シグスビーなら同意見のはずだ」

「そんなことはないだろうし、ディクスン少年はきょうタンクに入れられることになるんだよ」スタックハウスはいった。「あのクソガキが自分は死んだにちがいないと思うまで水に沈めてやり、いったん引きあげたら、また沈めてやる」

「おいおい、本気か？　あの少年は貴重な資産だぞ！あそこまで高い数値のTPポジが見つかったのは、ほんとうに久しぶりなんだ！」

「あのガキが水の上を歩こうが屁をひるたびにケツ穴から電気を噴射しようが、そんなことはどうだっていい。あのガキはルーク・エリスの脱走に手を貸した。ギリシア男のジークが任務をおえて帰ってきたら、すぐにやらせろ。ジークはガキどもをタンクに沈めるのが大好きだからな。ただし、ガキを殺すなとジークにいっておけ。わたしだって、あのガキの価値はわかっている。ジークには、あのガキに決して忘れられない体験をさせてほしい――ま、それも忘れずにいられるあいだだけだ。そうなったら〈バックハーフ〉送りにすればいい」

「しかし、ミセス・シグスビーが――」

「ミセス・シグスビーは完全に同意見よ」

ふたりの男はすばやくふりかえった。ミセス・シグスビーがオフィスと私室をつなぐドアのところに立っていた。スタックハウスの頭に真っ先に浮かんできたのは、この所長がいまは幽霊を見たような顔つきをしているな、という思いだった。いや、正確にはそうではなかった。いまのミセス・シグスビーは、本人が幽霊になったような顔つきだったのだ。

「ダン、スタックハウスにいわれたとおりにして。それでディクスンのBDNFに傷がついたら、そのときはそのとき。あの子には代償を払ってもらわなくては」

22

貨物列車がまたいきなりがくんと揺れて走りはじめ、ルークは祖母が昔よく歌っていた曲を連想した。たしか夜行急行列車《ミッドナイト・スペシャル》のことを歌った曲ではなかったか？ そのあたりは思い出せなかった。ドーナツのくずには空腹を加速させ、のどの渇きをいや増す効果しかなかった。口のなかは砂漠で、舌はそのなかの砂丘だった。うとうとと微睡《まどろ》みかけても眠りこめなかった。時間はたっていたが、何時間たったのかはまったくわからず、それでもやがて夜明け前の淡い光が貨車に忍びこみはじめた。

ルークは揺れている床を這い進んで、閉まりきっていない貨車の扉に近づき、隙間から外をのぞいた。森が見えた――そのほとんどは伐採後に新しく生えた松の森で、枝が無秩序に伸びていた。それから小さな町や草原が見えて、また森が見えてきた。ついで貨物列車は鉄橋上を疾駆していき、ルークは眼下に流れる川を羨望の目で見おろしていた。このとき頭に浮かんできたのは、音楽ではなくコールリッジの詩だった。水、ぐるりを見ても水ばかり――ルークは有名な詩の一部をいいかえて思った――貨車の床板、乾いて縮む……水、ぐるりを見ても水ばかり、しかれども飲める水は一滴もなし。

どっちにしたって川の水は汚染されているかもしれない――ルークはそう思い、たとえ汚染されていても、自分はあの川の水を飲むにちがいないと思った。それこそ腹がぱんぱんになるまで。たとえ水を吐いたってかまわないし、それどころか本望だ。吐けば、またそれだけ飲める。

赤く熱い太陽が顔をのぞかせる寸前になって、空気に塩の香りが嗅ぎとれるようになった。これまでの農場屋敷に代わり、いま背後へと走り去っていく建物は、ほとんどが倉庫や、窓に板を打ちつけられた古い煉瓦づくりの工場になっていた。明るくなりつつある空にクレーンがいくつも突き立っていた。それほど遠くないところから飛行機が離陸していた。それからしばらく、貨物列車は四車線道路の横を走っていた。きょうの仕事のほかにはなんの心配ごともなさそうな人々が車に乗っているのが見えた。ついで干潟や死んだ魚のにおいが――ときにはその両方のにおいが――しはじめた。

いまのぼくなら、死んだ魚だって食べられる、蛆虫が湧いてなければ――ルークは思った。いや、湧いてたって食べられるかも。ナショナル・ジオグラフィック誌によれば、蛆虫は良質な有機タンパク質《オーガニックプロテイン》だというではないか。

貨物列車がスピードを落としはじめると、ルークは隠れ場所に引き返した。乗っている貨車ががたごと音を立てて揺れながら、ポイントや踏切を通過していく。そしてようやく、完全に停止した。

まだ朝の早い時刻だったが、ここはあわただしく活動している駅だった。何台ものトラックの音がきこえた。男たちの笑い声や話し声。ラジカセかトラックのラジオから、カニエ・ウェストの曲が流れていた。心臓の鼓動を思わせるベースの音がいったん高まっては薄れていった。ほかの線路の上を機関車が走っていき、ディーゼルオイルの悪臭を残していった。ルークの貨物列車から一部の車両が切り離されたり、ほかの車両が連結されたりするたびに、列車は大きくがくんと揺れた。スペイン語で男たちが叫ぶ声がきこえ、ルークはいくつか罰当たりな言葉をききとっていた——クソビッチ《プータ・ミエルダ》、クソ野郎《ヒーホ・デ・プータ》、ちんぽ吸い野郎《チュッパ・ポイヤ》。

さらに時間がたっていった。一時間にも思えたが、せいぜい十五分程度かもしれない。ようやく、また別のトラックが、〈サウスウェイ・エクスプレス〉の貨車にバックで接近してきた。オーバーオールを着た男が貨車の扉を全開にした。ルークは耕耘機とトラクター式芝刈機のあいだからのぞいた。男が貨車に飛び乗ってきて、ここでもスチール製のスロープをトラックの荷台とのあいだにわたした。今回の作業クルーは総勢四名。黒人がふたりに白人もふたり。いずれも大男で、タトゥーを入れていた。男たちは声をあげて笑い、強い深南部訛で話をしていた。その話し声にルークは、故郷ミネアポリスのFM局で流れていたカントリー歌手たちを思い出した。

白人のひとりが黒人のひとりに、ゆうべはおまえの女房とダンスをしに出かけたんだと話した。黒人はその白人を殴るふりをし、白人は殴られてうしろへよろける真似をしてから、船外モーターの箱のひとつにすわりこんだ。ルークがついさっき積み直した箱のひとつだった。

「おいおい、勘弁しろって」もうひとりの白人がいった。「おれは早く朝食にしたいんだ」

ぼくも食べたい。ルークは思った。ああ、マジで食べたいよ。

男たちがコーラー社の製品がはいっている木箱を貨車からトラックに積みかえはじめ、ルークはその光景がひとつ前の停車駅での光景を映画にして、それを逆まわしで見ているようだ、と思っていた。そこから連想は、〈バックハーフ〉で子供たちが見せられているとエイヴァリーが話していた映画に飛び、それが引金になって目の前に例の粒々が復活してきた——大きくてジューシーな粒々が。貨車の扉がレールの上でいきなり揺れた——まるで、ひとりでに閉まるかのように。

「おっと！」ふたりめの黒人男がいった。「そこにだれかいるのか？」と扉のほうをのぞく。「なんだ。だれもいないじゃないか」

「ブギーマンだな」先ほど白人男を殴るふりをしていた黒人男がいった。「さあさあ、とっとと仕事をおわらせようぜ。駅長がいってたが、この貨物列車はただでさえ遅れてるんだと」

まだ終点じゃないんだ、とルークは思った。飢え死にするまでここに隠れてはいられないけど、それはその前に渇きで死んでしまいそうだからだ。以前に本で読んだのだが、人間は水を飲まなくても最低三日間は生き延びていられるという。それを過ぎると意識をうしなって、やがて死に至る。しかし、いまはそこまでの状態ではないようだった。

四人の作業員たちは大きな木箱二個を残し、それ以外の木箱をトラックに積みおえていた。ルークは作業員たちが次に小型エンジン関係の荷物にとりかかるのを待った——そうなれば、隠れている自分が見つかってしまう。しかし作業員たちはもう荷物を動かさず、スロープにつかった鉄板をトラックに積みこむと、荷台の扉を一気に引き下げて閉じた。

「おまえたちは先に行ってろ」白人男のひとりがいった。黒人男の妻とダンスに行ったというジョークを飛ばしていた男だった。「ちょっくら車掌室のトイレを借りてくよ。遠まわしにいうなら、ちょいと用足しに行ってくる、ってところだ」

「まじかよ、マッティー。ぎゅっとケツを締めて我慢しろって」

「無理だ」白人男がいった。「どでかいクソなんで、出したあと自分でクソの山を這いおりてこなくちゃならないな」

トラックがエンジンをかけて走り去った。それからしばらくあたりは静まりかえっていた。ついでマッティーという白人男がまた貨車に乗りこんできた。Tシャツがノースリーブなので、盛りあがった上腕二頭筋がよく見えた。昔々ルークの親友だったロルフ・デスティンなら、《こりゃ拳銃に弾《たま》がフル装塡だね》とでもいいそうだった。

「オーケイ、無法者。さっきそこの箱に腰かけたとき、おまえを見つけた。もう出てきてもいいぞ」

23

ルークはしばらく、その場から動かなかった。もし微動だにせず、ひとことも言葉を発しなければ、白人男は自分の勘ちがいだと考えて去っていくのではないか、と思ったからだ。しかしそれは幼稚な考えであり、ルークはもう幼稚園の子供ではない。幼稚園児に近い年齢とさえいえなかった。そこで隠れ場所から這いだしていき、立ちあがろうとしたが、両足はこわばって頭はふらふらした。白人男がとっさに体を支えてくれなかったら、その場にぶっ倒れていたことだろう。

「こいつはびっくりだ。おい、小僧、その耳はどうした？」

ルークは言葉を発しようとした。しかし最初は、かすれた意味のない声しか出てこなかった。そこで咳払いをして、あらためて話そうと努めた。「トラブルに巻きこまれたんです。それより、なにか食べる物をもってませんか？　飲み物はありますか？　ぼく、いま死ぬほど腹が減ってて、のどがからからなんです」

白人男――マッティー――はルークの痛ましいありさまになっている耳から目を離さないままポケットに手を入れ、半分残っている〈ライフセイヴァーズ〉をとりだした。ルークはこのキャンディをひったくるようにして手にとると、包装紙を破り捨てて一気に四個口に投げ入れた。質問されたら、干からびそうになっている体に再吸収されてしまったので唾液は一滴も残っていない、と答えたところだが、目に見えないジェット噴射に押されたかのように唾液が口中に出てきた。キャンディの砂糖が爆弾なみの衝撃で頭に襲いかかった。ほんの一瞬だけ、光の粒々がまたしても燃えあがるように出現し、マッティーの顔の上を駆けめぐった。マッティーはだれかに背後から忍び寄られたかのように、きょろきょろと周囲を見まわしてから、注意をふたたびルークにむけた。

「おいおい、最後の食事はいつだった？」

「わかりません」ルークは答えた。「ちゃんと思い出せないんです」

「この貨車にはいつから乗ってる？」

「だいたい一日前です」これは事実に近い答えだったが、もっと長いあいだ乗っていたように思えてならなかった。

「北部の州《ヤンキーランド》からずっとこいつに乗ってきたのか？」

「はい」ルークは、メイン州くらい〝北部の州《ヤンキーランド》〟という呼び名にふさわしい州もないと思いつつ答えた。

マッティーはルークの耳を指さした。「だれにやられた？　父親か？　それとも継父か？」

ルークは不安をおぼえてマッティーを見つめた。「だれって……なんでそんなことを思い……？」といいかけたが、たとえいまのような状態でもルークには答えは明白だった。「ぼくをさがしてる人たちがいるんです。ひとつ前に列車がとまった駅でもおなじでした。ここには何人いますか？　その人たちはなんといってます？　ぼくが家出したと話してませんでしたか？」

「ああ、そのとおり。おまえのおじさんだよ。おじさんが友だちをふたりばかり連れてきた。ひとりはノースカロライナ州ライツヴィルビーチの警官だとさ。連中は理由までは話していなかったが、おまえが家出してマサチューセッツ州から逃げてきたと話してた。で、だれかに耳をそんなふうにされたっていうのなら……ああ、わかった」

待ちかまえている男のひとりが警官だときかされて、ルークは心底恐ろしくなった。「乗ったのはマサチューセッツ州じゃなく、メイン州です。あと、父はもう死んでいます。母もです。その男たちの話は一から十まで嘘っぱちです」

白人男のマッティーはいまの話に考えをめぐらせていた。「じゃ、おまえの耳にそんな真似をしたのはだれなんだ、無法者？　里親家庭のろくでなしあたりか？」

それも真実からそれほど遠く離れてるわけじゃない──ルークは思った。そう、たしかにある種の里親家庭に入れられていたようなものだし、そう、たしかにあそこを動かしていたのはろくでなし連中だ。「こみいった話なんです。ただ……その……いまの話の男たちに見つかったら、ぼくはその連中に連れていかれます。警官がいっしょじゃなければ、そんなことはできないかもしれません。でも、ぼくを連れていくんです。連れていかれる……こんなことがあったところへ」ルークは自分の耳を指さした。「お願いです、あいつらにしゃべらないで。お願いです、ぼくをこのまま列車に乗せておいてください」

マッティーは頭をぽりぽりと掻いた。「さて、どうしたもんかな。おまえはまだ子供だ。それに体だってぼろぼろだ」

「でも、もしその男たちに連れていかれたら、ぼくはもっとぼろぼろにされちゃいます」

《信じてくれ》ルークは全身全霊をかけて念を送った。

《信じてくれ、信じてくれ》

「さて、どうしたもんかな」マッティーはくりかえした。「ただ、掛け値なしの話をいわせてもらえば、三人の顔つきがどうも気にくわなくてね。三人とも……つまり警官も、妙に落ち着かないみたいだった。それに、いまおまえの目の前にいる男は、家出を三度くりかえしたあげく、ようやく家から逃げきった男でね。最初の家出は、おまえくらいの年のときだ」

ルークは黙っていた。少なくともマッティーは、いま望ましい方向へむかっている。

「で、おまえはどこへ行く？　そもそも決まった場所があるのか？」

「どこでもいいから食べ物があって、飲める水があって、それから考えられるところに行きたいです」ルークはいった。「ぼくにはちゃんと考える事が必要なんです。人に話さなくちゃいけない話があるのに、このままじゃだれにも信じてもらえないから。こんな子供の話ならなおさら信じてもらえそうもないし」

「マッティー！」だれかが大声で叫んでいた。「早くしろよ！　サウスカロライナまで無賃乗車で行きたいっていうんじゃなければな！」

「坊主、おまえは誘拐されたのか？」

「そうです」ルークは返事をして泣きはじめた。「それからその男たち……ぼくのおじだと自称した男や警官は……」

「**マッティー！**　とっととケツ拭いて、こっちへ**来い！**」

「ぼく、嘘なんかついてません」ルークは率直にいった。「ぼくを助けたいと思ってくれてるのなら、このまま見のがしてください」

「まいったな、こりゃ」マッティーは貨車から外へ唾を吐いた。「怪しげな話だが、おまえの耳のこともある……例の男たちだが、悪人連中だというのは確かなのか？」

「最低最悪の連中です」ルークはいった。いまはその最低最悪の連中に先んじている。しかし、このままの立場を今後も維持できるかどうかは、ひとえにマッティーがどんな結論を出すかにかかっていた。

「そもそも、いま自分がどこにいるかを知ってるのか？」

ルークはかぶりをふった。

「ここはノースカロライナのウィルミントンだ。で、この貨物列車はこのあとジョージア州に寄り、そのあとはフロリダのタンパ、走っていった先のマイアミが終点だ。おまえをさがしてる連中がいるのなら——全国指名手配《APB》だかアンバー警報《アラート》だかなんだか、その手のものが出されてるのなら——連中はいま挙げた町でさがしてるだろうな。でも、次の停車駅は、地図の上じゃちっぽけなシミくらいの町だ。そこなら、もしかすると——」

「マッティー、いったいどこにいる？」声は前よりもぐっと近づいていた。「おふざけもたいがいにしろ。こっちはもう引きあげるぞ」

マッティーはまたしても、ルークに疑いの目をむけてきた。

「お願いです」ルークはいった。「あいつらはぼくを水のタンクに入れるんです。それであやうく溺れて死ぬところでした。嘘みたいな話なのはわかってます。でも本当のことなんです」

線路の砕石を踏む足音が近づいてきた。マッティーはひらりと貨車から飛びおりると、扉をごろごろと押し転がし、隙間を四分の一ばかり残して閉めた。ルークは小型エンジン部品の裏という隠れ場所へ這って引き返した。

「さっきはクソをしにいくって話してたじゃないか。なのに、そんなところでなにをしてたんだ？」

ルークはマッティーがこんなふうに話すものと覚悟した。《あの貨車にガキが隠れて乗ってたんだよ。で、そのガキの話がまたいかれていてね。自分はメイン州で誘拐されて、水タンクに沈められていたとかなんとかで、だからおじさんといっしょに行きたくないっていってる》

「トイレに行ったあとで、あそこにあったクボタの手押しタイプの芝刈機をちょっと見たくなってな」マッティーは現実にはそう話していた。「うちの〈ローンボーイ〉が、このあいだついに寿命になっちまったんで」

「まあ、とにかく早く来い。列車は待ってくれないぞ。ああ、そうだ。そのへんを走りまわってる子供を見かけなかったか？　ずっと北のほうでこの列車に飛び乗って、ウィルミントンにちょっくら立ち寄ってもいいと思ってるようなガキだ」

一拍の間があった。それからマッティーがこういった。

「いや」

ルークはすわったまま身を乗りだしていた。しかし、この一語だけの返事を耳にするなり、貨車の壁に頭をあずけて目を閉じた。

十分ほどののち、貨物列車九九五六号ががくんと揺れ、その身ぶるいのような揺れがすべての車両——いまでは百両ばかりの車両が連結されていた——に順送りに伝わっていった。操車場が後方へ去っていった。最初はゆっくりだったが、しだいにスピードがあがってきた。貨車の床を腕木式信号機の影が通りすぎていき、つづいて別の影があらわれた。人の形の影だった。ぽつぽつと油染みのある紙袋が貨車に投げこまれ、どさりと床に落ちた。

マッティーの姿は目にできなかったが、声はきこえた。

「幸運を祈るぞ、無法者」次の瞬間には影も消えていた。

ルークは隠れ場所から這って出ていったが、気持ちがはやるあまり、座席つき芝刈機のボディ部分に、耳が無事なほうの側頭部をがつんと打ちつけてしまった。しかし、それにも気づかなかった。紙袋のなかに天国があった。においでそれがわかった。

天国とは、チーズとソーセージのスコーンと〈ホステス・フルーツパイ〉、それに〈カロライナ・スイートハート・スプリング・ウォーター〉のボトルだと判明した。ボトルにはいっている四百五十ミリリットルのミネラルウォーターを一気に飲み干したい衝動を抑えるには、意志の力のありったけが必要だった。四分の一の水を残してボトルをいったん床に置いたが、すぐさまつかみあげてキャップをきっちりと閉めた。列車がいきなり大きく揺れて残った水がこぼれてしまったら、きっと正気をなくしてしまうと思ったからだ。それからソーセージのスコーンにかぶりつき、わずか五口でむさぼりつくすと、またごくごくと水を飲んだ。手のひらについた油をぺろりと舐めとり、また水をひと口飲んでから〈ホステス・フルーツパイ〉をたいらげ、隠れ場所に引き返した。人生が生きるに値すると実感できたのは、〈蒸気船《SS》チッポケ号〉で川をくだりながら満天の星を見あげていたあのとき以来だった。ルークは神の実在を本心からは信じていなかったが——存在するという証拠よりも不在だという証拠のほうが若干強力に思えたからだ——それでもいまは神に祈った。いや、自分のことを祈ったのではない。ルークは神——すなわち高度に仮定的な存在だとみなしている高次の力のもちぬし——にむかって、自分のことを無法者と呼び、茶色い紙袋を貨車に投げこんでくれたあの男に祝福をお与えくださいと祈ったのだ。

24

空腹が満たされると眠気が復活してきたが、ルークは意志の力で眠りをこらえた。

《この貨物列車はこのあとジョージア州に寄り、そのあとはフロリダのタンパ、走っていった先のマイアミが終点だ》マッティーはそう話していた。《おまえをさがしてる連中がいるのなら、いま挙げた町でさがしてるだろうな。でも、次の停車駅は、地図の上じゃちっぽけなシミくらいの町だ》

あの連中は小さな町でもルークをさがしているかもしれない。しかしルークには、タンパやマイアミに行くつもりはなかった。多くの人々のなかに身をまぎれこませるのは魅力的に思えたが、大都市には多すぎるほどの警官がいるものだし、いまではその全員に両親を殺して逃亡中の少年の手配写真が行きわたっていることだろう。それはそれとして理屈で考えれば、逃げるのもそろそろ限界だとわかる。さっきのマッティーがルークを当局へ突きださなかったのは、とびきり珍しい最上級の幸運のたまものだ。そんな幸運の再来をあてにするのは愚かなことでしかない。

ルークは、自分の手もとに強力な切り札が一枚はあると思っていた。モーリーンがマットレスの下に置いてくれた果物ナイフはどこかで手もとから消えてしまったが、USBメモリはまだあった。中身については見当もつかなかったし、なにも知らない以上、とりとめがなくて罪悪感まみれ、たわごとにしかきこえない告白や、モーリーンが手放してしまった赤ん坊の話だけでもおかしくない。その一方で、証拠が記録されているかもしれなかった。文書類が。

ようやく貨物列車がまた減速しはじめた。ルークは扉のところまで行き、外に身を乗りだした。たくさんの木々と二車線のアスファルト舗装がほどこされた道路、それから人家や建物の裏側などが見えた。列車が信号機の前を通過した――黄色信号。マッティーが〝地図上のちっぽけなシミ〟と呼んでいた町に近づきつつあるのかもしれない。いや、別の列車が走っていて、ずっと前方の線路が空《あ》くのを待つためにスピードを落としているだけかも。後者のほうがルークには都合がよかった。心配している〝おじ〟が次の停車駅で待っているのなら、おそらく操車場にいるはずだ。前方に目をむけると、金属屋根をぎらぎらと光らせている倉庫群が見えた。倉庫群の先には二車線道路、道路の先にはまた森が広がっていた。

　つまりおまえの使命は――ルークは自分に告げた――この列車から飛び降りて、できるだけすばやく森へ逃げこむことだ。くれぐれも、走っているように足を動かしながら着地すること――そうでないと、うつぶせに倒れて線路に敷かれた石炭殻に顔をぶつけちまうぞ。

　ルークは両手を扉にかけたまま、前後に体を揺すりはじめた。きつく閉ざされた唇は、精神集中を示す細い一本線になっていた。まちがいない、ここはたしかにマッティーが話していた駅だ。そう判断したのは前方に駅舎が見えてきたからだ。色褪せた緑の屋根板に、**《デュプレイ　サザン&ウェスタン》**の文字が書きこまれていた。

　いますぐ飛び降りなくちゃ――ルークは思った。おじを騙るような人物にはひとりも会いたくない。

「いち……」

　体を前へ揺らす。

「にの……」

　体をうしろへ揺らす。

「さん！」

　ルークはジャンプした。空中にいるあいだに走りだしたが、線路わきに敷かれた石炭殻に着地したときには、体がまだ列車とおなじ速度で移動をつづけていて、足が体を運ぶスピードの限界を若干うわまわっていた。上半身がぐっと前のめりになり、体のバランスをたもとうという努力のせいで、ルークはゴールラインに近づくスピードスケートの選手を思わせる体勢になった。

　これならばったり俯《うつぶ》せに倒れこむ前に、なんとか足が追いつきそうだ……と思いかけたそのとき、だれかが大声で叫んだ。「おい、気をつけろ！」

　あわててさっと顔をあげると、倉庫群と操車場のあいだでフォークリフトに乗っている男の姿が見えた。駅舎が落とす影のなかでは、ひとりの男が揺り椅子から腰をあげかけていた――男の手には読みかけの雑誌が握られたままだった。こちらの男が叫びかけてきた。「信号に

「気をつけろ！」

ルークの目に二本めの信号機が――こちらは赤信号を点滅させていた――飛びこんできたが、スピードを落とすには間にあわなかった。とっさに顔を横にむけ、片腕で顔をかばおうとしたが、腕をあげきらないうちに全速力のままスチールの柱に突っこんでいった。顔の右側が信号機の柱にまともにぶつかり、右耳の傷痕が強烈な打撃のショックのすべてを受けとめた。ついでルークは柱から跳ねかえされ、地面の石炭殻の上に倒れこみ、勢いあまって体が転がって線路から離れた。意識こそうしなわなかったものの、体の回転にあわせて空が飛び去っては帰ってきて、また空が飛び去っていくあいだ、意識が目の前の現実をつかむ力をうしなった。生ぬるいものが頬を流れ落ちていくのが感じとれ、耳の傷がふたたびひらいたことがわかった――痛めつけられたかわいそうな耳。裡なる声がルークに、いますぐ立ちあがれ、走って森のなかに逃げこめと怒鳴っていた。しかし声をきくことと、そのとおりの行動を起こすことは別物だ。

急いで足を動かし《スクランブル》て立ちあがろうとしても、足がいうことをきかなかった。

ぼくの〝足動かし機《スクランブラー》〟が壊れちゃった――ルークは〝周波数帯変換器《スクランブラー》〟と混同しながら思った。くそ。踏んだり蹴ったりだ。

次の瞬間、フォークリフトに乗っていた男がすぐそばに立ちはだかった。横たわって見あげているルークには、男は身長が五メートル近くあるように見えた。眼鏡に太陽の光が反射しているせいで、男の目の表情が読めなかった。「びっくりさせるなよ、坊主。いったいなんのつもりであんなことを？」

「逃げようとしてたんだ」ルークには自分が本当に言葉を発しているかどうかがわからなかったが、たぶん話をしているだろうとは思った。「あいつらにつかまるわけにはいかなくて。お願い、あいつらにぼくがつかまらないようにして」

男がかがみこんで顔を近づけてきた。「いいから話そうとするな。どっちにしたって、話はさっぱりわからん。おまえは信号機の柱にまともにぶつかったし、血だってめちゃくちゃ流れてる。ちょっと足を動かしてくれ」

ルークは足を動かした。

「よし、次は腕を動かせるか？」

ルークは両方の腕をもちあげた。

フォークリフト男の隣に揺り椅子男がやってきた。ルークは自分が新たに獲得したＴＰ能力で男たちの精神をさぐり、ふたりがなにを知っているのかを把握しようとした。なにもつかめなかった。読心術については、いま流れが涸れはてているらしい。先ほど頭部を激しく打ったとき、衝撃でＴＰ能力がすっかり叩きだされてしまったのだろうか。

「そいつは大丈夫そうか、ティム？」

「大丈夫だと思う。大丈夫であって欲しいよ。救急処置の定番手順では、頭部に怪我をしている患者を動かすのは厳禁だが、ここはあえて危険をおかそうと思ってる」

「ふたりのどっちが、ぼくのおじさん役なの？」ルークはたずねた。「それともふたりとも？」

揺り椅子男が眉を寄せた。「こいつがなにを話してるかわかるか？」

「わからない。よし、これから坊主をジャクスンさんの会社の奥にある部屋へ運びこもう」

「よし、おれが足をもってやる」

ルークは現実にもどりつつあった。もどるにあたっては意外にも耳が後押しをしてくれた。耳はドリルになって、まっすぐ頭の奥に食いこみたがっているかのようだった。そればかりか、頭の奥に隠れようとしているみたいでもあった。

「いや、おれひとりで運べる」フォークリフト男はいった。「それほど重くないからな。あんたはドクター・ローパーに電話をかけて、往診《ハウス・コール》を頼んでおいてくれ」

「倉庫《ウエアハウス》だから倉庫診《ウエアハウス・コール》とでもいうのかね」揺り椅子男がそういって笑い声をあげると、黄ばんで杭のようになった歯があらわになった。

「なんだっていい。とにかく電話をかけにいってくれ。駅の電話をつかうといい」

「了解」揺り椅子男はフォークリフト男にいいかげんな敬礼をひとつすると、その場を離れた。フォークリフト男はルークを抱きあげた。

「下におろして」ルークはいった。「自分で歩けるから」

「ほんとにか？　歩けるかどうか見てみよう」

両足で立った直後はひとときふらついていたが、すぐに体が安定した。

「坊主、おまえの名前は？」

ルークは考えこんだ。目の前の男が〝おじ〟かもしれないのに、名前を明かしてもいいものだろうか？　見た目はいい人に見える……しかしふりかえれば、〈研究所〉のジークも、めったにない上機嫌のおりには善人に見えていたものだ。

「そっちの名前は？」ルークは質問で返した。

「ティム・ジェイミースンだ。さあ、もう行くぞ。とにかくまずはおまえを直射日光のあたらないところへ連れていきたい」

25

ノーバート・ホリスターは崩れかけたようなモーテルの経営者だった。モーテルの営業をつづけていられるのも、〈研究所〉の連絡員としての毎月の収入があるからだった。ノーバートは駅舎の電話で医師のローパーと話をするつもりだったが、その前にまず自分の携帯で、きょうの未明に教わった番号に電話をかけた。そのときはとんでもない時間に電話で叩き起こされたことに腹立ちをこらえきれなかったが、いまは番号を教わったことがありがたかった。

「例の少年だが」ノーバートはいった。「この町にいるぞ」

「ちょっと待った」アンディ・フェロウズが答えた。「いま電話を担当者につなぐ」

短い間をはさんだのち、別の男の声がきこえた。「そちらはホリスターか？　サウスカロライナ州デュプレイの？」

「ああ、そのとおり。あんたたちがさがしてるっていう例の少年、ついさっき貨物列車から飛びおりてきたぞ。かたっぽの耳たぶがちぎれてなくなってた。懸賞金の話はいまも有効か？」

「ああ、有効だ。少年をその町に足止めしてくれたら、追加で礼金をはずむ」

ノーバートは声をあげて笑った。「ああ、もうどこへも行かないだろうよ。線路わきの信号機に頭をがつんとぶつけて、しばらく頭がぼうっとしてたくらいだからね」

「その少年を決して見失わないように」スタックハウス

はいった。「一時間おきに報告の電話が欲しい。わかったな？」

「情報のアップデートというわけか？」

「そう、そんなようなものだ。あとのことは、すべてこちらが対応する」

地獄がここに

1

ティムは血まみれの少年を率いて——少年は明らかにまだ意識朦朧としていたが、自分の足で歩いていた——クレイグ・ジャクスンのオフィスを通り抜けた。ジャクスンはデュプレイ物流倉庫会社の社長で、自宅は近郊の町ダニングにあったが、五年前に離婚したこともあり、オフィスの裏にある広々としたエアコンつきの部屋をセカンドハウス代わりに寝泊まりしていた。いまジャクスンはここにいなかったが、これはティムにも驚きではなかった。貨物列車九九五六号がデュプレイを通過せずに停車するときには、ジャクスンはオフィスを留守にすることが多かった。

電子レンジとクッキングヒーターとシンクだけの簡易キッチンを通りすぎた先が居間になっており、フルＨＤテレビの前に安楽椅子が置いてあった。その先では、プレイボーイ誌やペントハウス誌の折込みグラビアとおぼしきヌード写真のピンナップが、丁寧にメイクされた簡易ベッドを見おろしていた。ティムはドクター・ローパーが来るまで少年をこのベッドに寝かせておくつもりだったが、少年は頭をふって断わった。

「椅子にします」

「ほんとにか？」

「はい」

少年は椅子に腰かけた。クッションが疲れたような〝ぷしゅうっ〟という音をたてた。ティムはその前に膝をついた。「さて、まずは名前をきかせてもらおうか」

少年は疑わしげな目をティムにむけてきた。出血はとまっていたが、頬はまだ乾いた血で覆われ、耳の傷はぞっとするほど痛ましい。「ぼくを待ちかまえてたんですか？」

「待ってたのは貨物列車だよ。朝のうちは駅で働いているんだ。九九五六号が停車する予定の日は残業になる。さあ、名前を教えてくれ」

「もうひとりの男の人はだれですか？」

「名前を教えてもらうまでは、もうなにもしゃべる気はない」

少年はこの言葉に考えこみ、唇を舌先で湿した。「ニック。ニック・ウィルホルム」

「オーケイ、ニック」ティムはピースサインをつくった。「指は何本に見える？」

「二本」

「いまは？」

「三本。もうひとりの男の人、あの人、自分はぼくのおじだといってませんか？」

ティムは眉を寄せた。「あれはノーバート・ホリスター。地元モーテルのオーナーだ。だれかにとってはおじかもしれないが、おれはなにも知らないね」ティムは指を一本だけ立てた。「この指を目で追ってくれ。きみの目の動きを確かめたい」

ニックと名乗った少年の目はティムの指を追って左右に動き、つづいて上下にも動いていた。

「それほど大きな影響をこうむってはいないようだね」ティムはいった。「ま、そのとおりであることを祈ろう。それで、ニック、きみはだれから逃げているんだ？」

少年は警戒するような顔になり、椅子から立ちあがって逃げようとしかけた。「ぼくが逃げてるなんて、だれがいったんです？」

ティムはそっと少年を椅子に押しもどした。「だれもいってない。ただ、服が汚れたり破れたりしていて、耳がひきちぎられた子供が列車から飛びおりてきたら、とりあえずその子がなにかから逃げてるんだろうなと当てずっぽうをすると決めてるだけだ。さて、なにから逃げて——」

「さっきの大声はなんの騒ぎだい？　きこえてたよ……あらまあ、なんてこと。その子にいったいなにがあった？」

その声にティムがふりかえると、〈みなしごアニー〉ことホームレスのアニー・レドゥーが立っていた。操車場裏に立てている自分のテントにいたにちがいない。昼のあいだはよくそのテントで昼寝をしているのだ。きょうの朝十時には駅舎外の温度計が気温三十度を表示していたが、アニーはトレードマークのメキシコ風スタイルの服のありったけを身にまとっていた——肩かけ《セラーペ》、ソンブレロ、安物のブレスレット、それに、ごみ捨て場から回収した縫い目が裂けているカウボーイブーツ。

「この子はニック・ウィルホルム」ティムはいった。「どこから来たかは謎だが、とにかくわれらが美しき町を訪ねてきた子だ。九九五六号からぴょーんと飛びおりたはいいけど、そのまま全速力で走って信号機の柱にぶつかってね。ニック、この人はアニー・レドゥーだ」

「はじめまして。よろしくお願いします」少年はいった。

「ありがとうよ。こちらこそよろしく。じゃ、その信号機の柱にぶつかったせいで、耳がそんなことになっちまった？」

「いや、そうじゃないと思う」ティムはいった。「そのいきさつも、ぜひきかせてほしいね」

「あなたはあの貨物列車を待ってたんですか？」少年がたずねた。この質問にやけに固執している。頭をがつんと激しく打ったせいにすぎないのかもしれないし、そうではないのかもしれなかった。

「あたしはなんにも待ってない――われらが主《しゅ》イエスさまのお帰りを待ってるだけさ」アニーはそういって周囲を見まわした。「ジャクスンさんは壁にいやらしい写真を飾ってるんだね。でも、あたしはそんなもんじゃ驚かないけど」〝驚かない〟の部分は〝驚きゃない〟ときこえた。

ちょうどそのとき、ワイシャツにダークタイを締めてオーバーオールを穿いた淡い褐色の肌の男が部屋にはいってきた。ストライプ地の鉄道会社のキャップが頭に載っていた。

「やあ、ヘクター」ティムは貨物列車の助手に声をかけた。

「やあ、ティム」ヘクターと呼ばれた男はそういうと、クレイグ・ジャクスンの安楽椅子にすわっている血まみれの少年をちらりと見やった。しかし、とりたてて関心の気配も見せぬまま、ティムに視線をもどした。「おれの助手がいってたぞ。発電機が二台ばかり届いてるし、トラクター芝刈機だのなんだのもどっさり。おまけに缶詰のたぐいが何トンもあり、生鮮食品も何トンもある。おれひとりじゃ仕事が遅れてるんだよ、ティミー・ボーイ。おれに荷おろしを押しつけるならともかく、そうでないとおまえさんは担当の荷物をブランズウィックでおろすほかないし、この町にはないトラック部隊を走らせなくちゃならなくなるぞ」

ティムは立ちあがった。「アニー、お医者さんが来るまで、この男の子の相手をしてもらえるか？　おれはフォークリフトを走らせてこなくちゃならないんだ」

「まかせておくれ。この男の子が癇癪《かんしゃく》を起こしたら、なにか口に入れて黙らせるさ」

「ぼくは癇癪なんか起こしません」少年はいった。

「みんな口ではそういうんだよ」アニーは、いささか曖昧な口ぶりでそういいかえした。

「坊主」ヘクターが声をかけた。「うちの列車に隠れて乗ってきたのか？」

「はい、そうです。すみません」

「ま、もう列車からはおりているわけで、だったらおれにはなんてことないね。あとの始末は警察がやってくれるだろうよ。ティム、おまえがここでこの件に対処しなくちゃならないのもわかるが、荷物は待ってくれないぞ。手伝いをひとりよこしてくれ。仲間のクルーはどこだ？　見かけたのはひとりだけで、しかもそいつはオフィスでどっかに電話をかけていたぞ」

「あれは地元モーテルのホリスターだ。あの男が荷物をおろしているところは想像もつかないな。ま、朝の起き抜けに腹にたまってた荷物をトイレにおろしてはいるだろうが」

「まあ、お下品」アニーがいった。ただしこれは、いまもまだアニーがじっと見つめているヌードグラビアについての発言かもしれなかった。

「ほんとはビーマン兄弟が来るはずだが、あの役立たず連中はどうやら遅れてるようだ。あんたとおなじだね」

「いや、まいったな」ヘクターはキャップをとると、ふさふさした黒髪を片手で掻きあげた。「これだから、この手の停車駅の多い貨物列車は面倒でたまらない。ウィルミントンでも荷おろしが長引いてね。車運車からレクサスをおろそうとしたら動かなくなっちまった。ともあれ、おれたちでなんとかできるか見てみよう」

ティムはヘクターのあとから小部屋のドアにむかったが、そこでふりかえった。「きみの名前はニックじゃない――そうだろ？」

少年は考えこむ顔になってから答えた。「いまのところは、そう名乗っていたいんです」

「その子がどこにも行かないように見張っててくれ」ティムはアニーにいった。「もしここから出ていこうとしたら、大声でおれを呼んでくれ」それから血まみれの少年――その体は妙に小さく、また食い物にされたように見えた――に話しかけた。「わかった。その件は、おれがもどったら改めて話しあおう。とりあえずはそれでいいな？」

少年はじっくり考えをめぐらせてから、いかにも疲れたようすでうなずいた。「はい……というしかないですよね」

2

男たちが出ていくと、アニーはシンク下のバスケットから清潔なふきんを二枚ばかりとりだした。二枚を水道の水で濡らしてから、アニーは片方をきつく絞り、もう片方をゆるく絞った。きつく絞ったほうのふきんをルークに手わたしてきた。「そいつを耳にあてておきな」

ルークはその言葉に従った。耳が痛んだ。アニーはもう一枚のふきんで、ルークの顔についている血を拭った――そのやさしい手つきにルークは母親を思い出していた。アニーは手を休め、ルークに――おなじくやさしい声で――なぜ泣いているのかとたずねた。

「母さんを思い出しちゃったんです」

「あらあら、そうなの。でも母さんもきみのことを思ってるよ」

「それはありません――死んだあとも人の意識だけが残っているのでないかぎりは。ぼくだってそう信じたい。でも実証的証拠の数々が、そんなことはないと示唆してます」

「意識が残るかどうか？　そりゃあんた、残るに決まってる」アニーはシンクに近づき、それまでつかっていて血が染みたふきんを洗いはじめた。「この世を去った魂は、この世のことに関心をもたなくなるという人もいる――あたしたちが、蟻塚のなかの蟻たちの生き死にに興味もへったくれもないのとおんなじだって。でも、あたしはそういうことをいう連中の仲間じゃない。世を去った魂はこの世に注意をむけてるとも。お母さんのことは気の毒だったね、ぼく」

「人が死んでも愛は生き延びると思いますか？」そんな

考えが愚かしいことはルークもわかっていたが、愛すべき愚かしさだ。

「もちろんさ。愛は地上の体といっしょには死なないよ、ぼく。いっしょに死ぬなんて馬鹿な考えもいいところ。お母さんはいつごろ亡くなったんだい？」

「一カ月前かもしれないし、六週間前かもしれません。というのも、日にちの感覚がすっかりおかしくなってしまって。父さんと母さんはふたりとも殺され、ぼくは誘拐されました。わかってます、とても信じられない話だって――」

　アニーは顔に残っている血を拭いはじめた。「信じられなくなんかない――その道の事情さえ心得てればね」そういって、ソンブレロのつばの下にあるこめかみを指でとんとんと叩いた。「悪党どもは黒い車でやってきたんだろう？」

「そこまでは知りません」ルークは答えた。「でも、そうだとしても、ぼくは驚きません」

「で、その連中はあんたを実験台にしてたんだろう？」

　ルークの口が驚きにあんぐりとひらいた。「どうしてそんなことを知ってるんですか？」

「ジョージ・オールマンだよ」アニーはいった。「WMDK局で夜中の十二時から明け方の四時まで番組をもってる人。番組のテーマは魂の入れ替わりやUFO、それに超能力といったところ」

「超能力？　ほんとに？」

「ほんと。それから陰謀も。陰謀のことは知ってるかい、ぼく？」

「ええ、まあ」ルークは答えた。

「ジョージ・オールマンの番組の名前は〈アウトサイダーズ〉。リスナーからの電話が紹介されることもあるけど、まあ、だいたいはジョージがひとりでしゃべってる。でね、ジョージはエイリアンだとか政府だとか、政府がエイリアンと通じてるとか、その手の話はぜったいにしないんだ。そんなふうに気をつかってるのも、消されたりジャックやボビーみたいに撃たれたりしないため。でも黒い車や実験なんかの話はしじゅうしてる。きくだけでも髪の毛が真っ白になっちまうような話をね。そういや、殺人鬼の〈サムの息子〉が魂の入れ替わりの犠牲者だったって知ってたかい？　知らない？　そう、あいつは悪魔と入れ替わってた。で、あいつのなかにいた悪魔が外へ出ていって、あとにはただの抜け殻が残ったんだ。顔をあげな、ぼく。首のほうまで血が垂れちまってる。いまのうちにあたしが拭いとかないと。乾いたら、ごしごし強くこすらないと落ちないからね」

3

デルとフィルのビーマン兄弟は、町の南にあるトレーラーハウス団地に住む、どちらも筋骨逞しいティーンエイジャーで、この日仕事に出てきたのは正午を十五分もまわった時刻だった——ティムのいつもの昼食時間に大きく食いこんでいた。このころには、小型エンジンの販売と修理の店〈フロミーズ〉あての荷物は、駅構内のひび割れたコンクリート舗装の上に運びだされていた。ティムの一存で決められるのならビーマン兄弟をこの場でクビにしたところだが、ふたりは南部ならではのこみいった関係でミスター・ジャクスンの縁戚にあたるとのことで、その選択肢はなかった。そもそも、ティムにはふたりが必要だった。

十二時半、デル・ビーマンが荷台に柵囲いのついたピックアップトラックを〈カロライナ物産〉という文字のある貨車にバックで寄せ、兄弟でレタスやトマト、きゅうりやペポカボチャの木箱を貨車からトラックに積みこみはじめた。ヘクターとその助手は新鮮な野菜には興味すらなかったが、早くサウスカロライナから出たい一心で仕事を手伝っていた。ノーバート・ホリスターは操車場事務所の張りだした屋根の下に立ち、周囲ににらみをきかせていたが、それ以外なにもしていなかった。このモーテル経営者が駅にずっといることにティムは若干の違和感をおぼえたが——ホリスターが列車の到着や出発に関心をむけたことはなかった——目の前の仕事に追われて深くは考えなかった。

一時まであと十分というときに、古いフォードのステーションワゴンが駅の狭い駐車場に乗りいれてきた。ちょうどティムがフォークリフトで、最後の木箱をトラックの荷台に積みこんでいる最中だった。トラックは食料品店の〈デュプレイ・グロサリー〉まで行くことになっていた……といっても、フィル・ビーマンがまともにトラックを運転して店まで行き着ければの話だ。店までは一キロ半もないが、フィルは午前中から呂律がまわらない口ぶりで、両目は山火事に先んじて逃げようと必死になっている小動物の目もかくやと思えるほど赤く充血していた。シャーロック・ホームズでなくても、フィルが〝いかれタバコ〟ことマリファナに耽っていたことは明らかだった。フィルだけではなく、兄のデルも同様だった。

　ドクター・ローパーがステーションワゴンからおりてきた。ティムは医師に手をふり、ミスター・ジャクスンのオフィスとアパートメントがある倉庫を指さした。ローパーは手をふりかえし、指さされた方向へ歩きだした。ローパーは、昔気質の医者のパロディといってもおかしくないほど昔気質だった――最寄りの病院といっても六十キロや八十キロは平気で離れているような、この国にごまんとある救いようのない田舎で生き延びている医者のひとり。こういった田舎ではオバマ大統領の医療保険制度改革、通称〝オバマケア〟は浮世離れしたリベラルのたわごとだとみなされ、スーパーマーケット〈ウォルマート〉への買いだしが特別な行事とみなされている。ローパーは六十歳をすでに越えている太りすぎの男で、黒い鞄には聴診器といっしょに聖書も入れてもち歩いている頑迷なまでのバプテスト派だ。ちなみにその鞄は、三代にわたって父から息子へと手わたされてきた品だ。

「あの男の子になにがあったんだ？」ヘクターが、バンダナでひたいの汗をぬぐいながらたずねた。

「わからん」ティムは答えた。「まあ、いずれわかるだろうよ。さあ、出発しろ。がんがん飛ばして走るがいい。だけど、レクサスをおれに一台残していくのなら話は別だ。残してくれたら喜んで乗りまわしてやるぞ」

「好きにほざいてろ《チュパ・ミ・ホイヤ》」ヘクターは、直訳すれば〝おれのちんぽでも吸ってろ〟となるスペイン語の罵り文句を口にすると、ティムと握手をかわし、貨物列車を牽引する機関車に引き返していった。デュプレイから次のブランズウィックまでのあいだで遅れをとりもどせることを願いつつ。

4

スタックハウスはふたつの拉致チームを引き連れて、ボンバルディア・チャレンジャー機で現地まで移動する意向だった。しかしミセス・シグスビーは、このスタックハウスの案を却下した。却下できたのは、ミセス・シグスビーがボスだからだ。それでもスタックハウスがこの決断にのぞかせた落胆の表情は、ミセス・シグスビーへの侮辱と紙一重だった。

「そんな顔しないで」ミセス・シグスビーはいった。「ここで番狂わせが起こったら、だれが首を切り落とされると思ってるの？」

「わたしたちふたりの首だ。それでおわりになるとも思えないが」

「そうね。でもまっさきに切り落とされて、いちばん遠くまで転がっていくのはだれの首だと思う？」

「ジュリア、これは現場作戦だ。きみは現場作戦に立ち会った経験がないんだぞ」

「わたしはルビーレッドとオパールの両チームを率いていく。優秀な男が四人、タフな女が三人。それ以外に海兵隊出身のトニー・フィッツァーレがいるし、ドクター・エヴァンズとウィノナ・ブリッグズもいる。ウィノナは陸軍出身で、識別救急《トリアージ》の心得がある。ひとたび作戦開始になればデニー・ウィリアムズが指揮をとるけれど、わたしもその場に立ち会うつもりだし、現場レベルの視点での報告書を作成しようと思ってる」ミセス・シグスビーはいったん間をはさんだ。「もちろん、報告書が必要になればの話だけど、それはもう避けられないという気がしはじめてる」ここで腕時計を確かめる。十二時半。「議論はこれにて終了。そろそろ作戦を本格的に動かしはじめなくては。あなたはここで指揮をとって。万事順調に運んだら、わたしはあしたの午前二時にはもどってこられるはずよ」

スタックハウスはミセス・シグスビーといっしょにドアから外へ出ていき、ゲートのある未舗装路を歩いていった——この未舗装路は東へ五キロ弱進んだところで、アスファルト舗装された二車線道路につながっている。

暑い日だった。癪にさわるあの少年がどうにかして逃げきった木々が鬱蒼と茂る森で、蟋蟀《こおろぎ》たちが歌っていた。ゲート前では、サッカーママ御用達のようなミニヴァンのフォード・ウィンドスターがエンジンをアイドリングさせて待機していた。運転席にいるのはロビン・レックスだ。その隣がミシェル・ロバートスン。どちらの女もジーンズと黒いTシャツ姿だった。

「ここからプレスクアイルまで――」ミセス・シグスビーはいった。「所要時間は九十分。プレスクアイルからペンシルヴェニア州エリーまでは七十分かかる。そこでオパール・チームと合流の予定。エリーからサウスカロライナ州アルコルまでは、多少の誤差はあるとしても約二時間。問題がなにもなければ、今夜七時には目的地のデュプレイに到着できそうね」

「連絡を絶やすな。それにきみが熱くなりすぎたら、作戦の指揮はウィリアムズがとることを思い出すんだ」

「ええ、そうする」

「ジュリア、わたしにはどうしてもこれが判断ミスとしか思えない。現場にはわたしが行くべきだ」

ミセス・シグスビーはスタックハウスに正面から顔をむけ、「あと一回でもそんな話をしたらパンチを食らわせてやる」といってから、ヴァンにむかって歩きだした。デニー・ウィリアムズがミセス・シグスビーのためにスライドドアをあけた。ミセス・シグスビーは車内に乗りかけて、スタックハウスにむきなおった。「それからエイヴァリー・ディクスンにたっぷりタンク責めをして、わたしが帰るまでに〈バックハーフ〉送りにしておくのを忘れないように」

「その計画には、ドンキーコングが渋い顔をしそうだね」

ミセス・シグスビーは背すじが寒くなるような笑みをのぞかせた。「そんなこと、これっぽっちでも気にしている顔に見える？」

5

ティムは出発していく貨物列車を見送り、操車場事務所の突きだした屋根の下の日陰に引き返した。シャツが汗でぐっしょりと濡れていた。驚いたことに、ノーバート・ホリスターはまだここの日陰に立っていた。いつもどおり、ペイズリーのベストに汚れたチノパンという服装だったが、きょうはそのチノパンをぎゅっと締めている組紐のベルトが胸骨のすぐ下あたりという高い位置にあった。ティムは、あんなにズボンを高く引っぱりあげて穿いていながら、どうすれば金玉を潰さずにいられるのだろうかといぶかった（そう思うのも初めてではなかったが）。

「いったいここでなにをしてるんだい、ノーバート？」

ノーバートは肩をすくめ、にやりと笑った——その笑みで、できれば昼食前には見たくないとティムが思うような歯があらわになった。「ただのひまつぶしさ。わが農場《ランチェロ》では、午後はそれほど忙しくないのでね」

まるで朝や晩なら、あのモーテルが大忙しのような言いぐさだなとティムは思った。「四の五のいわず、どこへでも行けばいいじゃないか」

ノーバートは尻ポケットからレッドマンの袋をとりだし、この噛みタバコの葉を口に入れた。この男の歯があんなに変色していることも、これですっかり説明がつく。「そんなに偉くなったのは、はてさて、だれが死んだおかげだ？」

「こっちの言葉がただの要請にきこえたか？」ティムはいった。「お願いベースの話じゃない。さあ、ここから立ち去れ」

「わかったわかった。遠まわしの言葉がわからない男じゃないさ。そっちも楽しい一日を過ごせよ、おまわりならぬ夜まわりさん」

ノーバートはのろのろ歩いて離れていった。ティムは眉を寄せてその背中を見送った。ノーバートを食堂の〈ベヴのうまいもの屋〉で見かけることはあるし、コンビニの〈ゾニーズ・ゴーマート〉で茹でたピーナツや固茹で卵をカウンター上の容器から買っている姿を目にすることもあった。しかし、そういった機会を別にすれば、ふだんはモーテルの事務室をめったに離れず、客室のものとちがって故障していない衛星テレビでスポーツ中継かポルノを見ているだけだ。

〈みなしごアニー〉は裏の小部屋ではなく、ミスター・ジャクスンのオフィスでティムの帰りを待っていた。いまはデスクの椅子にすわって、ジャクスンの《既決／未決》と書かれたバスケットの中身の書類をぺらぺらとめくっていた。

「アニー、関係のないところをのぞくもんじゃないぞ」ティムはおだやかに注意した。「あんたがその順番を乱したら、面倒なことになるのはおれのほうだからね」

「どっちにせよ、おもしろいもんはひとつもありゃしないよ」アニーはいった。「送り状だの予定表だの、そんなのばっかだ。でもハーディーヴィルにあるトップレスカフェのメンバーズカードがあった。あのカフェであと二回食事をすれば、ランチバイキングが一回無料になるって。そうはいっても、どこかの女のヌードを見ながらランチを食べるなんて……ぶるぶる」

ティムはこれまでそんなふうに考えたことはなかったが、あらためて考え、考えたこと自体を後悔した。「ドクは男の子のところかい？」

「そうだよ。あたしが血だけはとめてあげたけど、かわいそうに、耳があんなことになって二度と元にはもどらないってなると、これから長いこと髪の毛を長く伸ばして過ごす羽目になるね。あんたにきいてほしい話がある。あの男の子は両親を殺されて誘拐されたんだよ」

「それも例の陰謀の一部だってか？」これまで夜まわり番のあいだに、ティムはアニーと陰謀にまつわる会話を何度となくかわしていた。

「そりゃそうだ。あの男の子をかどわかした連中は黒い車に乗ってきたんだよ。そうに決まってる。男の子がここまで逃げたと察したら、連中は男の子目あてにこの町までやってくるよ、きっと」

「わかった」ティムは答えた。「その件を忘れずにジョン署長と話しあっておくとするよ。男の子の手当てをして、そのあとも見まもってくれていたことはありがたい。でも、あんたはそろそろここを出たほうがいい」

アニーは立ちあがると、肩かけ《セラーペ》をさっとふって広げた。「それがいい。ジョン署長に話をしておくれ。あんたたち全員はしっかり守りを固める必要がある。やつらは銃にしっかり弾丸《たま》をこめてやってくるだろうよ。メイン州にジェルサレムズ・ロットっていう町がある。その町に住んでいる者に、黒い車の男たちについてたずねてみるがいいさ。いや、あの町に住んでる者がいればの話だよ。だって町の住民は四十年、いや、もっと前にひとり残らず消えちまったのさ。ジョージ・オールマンは、あの町のことをしじゅう話してる」

「話はわかった」

アニーは肩かけ《セラーペ》をふりまわして空《くう》を切りながらドアにむかい、そこでふりかえった。「あんたはあたしを信じてない。信じてなくても驚きゃしないよ。あたしが驚く道理があるかい？　あたしは、あんたがこの町に来たときよりもずっと昔から町のいかれ者だったし、神さまに召されでもしないかぎり、あんたがいなくなってからもずっと長いこと町のいかれ者でいつづけるだろうね」

「アニー、おれは一度だって――」

「お黙り」アニーはソンブレロの下の目をらんらんと光らせてティムを見つめた。「そんなことはどうでもいい。それよりも注意を欠かさないこと。いまはあたしがしゃべってる……でも、これはあの子があたしに話したことさ。あの男の子がね。これで、あたしとあんた、ふたりが話をきいたことになる。ついでにあたしがいったことを忘れるんじゃないよ。あいつらは黒い車でやってくるってね」

6

ドクター・ローパーはつかいおわった検査器具類を往診バッグにしまいこんでいた。少年はいまもまだ、ミスター・ジャクスンの安楽椅子に腰かけていた。顔についていた血はすっかり拭き清められ、耳にはガーゼをあてがわれていた。信号機の柱と激しい論戦を戦わせた結果、顔の右半分には立派な痣《あざ》ができていたが、目は澄んだ光をたたえ、意識がしっかりしていることをうかがわせていた。ローパーが冷蔵庫からジンジャーエールを見つけだし、少年はまたたく間に中身を飲み干していた。

「そこにすわって楽にしていたまえよ」ローパーはそういって往診バッグをぱちんと閉め、外のオフィスに通じているドアのすぐ内側に立っていたティムに近づいた。

「どんな具合ですか？」ティムは声を押し殺して少年のことをたずねた。

「あの子は脱水症状を起こしていたし、しばらく飲まず食わずだったようで空腹にも悩まされてはいたが、それ以外には問題ない体調のようだ。あの年齢の子供は、体調が最悪になっても恢復するんだよ。いま十二歳で名前はニック・ウィルホルム、あの貨物列車には遠く離れたメイン州北部の始発駅で乗りこんだ、と、そこまでは話してくれた。しかし、そんなところでなにをしていたかとたずねても、話すわけにはいかないといわれたよ。住所を質問しても忘れたの一点張り。それもありえない話じゃない。頭部に激しい衝撃があると、一時的な見当識喪失や記憶の混乱といった症状が出るからね。ただ、わたしもおなじような症例には何度かお目にかかったことがあるので、本物の記憶喪失と隠しごとがある沈黙は見分けられる——子供が相手ならなおさらだ。あの子は隠しごとをしている。それもどっさりと」

「オーケイ」

「アドバイスをひとつきかせようか？　カフェでおいしい料理をいっぱい食わせると約束するんだ。そうすれば話をすっかりききだせるぞ」

「ありがとう、ドク。請求書はあとで送ってくれ」

ローパーは手をふってティムの申し出を退けた。「そのうち〈ベヴ〉より高級な店でうまい食事をたっぷり奢ってくれれば、それで貸し借りなしだ」ドクのきつい南部訛だと、〝貸し借りなし〟が〝かすかるなす〟ときこえた。「男の子の話をききだせたら、わたしも教えてほしいな」

ドクター・ローパーが引きあげていくと、ティムはドアを閉めて自分と少年のふたりきりにしてからポケットの携帯をとりだし、ビル・ウィックロウに電話をかけた。ビルはデュプレイ警察のパートタイム巡査で、クリスマス明けにティムが夜まわり番の仕事を引き継ぐ予定の相手だった。少年はよく冷えたジンジャーエールの最後のひと口を飲みながら、真剣な目つきでティムを見つめていた。

「ビルか？　おれだ、ティムだよ。ああ、元気だ。どうかな、今夜あたり夜まわり番の仕事のリハーサルをやってくれるかどうか、そのあたりをきいてみたくてね。いつもはもう寝ている時間なんだが、こっちの操車場でちょっとやらなくちゃいけない仕事が残ってるんだ」それから相手の話に耳をかたむける。「ありがたや。ひとつ借りができたな。携帯用のタイムレコーダーは警察署に置いておく。つかう前にぜんまいを巻くのを忘れるなよ。ああ、恩に着る」

ティムは通話をおわらせ、じっと少年をながめた。顔の痣はこれからいったん目立つようになり、一、二週間もすれば薄れていくだろう。しかし目の光のほうは、もう少し長いあいだこのままかもしれない。「気分はよくなったか？　頭痛はましになったか？」

「はい、なりました」

「堅苦しくしゃべる必要はないぞ。おれのことはティムと呼べばいい。さて、きみのことはどう呼んだものかな？　本当の名前はなんというんだ？」

しばしのためらいをはさんで、少年は本名をティムに打ち明けた。

7

〈フロントハーフ〉と〈バックハーフ〉をつなぐ薄暗いトンネルは肌寒く、エイヴァリーはすぐにがたがた震えはじめた。ジークとカルロスは意識をうしなったエイヴァリーの小さな体を全身浴タンクから引きあげたが、衣類はいまもそのままで全身が濡れそぼっていた。歯がかちかち鳴りはじめた。それでもエイヴァリーは、これまで学んだことにしがみついていた。大事なことだった。いまではすべてが大事なことになっていた。

「歯を鳴らすのをやめなさい」グラディスがいった。「気味のわるい音だこと」

エイヴァリーの車椅子を押しているグラディスの顔に、笑みはもうひとかけらも見つからなかった。このクソちびがなにをしでかしたかという話はもうあらゆるところに広がり、いまでは〈研究所〉のスタッフたちの例に洩れずグラディスも怯えていた。いざルーク・エリスが連れもどされて全員が安堵の吐息をつけるようになるまでは、この怯えた状態がつづきそうだった。

「そ・そ・そうい・い・い・われても、と・と・と・とめらんない・い・いよ」エイヴァリーはいった。「だってさ・さ・さ・さむいんだもん」

「そんなこと、あたしが気にかけるとでも思う？」グラディスが高めた声が、壁のタイルに跳ね返って響いた。

「自分がなにをしでかしたか、少しはわかってる？　ね、少しはわかってるの？」

　エイヴァリーにはわかっていた。それどころか、いまエイヴァリーの頭には多くの考えが渦を巻いていた。その一部はグラディスの思考だったが（グラディスが感じている恐怖は、頭のまんなかで車輪をくるくるまわして走っている鼠のようなものだった）、エイヴァリー独自の思考も存在していた。

《関係者以外通行禁止》との表示がある扉を抜けると、あたりは多少暖かくなった。そのあとドクター・ジェイムズが待っている薄汚いラウンジにはいると、さらに暖かくなった。ちなみにこの女性医師は白衣のボタンをかけちがっていて、髪の毛は乱れっぱなし、顔には馬鹿みたいな笑みを浮かべていた。

　エイヴァリーの体の震えは落ち着いてきて、やがて完全にとまった。しかし、色つきの〈シュタージライト〉が復活してきた。それはかまわない。いまではもう、いつでも望むときに追い払うことができたからだ。あのタンクではジークに危うく殺されかけた。それどころか気をうしなう寸前には、自分はもう死んでいると思ったほどだ。しかし、あのタンクがエイヴァリーになんらかの影響を与えた。これまでにもタンクが沈められた子供たちに影響をおよぼしていると頭では理解していたが、自分の場合はほかの子たち以上の影響だった。ＴＰばかりかＴＫさえも、そのいちばん小さな一部にすぎなかった。いまグラディスは、ルークがやらかしたことを理由に怯えている。しかし、エイヴァリーにはわかっていた——その気にさえなれば、グラディスにこの自分を、すなわちエイヴァリーを恐れさせることも可能だ、と。

　しかし、いまはふさわしいタイミングではない。

「ハロー、若きナイスガイ！」ドクター・ジェイムズが大きな声でいった。その声は選挙用コマーシャルの政治屋そっくりで、頭のなかの思考は強風に吹かれて飛ばされているたくさんの紙切れのようだった。

　この医者は、どこかが根底から調子はずれになっているみたいだ——エイヴァリーは思った。たとえるなら、放射能汚染の犠牲者のようなもの。ただし、汚染されたのは骨ではなく脳組織だ。

「ハロー」エイヴァリーは返事をした。

　ドクター・ジェイムズ、またの名ジャッケルは、こんなに笑えるジョークの落ちの文句はきいたことがないといいたげに顔をのけぞらせて笑った。「きみがこれほど早くこっちに来るなんて予想もしてなかったのよ。でも、ここへようこそ、大歓迎！　そうそう、きみの友だちも何人かここにいるわ！」

知ってる——エイヴァリーは思った——友だちに会うのが待ちきれない気分だよ。みんなも、ぼくに会えば喜ぶはずさ。

「でも、とにかくまず最初に、きみの濡れた服を脱がせてあげなくちゃね」そういってジェイムズはグラディスに嫌悪のまなざしをむけた。しかしグラディスは、腕をぽりぽりと掻くほうに熱中していた——皮膚を（あるいは皮膚のすぐ下を）走りまわっている痒みを追い払おうとしていたのだ。せいぜい幸運を祈ってやるよ——エイヴァリーは思った。「いまからヘンリーにいって、きみを個室に案内させるわ。ここにはとても優秀な世話係がいるの。自分の足で歩ける？」

「はい」

ドクター・ジェイムズ、またの名ジャッケルはまたしても顔をのけぞらせ、のどをひくひく動かして笑い声をあげた。エイヴァリーは車椅子から立ちあがると、たっぷり時間をかけてグラディスに値踏みするような視線をむけた。グラディスは腕を掻く手をとめた。いま体を震わせているのはグラディスのほうだった。といっても、体が濡れていて寒い思いをしているからではない。エイヴァリーのせいだ。いまグラディスはエイヴァリーを感じていた。その感覚が気にくわなかった。

しかし、エイヴァリーはいい気分だった。爽快ですらあった。

8

ミスター・ジャクスンの個室にはほかに椅子がなかったので、ティムは表のオフィスから椅子を調達してきた。最初は少年の正面に椅子を置こうと思ったが、それでは警察の取調室における椅子の配置そっくりになってしまう。結局ティムは運んできた椅子を少年がすわる〈レイジーボーイ〉の隣に滑らせ、お気に入りのテレビ番組をいっしょに見る友人のように少年と横ならびですわった。ただし、ミスター・ジャクスンの液晶テレビにはなにも映っていないままだった。

「さてと、ルーク」ティムはいった。「アニーは、きみが誘拐されたと話していた。ただ、アニーは……その……喩え話をすると、いつもレールの上にきちんと乗ってるわけじゃないんだ」

「その点についていては、あの人はレールの上に乗ってました」ルークという少年は答えた。

「それならいい。で、どこにいるときに誘拐されたんだ？」

「ミネアポリスです。あいつらはぼくを気絶させました。それからぼくの両親を殺したんです」ルークは片手で目もとをこすった。

「つまり誘拐犯たちは、きみをミネアポリスからメイン州へ連れていったんだね。どうやってきみを運んだ？」

「わかりません。ずっと気をうしなってましたから。飛行機をつかったんだと思います。ぼくは本当にミネアポリスに住んでました。調べればわかります――それこそ、ぼくが通っていた学校に電話で問いあわせれば一発で。

ブロデリック特待学童専門校という英才教育の学校です」

「となると、きみは天才少年ということになるね」

「はい、そうです」ルークはそういったが、自慢している響きはまったくなかった。「ぼくは天才少年です。でも、いま現在は腹ぺこ少年です。この二日のあいだ、ソーセージスコーンとフルーツパイしか食べてません。二日だったと思います。日付の感覚をなくしてしまったので。マッティーという男の人がくれた食べ物です」

「それ以外にはなにも?」

「あとはドーナッのかけらですね」ルークはいった。

「お世辞にも大きいとはいえませんでした」

「それはよくない。なにか食べ物をもってこさせよう」

「ありがとうございます」ルークはいい、さらにこういい添えた。「お願いします」

ティムはポケットから携帯を抜きだした。「ウェンディか？　ティムだ。ちょっと頼みたいことがあってね」

9

〈バックハーフ〉でのエイヴァリーの部屋は殺風景だった。ベッドは実用一点張りの簡易ベッド。〈ニコロデオン〉チャンネルの番組キャラのポスターが壁に貼ってあることもなかったし、衣類簞笥の上にGIジョーのアクションフィギュアがならんでもいなかった。ただし、エイヴァリーに文句はなかった。エイヴァリーはまだ十歳だが、これからはもっと大人にならなくてはならず、大人はおもちゃの兵隊で遊んだりしないからだ。

ひとりじゃフィギュアで遊べないし——エイヴァリーは思った。

思い出されてきたのは去年のクリスマスのこと。あのときのことを思うと胸が痛んだが、それでも考えてしまった。あのときは欲しかった〈レゴ〉のお城をプレゼントにもらうことができた。しかしいざ部品をすっかり前に広げると、ばらばらのブロックを箱に描かれている壮麗なお城にするにはなにをどうすればいいか、途方にくれてしまった。箱の城には屋根に小塔があり、城門があり、本当にあげさげできる跳ね橋までそなわっていた。エイヴァリーは泣きはじめた。そこへ父親が（いまはもう死んでいるはずだと確信していた）やってきて隣に膝をつき、エイヴァリーにこういった。

《ふたりいっしょに説明書どおりにやってみようじゃないか。一度に一歩ずつ進めればいい》

そして親子はそのとおりにした。完成した城は自室の衣類簞笥の上に飾られ、衛兵としてGIジョーのフィギュアが立っていた。その城は、エイヴァリーが〈フロントハーフ〉で目を覚ましたときに彼らが複製をつくれなかったもののひとつだった。

乾いた服に着替えて寒々しい部屋の簡易ベッドに横たわったエイヴァリーは、完成したときの〈レゴ〉の城がどれほど美しく見えたかを思っていた。同時に、〝ぶうん〟というハム音も感じていた。〈バックハーフ〉では、この音が途切れることはなかった。個室では大きく、廊下ではもっと大きく、その先のカフェテリアではいちばん大きく響いていた——そのカフェテリアには、世話係たちの休憩室の先に二重の錠前をそなえたドアがある。このドアの先が〈バックハーフ〉の〝うしろ半分《バックハーフ》〟だ。ここの世話係たちは〝うしろ半分《バックハーフ》〟のことをよく〈ゴーリキー公園《パーク》〉と呼んでいた。そこで暮らしている（それが暮らしといえるかどうかはともかくも）子供たち全員が五里霧中《ごりむちゅう》の植物状態《ゴーク》であることを、モスクワの有名な公園の名前にひっかけた悪趣味なジョークだった。〝ぶうん〟というハム音を出す者たち。それでも、あの子たちは役に立ってるんだろうとエイヴァリーは思った。〈ハーシー〉のチョコレートバーの包装紙が役に立っているのとおなじ意味だ。包装紙が役に立つのは、ぺろぺろ舐めてすっかりきれいにされるまで。そのあとは捨てられるだけだ。

　個室のドアには錠前がついていた。エイヴァリーは精神を集中させて、錠前の中身を動かそうとしてみた。解錠したところで、青いカーペットを敷きつめられた廊下のほかにはどこへ行けるわけでもなかったが、これは一種の実験だった。錠前の内部メカニズムが回転しようと努めているのを感じとることまではできた——しかし、じっさいに動かすのは無理だった。ジョージ・アイルズだったら錠前を動かせただろうか、という疑問が浮かんだ。ジョージは最初から、強い力をもったTKポジだった。ジョージならできるだろう——エイヴァリーは思った——ほんのちょっとだけ背中を押してもらえれば。ここでも父親のあの言葉が思い出された。

《ふたりいっしょに説明書どおりにやってみようじゃないか。一度に一歩ずつ進めればいい》

　午後五時に個室のドアがあき、赤い制服を着た世話係がにこりともしない仏頂面を室内にのぞかせた。ここの世話係は名札をつけていなかったが、エイヴァリーに名札は必要なかった。いま来たのはジェイコブ、同僚たちからは〈蛇のジェイク《ジェイク・ザ・スネイク》〉と呼ばれていた。この男は海軍出身だった。特殊部隊《SEALS》の一員になりたかったんだよね——エイヴァリーは思った——でも不合格におわった。おまえは軍から蹴りだされたんだ。ひょっとしておまえは、人を痛めつけるのが好きすぎたんじゃない？

「夕食だ」ジェイコブ、またの名〈蛇のジェイク《ジェイク・ザ・スネイク》〉はいった。「食べたけりゃ出てこい。食べたくないなら、映画の時間までこのドアに鍵をかけておく」

「食べたいよ」

「わかった。映画は好きか、坊主？」

「好きだよ」エイヴァリーはそう答えてから思った。でも、ここで見るような映画は好きじゃない。ああいう映画は人を殺すから。

「ここで見る映画も気にいるぞ」ジェイコブはいった。「いつも最初はアニメなんだ。カフェテリアは左にまっすぐ行ったところだ。ぐずぐずするな」そういってエイヴァリーの尻を強く一回叩くと、廊下を先へ進んでいった。

　カフェテリア――〈フロントハーフ〉の居留エリアの廊下とおなじく深緑に塗られた陰気な部屋――では、十人ばかりの子供たちがすわって食事をしていた。そのにおいからエイヴァリーは、みんなが食べているのは〈ディンティ・ムーア〉のビーフシチューだろうと見当をつけた。以前自宅では、母親が週に二回はこのレンジ調理のシチューを出していた。エイヴァリーの姉の好物だったからだ。子供たちのほとんどはゾンビも同然で、口からだらしなくこぼしている者も大勢いた。エイヴァリーは、食事しながらタバコを吸っている子供に――女の子に――目をとめた。見ていると、女の子はタバコを指で叩いてシチューのボウルに灰を落とし、うつろな目で周囲を見まわしたのちに、またシチューを食べはじめた。

　エイヴァリーはまだトンネルにいたころからカリーシャの存在を感じていたが、この場でようやく当人を目にした――カリーシャはいちばん奥に近いテーブル席についていた。一気に駆け寄って首に両腕を巻きつけたい気持ちを無理やり押さえつける。そんなことをすれば他人の注目をあつめるし、そんなことは避けたかった。むしろその正反対だ。ヘレン・シムズがカリーシャの隣にすわっていた――両手が力なくボウルの左右に置かれていた。両目は天井をひたと見すえたまま動かない。最初に〈フロントハーフ〉に姿をあらわしたときには派手だったヘレンの髪が、いまは乱れて濡れたようになり、もつれたまま顔の――見る影もなく痩せてしまった顔の――まわりに力なく垂れていた。カリーシャはそんなヘレンに食べさせていた――いや、食べさせようとしていた、というべきか。

「ほら、ヘル、食べなよ、厄介な困り者《ヘル・オン・ホイールズ》、ほら、もうひと口」カリーシャはヘレンを縮めたヘルと呼びかけ、地《へ》獄《ル》をつかった成句でも呼びかけながら、シチューをすくったスプーンをヘレンの口に入れた。正体不明の茶色い肉の塊がヘレンの下唇を越えて外へ出ようとしたが、カリーシャはスプーンで押しもどした。その甲斐あってヘレンは肉を飲みこみ、カリーシャがにっこり笑った。

「いまのは上手、すっごく上手だよ」

《シャー》エイヴァリーは思った。《やあ、カリーシャ》

カリーシャははっとした顔で周囲を見まわし、エイヴァリーを目にとめると満面の笑みをのぞかせた。

《エイヴァスター！》

茶色いグレイヴィーがヘレンのあごから糸を引いてしたたり落ちた。カリーシャの反対側にすわっていたニック・ウィルホルムが紙ナプキンで拭いてやっていた。ついでニックもエイヴァリーに気づいてにやりと笑い、親指を突き立てる合図を送ってきた。ニックの正面にすわっていたジョージ・アイルズが顔をめぐらせた。

「おいおい、みんな見てみろ、エイヴァスターが来たぞ」ジョージはいった。「シャーはおまえが来るかもしれないって話してた。小さなヒーローくん、ようこそ、楽しいみんなの家へ」

「あんたも食べたいならボウルをもってきな」いかついい顔だちをした年かさの女がいった。この女の名前がコリンヌであることも、エイヴァリーはすでに知っていた。コリンヌは平手打ちが大好きだった。平手打ちを食らわせると快感が得られるのだ。「今夜は映画だから、ここを早めに店仕舞いすることになってるのさ」

エイヴァリーはボウルをもってくると、レードルでシチューをすくった。まちがいない、〈ディンティ・ムーア〉だ。エイヴァリーはスポンジのような白いパンをひと切れシチューの上に載せると、友人たちのところまで運んでいって椅子に腰をおろした。カリーシャが笑みをむけてきた。きょうのカリーシャはひどい頭痛に悩まされていたが、それでも笑顔をつくってくれた。そのことを思うとエイヴァリーは声をあげて笑いたくなると同時に、泣きたい気分にもさせられた。

「食べちゃえよ」ニックが声をかけてきた。しかしそういっているニックが、自分自身のアドバイスに従おうとしていなかった——ボウルのシチューに手をつけていないも同然だったのだ。しかも両目が血走っていて、しきりに左のこめかみを揉んでいた。「そりゃまあ、見た目は下痢便そっくりだけど、空《す》きっ腹《ぱら》のまま映画を見にいかないほうがいいぞ」
《あいつらルークをつかまえた？》シャーが思念を送ってきた。
《つかまえてない。だからみんな死ぬほどびびってる》
《よかった。最高！》
《映画の前に、ぼくたちは痛い注射をされる？》
《今夜はそれはないと思う……きょうのは新しい映画……わたしたちもまだ一回しか見てない》
ジョージはわけ知り顔でエイヴァリーたちを見つめていた。心の会話をききとっていたのだ。かつて〈フロントハーフ〉時代のジョージはＴＫでしかなかったが、いまはそれ以上だった。ジョージだけではない、全員がそうなっていた。彼らが所有していた力を〈バックハーフ〉が増強したのだ。しかし全身浴タンクのおかげで、エイヴァリーはほかのだれよりも大きな力をそなえていた。多くの知識もたくわえていた。たとえば〈フロントハーフ〉における検査のこと。その大部分がドクター・ヘンドリクスによる付帯的な実験だが、注射には実利があった。子供たちのなかには、能力を抑えるリミッターのある者がいた。エイヴァリーにはそのようなものはなかった。エイヴァリーはいきなり全身浴タンクを体験させられ、そこで死の入口まで連れていかれた——いや、入口をくぐらされたのかもしれない。その結果、いつでも望むがままのタイミングで〈シュタージライト〉を出現させられるようになった。映画は必要なかったし、集団思念の一部になる必要もなかった。そしてその集団思念の創出こそが、〈バックハーフ〉の最大の仕事だった。
しかし、エイヴァリーはまだたったの十歳。そこが問題だった。
シチューを食べはじめる一方、エイヴァリーはヘレン・シムズの精神を探った。喜ばしいことに、ヘレンはまだそこに存在していた。ヘレンのことは好きだった。あの下衆女のフリーダ・ブラウンとはぜんぜんちがう。わざわざフリーダの精神を読まずとも、フリーダがエイヴァリーを騙して例の話を打ち明けさせ、そのあとエイヴァリーのことを密告したのはわかっていた。だいたい、ほかのだれにあんな密告ができたというのか？
《ヘレン？》
《よして。わたしに話しかけないで、エイヴァリー。わたしは——》

思念はそこで途切れたが、エイヴァリーにはヘレンのいいたいことが理解できた気がした。ヘレンは、〝わたしは隠れている必要がある〟といいたかったのだ。ヘレンの頭のなかには苦痛をたっぷりと吸ったスポンジがあり、本人はそのスポンジからできるかぎり隠れていた。苦痛から身を隠すのは、これだけ見れば理にかなった反応だ。問題は、そのスポンジがどう膨らみつづけるかだ。スポンジが膨らみつづければ、やがて隠れる空間がなくなって、ヘレンは自身の頭蓋骨の奥に押しつけられ、そのあげく壁の蠅のようにぐしゃりと潰されてしまう。そうなればヘレンは消える。少なくとも、ヘレンという存在としては。

エイヴァリーはヘレンの精神に探りを入れた。個室ドアの錠前を動かそうとしたときよりも簡単だった――というのもそもそもが強力なTPで、TKの力を得てからはまだ日が浅いからだ。それに不器用なので慎重になる必要があった。ヘレンを元どおりに治療することはできなくても、気持ちをなだめることならできそうだ。わずかでもヘレンを守れる。ヘレンの助けになるし、自分たちの助けにもなるかもしれない……なぜなら、いずれ自分たちには、手に入れられるかぎりの助力が必要になるからだ。

ヘレンの頭の奥深いところに、頭痛スポンジが見つかった。エイヴァリーはスポンジにもうこれ以上は膨らむなといった。スポンジに頭から出ていけといった。スポンジは従おうとしなかった。エイヴァリーはスポンジを押した。目の前に色とりどりの光が出現し、コーヒーに浮かべたクリームのようにゆっくりとまわりはじめた。さらに強い力で押す。スポンジは柔らかかったが、それでいて強情だった。

《カリーシャ。手伝って》

《手伝うってなに？　なにしてるの？》

エイヴァリーは話した。カリーシャが参加してきた――最初はためらいがちに。ふたりは力をあわせて押した。頭痛スポンジがわずかながら後退した。

《ジョージ》エイヴァリーは思念を送った。《ニッキー。ぼくたちに力を貸して》

ニックはほんの少しだが力になった。ジョージは最初困惑顔を見せたものの、参加してきた。しかし、ややしばらくして退却した。

「無理だよ」そう小声でいう。「暗いもん」

《暗いのを怖がっちゃだめ！》これはカリーシャだった。《わたしたちなら手伝えるはずよ！》

ジョージがもどってきた。しぶしぶながらだったし、あまり助けにはならなかったが、それでもジョージはエイヴァリーたちとともに力をあわせていた。

《ただのスポンジなんだよ！》エイヴァリーはみんなに言葉をかけた。もう目の前にあるシチューのボウルは見えなくなっていた。代わって見えていたのは心臓の鼓動のリズムで渦を巻く〈シュタージライト〉だった。《スポンジなんかに、ぼくたちが傷つけられることはない！押すんだ！　みんないっしょに！》

一同は力を注ぎこんだ。そして、なにかが起こった。ヘレンが天井から視線を落とした。次にヘレンが目をむけたのはエイヴァリーだった。

「あら、だれが来たかと思えば」ヘレンは錆びついたような声で答えた。「頭痛が少しましになってきた。ああ、よかった」そういうと自分のシチューを食べはじめた。

「ぶったまげた」ジョージがいった。「おれたちがやったんだ」

ニックがにやりと笑って片手をかかげた。「エイヴァスター、タッチだ」

エイヴァリーはハイタッチの要領でニックと手を打ちあわせたが、明るい気分はもう光の粒々といっしょに消えていた。ヘレンはまた頭痛に見舞われるはずだ――それも、映画を見せられるたびに悪化の一途をたどる。ヘレンの頭痛も、カリーシャの頭痛も、ニックの頭痛も。もちろんエイヴァリー自身もおなじだ。そしていずれ全員が、〈ゴーリキー公園〉から放射されている〝ぶうん〟というハム音に参加することになるのだ。

でも、もしかしたら……自分たち全員が一致団結し、自分たち自身の集団思念のなかにはいって……そして、楯をつくる手だてを見つけられたら……。

《シャー》

呼ばれたカリーシャがエイヴァリーに目をむけた。それから耳をそばだてた。ニックとジョージも――ふたりなりに精いっぱい――耳をかたむけた。ただしこのふたりの耳は、部分的に不調になったかのようだった。しかし、カリーシャにはきこえていた。そしてカリーシャはシチューをひと口食べ、スプーンを下に置き、頭を左右にふった。
《脱走なんて無理よ、エイヴァリー。もしそんなことを思ってるのなら、いますぐ忘れなさい》
《無理なことくらいわかってる。でも、ぼくたちもなにかやらなくちゃ。ルークを助けなくちゃならないし、自分たちを助けなくちゃならない。レゴのピースは見えてる……でも、どうやって組み立てればいいかがわからない。ぼくには……》
「……どうやってお城を組み立てればいいかがわからない、だね」ニックが考えをめぐらすような低い声でいった。ヘレンはまた食べるのをやめており、ふたたび天井を目で検分するようになっていた。頭痛スポンジが早くもまた膨らみはじめ、膨らむにつれてヘレンの精神をがつがつ貪りだしていた。ニックがヘレンに手を貸して、またシチューをひと口食べさせた。
「タバコはいかが！」世話係のひとりが大きな声をあげながら、箱を高くかかげた。どうやらここでは、トークンなしにタバコが手に入れられるようだ。それどころか喫煙が奨励されてさえいるらしい。「映画鑑賞の前に、タバコを一服いかがかな？」
《ぼくたちは脱走できないよ》エイヴァリーは思念を送った。《だから、ぼくがお城をつくるのに手を貸して。壁。楯。ぼくたちのお城。ぼくたちの壁。ぼくたちの楯を》
エイヴァリーはカリーシャからニック、そしてジョージへと視線を移し、またカリーシャに目をもどした——内心、どうか理解してほしいと懇願しながら。カリーシャの目が輝いた。
わかってくれたんだ——エイヴァリーは思った——ああ、よかった。わかってもらえた。
カリーシャはなにかいいかけたがすぐに口を閉じた。ちょうどそのとき、例の世話係——名前はクリント——が大声をあげながら、すぐ横を通りすぎていった。「タバコはいかが！　映画鑑賞の前に、タバコを一服いかがかな？」
世話係のクリントがいなくなると、カリーシャがいった。「わたしたちがここから脱走できないのなら、わたしたちがここを乗っ取るしかないわ」

10

ウェンディ・ガリクスン巡査は当初ティムに冷淡な態度をとっていたが、ハーディーヴィルにあるメキシコ料理のレストランでの初デートを経たいまでは、ずいぶん温かな対応へと変わっていた。ふたりはいまでは公認のカップルであり、ミスター・ジャクスンのオフィス裏にある小部屋のアパートメントに茶色の紙袋をたずさえて入室してきたウェンディはまずティムの頬にキスをし、そのあとすぐ唇に唇を重ねた。

「ガリクスン巡査だ」ティムはいった。「ただ、この人がオーケーといえば、きみもウェンディと呼んでかまわないと思うよ」

「ええ、かまわない」ウェンディはいった。「で、きみの名前は？」

ルークはティムに目顔で問いかけた。ティムは小さくうなずいた。

「ルーク・エリスです」

「初めまして、よろしくね、ルーク。それにしても見事な痣をつくったものね」

「イエス・マーム。走ったまま、思いっきりなにかにぶつかっちゃって」

「イエス、ウェンディ——そう呼んで。それに、耳にガーゼをあててるのね。自分で自分の耳をすっぱり切っちゃったの？」

この言葉にルークは淡い笑みを誘われた。あからさまなほどの真実だったからだ。「だいたいそんなところです」

「ティムから、きみがお腹を空かせてるかもしれないってきいたから、メイン・ストリートのレストランであれこれテイクアウトしてきたの。コカ・コーラでしょ、チキンでしょ、あとはハンバーガーとフライドポテト。どれを食べたい？」

「ぜんぶです」ルークはいい、この返事にウェンディとティムは声をあわせて笑った。

ふたりが見つめる前でルークはドラムスティック二本を食べ、ハンバーガーをたいらげ、フライドポテトをあらかた食べ、さらにかなり大きなテイクアウト容器にはいっていたライスプディングもぺろりと食べた。昼食を食べそこねていたティムも、残りのチキンを食べてコークを飲んだ。

「さあ、落ち着いたか?」食べ物がすっかり消えると、ティムはそうたずねた。

ルークは答える代わりに、いきなりわっと泣きはじめた。

ウェンディがルークをやさしくハグして頭を撫で、あちこちでほつれた髪を指でときほぐしていった。やがてルークの嗚咽がおさまってくると、ティムはすぐ横の床に膝をついた。

「ごめんなさい」ルークはいった。「ごめんなさい、ほんとにほんとに、ごめんなさい」

「いいんだ、気にするな。きみのことなら大目に見るさ」

「自分が生きてるって、ようやくまた実感できたせいです。そんなふうに感じるとなぜ泣いてしまうかはわかりません。でも、泣いてしまうんです」

「安心して力が抜けたのね」ウェンディがいった。

「ルークは両親が殺害され、自分は誘拐されたと主張しているんだ」ティムがそう話し、ウェンディが目を見ひらいた。

「主張とかじゃない!」ルークがミスター・ジャクスンの安楽椅子のなかで身を乗りだして、そういった。「ぜんぶ本当の話です!」

「言葉の選び方をまちがえたかな。とにかく、きみの話をきこう」

ルークはこの言葉にちょっと考えこんでから、こう答えた。「その前に、ひとつ頼みがあるんですけど、いいですか?」

「おれにできることなら」ティムはいった。

「外を見てください。さっきいたもうひとりの男の人がまだいるかどうか、見てほしいんです」

「ノーバート・ホリスターのことか?」ティムは微笑んだ。「とっとと消えろといってやったよ。いまごろコンビニの〈ゾニーズ・ゴーマート〉あたりで宝くじでも買ってるんじゃないか。あいつ、サウスカロライナで次の百万長者になるのは自分だと固く信じこんでるんだ」

「とにかく、ひと目見てください」

ティムはウェンディに目をむけた。ウェンディは肩をすくめて、こういった。「わたしが見てみる」

ややあってもどってきたウェンディは眉を寄せていた。

「嘘でもなんでもないけど、操車場の事務所前で揺り椅子に腰かけてた。雑誌を読んでたわ」

「あの男の人は〝おじ〟のひとりだと思います……」ルークは低い声でいった。「リッチモンドとウィルミントンにもいました。たぶんスターブリッジにも。〝おじ〟がそんなに何人もいるなんて初めて知りました」ルークは笑い声をあげた。金属的な響きの声だった。

ティムが立ちあがってドアに歩み寄ったそのとき、ノーバート・ホリスターが揺り椅子から腰をあげ、みすぼらしくなる一方のモーテルの方向へぶらぶらと歩いていく姿が見えた。ノーバートはうしろをふりかえらなかった。ティムはルークとウェンディのもとへ引き返した。

「あいつはいなくなったぞ、坊主」

「あいつらに電話で連絡するつもりかも」ルークはいい、コークの空き缶を拳で打った。「あいつらに連れもどされるわけにはいかないんです。連れもどされたら、ぼくはあそこで死んでしまいます」

「あそこというのは？」

「〈研究所〉です」

「そもそもの最初から、話を順番に全部きかせてもらえるかな？」ウェンディがいった。

ルークは話した。

11

ルークが最後まで話しおわると――それには三十分近くかかり、話をしながらルークは二本めのコークを飲み干していた――あたりはひととき静まりかえっていた。ついでティムがおそろしく静かな声でこういった。「そんなことがあるものか。だいたい、そんなに多くの子供たちが誘拐されていたら、だれかが不審に感じて注目するはずだ」

その言葉にウェンディはかぶりをふった。「あなたも以前は警官だったのなら、もうちょっと知恵があって当然よ。数年前の統計だと、アメリカ合衆国では年間五十万人以上もの子供たちが行方不明になってる。ちょっとした衝撃の数字だとは思わない？」

「行方不明になる子供が多いのは知ってるし、おれが警察に勤めていたフロリダのサラソタ郡じゃ、去年一年間に五百人前後の子供が行方不明者として報告されてる。しかし、その多くは——大多数は——そのあと自分の足で自宅に帰りついてるんだ」いいながらティムは、ダニングで開催されていた〈ダニング農業フェスティバル〉へ行こうとして夜の夜中に町を歩いていたロバートとローランドのビルスン兄弟のことを思い出していた。

「それでも、行方不明のままの子供たちは数千人になる」ウェンディはいった。「それどころか、数万人にもなるのよ」

「それについては異論はないさ。ただ、それだけの行方不明の子供のうち、あとに残された両親が殺されていた子供が何人いるというんだ？」

「さっぱりわからない。それどころか、そんな統計をとった人がいるとも思えないし」ウェンディは注意をルークへむけた。ルークはふたりの会話を目で——テニスの試合を見ている人のように——追っていた。そのあいだも片手をポケットに入れて、幸運を招く兎の足のお守りのようにUSBメモリを触っていた。

「ときには」ルークはいった。「あの連中はその手のことを、いかにも事故みたいに見せかけるんだと思います」

ティムの眼前にいきなり、この少年が〈みなしごアニー〉といっしょのテントで暮らしている姿が見えてきた。ふたりは深夜ラジオで、アニーご贔屓の変人パーソナリティのおしゃべりをきいていた。陰謀についてのおしゃべりを。あの連中についてのおしゃべりを。

「きみはさっき、GPSを利用した追跡チップを埋めこまれていたから、自分で耳たぶを切り落としたと話してたね」ウェンディはいった。「それって本当の話？」

「ええ、本当です」

ウェンディはそこから話をどの方向へ進めればいいのかがわからないようだった。ティムにむけたウェンディの顔の表情は、《あとはまかせた》と語っていた。

ティムはルークが飲み干したコークの空き缶を手にとると、テイクアウト用の袋に落とした。袋の中身は、いまでは包装紙とチキンの骨だけになっていた。「きみは、このアメリカ国内に秘密の計画を実行している秘密の施設があり……しかもその施設は、いつともわからないほど昔から活動している、と話しているんだぞ。大昔だったら、そんな施設が存在していても——理屈の上だけの話としては——おかしくなかったと思う。しかし、このコンピューター時代には不可能だ。なにせ現代では、政府のいちばんでっかい極秘情報でもインターネットで暴露されてしまうんだぞ。ほら、あの組織——」

「ウィキリークス。ええ、ウィキリークスのことなら知ってます」ルークはじれったそうな口ぶりだった。「現代では秘密を守るのがどれほど大変かもわかりますし、これがどれほどいかれた話に思われるかもわかってます。でもその一方では、第二次世界大戦中にナチス・ドイツは強制収容所をつくって、七百万人のユダヤ人をまんまと殺害しました。さらにはヨーロッパのロマの人たちや同性愛者もです」

「しかし、その手の収容所の近くに住んでいた人たちは、そこでなにがおこなわれているかを知っていた」ウェンディはそういって、ルークの手をとろうとした。

ルークはその手を引っこめた。「施設にいちばん近い町のデニスンリバー・ベンドの人たちも、あそこになにかがあると察してるってことに百万ドル賭けてもいいです。なにか怪しげなことがある、とね。でも、それがなんなのかはだれも知らない。というのも、知ろうともしていないからです。知りたがる理由がありますか？　知らなくても暮らしていけます。そもそも、そんな話をだれが信じますか？　それをいうなら、現代でもかつてのドイツ人があれだけ多くのユダヤ人を殺害したことを信じていない人たちが存在しています。否定論者っていわれてますけど」

なるほど、この子は頭がいい。本当に起こったことがなんであれ、それを隠すためにルークという少年が語った話は突拍子もなさすぎる。それでも、ルークに優秀な頭脳があることはまちがいない。

「わたしが誤解していないかどうかを確かめさせてね」ウェンディはいった。穏やかな話しぶりだった。ティムもおなじ口調だった。ルークには理由もわかっていた。クソったれな神童でなくても、これが精神的に不安定な人に話しかけるときの口調だということはわかる。ルークは失望を感じたが、これ自体は意外ではなかった。ほかにどんな反応が期待できたというのか。「その組織では——手段はいざ知らず——テレパシー能力をもつ子供や、テレ……なんとかいう超能力をもった子供を見つけて――」

「念動力者《テレキネティクス》。略してTK。ほとんどの場合、能力があるといってもほんとに弱い力です――TKポジと呼ばれる子供たちでさえ、たいした力はありません。でも〈研究所〉の医者たちは、子供たちの能力を高めています。

〝粒々の注射〟――あいつらはそう呼んでいます。ぼくたちはみんな、ただ〝粒々〟といっていて、これは本当はさっき話した〈シュタージライト〉のことです。光の粒々を見せるその注射は、ぼくたちがもっている力を強めるといわれてます。ぼくたちを早死にさせないための注射もあるかもしれません。あるいは……」と、いま思いついたことをそのまま口に出していく。「ぼくたちの力が強くなりすぎるのを防ぐ薬もあるのかも。だって、あんまり力が強くなれば、ぼくたちはあいつらの脅威になりますから」

「ワクチン接種のようなものか？」ティムはたずねた。

「ええ、そういってもさしつかえないと思います」

「きみは誘拐される前から、小さな物を心の力で動かせたというんだね？」ティムは〝自分はいま頭のいかれた人間と話している〟といいたげな優しい声でいった。

「ごく小さな物だけです」

「そして全身浴タンクで臨死体験をさせられたことで、今度は他人の心を読めるようになった」

「その前から読めるようになっていました。タンクはその力を……増進させたんです。でも、いまのぼくの力はまだまだ……」ルークはいいよどみ、うなじをマッサージした。この件は説明がむずかしい。それに、ふたりのやたらに物静かで控えめな口ぶりが、それでなくてもさくれだっていた神経に障りはじめていた。このままではじきに、このふたりが考えているとおりの頭がいかれたガキになってしまいそうだ。それでも説明をつづけなくては。「でも、いまのぼくの力はまだまだ強くありません。本当に力が強い子供はひとりもいない……ただ、エイヴァリーだけは例外かもしれません。あいつは桁はずれです」

ティムがいった。「おれが話を誤解していないかどうかを確かめさせてくれ。その連中は弱い超能力をそなえた子供たちを誘拐し、精神力版の筋力増強剤を与えてから、人を殺させているというわけか。たとえば大統領選に出馬しようとしていた政治家を。マーク・バーコウィッツのことだよ」

「はい」

「どうしてビン・ラーディンを殺さなかったの?」ウェンディがたずねた。「そんなふうに……精神の力で暗殺ができるのなら、わたしならビン・ラーディンこそうってつけの標的だと思うはずだけど」

「どうしてなのかはわかりません」ルークはいった。疲れた声だった。頬の痣は一分ごとに、どんどん鮮やかな色あいになっているように思えた。「連中がどうやって標的を選んでいるのかは見当もつきません。前に友だちのカリーシャとも話したことがありますが、カリーシャもまったくわからないそうです」

「その謎めいた施設だけど、どうして殺し屋を雇わないんだろうか? そのほうがずっと簡単じゃないかな?」

「ええ、映画の世界では簡単に見えますね」ルークはいった。「ところが現実の世界では、暗殺者たちはたいがい失敗しているか、そうでなければ敵につかまっています。たとえばビン・ラーディンの暗殺者たちは、あやうく敵につかまるところでした」

「では、実例を見せてもらおうかな」ティムはいった。「いまおれはある数字を頭に思い浮かべてる。その数字をいってみせてくれ」

ルークは読みとろうと試みた。精神を集中させて、あの色とりどりの粒々があらわれるのを待った。しかし、粒々はあらわれなかった。「わかりません」

「じゃ、なにかを動かしてもらおう。それがきみの基本的な能力なんだろう? 連中がきみをとっつかまえた理由なんだな?」

ウェンディが頭を左右にふった。ティムはテレパスではなかったが、ウェンディがなにを考えているかは読みとれた。《この子にプレッシャーをかけちゃだめ! この子はいま精神的に動揺していて、混乱もしていて、おまけに逃亡中なんだから》

ただしティムのほうは、この少年の突拍子もない作り話の壁を突破できれば、なんらかの事実をつかむこともできるかもしれず、その事実を出発点にどこへ進めばいいかもわかるかもしれないと考えていた。

「じゃ、あのテイクアウト用の紙袋はどうだ? 中身はすっかり空になってるから軽いぞ。あれなら動かせるはずだな」

ルークはひたいの皺をこれまで以上に深くしながら、じっと紙袋を見つめた。一瞬だったが、ティムは、なにかを――皮膚を囁き声がかすめていくような、ほんのわずかな微風が吹いたような感覚を――感じたような気がした。しかし、その感覚はすぐに消え、紙袋は動いていなかった。当たり前だ、動くはずはなかった。

「オーケイ」ウェンディはいった。「とりあえずは、いまので充分――」

「おふたりが彼氏さんと彼女さんだということはわかります」ルークがいった。「そのくらいまでなら、ぼくにも読みとれます」

ティムはにっこり笑った。「それほどびっくりする洞察とはいえないぞ、小僧。この部屋にはいってくるウェンディがおれにキスするのを、きみは見ていたんだから」

ルークはウェンディにむきなおった。「あなたは旅行に出るつもりですね。お姉さんに会うためじゃないですか？」

ウェンディは目を大きく見ひらいた。「どうやって――」

「その手に乗せられるなよ」ティムはいった……が、あくまでも穏やかな口調で。「昔から占い師がつかうトリックだよ―― 〝経験にもとづいた推測〟と呼ばれてる。ただし、この子がそのトリックを巧みにつかっていることは認めてやる」

「ウェンディのお姉さんについて、ぼくにどんな経験があったっていうんですか？」ルークはたずねたが、これでうまくいくとはほとんど思っていなかった。これまで手もちのカードを一度に一枚ずつつかって、手もとには一枚しか残っていない。とんでもなく疲れてもいた。貨物列車で眠ったとはいえ睡眠時間はわずかで、おまけに悪夢に悩まされた。夢はほとんどが全身浴タンクにまつわるものだった。

「すまないが、ちょっとおれたちふたりで話をさせてもらうよ」ティムはそう断わって、ウェンディを表のオフィスに通じているドアの前まで引っ張っていった。そこで手短に話をする。ウェンディはうなずくと、ポケットから自分の携帯を抜きだしながら部屋を出ていった。ティムはルークのもとに引き返した。「きみをステーションへ連れていったほうがいいと思ったんだ」

最初ルークは鉄道駅《ステーション》のことだと思った。ぼくをまた別の貨物列車に乗せるんだ……そうすれば、この男も男の彼女も、いかれた話をまくしたてる家出少年の相手をしなくてもよくなるから。そう思ったところで、ティムのいう〝ステーション〟が駅の意味ではないことに思いあたった。

でも、それでどうなるんだ？　ルークは思った。いずれどこかの警察署《ポリス・ステーション》に連れていかれることくらい、前からわかりきっていたじゃないか。それに、大きな都会の警察よりも小さな警察のほうがいいかもしれない。大きな警察署は、いちどきに百人もの人々を――犯人たちを――相手にしなくてはいけないからだ。

ただし、このふたりはホリスターという男のことでルークが根拠もないまま疑心暗鬼になっているだけだと思いこんでいて、それはあまり歓迎できなかった。いまの段階では、ふたりのその思いこみが正しくて、ホリスターは格別怪しい人間ではないと願うことしかできなかった。そう、本当にふたりのいうとおりかもしれない。いくら〈研究所〉でも、ありとあらゆるところに手下を配置できるはずがない。

「わかりました。でも、その前にお話ししておきたいことがあり、お見せしたいものがあります」

「よし、いってみろ」ティムはそういうと身を乗りだし、真剣な目でルークの顔を見つめた。この人は頭のおかしながキをからかっているだけなのかもしれない――ルークは思った――でも、とにかく話をきこうとしているし、いまのぼくに期待できるのはそこまでだ。

「ぼくがこの町にいると知ったら、あいつらはぼくを狙って、ここへ来ます。たぶん銃をもって。ぼくの話をだれかが信じたら大変なので、あいつらは死ぬほど怯えてるんです」

「なるほど、よくわかった」ティムはいった。「でも、この町には人数は少なくとも優秀な警察スタッフがそろってる。だから、ルーク、きみの身は安全なはずだ」

あんたたちは、これからどんな相手を敵にまわすかを知らないんだ――ルークはそう思ったが、いまこの場でティムを説得しようと努めることはもうあきらめていた。とにかく精根尽きはてていた。ウェンディが引き返してきて、ティムにうなずいた。しかしルークはやはりくたびれきっていて、ふたりの動向を気にする余裕すらなかった。

「ぼくが〈研究所〉から脱出するのを手助けしてくれた女の人は、ぼくにふたつの品をくれました。ひとつはナイフで、追跡チップを埋めこまれた耳を切り落とすのにつかいました。もうひとつはこれです」ルークはそういってポケットからＵＳＢメモリをとりだした。「ぼくは中身を知りません。でもなにか行動を起こすなら、その前におふたりはこの中身を確かめるべきだと思います」

　ルークはメモリをティムに手わたした。

12

〈バックハーフ〉の居留者たち――というのは〈バックハーフ〉の〝前半分《フロントハーフ》〟に住む子供たちの意味であり、現在〈ゴーリキー公園〉にいる十八人は鍵のかかった個室に閉じこめられたまま、〝ぶうん〟という音を立てているだけだった――には、映画の上映開始に先立って二十分の自由時間が与えられた。ジミー・カラムは痛む頭をかかえたまま、ゾンビめいた歩き方で自室へ引き返した。ハルとドナとレンの三人はカフェテリアにすわっていた――男の子ふたりは半分食べ残したデザート（今夜はチョコレートプディング）の皿をひたすら見おろし、ドナは煙をあげつづけている自分のタバコを、吸い方を忘れてしまったような顔で見つめているばかりだった。

　カリーシャとニック、ジョージとエイヴァリーとヘレンの五人は、中古屋で仕入れたような悪趣味な家具と旧式の液晶テレビがあるラウンジへむかった。ちなみにその液晶テレビには、〈奥様は魔女〉や〈ハッピーデイズ〉といった先史時代のコメディドラマしか流されなかった。ラウンジにはケイティー・ギヴンズがいたが、頭をめぐらせて五人に視線をむけるでもなく、いまはなにも映っていないテレビの画面をじっとながめていた。カリーシャが驚いたのは、五人のもとにアイリス・スタンホープがくわわってきたことだ。アイリスはここ何日かなかったほど元気そうに見えていた。うっすら輝いているようでさえあった。

　カリーシャは真剣に考えていた。考えることができたのも、ひとえに数日ぶりに気分がよかったからだ。みんなでヘレンの頭痛の手当てをしたが――力になったのはおもにエイヴァリーだが、全員で力をあわせたことに変わりはない――それがカリーシャの頭痛にも効き目を発揮したかのようだった。おなじことはニックとジョージにもいえた。見ていればそのことはわかった。

《ここを乗っ取る》

大胆かつ美味な考えだったが、すぐさま疑問が浮かんできた。もっとも明白な疑問は、どういう手段でその目的を達成するかだった。ここには常時二十人の世話係が勤務している――映画の日にはさらに増員される。そしてふたつめの疑問は、なぜ自分たちがこれまでこの案を思いつかなかったのかというものだった。

《おれは考えたぞ》ニックがそう話してきた……しかもその声は、前よりも強くなっているのでは？　強くなっているのは事実に思えたし、それにはやはりエイヴァリーがひと役買っているのだろうとも思った。なぜなら、いまのニックはまぎれもなく前より強くなっていたからだ。《最初にやつらにここへ連れてこられたときに考えたんだ》

ニックが精神と精神の会話でカリーシャに伝えられるのは、これが限界だった。そこでニックはカリーシャの耳に口をあて、残りをささやき声で伝えてきた。「おれは前から決して戦いをあきらめない男だった――そうだろ？」

そのとおりだった。目のまわりに黒い痣のあるニッキー。口もとに傷をつくっているニッキー。

「おれたちの力はまだ充分に強くない」ニックが低くつぶやいた。「こっちに連れてこられて、光の粒々もいっぱい見たのに、力はまだゼロ同然だ」

そのあいだエイヴァリーは、藁にもすがる思いのこもった瞳でカリーシャを見つめていた。いまはカリーシャの頭に思念を送りこもうとしていたが、わざわざ思いを伝える必要はなかった。エイヴァリーの目がすべてを語っていたからだ。《ここにあるのは断片《ピース》なんだよ、シャー。必要なピースがここに全部そろってるのはまちがいない。それをひとつにまとめるのに力を貸してほしいんだ。当面のあいだだけでも、ぼくたちが安全に過ごせるお城をつくるのを手伝ってよ》

カリーシャは、母親が走らせていたスバルの後部バンパーに貼ってあった、色褪せた古いヒラリー・クリントンのスローガン・ステッカーを思い出していた。ステッカーには《いっしょなら強くなれる《ストロンガー・トゥギャザー》》とあった。もちろんそれこそが、この〈バックハーフ〉でおこなわれていることだ。だからこそ、みんないっしょに映画を見せられる。だからこそ数千キロの距離をも越えて、ときには地球を半周してまで、映画に出ている人々のもとに力を届かせることができる。だから五人が（もし自分たちがヘレンの頭痛に手当てをほどこしたように、アイリスの頭痛も軽減できれば六人になる）ひとつのつながりあった精神の力をつくりだせれば――〈スター・トレック〉のミスター・スポックがいう〝ヴァルカンの精神融合〟のようなものになれば――反乱を起こして〈バックハーフ〉を乗っ取るのに充分な力になるのでは？

「すっごい名案だと思うよ。でも無理だな」ジョージがそういってカリーシャの手をとり、一瞬だけ強く握った。「そりゃあいつらの頭を少しだけ混乱させられるだろうし、思いっきりびびらせることも無理じゃないかもしれない。でも、あいつらには電撃スティックがある。あれをおれたちのだれかに一回でもつかわれたら、そのとたんゲームオーバーだ」

　認めたくはなかったが、カリーシャはそのとおりかもしれない、とジョージに返事した。

　エイヴァリー：《一度に一歩ずつだよ》

　アイリスがいった。「あなたたちがなにかを考えてても、わたしにはきこえない。あなたたちがなにか考えてることまではわかるけど、まだ頭がとっても痛いから」

　エイヴァリー：《どうすればアイリスの力になれるかを調べてみようよ。ぼくたちみんないっしょになって》

　カリーシャが目をむけると、ニックはうなずいた。つづいてジョージを見つめる。ジョージは肩をすくめてから、おなじようにうなずいた。

　エイヴァリーは仲間を率いて洞窟へはいっていく探険家のように、一同を率いてアイリス・スタンホープの頭のなかへはいっていった。アイリスの精神のなかには大きなスポンジがあった。エイヴァリーがそれを血の色の塊として見ていたので、全員にもおなじように見えていた。一同はスポンジをとりかこむように立って押しはじめた。スポンジがわずかに動き……また少しだけ動いた……が、そこで動きをとめて一同の努力に抵抗した。最初にジョージが撤退していき、つづいてヘレン（といっても、もとからそれほど貢献していなかった）、それからニック、カリーシャ。最後まで残っていたエイヴァリーは撤退に先だち、腹立ちまぎれに頭痛スポンジを（精神の）足で蹴り飛ばしていた。

「少しは気分がましになった？」カリーシャが――いい答えをあまり期待していない声で――アイリスにたずねた。

「なにがましになったって？」そうたずねたのはケイティー・ギヴンズだった。いつしか、ただようように近づいて仲間入りしていたのだ。

「わたしの頭痛」アイリスが答えた。「ほんとにましになってる。といっても、ほんの少しだけど」そういってケイティーに微笑みかける。その一瞬にかぎっては、テキサス州アビリーンで英単語のスペリングコンテストに優勝した少女が、その場に出現していた。

　ケイティーはまたテレビに目をむけ「〈ハッピーデイズ〉のリッチー・カニンガムとフォンジーはどこに行ったの？」とたずねると、こめかみを揉みはじめた。「わたしの頭痛もよくなればいいのに。いま頭がうんちみたく痛いんだけど」

《なにが問題かわかっただろ？》ジョージがほかの面々に思念を送った。

　カリーシャにはわかった。たしかに自分たちは力をあわせることで強くなれる。しかし、力はまだ充分とはいえない。数年前、大統領選挙に出馬した当時のヒラリー・クリントンとあまり変わらないくらいの力しかない。当時ヒラリーの対抗馬だった男とその支持者たちには、世話係たちがつかう電撃スティックの政界版という武器があったからだ。

「でも、わたしには役に立った」ヘレンがいった。「頭痛がほとんど消えてくれたもん。まるで奇跡ね」

「心配いらないさ」ニックがいった。あのニックがこれほどまでに打ちのめされた声を出していることで、カリーシャは恐怖に震えあがった。「そのうちぶり返すに決まってる」

　平手打ちが大好きな世話係のコリンヌが部屋にはいってきた。なにかを感じているのだろうか、ホルスターにおさめた電撃スティックに片手をかけている。本当になにかを感じているのかもしれない、とカリーシャは思った。ただ感じているだけで、その正体はわかっていない。

「映画の時間よ」コリンヌがいった。「さあ、子供たち。

とっととそのケツをあげて動きな」

13

映写室のあいているドアの前には、ジェイクとフィルというふたりの世話係（周囲からは敬意とともに〈蛇《ザ・スネイク》〉と〈薬《ザ・ピル》〉と、語呂あわせのニックネームで呼ばれている）がそれぞれバスケットを手にして立っていた。映写室に入室するにあたって、子供たちは携帯しているタバコとマッチ（〈バックハーフ〉ではライターの使用は禁止されている）をそのバスケットに預ける決まりだった。映画を見おわれば返却される――といっても、子供たちが覚えていればの話だ。ハルとドナとレンは後列の座席にすわり、なにも映っていないスクリーンをうつろな目で見つめていた。ケイティー・ギヴンズは中ほどの座席で、ジミー・カラムとならんですわっていた。ジミーは心ここにあらずの顔で、鼻をほじっていた。

カリーシャとニックとジョージ、ヘレンとアイリスとエイヴァリーは最前列にすわった。

「またしても訪れたお楽しみ満載の夜へようこそ」ニックがアナウンサーもどきの大声を張りあげた。「今宵みなさんにお目にかけますのは、アカデミー賞の最低最悪ドキュメンタリー部門の受賞作でありまして――」

〈薬《ザ・ピル》〉ことフィルがニックの後頭部を横ざまに張り飛ばした。「黙ってろ、クソ野郎。静かに映画を楽しめ」

ニックは引き下がった。部屋の照明が落とされた。スクリーンにドクター・ヘンドリクスが出現した。その手に握られていた火のついていない花火を見ただけで、カリーシャの口のなかがしゅっと乾いた。

カリーシャはなにかを見逃していた。エイヴァリーのお城をつくるためには不可欠なピースを。しかし、ピースはなくなったわけではない。カリーシャに見えないだけだ。

《いっしょなら強くなれる。でも強さはまだ充分じゃない。たとえジミーやハルやドナみたいに半分植物状態《ゴーク》になってる子たちが力を貸してくれても、やっぱり充分な力にならない。でも、わたしたちは充分強くなれるはず。花火に火がつけられる夜には、じっさい強くなってる。

花火に火がつけられたら、わたしたちは破壊者になる。さて、わたしがなにか見落としてる？》

「ようこそ、少年少女諸君」ドクター・ヘンドリクスが話していた。「わたしたちに力を貸してくれたことにお礼をいいたい。まずは、ちょっとしたお笑いからはじめよう。では、またのちほど」

ヘンドリクスは火のついていない花火をゆらゆら揺らし、驚いたことにウィンクさえした。それを見てカリーシャは吐きたくなった。

《世界のまるっきり反対側にだって心を届かせられるんだもの、それならわたしたちにだって——》

一瞬だったが、カリーシャはすべてを把握できそうに感じた。しかしその瞬間を狙ったかのように、ケイティーが大きな叫び声をあげた。といっても、苦痛や悲嘆の声ではなく喜びの声だった。

「やった、ロード・ランナーだ！　ロード・ランナー、とにかく最高！」ついでケイティーは半分絶叫しているような裏声で歌いはじめ、その歌声がカリーシャの頭脳にドリルとなって刺さってきた。「ロード・ランナー、コヨーテが**おまえ**を追ってるぞ！　ロード・ランナー、あいつにつかまったら**おしまいさ！**」

「静かにしろよ、ケイティー」ジョージがいったが、決して無愛想な声ではなかった。そしてカリーシャは、ロード・ランナーが〝ミィーッ・ミィーッ〟と声をあげながら砂漠のハイウェイをひた走り、走っている鳥を見たワイリー・コヨーテが感謝祭のディナーにぴったりだと考えていたそのとき、先ほどあと一歩でつかめそうだったなにかが雲散霧消していくのを感じていた。

今夜もまたワイリー・コヨーテが打ち負かされてアニメがおわると、スーツ姿の男がスクリーンに姿をあらわした。手にはマイクを握っていた。カリーシャは男がビジネスマンではないかと思った。その見立てどおり、一種のビジネスマンといってもいいかもしれない。ただし、男が有名になった理由はそこにはなかった。実際には、この男は説教師だった。カメラが男から離れていくと、男の背後に赤いネオンに縁どられた大きな古い十字架が見えてきた。さらにカメラが後方へ引いていくと、そこが数千人になろうかという人々で埋めつくされたアリーナか、スポーツ用スタジアムのような場所であることがわかってきた。人々が席から立ちあがった。手を上へかかげて大きく前後にふる者もいれば、聖書を宙でふりまわしている者もいた。

　最初のうち男の説教は、聖書のあちこちの章や節を引用する型どおりのものだったが、やがて興が乗ってくると話はどんどん脱線し、この国が空中分解しかけているのは麻薬の**オ・ピィー**・オイドのせいであり、不義**みいーつ**通のせいにほかならないと弁じたてた。つづいてその原因は政治であり裁判所の判事たちだ、アメリカは丘の上の輝ける都市でありながら、神を知らぬ者たちがその都会を泥で汚したがっている、という話がつづいた。また男は、古代王国サマリアの人々がいかにして魔法にたぶらかされたかを語ったが（これがアメリカにどう関係しているのか、カリーシャにはわからなかった）、この時点からさまざまな色あいの光の粒々が出現して点滅をくりかえした。〃ぶうん〃というハム音が高まっては低くなった。カリーシャはハム音を鼻のなかでも感じた――鼻の奥の微細な鼻毛が振動していたのだ。

　粒々が消えていくと、ミスター説教男がミセス説教男らしき女性をともなって、飛行機に乗りこんでいくところが見えてきた。粒々がふたたびあらわれた。〃ぶうん〃というハム音が高まっては低くなった。カリーシャは自分の頭のなかでエイヴァリーの声をききとっていた。その声は、《みんなが見てるよ》というようにきこえた。

《だれが見てるの？》

　そう質問したが、エイヴァリーは答えなかった。たぶん映画に心を奪われていたからだろう。それが〈シュタージライト〉の作用だ――あの光の粒々は、見る者をすっかり映画に没入させるのだ。説教男がまたも批難の言葉を、痛烈な言葉を発していた。トラックの荷台に立ってメガホンをつかっていた。今回は聴衆は《**熱烈歓迎――ヒューストン一同**》とか《**神はノアに虹のみしるしをお示しになった**》、《**ヨハネによる福音書三章十六節**》などといったプラカードを掲げていた。それから粒々。それからハム音。映写室の空席のいくつかで、座面が――固定されていない鎧戸に強風が吹きつけたときのように――ひとりでに上がったり下がったりしはじめた。映写室のドアがいきなりひらいた。〈蛇〉《ザ・スネイク》ことジェイクと〈薬〉《ザ・ピル》ことフィルが、大急ぎで肩で押してドアをきっちり閉めなおした。

　いま説教男は、どこかのホームレス保護施設《シェルター》らしきところに立っていた。コック用のエプロンを巻きつけて、巨大な鍋のなかのパスタソースをかきまわしている。その隣には説教男の妻が立って、ふたりともにこにこと笑っており、このときカリーシャの頭のなかにきこえてきたのはニックの声だった――《カメラにむかって笑顔だ！》。カリーシャは電気をつかう検査を受けるときのように、髪の毛が逆立っていることを漠然と意識していた。

粒々。ぶうん。

次に見えてきたのは、数人の人たちといっしょにテレビ番組に出演している説教男だった。その席でほかの面々のひとりが説教男を批難していた――その理由は、なにやら……大袈裟な言葉、大学でつかうような言葉、ルークだったら意味がわかるような言葉で表現されている。説教男は、これが世界でいちばん愉快なジョークだといいたげに、げらげら笑っていた。それをきいていると、自分も笑いたくなった。といっても、この笑い声で正気をなくしてしまわなければの話だ。

粒々。ぶうん。

あらためて見えてくるたびに〈シュタージライト〉は明るさを増しているように思えたし、あらためて見えてくるたびに、それだけ深くカリーシャの頭に食いこんでくるようにも思えた。いまの状態のカリーシャにとって、映画を構成する各シーンはどれもこれも魅力的だった。彼らにはレバーがあった。いずれその瞬間にいたったら――明日の夜かもしれないし、あさっての夜かもしれない――〈バックハーフ〉の子供たちはそのレバーを押しさげることになる。

「わたし、これきらい」ヘレンが混乱したような小声でいった。「いつおわるの？」

説教男が立派な邸宅を背にして立っていた。邸宅ではパーティーがひらかれているらしかった。説教男はパレードの車列のなかにいた。説教男は屋外バーベキュー場にいて、背後の建物では赤と白と青の旗がはためいていた。人々がコーンドッグや大きめにカットしたピザを食べていた。説教男は、神が定めた自然の秩序を倒錯させるような行為について話していたが、途中でいきなりその声が途切れ、代わりにドクター・ヘンドリクスの声が流れだした。

「この男はポール・ウェスティンだ、諸君。住んでいるのはインディアナ州ディアフィールド。ポール・ウェスティン、インディアナ州ディアフィールド。ポール・ウェスティン、インディアナ州ディアフィールド。さあ、みんな、わたしと声をあわせるんだ」

　ひとつには選択の余地がなかったからで、またひとつには命令に従えば色とりどりの粒々と〝ぶうん〟という高まったり低くなったりする音がありがたくも消えてくれそうだったからだが、いちばん大きな理由は子供たちが本気で没入していたことであり、そのため映写室の十人の子供たちは声をあわせて詠唱しはじめた。カリーシャも参加した。ほかの子供たちがどう思っているかは知らなかったが、カリーシャにとってはこのパートが映画の夜のなかでも最悪だった。声をあわせると気分がよくなってしまうことが憎くてたまらなかった。ひたすら押されるのを待っているレバーを感じることが憎らしかった。レバーは押してくれと懇願していた！　そんなときカリーシャは、クソなドクター・ヘンドリクスの膝に載せられた腹話術用の人形になった気分にさせられた。

「ポール・ウェスティン、インディアナ州ディアフィールド！　ポール・ウェスティン、インディアナ州ディアフィールド！　**ポール・ウェスティン、インディアナ州ディアフィールド！**」

　そのあと、ドクター・ヘンドリクスがふたたびスクリーンに登場した——笑顔を見せて、手には火のついていない花火をもっている。「そう、それでいい。ポール・ウェスティン、インディアナ州ディアフィールド。ありがとう、みんな。今夜はぐっすり眠りたまえ。では、またあした！」

　そして最後にいま一度〈シュタージライト〉が出現、光の粒々が明滅をくりかえし、渦を巻き、螺旋をつくった。カリーシャは大型の小惑星群の嵐に投げこまれた小さなスペースカプセルになった気分にさせられ、ぎりぎりと歯を食いしばって、一刻も早くこれがおわればいいと念じた。〝ぶうん〟という音がこれまでないほど高まったが、光の粒子が消えると同時に、まるでアンプの電源プラグがコンセントから引き抜かれたように、ハム音も唐突に断ち切られた。

《みんなが見てるよ》エイヴァリーはそう話していた。それが見つからないピースなのか？　そうだったら〝みんな〟とはだれのことだろう？

映写室の明かりがついた。ドアがあき、片側に〈蛇《ザ・スネイク》〉ことジェイクが、反対側には〈薬《ザ・ピル》〉ことフィルが立っていた。子供たちのほとんどは外に出たが、ドナとレンとハルとジミーはその場にすわっていた。ひょっとしたら世話係がやってきて、とっとと自室にもどれと指示するまで、映写室のすわり心地のいい座席にだらしなくすわったままかもしれないし、そのうちひとりふたりは――あるいは四人全員が――あしたの上映会のあとで〈ゴーリキー公園〉に連れていかれるのかもしれなかった。大上映会。なにをさせられるかは知らないが、自分たちはその場であの説教男になにかする予定になっている。

夜のあいだ一同は鍵のかかる個室に閉じこめられるが、今夜はその前に三十分だけラウンジで過ごす許可が与えられた。カリーシャはラウンジにむかった。ジョージとエイヴァリーとニックがついてきた。数分後にはヘレンもやってきて、火のついていないタバコを手にしたまま、かつては色鮮やかだった髪を力なく顔の前に垂らして床にすわりこんだ。最後に、アイリスとケイティーがラウンジにやってきた。

「頭痛がましになったよ」ケイティーがまずそういった。

そのとおり――カリーシャは思った――映画を見たあとは、頭痛がいくらかましになる。しかし、それもごくわずかなあいだだけだ。しかも、回を追うごとにその時間は短くなっていた。

「今夜も映画で楽しい夜を……か」ジョージがぼそりといった。

「さあて、みんな。おれたちはなにを学んだ？」ニックはたずねた。「どこかのだれかさんが、インディアナ州ディアフィールドのポール・ウェスティン牧師をあんまりこころよく思っていないってことだ」

カリーシャはすばやく指を動かして唇にチャックをかける真似をしてから、天井に目をむけて、《盗聴器》との思いをニックに送った。《気をつけて》

ニックは指で銃の形をつくると、銃口を頭にあてて自分を撃ちぬく真似をした。それを見て、ほかの面々が微笑んだ。あしたはこんなふうにはならない――カリーシャにはわかっていた。あしたは笑顔なんかひとつもない。あしたは映画上映がおわったあとでドクター・ヘンドリクスがあらわれ、花火に点火し、ハム音はホワイトノイズの咆哮にまで高まっていく。何本ものレバーが押される。そしてどれだけつづくかはわからないものの、自分たちの頭痛があとかたもなく消え失せる、甘美で、同時に恐ろしい時間が訪れる。映画のあとの頭痛が消えている時間はふだん十五分から二十分だが、そのときにはあの喜ばしい安楽の時間が六時間から八時間はつづくかもしれない。そしてどこかで、インディアナ州ディアフィールドのポール・ウェスティンは、みずからの人生のコースを変えるような行為を……あるいは人生そのものをおわらせるような行為を実行する。〈バックハーフ〉にいる子供たちの暮らしは変わりなくつづく……これを人の暮らしと呼べるなら。頭痛もぶり返す——旧に倍する激しさで。回を重ねるたびに頭痛は激しくなっていく。それこそ、ハム音を感じるだけではなく自身もハム音の一部になるまで、それがつづく。そのとき自分たちがなるのは——

《ゴークだよ！》

　エイヴァリーだった。あの少年以外に、ここまで澄みきった力づよい思念を放射できる者はいない。まるでエイヴァリーがカリーシャの頭のなかで暮らしているかのようだった。

《それが仕組みなんだよ、シャー！　どうしてかっていうと、みんなには——》

「みんなには見えているから」カリーシャは小声でいった。これぞ正解、これこそが見つからなかったピースだ。カリーシャは両手の掌底をひたいに押し当てた。頭痛がよみがえってきたからではない。すべてが美しいほど明白だったからだ。カリーシャは、エイヴァリーの骨ばった小さな肩をつかんだ。

《ゴークたちには、ぼくたちが見ているものが見えてる。ゴークたちを閉じこめている理由がほかにあると思う？》

　ニックがカリーシャの体に腕をまわし、耳もとでささやいた。唇が耳たぶに触れるその感触にカリーシャはぞくっと震えた。「いったいなんの話をしてるんだ？　あいつらはもう頭が空っぽなんだぞ。ま、おれたちの頭ももうじき空っぽになるんだけどな」

　エイヴァリー：《だからこそ、あの子たちは力が強くなるんだ。力以外は全部なくしてる。剝ぎとられてる。あの子たちはバッテリーだ。そしてぼくたちはみんな——》

「スイッチ」カリーシャはささやいた。「点火スイッチ」

　エイヴァリーはうなずいた。「そしてぼくたちは、あの子たちを利用する必要がある」

《いつ？》ヘレン・シムズの精神の声は、怯えている幼い子供の声そのままだった。《できればもうすぐがいい。だってわたし、もうこんなことに耐えられないから》

「だれだって耐えられないさ」ジョージがいった。「それにさ、いまならあのクソ女が――」

　カリーシャは頭を左右にふって無言の警告を送り、ジョージがそれを受けて、残りの部分を精神の声で伝えてきた。いまはまだあまり上手ではなかったが、話の骨子はカリーシャにも伝わった。この場の全員が理解していた。いまなら、あのクソ女のミセス・シグスビーがルークの件で手一杯になっているはずだ。スタックハウスも同様。〈研究所〉の全員がルークの件に集中している――なぜならもうだれもが、ルークの脱走を知っていたからだ。だれもが恐怖を感じて気もそぞろのいまこそ、自分たちにとっての好機だ。これほどの好機はこの先二度とめぐってこないかもしれない。

　ニックが微笑みはじめた。《こんなチャンスはもう二度とない》

「どうするの？」アイリスがたずねた。「みんなでどうすればいい？」

　エイヴァリー：《ぼくに考えがある。でもそのためにはハルとドナとレンが必要なんだ》

「本気でそういってるの？」カリーシャは口でいい、心でこうつづけた。《その三人はもう頭が空っぽも同然よ》

「おれが三人を連れてくる」ニックがいって立ちあがった。その顔には笑みがあった。《エイヴァスターのいうとおり。諺にもいうだろ、塵も積もればなんとやらだ》

　ニックの心の声が前より強くなっていることに、カリーシャは気がついた。強くなったのは声を送りだす力だろうか、それとも受け取る力だろうか？

《両方だよ》エイヴァリーがいった。この少年の顔にも笑みがあった。《どうしてそうなったかっていうと、いまじゃぼくたち、こいつを自分たちのためにつかってるからなんだ》

　そのとおり――カリーシャは思った。いままでは、この力を自分たちのためにつかっているからだ。いまはもう、腹話術師の膝にすわらされた半分眠ったような人形の群れで甘んじている必要はない。単純そのものだが、ひとつの啓示にほかならなかった――自分のためになにかをすれば、それが自分に力を与えてくれる。

14

エイヴァリーが体から水をしたたらせて震えながら、〈フロントハーフ〉と〈バックハーフ〉をつなぐトンネルを車椅子で移動させられていたそのころ、〈研究所〉所有のビジネスジェット、ボンバルディア・チャレンジャー機は――尾翼に《９４０ＮＦ》という識別コードがあり、機体に《**メイン製紙産業社**》と書いてある――拉致チーム全員を乗せてペンシルヴェニアのエリーから離陸したところだった。ジェット機が巡航高度に達し、サウスカロライナ州の小さな町であるアルコルに進路を定めたそのころ、ティム・ジェイミースンとウェンディ・ガリクスンのふたりはルーク・エリスに付き添って、フェアリー郡警察署に足を踏み入れていた。

ひとつの機械の内部で、いくつもの車輪がこうやって同時に回転していた。

「この子はルーク・エリスだ」ティムはいった。「ルーク、こちらがファラデイ巡査とウィックロウ巡査だよ」

「よろしくお願いします」ルークはあまり熱のこもっていない声で挨拶をした。

ビル・ウィックロウは、痣が目立つルークの顔とガーゼを当てられた耳をまじまじと見つめていた。「それで、喧嘩相手はどんなざまになったんだ？」

ルークが答えるよりも先にウェンディが応じた。「話せば長くなるわ。で、ジョン署長はどこに？」

「ダニングへ行ってる」ビルが答えた。「署長のおふくろさんがあっちの老人ホームにいるんだ。ちょっとばかり、ここの具合がね――」いいながら、自分のこめかみを指先で叩く。「おふくろさんの調子がよくなければ、こっちには午後五時までにもどると話してた。ただし調子がよければ、おふくろさんと食事をして向こうに泊まるそうだ」そういってから、ビルはルークに目をむけた。すっかり汚れた服を着て、さんざんな目にあったこの少年は、《**逃亡者**》と書かれたプラカードをもっているも同然だった。「ひょっとしてこいつは緊急事態か？」

「いい質問だね」ティムはいった。「タグ、ウェンディがリクエストした情報はもう入手できたかい」

「ああ、入手した」先ほどファラデイと紹介された警官がいった。「ジョン署長の部屋で見るのなら、情報をそっちに引き渡すよ」

「そこまでする必要はないいな」ティムはいった。「ここにいるルークがまだ知らないような情報は、そっちからは出てこないと思う」

「ほんとにいいのか？」

ティムはウェンディにちらりと目をむけた。ウェンディはうなずいた。次にルークを見る。ルークは肩をすくめた。「ああ、かまわない」

「わかった。この少年の両親であるハーバートとアイリーンのエリス夫妻は、約七週間前に自宅で殺害された。寝室にいたところを銃で撃たれて死亡したんだ」

ルークは幽体離脱している気分になった。光の粒々は出現しなかったが、あれが見えたときにいつも感じるのとおなじ気分だった。二歩ばかり歩いて、通信指令係のデスク前に置いてある回転椅子に歩みより、くずおれるように倒れこむ。キャスターつきの椅子は後方へ滑って、そのままならルークの体を床に落としてしまうところだったが、そうなる前に壁にぶつかって停止した。

「ルーク、大丈夫？」ウェンディがたずねた。

「だめです。いや、大丈夫――といっても、これが精いっぱい。〈研究所〉の人でなし連中は――ドクター・ヘンドリクスやミセス・シグスビーや世話係連中は――ロをそろえて、ぼくの両親は無事だ、元気にしてると話してました。でも、ぼくにはふたりが死んでいることくらい、それこそ自分のコンピューターで調べる前からわかってた。ええ、わかってました……わかっていても……やっぱり……ショックです」

「その〈研究所〉というところには、あなたがつかえるコ、コ、コンピュ、ュ、ューターがあったの？」ウェンディがたずねた。

「ありました。もっぱらゲーム用で、あとはユーチューブでミュージックビデオを見たりしました。その手の毒にも薬にもならないものを見るのにつかうんです。ニュースサイトはブロックされていて見られないはずでしたが、ぼくは抜け道を知ってました。ぼくのネット検索が監視されていたら、やつらにバレていたはずです。でもあいつらは……あいつらは……怠惰でした。増長していたんです。そうでなければ、こうやってぼくが脱走できていたはずはありません」

「この子はいったいなにを話してるんだ？」ビル・ウィックロウ巡査がたずねた。

　ティムは無言で頭を左右にふった。その目はあいかわらずタグことタッガート・ファラデイを見つめていた。

「いまの情報だが、ミネアポリスの警察から入手したんじゃないだろうね？」

「ちがうよ。でも、それはあんたにやめろといわれたからじゃない。どこのだれに、いつ連絡をとるかを決めるのはジョン署長だからだ。ここじゃ、昔からそれが決まりだ。ただし、それはそれとしてグーグルがいろんなことをたっぷり教えてくれてね」タグは《おまえは毒かもしれんな》と語る目つきでルークをにらんだ。「この少年は、全米行方不明・被搾取児童センターのデータベースにリストアップされていたほか、ミネアポリス・スター・トリビューン紙やセントポール・パイオニア・プレス紙といった新聞にどっさりと関連記事があったよ。新聞記事によれば、この少年は天才らしい。神童だそうだ」

「もっともな話に思えるよ」ビルがいった。「むずかしい言葉をよくつかっているし」

　ぼくがここにいるのに――ルークは思った。本人がここにいるんだから、ちゃんといるように話をしてよ。

「警察ではこの少年を重要参考人と呼んじゃいない」タグがいった。「少なくとも新聞記事中ではね。ただし、少年の事情聴取を求めているのはまちがいないな」

　ルークは口をひらいた。「ええ、それはまちがいありません。その場でぼくに最初にむけてくる質問だってわかってます。『で、どこで銃を手にいれたんだ、小僧？』でしょうね」

「で、おまえは両親をほんとに殺したのかい？」ビルが、ただの時間つぶしをしているだけのようなさりげない口調で質問した。「嘘いつわりなく答えろよ。それがなにより、おまえのためになるんだ」

「答えはノーです。ぼくは両親を愛してました。その両親を殺した連中は泥棒グループです。ぼくを盗むために家に押し入ったんです。といっても、ぼくが千六百点満点の大学《S》進学《A》適性試験《T》で千五百八十点をとったから、ぼくを盗みたかったんじゃない。複雑な方程式を暗算で解けるからでもないし、詩人のハート・クレインがメキシコ湾で汽船から身を投げて自殺した事実を知っているからでもありません。あいつらがぼくの母さんと父さんを殺して、ぼくを誘拐したのは、たまにぼくが見るだけでキャンドルの火を消すことができて、〈ロケットピザ〉の店でピザ用のアルミ皿をテーブルから手をつかわずに落とすことができるからです。あ、空《から》のアルミ皿ですよ。食べてないピザが載ってたら、皿はびくともしなかったでしょうね」ルークはティムとウェンディに目をむけ、笑い声をあげた。「こんなぼくじゃ、ちんけな巡回サーカスの仕事にだってありつけません」

「おれには、これっぽっちも笑える話に思えないな」タグが眉根を寄せながらいった。

「ぼくもそう思います」ルークはいった。「それでも笑っちゃうときもあるんです。ぼくたち、いろいろひどい目にあわされましたが、友だちのカリーシャやニッキーといっしょによく笑っていたものです。それはそれとして、長い夏でした」今回ルークは笑い声こそあげなかったが、微笑みをのぞかせた。「みなさんには見当もつかないでしょうけど」

「考えていたんだが、きみは少し寝たほうがよさそうだ」ティムはいった。「タグ、いま留置場にだれか入れているのか？」

「いや、だれもいないよ」

「よし。それならきみを——」

ルークは顔に警戒の色をのぞかせて、一歩あとずさった。「いやです。ぜったいにいやです」

ティムは両手をさっとかかげた。「なにも鍵をかけてきみを閉じこめようというんじゃない。ドアはあけっぱなしにしておくさ」

「いやだ。お願いです、ぼくをそんな目にあわせないで。ぼくを牢屋に入れないで」警戒の色はいまや恐怖に変わり、それを見てティムはこのとき初めて少年の話の少なくとも一部は事実だと信じるようになってきた。超能力うんぬんの話はでたらめもいいところだろうが、いま見ている表情とおなじものを警察官だったころに見たことがあった——それは虐待を受けた子供の表情であり、ふるまいだった。

「オーケイ。だったら待合室のソファはどう？」ウェンディが一計を案じた。「ごつごつしてるけど、寝心地はそんなにわるくないはず。わたしも、これまで何度か横になったことがあるし」

それが本当だとしても、ティムはソファに寝そべっているウェンディの姿を一度も目にしていなかった。しかし、少年は見るからに安心したようすだった。「オーケイ。じゃ、そうさせてもらいます。ミスター・ジェイミースン——ティム——あのUSBメモリはまだ手もとにありますか？」

ティムはいわれた品を胸ポケットから抜きだしてかかげた。「ほら、ここに」

「安心しました」ルークは足を引きずるようにしてソファに近づいた。「よかったら、あのミスター・ホリスターという人のことを調べてもらえますか？　あの人がぼくの〝おじ〟じゃないかって本気で考えてるんです」

タグとビルのふたりが、ともに同一の困惑した顔をティムにむけた。ティムは頭を左右にふった。

「〝おじ〟っていうのは、ぼくをさがしている人たちのことです。ひょっとしたら、いとこを自称しているかもしれないし、家族の友だちのふりをしているだけかもしれません」タグとビルが顔を見あわせて、あきれたように目をぎょろりとまわしているのを目にして、ルークはまた微笑んだ。倦み疲れていると同時に愛くるしい笑みだった。「ええ、どう思われるかは百も承知です」

「ウェンディ、このふたりの巡査をジョン署長の部屋へ連れていって、おれたちがルークからきいた話を伝えてやってくれないか。おれはこっちに残ってるから」

「ああ、おまえがこっちに残るのはいいいな」タグがいった。「ジョン署長から警官バッジをもらわないかぎり、おまえは町の夜まわり番にすぎないんだし」

「いかにもそのとおり」ティムはいった。

「さっきのメモリにはなにがはいってるんだ？」ビルがいった。

「おれは知らない。署長がこっちに帰ってきたら、みんなでいっしょに調べるとしよう」

ウェンディがふたりの巡査をジョン・アッシュワース署長の部屋へ連れていってドアを閉めた。ティムの耳に、彼らの話し声がくぐもってきこえてきた。いつもならそろそろ寝つく時間だったが、きょうはしばらく感じなかったほど目が冴えていた。フロリダ州サラソタの警察署をあとにして以来といってもいい。目が冴えているのは、いかれた話の裏に隠れている少年の素顔を知りたかったからだし、あの少年がどこにいて、どんな目にあっていたのかを知りたかったからだった。

　ティムは部屋の隅にある〈BUNN《バン》〉のコーヒーメーカーからカップにコーヒーを注いだ。濃いコーヒーだったが、飲めなくはなかった——いつもティムが夜まわり番に出かける夜の十時には、コーヒーが煮詰まって飲めたしろものではなくなる。ティムはコーヒーのカップを手にして、通信指令係の椅子へ引き返した。少年は本当に眠りについたか、そうでなければ恐ろしく上手な狸寝入りをしていた。ティムはふとした気まぐれでデュプレイの町の商業施設がすべてリストアップされている電話帳を手にとり、〈デュプレイ・モーテル〉に電話をかけてみた。電話にはだれも出なかった。どうやらオーナーのホリスターは、あの鼠とりのような自分のモーテルに帰っていないらしい。もちろん、それだけではなんの意味もないことだが。

　受話器をもどすと、USBメモリをポケットからとりだして、じっと見つめる。どうせこれにもたいした意味はないのだろう。しかしタグ・ファラデイがわざわざ指摘したように、その判断をくだすのはアッシュワース署長の仕事だ。だから先延ばしにしていい。

　それまで、あの少年は寝かせておいてやろう。その言葉どおりはるばるメイン州から貨物列車に乗ってきたのなら、眠る権利くらいはあるはずだ。

15

　十一人の乗客——ミセス・シグスビー、トニー・フィッツァーレ、ウィノナ・ブリッグズ、ドクター・エヴァンズ、およびルビーレッドとオパールの両回収チームの全員——を乗せたチャレンジャー機がアルコルの飛行場に着陸したのは、その日の午後五時十五分だった。〈研究所〉に待機しているスタックハウスへの報告用に、一ダースにわずかに欠ける人数のこのチームは〝ゴールド・チーム〟と名づけられた。ミセス・シグスビーが最初にジェット機からおりた。ルビーレッド・チームのデニー・ウィリアムズとオパール・チームのルイス・グラントの両名は機内に残って、ゴールド・チームが運びこんだいささか特殊な〝荷物〟の面倒を見ていた。外は思わずたじろぐような暑さだったが、ミセス・シグスビーはタールマカダム舗装の上に立って携帯電話をとりだし、自分のオフィスの固定電話を呼びだしていた。電話に出た秘書のロザリンドは、受話器をスタックハウスに手わたした。

「そっちにはもう――」と質問しかけたところでミセス・シグスビーは口をつぐみ、パイロットとコパイロットが横を通りすぎるのを待った。ひとりは元空軍、もうひとりは元空軍州兵で、どちらも往年のコメディドラマ〈OK捕虜収容所〉に出てきたナチ親衛隊の兵士そっくりだった――その目はなにも見ず、その耳はなにもきかない。彼らの任務は荷物をピックアップして送り先に届けることに限定されていた。

パイロットたちが遠ざかると、ミセス・シグスビーはスタックハウスにデュプレイ在住の連絡員から知らせはあったかと質問した。

「ああ、あったよ。ルーク・エリスは貨物列車から飛びおりたさいに怪我を負った。信号機の柱に体当たりしたせいだ。ま、硬膜下血腫でさっくり死んでくれていれば、われわれの手間も大幅に省けたはずだが、連絡員のホリスターによれば気絶さえしなかったということだ。フォークリフトを操作していた男がエリスに目をとめて、駅近くにある倉庫の一室に運びこみ、地元の医者を呼びだした。医者がやってきた。その少しあとで、女性警官があらわれた。警官とフォークリフト男がふたりして、おれたちのガキを警察署へ連れていった。追跡チップが埋めこんであった側の耳にはガーゼが当ててあったそうだ」

デニー・ウィリアムズとルイス・グラントがジェット機から姿をあらわした――ふたりは細長いスチールケースの前後をささえもっていた。ふたりはケースを運びながらタラップを降りて屋内に運びこんだ。

ミセス・シグスビーはため息をついた。「それも予想できていたかもしれない。いえ、予想していたといえる。いまわたしたちが話題にしているのは小さな町なんでしょう？　小さな町にふさわしい警察があるだけの？」

「それこそ、どことも知れない田舎だよ」スタックハウスは同意した。「これはいいニュースだね。ほかにもいいニュースがあるかもしれない。連絡員のホリスターがいうには、署長の愛車は銀色の古いタイタンのピックアップトラックなのに、署の前の駐車場にも署の裏にある町民用駐車場にもそのトラックがなかったそうだ。そこでホリスターは、地元のコンビニエンスストアまでぶらぶらと歩いていった。コンビニで働いているターバン野郎ども――おっと、これはホリスターがつかった言葉だ、わたしじゃないぞ――は、町の住民のことならなんでも知っているらしい。勤務中だった男が、署長が店に立ち寄って〈スウィッシャースイート〉の葉巻を買った、と教えてくれた。署長は、隣町にある老人ホームだかホスピスだかにいる高齢の母親を訪ねにいくと話していたそうだ。しかし、隣町といっても、五十キロばかり離れているらしい」

「でも、それがどうしてわたしたちにとっていいニュースなの？」ミセス・シグスビーはブラウスの胸もとをつまんで、首すじをぱたぱたとあおいだ。

「デュプレイみたいに信号がひとつしかないような小さな町で、警官たちが四角四面に規則を守るとは百パーセント断言はできないよ。でも、もしあいつらが規則をきっちり守るなら、ビッグボスのご帰還まではあのガキを署内に留めておくだけだろうね。で、そのあとどうするかは署長の裁断を仰ぐ、と。きみたちがデュプレイに着くまでに何時間くらいかかる？」

「二時間ね。もっと急ぐこともできなくはない。でも、子守りを大勢引き連れてるわけだし、制限速度を守って走るのが賢明でしょう？」

「いかにも、そのとおり」スタックハウスはいった。「よし、きいてくれ、ジュリア。デュプレイの田舎警官たちがいつミネアポリスの警察に連絡をとるかわかったものじゃない。いや、もう連絡ずみでもおかしくないぞ。その点はわかるね？」

「もちろん」

「汚れ仕事につきもののあと始末の件だったら、とりあえずその心配はあとまわしだ。いまは、とにかくわれらがさまよえる少年への対処に集中しよう」

スタックハウスがいう〝対処〟とは殺害のことだが、いま必要なのはまさに殺害かもしれなかった。ルーク・エリス、および自分たちの邪魔だてをする者すべて。そんなふうな汚れ仕事に手を染めれば、〈ゼロフォン〉をつかうことになるに決まっている。しかし電話の向こう側にいる、わずかに舌足らずな落ち着いた声の主に問題の核心がすでに解決されていると伝えれば、ミセス・シグスビーの命だけは目こぼししてくれるかもしれない。うまくすれば仕事をうしなわずにすむかもしれないが、命しか助からなくても文句はなかった。

「わたしも、なにをなすべきかはわかってるわ、トレヴァー。その仕事にとりかからせて」

ミセス・シグスビーは通話をおわらせると、屋内へはいっていった。狭い待合室のクーラーで冷やされた空気が汗まみれの肌を平手打ちしてきたように感じられた。デニー・ウィリアムズがすぐ近くに立っていた。

「用意はできた？」ミセス・シグスビーはたずねた。

「はい、もちろん。作戦行動にとりかかる準備はできています。所長からひとこと命令をいただければ、指揮はわたしが引き継ぎます」

エリーからジェット機で移動してくるあいだ、ミセス・シグスビーはｉＰａｄで忙しく作業を進めていた。

「一八一番の出口で短時間の停車。そこに着いたら、あなたに作戦行動の指揮権を引き継ぐつもり。それで異存はない？」

「まったくありません」

ほかのメンバーは建物の外に立っていた。スモークガラス装備の黒いＳＵＶは一台もなかった。そこにあったのは、母親族が走らせるような三台のヴァンで、車体はそれぞれブルーとグリーンとグレイという地味な色だった。黒い車を期待している〈みなしごアニー〉を失望させることになりそうだった。

16

ゴールド・チームの車列は一八一番出口でターンパイクから降り、ありふれたドコデモナイ町にはいっていった。町にはガソリンスタンドがあり、チェーン店の〈ワッフルハウス〉があり……それでおしまいだ。最寄りの町ラッタとは約二十キロ離れている。〈ワッフルハウス〉の前を通過して五分後、先頭のヴァンに乗っていたミセス・シグスビーはデニーに、一軒のレストランの裏へまわって車をとめるように指示した。レストランはオバマが大統領になったころに潰れたきりのようだ。《ＢＴＳ**型施設建設予定地――所有者**》という、建物の建設に先んじてテナントをつのっている立て看板さえ、うら寂しく見えた。

　デニーとルイスがふたりがかりでチャレンジャー機から運びだしたスチールのケースがあけられて、ゴールド・チームの面々は銃で武装した。ルビーレッドとオパールに所属している面々は、毎回の回収任務にあたって携行している銃器のグロック37を選択した。トニー・フィッツァーレにもおなじ銃器が支給された。トニーがすぐにスライドを引いて薬室に銃弾がないことを確認しているのを見て、デニーは安堵していた。

「ホルスターがあればもっとよかったのにな」トニーはいった。「本音をいわせてもらえば、マラ・サルバトルチャみたいな大組織のギャング連中っぽく銃を背中で腰のベルトに突っこむのが性にあわないんだ」

「じゃ、とりあえずはシートの下にでも隠しておけ」デニーはいった。

　ミセス・シグスビーとウィノナ・ブリッグズにわたされたのは、ＳＩＧ《シグ》ザウエルのＰ２３８――ふたりのハンドバッグにすっぽりおさまるコンパクトなサイズの拳銃だった。デニーはエヴァンズにもこの銃を差しだしたが、この医師は手をふって一歩あとずさった。オパール・チームのトム・ジョーンズが運搬型武器庫に顔を近づけて、二挺あるＨ＆Ｋ37オートマティックライフルの片方を手にとった。

「こいつはどうだい、ドク？」とエヴァンズに声をかける。「クリップには三十発。納屋の外から壁ごしに撃っても、牛さえぶっ飛ばせる威力がある。ついでにスタングレネードもいくつかもっていくといい」

　エヴァンズはかぶりをふった。「わたしはここにこうして来るのも不本意だったんだ。きみたちがあの少年を殺害するつもりなら、わたしは自分がここにいる理由さえわからないね」

「あんたの不本意なんかクソ食らえね」やはりオパールの一員であるアリス・グリーンがいった。この発言は特殊な笑い声に迎えられた――張りつめ、熱意にあふれ、いささか常軌を逸した笑い声。これは、確実に銃撃戦になる現場作戦に出ようとしている工作員だけがあげる笑い声だった。

「そのへんにしておきなさい」ミセス・シグスビーがいった。「ドクター・エヴァンズ、問題の少年を生きたまま回収できる可能性もあるのよ。デニー、そっちのタブレットにデュプレイという町の地図ははいってる？」

「もちろん」

「では、現時点から今回の作戦の指揮はあなたがとること」

「すばらしい。では、みんな、こっちにあつまってくれ。あんたもだ、ドク。そう恥ずかしがるな」

夕方のうだるような熱気のなか、一同はデニー・ウィリアムズのまわりにあつまった。ミセス・シグスビーが腕時計を確かめた。六時十五分。目的地まではあと一時間の——あるいはそれを若干上まわる時間の——ドライブだ。いささかスケジュールよりも遅れているが、今回の作戦をまとめあげたスピードを考慮すれば、充分許容範囲だ。

「さて、これがデュプレイのダウンタウン、その現在の姿だ」デニー・ウィリアムズがいった。「メイン・ストリートが一本あるだけ。その半分ほどのところに郡警察署がある。左右をはさんでいるのは町役場と〈デュプレイ・マーカンタイル・ストア〉だ」

「〈マーカンタイル・ストア〉というのは？」疑問の声をあげたのは、オパール所属のジョシュ・ゴットフリードだった。

「デパートみたいなものでしょ」ルビーレッド所属のロビン・レックスがいった。

「いや、むしろ昔の安物雑貨店《ファイヴ・アンド・ダイム》みたいなもんじゃないか」この発言はトニー・フィッツァーレだった。「アラバマ州に十年ぐらい暮らしてたことがある——ほとんどは憲兵として勤務していた時分だ。そのときの経験から南部のあの手の小さな町についていわせてもらうと、タイムマシンで一気に五十年昔にさかのぼるようなもんだ、といえるね。ただし、〈ウォルマート〉だけは現代そのもの。たいていの町には、あのスーパーマーケットが一軒はある」

「はい、おしゃべりはおしまい」ミセス・シグスビーはそういってデニーにうなずきかけ、話の先をうながした。

「話すこともそれほど多くないがね」デニーはいった。「車をとめるのはここ、廃業した映画館の裏だ。ミセス・

シグスビーの情報源からは、目標人物がいまなお警察署内にいるとの確認がとれている。ミシェルとおれは夫婦を演じる——休暇を利用して、アメリカ南部のあまり観光客が行かない小さな町をめぐるのが趣味で——」

「別の言葉でいえば、頭のおかしな夫婦だな」トニーがいい、この言葉がまたしても張りつめた笑いを引きだした。

「ミシェルとおれはぶらぶら道を歩きながら、まわりのようすを目で確かめ——」

「愛しあうふたりらしく手を握ってね——だって、ほんとに愛しあっているんですもの」ミシェル・ロバートスンはデニーの手をとり、はにかみながらも崇敬の微笑みをデニーにむけた。

「地元の男に頼んで、情況を調べてもらうという話はどうなった？」ルイス・グラントがたずねた。「そのほうが安全に調べられるんじゃないか？」

「その男のことを知らなければ、そいつの知性も信頼できないね」デニーはいった。「そもそもその男は民間人だ」

そういってミセス・シグスビーに目をむける。ミセス・シグスビーはうなずいて、先を話すようにうながした。

「ミシェルとふたりで警察署に行って道案内を頼んでもいいし、そんなことはしないかもしれない。そのあたりは臨機応変に動くつもりだ。おれたちが知りたいのは、署内に警察官が何人いて、署内のどこにいるのかだ。それをつかんだら……」デニーは肩をすくめた。「警官たちを片づける。もし銃撃戦にでもなったら——そうなるとは思えないが——その場で男の子を始末してもいい。銃撃戦にならなければ、男の子を拉致する。ただの誘拐のように見せかければ、現場の汚れ落としもそのぶん楽になるな」

ミセス・シグスビーは、作戦終了ののちチャレンジャー機がどこで一同を待っているかという説明もデニーにまかせると、スタックハウスに電話で最新情報を求めた。

「ついさっき、ホリスターという男との電話をおえたところだよ」スタックハウスはいった。「五分ばかり前に署長の車が警察署にもどってきたそうだ。いまごろは、われらが家出坊主を紹介されているところだな。よし、行動開始の潮時だ」

「ええ」ミセス・シグスビーは胃や鼠径部がきゅっと張りつめるのを感じたが、それは決して百パーセント不愉快なものではなかった。「作戦完了したら電話する」

「きっちり仕事をしてくれよ、ジュリア。なんとしても、われわれをこのクソな窮状から救いだしてくれ」

ミセス・シグスビーは通話をおわらせた。

17

ジョン・アッシュワース署長がデュプレイに帰りついたのは午後六時二十分ごろだった。そこから北へ二千二百キロ強離れた土地では、朦朧とした子供たちがもっていたタバコやマッチをバスケットに投げいれて、映写室へはいっていくところだった。今宵の映画の主演スターは、あまたの有力政治家を友人にもつインディアナ州出身の超巨大教会の説教師だった。

署長は入口をはいってすぐのところで足をとめ、たっぷりとクッション材を詰めこんだような尻に両手をあてがい、署の広々としたメインオフィスを見わたした。母親が共同所有しているフロリダ州セントピーターズバーグの別荘を休暇で訪ねているロニー・ギブスン以外は、署の総員が顔をそろえていた。夜まわり番のティム・ジェイミースンもやはり署にいた。

「おやおや、これはまたどうしたことか」署長はいった。「わたしの誕生日ではないのだから、サプライズパーティーというわけではないな。それに、あれは何者かね？」いいながら、狭い待合室のソファに横たわっている少年を指さした。ルークは小さなソファで精いっぱい体を丸めて胎児の姿勢をとっていた。アッシュワース署長は、現在の署の責任者であるタグ・ファラデイに目をむけた。「ついでに質問しておくが、あの男の子に乱暴したのはだれなんだね？」

タグは質問には答えず、その代わりにティムにむきなおり、《この先はまかせたぞ》という意味で片手をすっとさしのべた。

「男の子の名前はルーク・エリスです。いっておけば、この場のだれひとり少年を殴ったりしていません」ティムはいった。「ルークは貨物列車から飛び降り、そのとき信号機の柱にまともにぶつかったんです。あの痣ができた理由はそれです。耳に当ててあるガーゼですが、ルークは自分が誘拐され、誘拐犯たちによって耳たぶに追跡チップを埋めこまれたと話しています。そのチップを捨てるため、みずから耳たぶを切り落としたそうです」

「それも果物ナイフで」ウェンディがいい添えた。

「少年の両親は死んでます」タグがいった。「殺されたんです。少年の話のうち、その部分は事実でした。確認しました。はるばる遠くのミネソタの地で」

「しかし、少年はメイン州にある施設から逃げてきたと話してもいます」ビル・ウィックロウがいった。

アッシュワースはしばし口をつぐんで腰に手をあてがったまま、部下の巡査たちと夜まわり番の顔を順番にながめ、さらにソファで寝ている少年に目をむけた。署内の会話も、少年を目覚めさせることはなかった。少年は正体なく眠りつづけていた。最後に署長は、あつまっている部下の警察官たちに目をもどした。「なんだか、こっちへ帰らずに母と食事をとっていたほうがよかったという気になってきたよ」

「お母さんは具合がよくないんですか？」ビルがたずねた。

署長はこの質問を受け流した。「諸君のだれひとりマリファナをやっていないものと仮定してたずねるが、ここで首尾一貫した話をきかせてもらえるのか？」

「すわってください」ティムがいった。「あとで大急ぎで一部始終を話します。それから、こいつの中身を確かめる必要もあると思います」いいながらUSBメモリを通信指令係の机に置く。「次にどのような手を打つかは、これを見たあとで決めましょう」

「同時にミネアポリスの警察に連絡するべきかな。あるいはチャールストンの州警察か。あるいはその両方か」

ジョージ・バーケット巡査がいいながら、頭をルークのほうへかしげた。「あの子をどうするかは、そういった連中に決めさせせましょう」

アッシュワースは椅子に腰をおろした。「あらためて考えると、早めにこっちへ帰ってきて正解だったな。なかなか興味をかきたてられる事態だとはいえないか？」

「ええ、まさに」ウェンディがいった。

「それもまたよしだな。そもそも、このあたりには興味をかきたてられることがめったにないのだから、目先が変わるのは大歓迎だ。ミネアポリスの警察では、あの男の子が両親を殺したと考えてるのか？」

「新聞の記事はそういう論調です」タグが答えた。「ただし相手が未成年なので、書きぶりは慎重ですが」

「あの子は恐ろしいほど頭がいいんです」ウェンディはいった。「でもそれ以外は、まったくふつうの人好きのする男の子です」

「なるほど、なるほどね。ま、あの少年が人好きのする子か憎たらしい子かは、突きつめればわれわれが心配することではなくなるかも。しかし、いまはわたしの好奇心が目を覚ましているよ。ビル、壊してしまう前にタイムレコーダーをいじるのをやめて、わたしの部屋からコカ・コーラをもってきてはくれまいか？」

18

ルークがティムとウェンディ相手に話した一部始終を、今度はティムがアッシュワース署長に伝えていたころ、そしてゴールド・チームが州間高速道路九五号線上をハーディーヴィル出口に近づきつつあったころ（チームは高速を降りたあと逆方向に引き返して、デュプレイという小さな町へむかう予定だった）、ニック・ウィルホルムは映写室に残っていた子供たちをあつめ、一同を〈バックハーフ〉のラウンジへ導いていった。

驚くほど長くもちこたえる子供たちもいなくはない――ジョージ・アイルズはそのいい例だ。しかし、ある時点で一気に壊れてしまう子供もいる。アイリス・スタンホープに起こったのはその一例のようだった。〈バックハーフ〉の子供たちが〝反動〟と呼ぶ現象――映画を見たあと、短時間だけ頭痛から解放される現象――は、今回アイリスには起こらなかった。その目はなにも見ていない無表情のまま、口はだらしなくあいたままだった。ヘレンがそばに近づいて体に腕をまわしたが、アイリスはそれにも気づいていないようすだった。

「ここでなにをするつもり？」ドナがたずねた。「わたし部屋に帰りたい。もう寝たい。これだから映画の夜は大っきらい」

いかにも不機嫌そうな口調だったし、いまにもわっと泣きだしそうな雰囲気もあったが、それでもドナがいまこの場に意識をたもっているのはまちがいなかった。おなじことはジミーとハルにもいえた。このふたりも朦朧とした顔を見せてはいたが、アイリスとは異なり、ハンマーで意識を叩きだされたような顔つきではなかった。

《これからは、もう一本だって映画なんか見るものか》エイヴァリーがいった。《ぜったいにだ》

カリーシャの頭のなかに響くエイヴァリーの声は、たしかに以前よりも大きくなっていた。これ自体、カリーシャにとってはひとつの証明になっていた——自分たちがいっしょになれば力が強くなることの証明だ。

「ずいぶん思いきった予言だな」ニックがいった。「おまえみたいなちびのちんけ小僧の口から出たとあっては、なおさら思いきった予言にきこえるぞ、エイヴァスター」

ハルとジミーがこの言葉に笑みを見せ、ケイティーにいたっては含み笑いさえ洩らした。ただしアイリスひとりは完全に上《うわ》の空のまま、ぼうっとした顔で股間をぽりぽりと掻いているだけだった。またレンは、なにも映っていないテレビにすっかり注意を奪われていた。画面に映りこんでいる自分を見ているだけなのかも——カリーシャはそう思った。

《ぼくたちにはあんまり時間がない》エイヴァリーがいった。《もうじきあいつらのひとりがやってきて、ぼくたちは部屋にもどされちゃう》

「たぶんコリンヌね」カリーシャがいった。

「そういうこと」ヘレンがいった。「別名〈東のよこしまなクソ魔女〉」

「で、おれたちはなにをするんだ？」ジョージがたずねた。

一瞬、エイヴァリーは途方にくれてしまった顔になり、それを見てカリーシャは怖くなった。しかし、きょうのもっと早い時間には自分がこのまま全身浴タンクで人生をおえるのではないかと考えていたエイヴァリーは、両手をさしのべた。

「ぼくの手をつかんで」エイヴァリーはいった。《みんなで輪をつくるんだ》

アイリス以外の全員が進みでてきた。ヘレン・シムズがアイリスの両肩に手を置き、ほかの面々が大雑把につくった輪の一員に押しこんだ。レンは顔をうしろへむけ、名残惜しそうにテレビを見つめていたかと思うと、ため息をつき、両手をさしだした。「やっちまおうぜ。なんだっていいさ」

「そのとおり——やっちまおうよ」カリーシャはいった。「やったって損になることなんかないし」

そういうと左手でレンの右手を、右手でニックの左手をとった。最後にくわわったのはアイリスだった。片手をジミー・カラムと、反対の手をヘレンとつないだ瞬間、アイリスはさっと顔をあげた。

「ここはどこ？　わたしたち、なにしてるの？　もう映画はおわった？」

「静かに」カリーシャはいった。

「頭がすっかり楽になってる！」

「よかった。でも、いまは黙ってて」

そしてほかの面々もくわわった。《黙って……黙って……アイリス、黙って》

回を追うごとに《黙って》の一語は高まった。なにかが変わりつつあった。そして、なにかが蓄積されはじめた。

《レバー》カリーシャは思った。《レバーがあるのよ、エイヴァリー》

人の輪の反対側にいるエイヴァリーが、カリーシャにうなずきかけた。

パワーではなかった——まだいまの段階では。これをパワーだと信じるのは命とりのミスになるとカリーシャにはわかっていた。しかし、パワーの萌芽はたしかに存在していた。カリーシャは思った——これは、いよいよ夏の最大の雷雨がどっと降りだす寸前の空気を吸うようなものだ、と。

「みんな」レンがおずおずと口をひらいた。「頭がすっきり澄んでる。最後にこんなに澄んでたのがいつだったか思い出せないくらい」それからパニックに近い顔つきでカリーシャに目をむけた。「ぼくを離さないでね、シャー！」

《きみなら大丈夫》カリーシャは思いをレンにむけた。《きみは安全だよ》

しかし、レンは安全ではなかった。安全な者はひとりもいなかった。

次になにが起こるか、なにが起こるほかないか、カリーシャはよく知っていたし、そこには恐怖しかなかった。もちろん、同時にそれを望んでもいた。いや、ただ望んでいたというレベルではなかった。燃えるような渇望そのものだった。自分たちは高性能爆薬を帯びた子供たちだ——まちがっているかもしれないが、気分はきわめて爽快だった。

　エイヴァリーが低く、しかしはっきりした声でいった。

「考えて。ぼくといっしょに考えるんだよ、みんな」

　エイヴァリーは考えはじめた——思考と、それにともなっているイメージはともに強く明晰だった。ニックがくわわった。ケイティーとジョージとヘレンが参加した。カリーシャも。残りの面々も。子供たちは映画の終幕に声をあわせて詠唱したように、いままた詠唱していた。

《花火のことを考えろ。花火のことを考えろ。花火のことを考えろ》

　光の粒が、これまで以上のまぶしさでもどってきた。〝ぶうん〟というハム音も、これまで以上の音量でもどってきた。そして花火が出現し、まばゆさを撒《ま》きちらした。

　そして次の瞬間、彼らはいきなり十一人ではなくなっていた。彼らは一瞬で総勢二十八人になっていた。

《点火》カリーシャは思った。恐怖があった。歓喜があった。そしてカリーシャは聖なる者になった。

《なにこれすごい——》

19

　ルークからきかされた話をティムがすっかり伝えおわると、アッシュワース署長は通信指令係の椅子に腰かけて、かなり立派な太鼓腹に載せた両手の指を組みあわせたまま、数秒間ただ黙っていた。それからＵＳＢメモリを手にとって、こんな品はこれまで見た事もないといいたげな目つきで見つめたのち、また下にもどした。「男の子は、これになにが記録されているかは知らないと話してた——そうなんだね？　自分で自分の耳を手術するのにつかった果物ナイフといっしょに、その施設の部屋係からもらっただけだ、という話だったな」

「ええ、この子はそう話していました」ティムはうなずいた。

「金網フェンスの下をくぐり抜け、森林をくぐり抜け、ハックルベリー・フィンとジムのようにボートで川をくだり、貨物列車に乗りこんでアメリカ東海岸の大半をずっと南下してきた、とな」

「この子の話によれば、ええ、そのとおりです」ウェンディがいった。

「それだけでも波瀾万丈ではないか。わたしがことのほか気にいったのは、テレパシーや精神の力だけで物を動かしたりする話だな。昔、おばあちゃんたちがキルトづくりの会や缶詰づくりの会で披露しあっていたような話――血の雨が降っただの、切り株に溜まった水が万病の薬になるとか、そういう話を思い出したよ。ウェンディ、その子を起こしてくれ。やさしく起こしてやれよ――その子が現実にどんな目にあったのかはともかくも、つらい目にあっていたことだけは見ればわかる。それでも、このメモリの中身を見るのなら、その男の子といっしょに見たいと思うのでね」

ウェンディは部屋を突っ切っていき、ルークの肩をそっと揺すった。最初はやさしく、次は多少力を強めて。ルークはなにかつぶやき、うめき声をあげ、ウェンディから離れようとした。ウェンディはルークの腕をとった。

「さあ、そろそろ起きて、ルーク。その目をあけて――」

次の瞬間ルークがいきなり跳ね起き、その勢いにウェンディは思わずよろけてあとずさった。ルークは両眼をかっとひらいてはいたが、その目はなにも見ていなかった。頭の前後左右すべての髪が、まるでハリネズミの針のように突き立っていた。「みんながなにかしてる！花火が見える！」

「そのガキはなんの話をしてる？」ジョージ・バーケットがたずねた。

「ルーク！」ティムはいった。「大丈夫だよ、きみはただ悪夢――」

「あいつらを殺せ！」ルークが叫んだ――同時に警察署の小さな留置棟内では、四つある監房のドアが一気に閉まった。「あの人でなしのクソ野郎どもを皆殺しにしちまえ！」

通信指令係の机から、まるで鳥の群れのように書類がいっせいに舞いあがった。ティムは強い風が殴りつけるように吹きつけてきたのを感じた――髪の毛を乱されたほどの強さだった。ウェンディが――悲鳴とまではいわずとも――小さな叫び声をあげた。アッシュワース署長が立ちあがった。

ティムは少年の体を一回だけ強く揺さぶった。「起きろ、ルーク、起きるんだ！」

部屋じゅうをひらひら舞い飛んでいた書類がいっせいに床に落ちた。署長をはじめ、その場にあつまっていた警察官全員が、口をあんぐりあけて少年を見つめていた。

ルークはなにもない空《くう》をひっかきながら、「消えちまえ」と不明瞭につぶやいていた。「消えちまえって」

「ああ、わかったよ」ティムはそういって、ルークの肩から手を放した。

「あなたじゃない。光の粒のことです。〈シュタージライト〉――」ルークはふうっとため息をつき、汚れた髪の毛を手でかきあげた。「よかった。もう消えてる」

「これ、きみがやったの？」ウェンディはそうたずね、床に落ちた書類を指さした。「ほんとにきみがやったこと？」

「なにかの力が働いたのは事実だろうな」ビル・ウィックロウがいった。ビルは夜まわり番用のタイムレコーダーを見つめていた。「こいつの時計の針がぐるぐると……それこそ飛ぶような勢いでまわってたんだが……いまは動かなくなってる」

「みんながなにかしている」ルークがいった。「ぼくの友だちがなにかしてる。こんなに遠く離れているのに、ぼくには感じとれる。なんでそんなことが起こるんだろう？　まったく、ぼくの頭が」

アッシュワース署長がルークに近づいて片手を差し伸べた。ティムは、署長が反対の手をホルスターにおさめた拳銃の台尻にかけていることに気がついた。「坊主、わたしが署長のアッシュワースだ。握手をしてもらえるかい？」

ルークは握手に応じた。

「よし。こいつは幸先がいいぞ。そしてわたしは真実を知りたい。いまのはきみ自身がやったことなのか？」

「ぼくなのか、友だちみんななかはわかりません」ルークはいった。「でも友だちはみんな遠くにいるので、どうすればそんなことができるのかわかりません。でも、ぼくだとしても、どうやったのかは自分でもわからない。そもそも、あんなことはこれまでいっぺんもしてません」

「きみの得意技はピザのアルミ皿だものね」ウェンディがいった。「それも空《から》のお皿」

ルークはかすかに微笑んだ。「うん、そうです。光は見えませんでしたか？　ほかの人もどうです？　色とりどりの光の粒々が見えましたか？」

「わたしに見えたのはひらひら舞い飛ぶ書類の群れだけだ」署長がいった。「それに、監房のドアが一気に閉まる音もきこえたぞ。フランク、ジョージ、床の書類を拾うんだ。ウェンディ、この男の子にアスピリンを飲ませてやれ。それがすんだら、あのちっぽけなコンピューター用のブツの中身をみんなで確かめよう」

「きょうの午後、署長のお母さんがしゃべっていたのは髪をとめるバレッタの話だけでしたね。お母さんは、だれかにバレッタを盗まれたと話してました」

署長の口があんぐりとひらいた。「なんでそんなことを知っている？」

ルークはかぶりをふった。「ぼくにもわかりません。というか、知ろうと思って知ったわけじゃないんです。ああ、もう……友だちがなにをやっているかがわかればいいのに。いっしょにいられたらいいのに」

タグが口をひらいた。「その男の子の話も、すべてが絵空事でもないんじゃないかと思えてきたよ」

「とにかく、あのＵＳＢメモリの中身を見たいな。それもいますぐに」アッシュワース署長はいった。

20

一同が最初に目にしたのは無人の椅子だった――古めかしい袖つきの安楽椅子が、額縁にはいったカリアー＆アイヴズ印刷工房製の帆船のリトグラフがかかった壁の前に置いてあった。つづいて、ひとりの女が画面フレームの外から顔だけ突き入れてレンズを見つめた。

「あの人です」ルークはいった。「モーリーン。ぼくがあそこから脱走するのを手伝ってくれた人です」

「もう撮れている？」モーリーンがいった。「小さなライトがついてるから撮れてるみたい。撮れててほしいものね。だって、最初からおなじことをくりかえす体力は残っていないから」

警察官たちが見ているノートパソコンの画面から、モーリーンの顔が外へ出ていった。ティムはこれに心なしかほっとしている自分に気づかされた。先ほどまでの超アップの映像には、金魚鉢に閉じこめられた女性を見ているような気分にさせられたからだ。

モーリーンの声は多少低くなったとはいえ、まだきこえていた。

「でも、必要となればやるよ、わたしは」いいながら安楽椅子に腰かけ、膝下まである長さの花柄のスカートをととのえる。スカートにあわせているのは赤いブラウスだった。制服姿ではないモーリーンをいま初めて目にしたルークには、そのとりあわせがよく似合っているように思えた。しかし服の鮮やかな色づかいでも、モーリーンの顔の痩せ具合ややつれぶりは隠せなかった。

「音量を最大にあげてくれ」フランク・ポッターがいった。「小型のピンマイクを服につけてくれたらよかったのに」

そのあいだもモーリーンはしゃべっていた。タグ・ファラデイは動画を早もどしして音量をあげ、再生ボタンを押した。画面のモーリーンはまたしても安楽椅子にもどり、またしてもスカートの裾をととのえた。ついで、まっすぐにカメラのレンズを見つめる。

「ルーク？」

いきなりモーリーンの口から自分の名前が飛びだしたことに驚くあまり、ルークはうっかり返事をしそうになった。しかしルークの返事よりも先に、モーリーンが言葉をつづけていた――そしてその発言がルークの心臓に氷のナイフをぐさりと突き立てた。そうはいっても、ぼくは知っていたんじゃないのか？　そう、スター・トリビューン紙の記事を参照する前から、両親についてのニュースの中身を知っていたのとおなじように。

「ルーク、きみがこれを見ているのなら、きみは脱走に成功して、わたしは死んでるということね」

ポッターという名前の警官がファラデイという警官になにか話しかけていたが、ルークは気にもとめなかった。いまルークは、〈研究所〉内でたったひとりの大人の友人だった女性に全神経を集中させていた。

「ここでわたしの一代記を披露するつもりはないの」袖つき安楽椅子にすわっている、いまはもうこの世にいない女性が話していた。「そんな時間はないから。でも、おかげで助かった。これまで、おおむね恥だらけの人生だったから。ただし息子のことだけは恥じたりしてない。

息子がいまみたいに育ったことが誇らしいくらい。あの子はカレッジに進む。でも、そのための学費をだれが出したかを、あの子が知ることはない。それでいい。それがあるべき形だから。それでいいの。だって、わたしは息子を手放した女だから。それにね、ルーク。きみの助けがなかったら、わたしは学費になるはずのお金だってなくしていたかもしれないし、そうなったらあの子に正しいことをしてあげるチャンスもなくしていたはずよ。それでいまは、きみに正しいことをしてやれたと祈るばかりね」

　モーリーンはいったん口をつぐみ、気持ちをととのえなおしているかに見えた。

「でも、人生のひとつのエピソードだけは話しておこうかな。大きな意味があることだから。わたしは第二次湾岸戦争のときはイラクにいたし、そのあとアフガニスタンにも行き、戦地でいわゆる〝強化尋問〟にかかわっていたの」

　ルークには、モーリーンのよどみなく落ち着いた話しぶりが驚きの新発見だった――〝あー〟とか〝ええと〟といいよどみもしなければ、〝つまり〟とか〝要するに〟という意味のない言葉をはさんだりもしない。これがルークに悲しさばかりか、とまどいさえも感じさせた。製氷機のそばで声を殺して会話していたころよりも、ずっと知的な話し方だった。それって、モーリーンが愚か者のふりをしていたということ？　そうかもしれない。でも、それは部屋係用の茶色い制服姿の女性を見て、もっと階段を上までのぼれる人間ではないとぼくが決めてかかったせいかもしれない――いや、そのせいだ。

　いいかえれば、あの人はぼくみたいな人間とはちがうと決めつけていたんだ。ルークはそう思い、いま感じている感情をあらわすのに、〝とまどい〟という語は的はずれだと気づいた。適切な単語は〝慚愧《ざんき》〟だ。

「わたしは水責めの現場を見たし、電極を指先にとりつけられたり直腸に突っこまれたりした男や女やカップルが水盤に立たされている場面も見た。ペンチで爪を力ずくで剥がされている現場も見た。尋問官の顔に唾を吐きかけた男が、膝頭を銃で撃ちぬかれたところも見た。最初こそショックを受けはしたけれど、しばらくするとショックを感じなくなった。そればかりか尋問されている相手が、簡易爆弾を仕掛けてわたしたちの仲間を殺傷した男たちだったり、ごったがえしている市場に自爆テロリストを送りこんだ男たちだったりすると、そういった場面に喜びさえ感じていた。わたしはおおむね……なんといったかしら……知ってる言葉が思い出せないけど……」

「脱感作状態」ティムがいった。

「脱感作状態だった」モーリーンがいった。感情が鈍麻した状態のことだ。

「驚いた、あの女がおまえの声をきいたみたいだ」バーケット巡査がいった。

「静かに」ウェンディがいい、その一語にルークは体が勝手にぞくりと震えるのを感じた。ウェンディの直前に、別の人物がおなじ言葉を発したかのような感覚だった。

ルークはふたたび動画へ目をむけた。

「……最初の二、三年が過ぎると、そっちには参加しなくなった。上から別の仕事をあてがわれたから。敵が口を割ろうとしない場合、わたしは親切な下士官として尋問室にふらりとはいっていき、飲み物を与えたり、ポケットから〈クエストバー〉とか〈オレオ〉とか、その手の食べ物をとりだしたりする役目になった。そして容疑者にこういうの——尋問担当者は全員が休憩をとっているか食事に行っている、だからマイクも切ってある、とかね。あなたたちのことがかわいそうでたまらず、できることなら助けたくなったとも話す。それから、もし尋問に応じなければ、もちろん規則違反だけれど、あなたたちは殺されるかもしれない、とも話す。でも、ジュネーヴ条約違反だってことは話さない——話しても、あの人たちはそれがなにかも知らなかったし。それから、あなたがここで話をしなければ、あなたの家族が殺されることになる、でもわたしは本気でそんなことになってほしくないと思ってる、とも話した。こんな作戦が成功することはなかった——向こうが怪しんだから。でもなかには、いざ尋問担当者がもどってきたときに、担当者がききたがっているような話を打ち明ける捕虜もいたの。わたしに話をする捕虜もいた……頭が混乱し、わけがわからなくなっていて、それに……わたしを信頼していたから。なんて罪つくりなわたし……いかにも信頼がおけそうな顔をしていたというわけね」

モーリーンがこの話をぼくにきかせている理由も、ぼくにはわかってる——ルークは思った。

「そんなわたしがどういういきさつで〈研究所〉に行き着いたか、そのあたりは病気で疲れ切った女が話すには長すぎる。わたしに会いにきた者がいるとだけいっておく。ミセス・シグスビーじゃないよ、ルーク。ミスター・スタックハウスでもない。政府の一員でもなかった。高齢の男でね。本人はリクルーターを自称してた。男はわたしに、兵役がおわったあとで仕事につく気はないかとたずねた。簡単な仕事だ、しかし口をきっぱり閉ざしておける人間でなければ勤まらない、とね。わたしはそのころ再入隊を考えていたけれど、こっちのほうがいい話に思えた。というのも男の話では、その仕事につけば祖国に多大な貢献ができる、これまで砂漠だらけの中東でやってきたことすべてを上まわる貢献ができるということだったから。だから、わたしはその仕事を引き受けた。配属先は部屋係だったけれど、それに不平はなかった。あそこの連中がなにをしているかは知っていたけれど、最初のうちはそれにも文句はなかった——理由がわかっていたから。わたしにも都合がよかった。というのも〈研究所〉は人がマフィアについていっていることそのままの組織だったから——そう、一度足を踏み入れたら二度と抜けられない。そのうち夫の請求書の支払いにも金が足りなくなってきて、息子のためにこつこつ溜めた貯金まで禿鷹どもに奪われるんじゃないかと怖くなってくると、わたしはかつて戦闘地域でやっていたような仕事に志願し、その結果ミセス・シグスビーとミスター・スタックハウスから仕事をまかされたわけ」

「密告っていう仕事だね」ルークはぼそりとつぶやいた。

「昔とった杵柄というけれど、仕事は簡単だった。わたしが〈研究所〉にいたのは全部で十二年。でも密告仕事をしていたのは、最後の一年と四カ月くらいだし、最後のころは自分のやっていることが、いやでいやでたまらなくなっていた——これは決して密告仕事にかぎった話ではないのよ。〝黒い家〟と呼んでいた尋問部屋でわたしは脱感作状態になり、〈研究所〉に来てもその状態のままだった。でも、それが少しずつ薄れはじめた。おりおりに新しいワックスを塗らないと、車の塗装がだんだんくすむのといっしょね。あそこにいるのは、ただの子供たちよ——そして子供たちは、親切で思いやりを見せてくれる大人を信頼したがると決まっている。あの子たちがだれかをひどい目にあわせたとか、そういうこともない。いえ、あの子たちはひどい目にあわされたほうよ——あの子たちとその家族は。でも、そのままだったら、わたしは〈研究所〉での仕事をつづけていたかもしれない。正直に打ち明ければ——これだけ残り時間が少なければ、正直になるほかないのね——まずあのままおなじ仕事をつづけていたと思う。でも、そこでわたしはこの病気になり、そしてきみと出会ったのよ、ルーク。きみはわたしを助けてくれた。でも、だからきみを助けたんじゃない。というか理由はそれだけじゃないし、それがいちばん大きな理由でもない。きみがとんでもなく賢いことはわかった——ほかの子供たちがとても及ばないほど賢く、きみをさらってきた連中でさえ及ばないほどの賢さだとね。あいつらがきみの傑出した頭脳を気にもかけず、きみのささやかなユーモアセンスを気にもとめていないことはわかっていた。それに、トラブルにはまりこむかもしれないとわかっていながら、きみがわたしのような病気の老いぼれを本気で助けようとしていることにも、あいつらが関心をむけていないこともわかった。あいつらにとって、きみは大きな機械のなかの小さな歯車というだけ——すり減るまで、利用されるだけ利用される歯車よ。最後にはきみも、ほかのあらゆる子供たちとおなじ末路をたどる。これまでの数百人の子供たち。いえ、最初にまでさかのぼったら数千人単位かもしれない」

「この女は気がふれてるのか？」ジョージ・バーケットがいった。

「黙ってろ！」アッシュワース署長はいった。いまは太鼓腹の上に身を乗りだすようにして、コンピューターのスクリーンを見つめている。

モーリーンはいったん話を中断して、水をひと口飲んでから目もとをこすった——その目は眼窩の奥深くにまで沈みこんでいた。病人の目、悲しむ者の目、死にゆく者の目だ——ルークはそう思いながら、モーリーンの顔に浮かんでいる永遠を見つめていた。

「それでもやっぱり、この決断を下すのは難題だった。といっても、わたしやきみがあの連中にどんな目にあわされるかわからないからじゃない。簡単には決断できなかったのはね、ルーク、もしきみが本当に逃げだせて、もし森のなかでもデニスンリバー・ベンドでもあいつらにつかまらず、もしきみの話を信じてくれる人とめぐり会えれば……そんなふうに、いくつもの〝もし〟をくぐり抜けられれば、きみがこの施設内で五十年、いや、六十年前からなにがおこなわれているのかを明るみに出すかもしれないから。そう、すべてをやつらの頭の上にがらがらと崩落させるかもしれないから」

神殿にいたサムソンのようにだ――ルークは思った。

モーリーンが身を乗りだし、まっすぐカメラのレンズを見つめた。まっすぐルークを見つめた。

「そしてそうなれば、この世界がおわってしまうかもしれないからよ」

21

西にむかって沈みゆく太陽が、州道九二号線のすぐ近くを通っている鉄道のレールを赤い炎の筋につくりかえ、すぐ先に立っている道路標識にスポットライトを当てているかのように見えた。

サウスカロライナ州デュプレイへようこそ
フェアリー郡の郡都
人口　一三六九人
訪ねれば楽しい町
住めばもっと楽しい町！

デニー・ウィリアムズは先頭を走っていたヴァンのハンドルを切って、未舗装の路肩に停止させた。ほかのヴァンもそれにならう。デニーはまず自分のヴァンの乗客――ミセス・シグスビー、ドクター・エヴァンズ、それにミシェル・ロバートスン――に話をしたのち、残る二台の面々にも話をした。

「無線は切って、イヤフォンもはずしておくように。地元警察や州警察がどの周波数を盗みぎきしているかわかったものじゃないぞ。携帯も電源オフにしろ。この時点からは完全極秘任務であり、飛行場へ帰りつくまではその状態を維持する」

デニーは先頭のヴァンへ引き返し、ふたたび運転席につくと、ミセス・シグスビーをふりかえった。「これでいいですか、マーム？」

「ええ、これでけっこう」

「わたしは不本意ながら、これに参加しているんだぞ」ドクター・エヴァンズがふたたびいった。

「お黙り」ミセス・シグスビーがいった。「デニー、車を出して」

一行はフェアリー郡に車を進めた。道路の片側には納屋があり、畑が広がり、松の木立があった。反対側には鉄道の線路があり、線路の先にもまた森がつづいていた。デュプレイの町までは、あと三キロほどだった。

22

コリンヌ・ロースンは映写室の前に立ち、〈蛇《ザ・スネイク》〉ことジェイク・ハウランドと〈薬《ザ・ピル》〉ことフィル・チャフィッツのふたりを相手に馬鹿話に興じていた。少女時代には父親ばかりか、四人いた兄のふたりからも虐待されていたコリンヌは、〈バックハーフ〉での仕事にも葛藤ひとつい だかなかった。子供たちから〈ビンタ女〉と呼ばれていることは知っていたが、気にもとめなかった。少女時代を過ごしたネヴァダ州リノのトレーラーハウス団地では、しじゅう平手打ちを食らっていた。だからコリンヌにいわせれば、因果がめぐって一巡しただけだ。くわえて、この仕事には立派な大義がある。つまりどちらへ転んでも得をする、おいしい仕事だといえた。

もちろん〈バックハーフ〉で働くことには難点もあった。そのひとつは、あまりにも多くの情報が頭のなかにあふれかえってしまうことだった。たとえばコリンヌはフィルが自分とファックしたがっていて、ジェイクがファックしたがっていないことを知っていた――ジェイクの好みは、とびきりの巨乳と巨大なヒップをかねそなえた女に限定されているからだ。しかもコリンヌは、自分がふたりのどちらとも――少なくともそういった意味での――関係を結ぶ気などさらさらないばかりか、ふたりがそんなコリンヌの本心をすでに知っていることも知っていた。十七歳のときからこっち、コリンヌは一貫して同性愛者だった。

小説や映画ではテレパシーがすばらしいものとして描かれるのが定番だが、現実世界では苛立たしいにもほどがあるしろものだ。テレパシーは〝ぶうん〟というハム音とともにやってくる――これが難点だ。しかも、ぐんぐんと力が増加してくる――これは大きな難点だ。部屋係や清掃係は〈フロントハーフ〉と〈バックハーフ〉の仕事を交互にこなしているから助かっているが、赤い制服の世話係は〈バックハーフ〉以外で働くことはない。

ここには二チームの世話係がいる。アルファとベータ。それぞれが四カ月ここで働き、そののち四カ月の休暇をとる。そしてコリンヌは、四カ月勤務のおわりに近づいていた。勤務が明けたら、隣接するスタッフ村で一、二週間ばかり過ごして心身の緊張をほぐし、本来の自分をとりもどしてから、ニュージャージー州にあるささやかな自宅へもどる予定だった。その家でアンドレアと同棲していた。アンドレアは、パートナーのコリンヌが政府の極秘軍事プロジェクトのもとで働いていると信じきっている。極秘プロジェクトの部分は真実だが、軍事の部分は外れだ。

低レベルのテレパシーは村に滞在しているあいだに薄れ、アンドレアのもとに帰るころには完全に消えている。そののち、また四カ月勤務がはじまって数日もたつと、あれがこっそり忍び寄ってくる。コリンヌに共感力があったなら（そのたぐいの感受性は十四歳までに暴力でほぼすっかり叩きだされてしまった）、ドクター・ハラスとドクター・ジェイムズにも同情をおぼえたことだろう。ふたりはほぼ毎日〈バックハーフ〉にいる。つまりほとんど絶え間なくハム音にさらされているわけで、その影響はふたりに見てとれた。〈研究所〉の医学研究部門主任のドクター・ヘンドリクスが〈バックハーフ〉に勤務する医者たちに注射をしていることは、コリンヌも知っていた。その注射は、絶え間ない浸食作用を一定程度までに抑えるというふれこみだった。しかし、浸食作用を一定程度に抑えることと完全にとめることのあいだには大きなちがいがある。

コリンヌが親しくしている赤い制服の世話係であるホレス・ケラーは、アニメに出てくるおしゃべり好きのカササギになぞらえて〝ヘッケルとジャッケル〟と呼ばれているふたりの医師を、〝高機能いかれぽんち〟と評していた。ケラーはさらに、いずれ遅かれ早かれふたりのどちらか、あるいはふたりとも完全に正気をなくしてしまうはずで、そうなったら上層部は補充用に医学の心得のある者を新たに調達しなくてはならなくなる、とも話していた。コリンヌにはどうでもいいことだった。コリンヌの仕事は、子供たちに食べるべきものを食べさせ、個室にもどるべきときには子供たちを個室にきっちりもどすことであり（彼らが個室内でなにをしているのかはコリンヌの知ったことではなかった）、映画の夜には上映に付き添い、子供たちが規則違反をしないように目を光らせることだった。規則違反をして列からはみでた者がいれば、平手打ちを食らわせて列にもどすまでだ。

「今夜はゴークどもが落ち着かないな」〈蛇《ザ・スネイク》〉ことジェイクがいった。「ここにいても、あっちにいる連中の音がきこえる。八時の給食時間には、すぐつかえるようにテイザー銃を用意しておいたほうがいいな」

「あいつらは夜になるといつも騒ぐんだよ」フィルがいった。「おれにはさっぱり……おっと、こいつはいったいなんだ？」

コリンヌもおなじものを感じていた。彼らはすでに〝ぶうん〟というハム音には慣れていた――人がうるさい冷蔵庫や騒がしいエアコンの音に慣れるのとおなじようにだ。ところがいまそのハム音が、いきなり映画の夜が同時に花火の夜にもなったときに耐えなくてはならないレベルにまで急激に高まった。ただし映画の夜であれば、ハム音の大半はきっちり閉ざされて施錠もされたA病棟――別名〈ゴーリキー公園〉――からきこえてくるだけだ。いまコリンヌはその方向からのハム音も感じつつ、おなじものが別方向から響いていることにも気づいていた――それも強く吹きつける風の圧力のようなものとして。ラウンジからだ――映画鑑賞のあとの自由時間を過ごすために、子供たちがむかった場所。最初に一群の子供たち――いまもまだ高機能状態にある子供たち――がラウンジへ行き、そのあとからコリンヌが〝ゴーク候補生〟と考えているふたりの子供がつづいていた。

「あのガキどもめ、いったいなにをしていやがる？」フィルが怒鳴り、両手をふりあげて頭を左右から押さえた。

コリンヌは電撃スティックを抜きながらラウンジへ走った。ジェイクがすぐうしろからつづいた。フィルは――ハム音への感受性がひときわ高まっていたのか、それともただ恐怖にとらわれていたのか――その場にとどまり、頭が爆発するのを防ごうとするかのように両手のひらをこめかみに押し当てているだけだった。

ラウンジのドアにたどりついたコリンヌが目にしたのは、十人あまりの子供たちだった。あしたの映画上映がおわれば、まちがいなく〈ゴーリキー公園〉行きになるアイリス・スタンホープさえその場に顔を見せていた。子供たちは立ったまま手をつなぎあって、大きな輪をつくっていた。ハム音はなおさら高まり、いまではコリンヌの目をうるませるほどだった。そればかりか、歯の詰め物の金属までもがいっしょに震えているかのように思えた。

新顔の子をつかまえなくては。あのちびガキだ。あのちびがこれの原動力になっているようだ。あの子に電撃を浴びせれば、この回路を一気に断てるはず。

しかし、そんなふうに考えているうちからコリンヌの指がひとりでにひらいて、電撃スティックが床のカーペットに落ちていった。背後から——ハム音にほとんどかき消されそうではあったが——ジェイクが子供たちに、いまやっていることをすぐにやめろ、やめて部屋へ帰れと怒鳴っている声がきこえた。黒人少女のカリーシャはコリンヌを見つめていた。その唇には挑発的な笑みがのぞいていた。

その薄笑いをビンタ一発で叩き飛ばしてやるよ、小娘——コリンヌはそう思って手をふりあげた。同時にカリーシャがうなずいた。

《それでいいよ、ビンタしな》

別の子供がカリーシャに声をあわせた。《ビンタ！》

ついで子供たち全員が声をあわせた。《ビンタ！　ビンタ！　ビンタ！》

コリンヌ・ロースンは自分の頬にビンタを食らわせはじめた。初めは右手、次は左手、右左、右左とくりかえすうちに手にはどんどん力がこもった。頬が最初は熱いだけだったが、すぐに燃えるような熱さになったことも意識できた。しかし、それも遠くかすかに意識していただけだった。というのもハム音がもうハム音ではなくなり、巨大な《**ぶわああああああ**》という内面のハウリングをともなう轟音になっていたからだ。

コリンヌは突き倒されて床に膝をついた。同時にジェイクが猛然と横を走っていった。「いまやっていることをすぐやめろ、このくそガキども——」

ジェイクの片手が滑るように上へもちあがったかと思うと、電気の〝ばりばり〟という音が響いた。ジェイクが自分の両目のあいだに電撃スティックを押しあてたのだ。ジェイクの体が一気にうしろへのけぞった。両足がまず大きくひらいたかと思うと、一気に奇妙なダンスフロア流の動きでぴったりとそろった。両目がこぼれ落ちそうなほど飛びだしていた。口ががくんと大きくあいて、ジェイクは自分の電撃スティックをその口に突き入れた。電撃の音はいくぶんくぐもっていたが、結果はありありと目に見えた。のどが膀胱同然に大きく膨らんだ。左右の鼻孔から一瞬だけ青い光が飛びだした。つづいてジェイクは顔からまともに倒れこんだ。その拍子に、電撃スティックの細いポールがグリップを残してすっかり口中にめりこみ、トリガーにかかった指はそのまま痙攣しつづけていた。

　カリーシャは子供たちを居留エリアの廊下へ率いていった——みんな校外学習中の一年生のように手をつないだままだった。一同の姿を目にして、〈薬のフィル《フィル・ザ・ピル》〉は片手に電撃スティックを握りしめ、片手で映写室のドアを強くつかんだまま、あとずさって身をすくませた。廊下の先のほう——片方はカフェテリア、反対はA病棟へ通じているあたりにドクター・エヴェレット・ハラスが立って、口をあんぐりとひらいた。

〈ゴーリキー公園〉に通じている施錠された両びらきのドアを、何人もの拳ががんがん叩きはじめた。フィルは電撃スティックを床に落とし、スティックをもっていたほうの手をかかげ、迫りくる子供たちに自分がなにももっていないことを示した。

「おれは邪魔にならんよ」フィルはいった。「おまえたちがなにをたくらんでるにせよ、おれはその邪魔なんか——」

映写室のドアがいきなりばたんと閉まってフィルの声を断ち切り、ついでに手から三本の指をも断ち切った。

ドクター・ハラスがくるりと向きを変えて逃げだした。

火葬室に通じる階段の先にあるスタッフ用ラウンジから、ふたりの赤い制服の世話係が出てきた。ふたりはともに電撃スティックを抜き、カリーシャと寄せあつめ集団めがけて走ってきた。ふたりはA病棟の施錠されたドアの前で足をとめ、たがいに電気ショックを見舞いあって、がくりと床に膝をついた。ふたりはその姿勢でもまだ電撃を与えあいつづけ、やがて意識を完全にうしなって倒れた。さらに世話係たちがあらわれてきたが、この場で進行形の事態を目にしたり肌で感じたりするなり退却していった。少数ながら階段をおりて火葬室へむかう者もいたが（二重の意味で行きどまりだ）、ほかの面々はスタッフ用ラウンジか、その先にあるドクター用ラウンジを目指した。
《行くよ、シャー》エイヴァリーは廊下の先を見ていた――切り落とされた指の切り株ごしに泣き叫んでいるフィルのさらに先、意識朦朧となったふたりの世話係の先を。
《みんなで外へ行くんじゃないの？》
《そうさ。でもその前にまず、あの子たちを出してあげなくちゃ》
　子供たちのつくる列は廊下をA病棟へ、ハム音の中核へと進みはじめた。

23

「連中がどうやって標的を選びだしているのかはわからない」モーリーンはそう話していた。「これまで何度もそのことは考えてた。でも、目的は達成しているはずよ。だって過去七十五年のあいだ、だれひとり原子爆弾を落としもせず、だれひとり世界規模の戦争をはじめてはいないのだもの。それがどれほどすばらしい成果かを考えてみて。神さまがわたしたちを見守っているからだという人もいるし、外交の成果だという人もいる。相互確証破壊、略してＭＡＤのおかげだと考える人もいることは知ってる。でも、わたしはそんなことは信じない。すべて〈研究所〉のおかげよ」

　モーリーンはまたひと息ついて水を飲み、話を再開した。

「連中が拉致するべき子供を見つけられるのは、出生時に大半の赤ん坊がある検査を受けているからよ。どんな検査かは知らない――ほら、わたしはしがない部屋係だもの。でも、わたしは密告のためだけでなく、とにかくいつも耳をそばだてていた。こっそり見てまわりもした。肝心なのはＢＤＮＦ――脳由来神経栄養因子と呼ばれるものね。そしてＢＤＮＦ値が高い子供たちが狙いを定められ、成長を監視され、やがては拉致されて〈研究所〉

に運びこまれる。たまに十六歳の子がいるけれど、たいていはもっと年下の子。ＢＤＮＦ値がきわめて高い子供たちは、できるだけ早いうちに拉致するのが連中のやりくち。いままでの最年少は八歳の子だった」

それでエイヴァリーのことにも説明がつく――ルークは思った――ウィルコックスの双子のこともだ。

「子供たちは、まず〈フロントハーフ〉で準備をさせられる。準備には注射をつかっておこなわれるものや、ドクター・ヘンドリクスが〈シュタージライト〉と呼ぶものを見せることでおこなわれるものがある。〈研究所〉に来る子供たちのなかにはテレパシー能力をもった者がいる――読心術師ね。念動力のある子もいる――精神の力だけで物体を動かせる子よ。注射をされ、〈シュタージライト〉を見せられると、それまでと能力が変わらない子供もいるけれど、大半の子供たちでは、拉致される理由になったそれぞれの超能力がわずかなりとも増進するの。それから少数だけれど――ヘンドリクスがピンクと呼ぶ子供たちは――さらに追加の検査をうけさせられ、追加の注射を打たれることで、ふたつの超能力をともにいい獲得する子供もいる。前にドクター・ヘンドリクスが、これ以外にも超能力があるかもしれず、それを発見することさえできたら、すべてがいい方向に変わるはずだと話していたのをきいたことがあるわ」

「ＴＫだけどＴＰでもある」ルークは小声でつぶやいた。「ぼくの場合もそうなった。でも隠してた。少なくとも隠そうとしてたんだ」

「そんなふうに準備が……仕事をさせる準備ができた子供たちは、〈フロントハーフ〉から〈バックハーフ〉に移される。そこでは、おなじ人物を映した映画をくりかえし何度も見せられる。家庭、仕事場、遊び、親族一同のあつまり。それから子供たちは、〈シュタージライト〉を呼びもどすトリガーになると同時に、子供たちを結びつけるためのイメージを見せられる。これがどういう仕組みかは……わかると思うけど……子供たちの能力は、たとえ増進されてはいても、ひとりひとりではごく小さなものなの。でも力をあわせると、彼らの力は増えていく……それをあらわす数学の言葉があったはずなんだけど……」

「指数関数的」ルークはいった。

「……いまはその言葉がわからない。疲れてるからね。

肝心なのは、子供たちはある種の人物を抹殺するためにつかわれているということ。事故のように見える場合もある。自殺のように見える場合もある。殺害されたように見える場合もある。でも、引き起こすのはいつも子供たち。政治家のマーク・バーコウィッツを覚えてる？　あれも子供たち。二年前、アフガニスタンのクンドゥーズにあった爆弾工場の爆発事故で死んだことになってるジャンギ・ガフーアは？　あれは子供たちのしわざよ。わたしが〈研究所〉で働いた期間にかぎっても、そうやって消された人物はほかにもたくさんいる。なかには、そんなことをされる理由がさっぱりわからないという場合もあるでしょうね。たとえば六年前、苛性アルカリ溶液を飲んで死んだアルゼンチンの詩人とか。たしかにわたしには理由がわからないけど、でも理由はあるはず――この世界がまだ存在していること自体が、その証拠ね。前にミセス・シグスビー――この人がビッグボスよ――がこんな話をしていたのをきいたことがある。わたしたち〈研究所〉のスタッフは、なにもしなければ沈むはずのボートから、たゆみなく水をかきだしている人のような存在だ、と。わたしはその言葉を信じてる」

モーリーンはここでもまた目もとをごしごしこすってから前に乗りだし、真剣な目でカメラを見つめた。

「連中は高いＢＤＮＦ値をもつ子供たちをつねに必要としてる。なぜかというと、〈バックハーフ〉では子供たちが消費されているから。子供たちは頭痛に悩まされる――それも悪化する一方の頭痛。それから〈シュタージライト〉を経験したり、ドクター・ヘンドリクスの花火を見せられたりするたびに、人格の核の部分が少しずつうしなわれていく。子供たちは最後に〈ゴーリキー公園〉へ――スタッフたちはＡ病棟をそんなふうに呼んでるの――送りこまれるけれど、そのころにはみんな脳損傷で痴呆になったか、アルツハイマー症が進行したようなありさまになっている。症状はどんどん悪化して、やがては息を引き取る。死因はたいてい肺炎よ。あいつらはそうなることを狙って、〈ゴーリキー公園〉をわざと低温にたもってる。それにね、なんていったらいいのか……」モーリーンは肩をすくめた。「ひどい話だけれど、次の息の吸い方さえ忘れてしまったような子供もいたの。遺体の処理についていっておけば、〈研究所〉には最先端の火葬設備がそなわっているの」

「嘘だろう」アッシュワース署長は低くつぶやいた。「嘘だといってくれ」

「〈バックハーフ〉で働くスタッフは、〝長期シフト〟と呼ばれる就業形態をとってる。数カ月つづけて働いたら、次の数カ月は休みになる働き方ね。そういう形で働くしかないのよ。〈バックハーフ〉の空気には毒がふくまれてるから。でもスタッフにはBDNF値の高い者はひとりもいないので、影響もゆっくりとしかあらわれない。それどころか、ぜんぜん影響の出ない人もいるくらいよ」

モーリーンは口をつぐみ、また水をひと口飲んだ。

「〈バックハーフ〉には、ほぼずっと働きづめの医者がふたりいる。で、ふたりとも正気をうしないかけている。そんなことを知ってるのも、わたしがその場にいたから。部屋係と清掃係は、〈フロントハーフ〉と〈バックハーフ〉を短い間隔で交替して働くの。カフェテリアのスタッフもおなじ。わたしの話はとてもすんなり信じられるものじゃないのはわかってるし、これはまだ序の口。でも、いま話せるのはここまで。わたしはもう行かないと。でもその前に、きみに見てほしいものがある。きみと、だれかは知らないけれど、きみといっしょにこれを見ている人にね。とても見ていられないかもしれない――でも、できれば見てほしい。だって、これを手に入れるために、わたしは命の危険をおかしたのだもの」

モーリーンは震えながら息を吸いこみ、微笑もうとした。ルークは泣きはじめた――最初は声をあげずに。

「ルーク、あなたの脱走の手助けをするのは人生でいちばん困難な決断だった。たとえ死がわたしの顔を正面からにらんでいて、死の先でわたしを待っているのがまちがいなく地獄だとわかっていても、やはり困難な決断だった。だって、水をかきだしていたボートが今度こそ沈んでしまうかもしれないし、そうなればわたしの責任になるからよ。わたしはあなたの命と、そうとは知らずに〈研究所〉の仕事の世話になっている地球上の数十億の人々の命を天秤にかけなくてはならなかった。そしてわたしは地球の全員ではなく、あなたを選んだ――ええ、神はわたしをお許しになると思う」

スクリーンがブルー一色になった。タグがノートパソコンのキーボードに手を伸ばしたが、ティムがその手をつかんだ。「待て」

画面にノイズが一本走って音声が一瞬乱れたのち、新しい動画がはじまった。カメラは、厚手の青いカーペットが敷かれた廊下を揺れながら進んでいた。断続的に〝ざらざら〟という雑音がはいるほか、映像そのものも、画面に鎧戸のようにあらわれては消えていく闇によって寸断されていた。

モーリーンが撮った動画だ――ルークは思った。制服のポケットに穴をあけたか布地を裂いたかして、そこから撮影した動画だ。〝ざらざら〟という雑音は、マイクが布にこすれている音だった。

メイン州北部の深い森の奥で、はたして携帯電話がつながるのかは疑問だったが、それでも〈研究所〉内では携帯が禁制品にちがいないとは察しがついた。電話としてつかえなくてもカメラはつかえるからだ。こんなことをしている現場をつかまれば、モーリーンが給料の減額や懲戒免職ですんだはずはない。つまり、本当に命を危険にさらしてくれたのだ。そう思うと、涙があふれるペースが早まった。ガリクスン巡査――ウェンディ――が腕を肩にかけてくれるのを感じる。ルークはありがたく思いながら、隣のウェンディに体をあずけたが、両目はノートパソコンのスクリーンへむけたままだった。これからついに〈バックハーフ〉が見えてくる。自分は行くことなく逃げてきた場所。そして、いままちがいなくエイヴァリーがいる場所――それも、エイヴァリーがまだ生きていればの話だ。

カメラは右側のあいたままになっている両びらきのドアの前を通りすぎた。モーリーンは少しだけ体の向きを変えて、ビロード張りの座席が二十ばかりならんでいる映写室の内部を動画の視聴者に見せてくれた。座席にふたりの子供がすわっているのも見えた。

「あの女の子、まさかタバコを吸ってるの？」ウェンディがたずねた。

「ええ」ルークは答えた。「〈バックハーフ〉でも子供たちにタバコを吸わせているようですね。あの子はぼくの友だちのひとりで、アイリス・スタンホープといいます。ぼくがあそこから逃げる前に、〈フロントハーフ〉から連れていかれました。いまでもまだ生きてるんでしょうか？　生きてるとして、いまも自分の頭で考えることができるんでしょうか？」

カメラは一気に廊下へもどった。ほかのふたりの子供とすれちがう。ふたりはモーリーンの顔を見あげたが、見てとれるような関心の色は見せないまま去っていった。

赤いスモック姿の世話係があらわれた。モーリーンの携帯がポケットに隠されているせいで世話係の男の声はくぐもっていたが、その言葉はききとれた。男は、またここへ帰ってこられてうれしいかとたずねていた。モーリーンは、うれしく思うほど頭がいかれたように見えるかという質問を返し、男が笑い声をあげた。それから男はコーヒーがどうこうと話していたが、ポケットの布地のこすれる音が大きくなって、ルークには言葉がききとれなかった。

「あいつが腰にさげてるのは拳銃か？」アッシュワース署長がたずねた。

「電撃スティックです」ルークはいった。「いわゆるテイザー銃ですね。グリップにダイヤルがついていて、それで電撃を強めることができます」

フランク・ポッター：「冗談なら勘弁してくれって！」

カメラはまた——今回は廊下の左側の——あいたままの両びらきドアの前を通りかかった。さらにそこから二、三十歩先へと進み、閉じたドアの前で足がとまった。ドアには赤い文字で《**A病棟**》とあった。モーリーンが小声でつぶやいた。「ここが〈ゴーリキー公園〉よ」

青いゴム手袋をつけたモーリーンの手が動画のフレームにはいりこんできた。その手にはカードキーがあった。まばゆいオレンジ色だったことをのぞけば、見た目はルークが以前盗んだカードとそっくりだった。しかし〈バックハーフ〉で働くスタッフは、カードキーの扱いにそれほど無頓着ではないだろうと思えた。モーリーンがドアノブの上にある四角い電子パーツにカードキーを押しあてた。ブザーの音がして、モーリーンはドアを押しあけた。

その先は地獄だった。

24

〈みなしごアニー〉は野球ファンだった。暖かな夏の夜はおおむね自分のテントで過ごし、州都コロンビアを本拠地としているマイナーリーグの野球チーム、ファイアフライズの試合中継をラジオできいていた。選手のひとりがＡＡ級イースタンリーグ所属のビンガムトン・ランブルポニーズの選手になったときには喜んだが、贔屓チームから選手がいなくなると、いつも決まって寂しさを感じた。試合がおわると少し眠ってから目を覚まし、今度はラジオをジョージ・オールマンの番組のチャンネルにあわせ、ジョージがいうところの〝このすばらしき超自然の世界〟でなにが起こっているのかを教えてもらった。

しかし今夜のアニーは、列車から飛び降りた少年のことが気がかりだった。そこで散歩がてら警察署まで行って、なにか教えてもらえるかどうか試してみようと思い立った。警察署の玄関には入れてもらえないかもしれないが、フランキー・ポッターかビリー・ウィックロウあたりの警官はアニーがエアマットレスやそれ以外の日用品の買い置きをしまっている署の横の路地に出てきて、タバコを一服していくこともある。愛想よくたずねれば、あの少年がどんな話をしているかを警官たちからききだせるかもしれない。なんといっても自分はあの子の顔の汚れを落としてやり、気持ちをなだめてやった。そのことが、アニーの胸に少年への興味を植えつけていた。

倉庫近くにあるアニーのテントを出て小道をたどると、町の西側にある森を通り抜けることになる。エアマットレスで寝るために路地へ行くときには（寒ければ警官たちが署に入れてくれることもあった――アニーがティムの〝スピード落とせ〟横断幕の作成を手伝ったからだ）、その道をさらにたどって町の映画館〈ジェムシアター〉の裏手にまで足を運んだ。この映画館では、もっと若かったころの（ついでに、もっと正気だったころの）アニーがたくさんのおもしろい映画を見たものだった。昔懐かしい〈ジェム〉が閉館してからもう十五年にもなり、裏の駐車場はいまやセイタカアワダチソウをはじめとする雑草ばかりがはびこる場所になっていた。アニーはいつもこの駐車場を突っ切り、映画館だった建物の崩れかかった煉瓦の側壁にそって歩いて歩道に出ることにしていた。そこからメイン・ストリートの反対側には、警察署と〈デュプレイ・マーカンタイル・ストア〉がならんで建っている。その両者のあいだに、アニーの〝自分の路地〟（いまではそう考えていた）があった。

そして今夜、アニーが駐車場へ通じる道を歩きだそうとしたそのとき、パイン・ストリートを走ってくる一台の車が目にとまった。そのあとからもう一台。そのまたあとからまた一台。三台のヴァンは、バンパーを接しあわんばかりに密集して走っていた。しかもあたりはもう夕暮れが深まっていたにもかかわらず、スモールライトひとつ点灯していなかった。アニーが木立に隠れて見まもっていると、三台はアニーが突っ切るつもりだった駐車場に乗り入れていった。そして編隊を組んでいるような動きでいっせいに向きを変え、横一列にならんで停止した——しかも三台とも、車首をパイン・ストリートの方角にむけていた。まるで、ここから迅速に逃げる必要があるかもしれないみたい——アニーは思った。

三台の車のドアがあいた。男女とりまぜた人々が外へ降り立った。男のひとりはカジュアルなジャケットに、きっちり折り目のついた見栄えのするスラックスという服装だった。女のひとり——ほかの面々よりも年上——はダークレッドのパンツスーツ姿。また花柄のワンピース姿の女もいた。この女はハンドバッグを手にしていた。ほかの四人の女はなにももっていない。それ以外の男女は、おおむねジーンズと黒っぽい色のシャツという服装だった。

カジュアルジャケットの男はその場にたたずんで目を光らせていたが、それ以外の面々は任務遂行中の人々のように、すばやく決然とした身ごなしで動いていた。なんだか軍隊の人たちみたいだ——アニーはそう思ったが、ほどなくこの印象が正しかったことが判明した。男ふたりと若いほうの女ひとりが、それぞれのヴァンの荷室ドアをあけた。男ふたりがそのうち一台から長いスチールの箱を運びだした。別のヴァンの荷室からはホルスターベルトがとりだされた。女はベルトを、カジュアルジャケットの男とブロンドの髪を短く刈りこんだ男、および花柄ワンピースの女をのぞく全員に手わたした。スチールのケースがあけられた。ケースから出てきたのは、狩猟用のライフルではない長い銃器だった。アニー・レドゥーが頭のなかで、〝学校乱射事件用の銃〟と呼びならわしているタイプの銃だ。

花柄ワンピースの女がハンドバッグに拳銃をしまいこんだ。隣に立っていた男はさらに大きな拳銃を背中のくぼんだ箇所のベルトに突っこみ、シャツの裾を垂らして隠した。ほかの面々はホルスターに銃をおさめた。まるで襲撃グループのようだった。いや、ちがう、この連中は襲撃グループそのものだ。この男女がそれ以外の集団だとは、アニーにはどうしても考えられなかった。

　ごく普通の興奮している人物だったら――たとえば、夜毎のジョージ・オールマンからのニュースを受けとっていない人物だったら――事情がわからずに困惑したまま目を丸くし、銀行が一軒しかないうえに夜を控えて扉を閉ざしているサウスカロライナの眠ったような田舎町で、武装した男女の集団がいったいなにをやらかすつもりなのだろうかと首をひねったことだろう。ごく普通の興奮した人間だったら携帯をさっととりだして、911に緊急通報していたことだろう。しかしアニーは、ごく普通の興奮した人間ではないし、この武装した男女が――全員ではなくても、少なくとも十人までが――なにを企んでいるかを正確に見抜いていた。この男女はアニーの予想とは異なって黒いSUVではあらわれなかったが、あの少年を狙って町にやってきたのだ。そう、そうに決まっている。

　911に電話をかけて警察署にいる人たちに通報するというのは、現実的にはアニーの選択肢になかった。たとえ金銭的に余裕があっても、携帯電話をもち歩く気はさらさらなかったからだ。どこの馬鹿でも知っていることだが、携帯電話は人の頭に放射能を注ぎこむ。おまけに、あいつらは携帯を通じて人々の動きを監視している。そこでアニーは小道をさらに先に――いまは走って――進んでいき、ふたつ先の建物にはいっている〈デュプレイ理髪店〉の裏にたどりついた。裏にはぐらぐら揺れる非常階段があり、理髪店の上の部屋に通じていた。アニーは足をとられて転ぶことのないよう、肩かけ《セラーペ》とその下のロングスカートをたくしあげ、精いっぱい急いで階段をあがっていった。最上階にたどりついてドアをがんがん叩くうちに、ぼろぼろのカーテンの隙間からコーベット・デントンの姿が見えた――突きでた腹を露払いに、せかせかとアニーのほうへ近づいてくる。デントンはカーテンを横へずらして外をのぞいた。キッチンにぶらさがっている蝿の糞だらけになった裸電球の光で、禿げ頭がぎらぎら光っていた。

「アニーか？　なんの用だ？　いっておくが、おまえに食べ物をくれてやる気は――」

「男たちがいるんだ」アニーは息をととのえようとしてあえぎながらいった。女たちもいるといい添えることもできたが、ただ〝男たち〟と話すほうがおどろおどろしいようにアニーには思えた。「あいつら、〈ジェム〉の裏に車をとめてるよ！」

「帰りな、アニー。おまえの馬鹿げた妄想につきあってるひまなんか――」

「男の子がいるんだ！　あの男たちは警察署へ行って男の子を奪うつもりでいるんだと思う！　きっと銃撃戦が起こるよ！」

「いったい、おまえはなんの話を――？」

「頼むよ、ドラマー、お願いだ！　男たちはマシンガンをもってるみたいなんだよ。それにあの男の子、とってもいい子なんだ！」

　ドラマーという通称で呼ばれ、デントンはドアをあけた。「ちょっくら、息を嗅がせてもらうよ」

　アニーは相手のパジャマの胸もとをつかんだ。「酒なんか、この十年で一滴だって飲んでないさ！　お願いだ、ドラマー。あいつらは男の子を狙ってるんだよ！」

　ドラマーは眉を寄せながら、くんくんと息を嗅いだ。

「酒は飲んでないな。もしや幻覚を見てるのか？」

「ちがうよ！」

「マシンガンといったな？　ＡＲ-15みたいな自動小銃のことか？」ドラマー・デントンは興味を引かれた顔になってきた。

「そう！　ちがう！　あたしにはわからない！　でも、あんたは銃をもってる。知ってるんだ！　だからその銃をもってきて！」

「おまえは正気じゃないな」ドラマーはいった――アニーが泣きだしたのはこのときだった。アニーとはずいぶん昔からの知りあいだ。もっと若かったころには、アニーとふたりで度が過ぎたやんちゃをやらかしもした。しかしアニーの涙を見たことはなかった。いまアニーはなにかが進行中だと本心から信じこんでいる。ドラマーは肚をくくった――かまうものか。どうせ今夜も、毎晩やっていたことをしていただけだ――そう、人生は基本的にくだらないということを考えていたにすぎない。

「わかった。ちょっくら見にいくか」

「銃は？　銃はもってきてもらえる？」

「まさか。ちょっくら見にいくといっただけだ」

「ドラマー、お願いだって！」

「見にいくだけだぞ」ドラマーはいった。「それ以上のことをするつもりはない。これで受け入れるか、だめなら全部あきらめな」

〈みなしごアニー〉としては、この申し出を受けるほかはなかった。

25

「ちょっと……これはなに……わたし、なにを見せられてるの？」

ウェンディの言葉はくぐもっていた。片手で口もとを覆っていたからだ。この疑問に応じる声はひとつもあがらなかった。全員が食い入るようにスクリーンを見つめていた――ルークもほかの面々と変わらず、驚きと恐怖で凍りついていた。

〈バックハーフ〉の〝うしろ半分《バックハーフ》〟――別名Ａ病棟、またの名〈ゴーリキー公園〉――はたっぷり奥行きのある天井の高い空間で、ルークにはアクション映画の終盤でかならず銃撃戦の舞台になる廃工場のように見えた。友人のロルフとふたり、好んであの手の映画を見ていたのは一千年も前、ルークがまだ本物の子供だったころだ。広い室内を照らしているのは天井の金網ケースにはいっている蛍光灯で、そのケースが落とす影のせいで病棟内は深海めいた雰囲気になっていた。細長い窓には、もっと頑丈な金網が張ってあった。ベッドは一台も見あたらず、剝きだしのマットレスが置いてあるだけだ。通路にまで押しだされたマットレスもあれば裏返しのものもあり、コンクリートブロックそのままの壁にあぶなっかしく立てかけられたものもあった。このマットレスには黄色いどろどろした汚れがついていたが、これは反吐かもしれなかった。

コンクリートブロックの壁のひとつに沿って溝があり、そこに水が流れていた。壁にはステンシル文字で《**きみたちは救世主だ！**》という標語が書かれている。汚れたソックス以外なにも身につけていない少女が溝をまたいでしゃがみこみ、壁によりかかって両手を膝に置いていた。少女は排便中だった。モーリーンのポケットのなかで、おそらくテープでとめてある携帯に布地がすれて、〝ざらざら〟という雑音が流れてきた。つづいて画面が一時的にまっ暗になった――カメラが外をのぞいていた布の穴がふさがれたからだ。ふたたび穴があいたときには、少女は酔ったようなふらふらした足どりで遠ざかり、排泄した便が水路を流れていくところだった。

　茶色い制服姿の部屋係が液体洗剤をつかうカーペット用掃除機をかけ、反吐や糞便や食べこぼしや、そのほか得体のしれない汚れをとりのぞいていた。部屋係の女性がモーリーンを見つけて手をふり、なにか話しかけた。言葉がはっきりきこえなかったのは、掃除機が騒がしかったせいだけではなく、この〈ゴーリキー公園〉が騒がしい話し声や叫び声がいっときも絶えない狂躁の場だったからだ。ジグザグに折れ曲がった通路の奥のほうで、ひとりの少女が体操の側転をしていた。汚れたアンダーパンツ一枚の男の子――顔はにきびだらけ、レンズが汚れた眼鏡が鼻からずり落ちそうになっている――が通りすぎていった。少年は、「やぁ-**やぁ**-やぁ-**やぁ**-やぁ-**やぁ**」とわめきつづけ、アクセントを強めるところでは同時に自分の頭のてっぺんを叩いていた。ルークは以前カリーシャが、にきびがあって眼鏡をかけている少年のことを話していたのを思い出した。あれはたしか、ルークが〈研究所〉に連れてこられて初めての日だった。《ピーティーがいなくなったのは永遠の昔にも思えるけどさ、ほんとはつい先週なんだよね》あのときカリーシャはそういった。いま見ているのは、そのとき話に出た少年だ。いや、少年の抜け殻というべきか。

「リトルジョン」ルークはぼそりとつぶやいた。「たしかそんな名前だったと思う。ピート・リトルジョン」

　だれもルークの声を耳に入れてはいなかった。警官たちは催眠術にかかったかのように、スクリーンを見つめていた。

　排泄行為に利用されている水路をはさんで反対側では、スチール製の脚の上に長いかいば桶のようなものが載せてあった。ふたりの少女とひとりの少年がその前に立っていた。女の子たちは、かいば桶から素手で茶色のどろどろしたものをすくいあげては口に運んでいた。ティムは信じられない思いと、胸のむかつきをともなう驚きを感じつつ、自分が子供のころに食べていたシリアルの〈メイポー〉に似ている、と思った。少年はかいば桶に身を乗りだして、どろどろした茶色いものに顔を突っこんでいた。両手を体の横に垂らし、指をぱちりぱちりと鳴らしている。それ以外に数人の子供たちがマットレスにただ横たわり、天井を見あげていた。彼らの顔には照明ケースの金網の影というタトゥーがほどこされていた。

　モーリーンがカーペット用掃除機をつかっている女のほうへ――おそらくは仕事を交替するために――歩いているあいだに、動画はいきなり途切れて、スクリーンがまた青一色になった。一同は袖つき椅子にすわるモーリーンがふたたびあらわれて、さらに説明してくれるのかと待っていたが、その先はもうなにもなかった。

「たまげたな。いまのはなんだったんだ？」フランク・ポッターがたずねた。

「〈バックハーフ〉の〝うしろ半分《バックハーフ》〟です」ルークはいった。その顔はこれまで以上に蒼白になっていた。

「子供たちをあんなところに閉じこめるなんて、いったい連中はなにもの――？」

「怪物です」ルークはそう答えて立ちあがった。すぐに片手を頭にあてがい、ふらりとよろける。

　ティムがその体をつかんで支えた。「気絶しそうか？」

「いいえ。でもわかりません。ちょっと外に出たいんです。新鮮な空気を少し吸いたくて。壁がまわりから迫ってくるような気がするんです」

　ティムはジョン署長に目顔でたずねた。署長はうなずいた。「この子を路地に連れていってやれ。気分が恢復するかどうか見てやるといい」

「わたしが付き添ってあげる」ウェンディがいった。「どのみち、あのドアをあけるにはわたしが必要だから」

　留置房エリアの突きあたりにドアがあり、そこに《**非常出口　警報鳴動あり**》と白い大文字で大書してあった。ウェンディはキーリングのうちの一本をつかって警報をオフにした。ティムはプッシュバーを掌底で押しさげてドアをあけ、反対の手でルークを――もうふらついてはいなかったが、顔はまだ蒼白だった――外の路地へ導いた。心的外傷後ストレス障害《PTSD》のことは言葉では知っていたが、テレビ以外で目にしたことはなかった。ところが、いま現物が目の前にあった――三年後もまだ、ひげを剃る必要に迫られないような少年のなかに。

「アニーのもちものを踏まないように気をつけてね」ウェンディはいった。「特にエアマットレスは踏まないように。踏んだって、アニーから感謝されたりはしないから」

路地にはエアマットレスやふたつのバックパック、三輪のショッピングカート、それに丸めて収納できるタイプの寝袋まであったが、ルークはどうしてこんなものが路地にあるのかと質問したりしなかった。のろのろとメイン・ストリートのほうへ歩いていき、深々と息を吸いこむと、いま一度足をとめて上体をかがめ、両膝をつかんだ。

「気分が楽になったかい？」ティムはたずねた。

「友だちが力をあわせて、みんなを外へ出そうとしてる」ルークは身をかがめたままでいった。

「みんなってだれ？」ウェンディがたずねた。「さっきのあの……」そういいかけたものの、どんな言葉をつかえばいいかがわからなかったが、それも問題ではなかった。ルークには、ウェンディの言葉が耳にはいっていなかったからだ。

「ぼくには見えない……でもわかる。どうしてわかるのかはわからないけど、とにかくわかる。たぶんエイヴァスターだ。エイヴァリーのこと。カリーシャがいっしょ。それにニッキー。ジョージ。すごい、みんなすごく強くなってる。いっしょになると本当に強くなるんだ！」

ルークは背すじをまっすぐに伸ばして、また歩きはじめた。ルークが路地の出口で足をとめると同時に、メイン・ストリートに六本ある街灯がともった。ルークは驚いてティムとウェンディに目をむけてたずねた。

「あれって、ぼくがやったんでしょうか？」

「そんなことない」ウェンディが少し笑って答えた。「決まった時間に明かりがともっただけ。さあ、なかにもどりましょう。いまのきみは、ジョン署長のコークを飲んだほうがいいみたいだし」

ウェンディはルークの肩に手をかけた。ルークがその手を払った。「待って」

ほかに人のいない道を、カップルが手をつないでわたってくるところだった。男はブロンドの髪を短く刈りこんでいた。女は花柄のワンピースを着ていた。

26

子供たちがつくりだしていた力は、ニックがカリーシャとジョージの手を放すと弱まったが、差はごくわずかだった。A病棟のドアの内側にも子供たちがあつまっていて、力の大半は彼らが供給していたからだ。

シーソーみたいだな――ニックは思った。思考能力が低下すれば、それだけTPやTKの能力が増加する。そのうえドアの内側にいる子供たちは、もう精神がほとんど残っていないのだ。

《そうだよ》エイヴァリーがいった。《それがこの作戦の仕組み。あの子たちはバッテリーなんだ》

ニックの頭はすっきり澄んでいた――もう痛みはこれっぽっちもなかった。ほかの面々の顔を見るかぎり、みんなおなじ気分らしい。頭痛がぶり返すのか、ぶり返すならいつになるのかは予測できなかった。いまはただ、ありがたい気分だった。

花火はもう必要ではなかった。その段階は通り越していた。いま一同はハム音に乗っていた。

ニックは体をかがめ、先ほどおたがいにテイザー銃で電撃を見舞いあって意識をなくした世話係たちのポケットを漁りはじめた。さがしていた品が見つかると、カリーシャに手わたす。カリーシャはそれをエイヴァリーに手わたした。「あんたがやりな」

エイヴァリー・ディクスン――本来なら、きょうも五年生のクラスでいちばん小柄な生徒としてハードな一日を過ごしたあと、両親といっしょに自宅で夕食をとっていたはずの少年――はオレンジ色のカードキーを受けとり、読取センサーのパネルに押しあてた。錠前ががちゃりと音をたててドアがあいた。ドアの先では、〈ゴーリキー公園〉の居留者たちが嵐を避ける羊の群れのようにぎっしり寄りあつまっていた。だれもが不潔で、大半は全裸のまま、朦朧としていた。よだれを垂らしている者も見うけられた。ピーティー・リトルジョンは、「やぁ-やぁ-やぁ-**やぁ**-やぁ-**やぁ**」とくりかえしながら自分の頭を叩きつづけていた。

この子たちが元にもどることはぜったいにない――エイヴァリーは思った。頭の歯車がすり減りすぎて修復できなくなってる。たぶんアイリスもおんなじだ。

ジョージ：《でも残りのおれたちにはまだチャンスがあるかもな》

そのとおり。

冷酷な仕打ちだが、それでもやらなくてはならないと

知っていたカリーシャは、こういった。《それまでのあいだ、せいぜいこの子たちを利用させてもらうわ》

「これからなにを？」ケイティーがたずねた。「これからなにを……これからなにをするの？」

つかのま、だれも答えを口にしなかった。だれも答えを知らなかったからだ。ついでエイヴァリーがいった。《〈フロントハーフ〉。残りの子供たちを連れてきて、みんなでここから出るんだ》

ヘレン：《出たらどこへ行くの？》

警報が鳴り響きはじめた――〝うぅーーっ・うぅーーっ・うぅーーっ〟という音が一定の間隔で高まっては低くなることをくりかえしていた。しかし注意をむける者はいなかった。

「そんな心配はあとまわしにしようぜ」ニックがいい、ふたたびカリーシャとジョージのふたりと手をつないだ。「とりあえず最初に、ちょっとばかり仕返しをしてやろう。やつらを痛い目にあわせるんだ。反対意見のやつはいるか？」

ひとりもいなかった。この反逆行動の口火を切った十一人はふたたび手をつなぎ、〈バックハーフ〉のラウンジへ、そしてその先のエレベーターホールへ引き返していった。A病棟の居留者たちが、ゾンビを思わせるすり足歩きでそのあとをついてきた――まだ思考力のある子供たちがそなえる磁力のようなものに引き寄せられたのかもしれない。ハム音は低くなって眠たげな音に変わっていたが、まだ存在していた。

エイヴァリー・ディクスンは精神の腕をさしのべて、ルークをさがしていた。ルークがエイヴァリーたちにも力を貸せないほど遠くにいるとわかればいい――そんなふうに考えながら。そのとおりなら、〈研究所〉の子供奴隷のうち少なくともひとりだけは安全だからだ。ルーク以外の面々が死んでしまう確率はかなり高かった。というのも、この地獄のあなぐらじみた場所のスタッフたちは、子供たちの脱走を防ぐためならどんな手段にも訴えるはずだからだ。

そう、どんな手段にも。

27

トレヴァー・スタックハウスは、ミセス・シグスビーのオフィスから廊下を進んだ先にある自分のオフィスで、行きつもどりつ歩いていた。興奮のあまり、とてもすわっていられなかった。ジュリアことミセス・シグスビーから連絡があるまでは、この状態がつづきそうだった。その知らせが吉報か凶報かはわからないが、どんな知らせでも、ただ待たされているよりはましだ。

電話が鳴った。といっても昔ながらの固定電話のベルでもなければ、スタックハウスのボックスフォンの〝ぶるるっ・ぶるるっ〟でもなかった。連続で二回鳴らされるクラクションのような音は、赤い秘話回線の電話の呼出音だった。前回この電話が鳴ったのは、あの双子が騒ぎを起こして、ハリー・クロスという男の子がカフェテリアで倒れた一件のときだ。スタックハウスは受話器をとりあげた。しかしひとことも話さないうちから、受話器の向こうでドクター・ハラスがべらべら早口でしゃべりはじめた。

「やつらが外へ逃げだした……映画を見ていた連中は外へ逃げたし、ゴークどもも外へ逃げたみたいだ。おまけにあいつら、少なくとも三人の……いや、四人の世話係を傷つけたし、コリンヌの話だとフィル・チャフィッツが死んでるらしくて、それも感電死だそうで──」

「**黙れ！**」スタックハウスは受話器にむかって怒鳴った。ついでヘッケルことドクター・ハラスの注意を引き寄せたことを確信すると（いや、確信できたわけでなく、そう願っていただけだが）言葉をつづけた。「まず考えをまとめてから、なにがあったかを教えてもらおうか」

怒鳴られたショックで大昔になくした正気を多少とりもどしたハラスは、スタックハウスに自分が見たままを物語っていった。話が結末に近づいたころ、〈研究所〉全体に警報のサイレンが鳴りわたりはじめた。

「なんなんだ？　もしやきみがサイレンを鳴らしたのか、エヴェレット？」

「いえ、ちがいます、わたしじゃない。ジョアンにちがいありません。ドクター・ジェイムズのことです。いまは火葬室にいます。瞑想したいといって火葬室へ行ったんです」

　この言葉から、うっかりあまりにも異様なイメージを思い描いてしまったせいで、スタックハウスはわき道にそれてしまいかけた。ジャッケルことドクター・ジェイムズが火葬炉の扉の前にあぐらをかき、おそらく心の平穏を求めて祈っている情景だった。ついでスタックハウスは自分に鞭打って、目下の情況に頭をふりむけた——すなわち、〈バックハーフ〉の子供たちが中途半端ながら反乱めいたことをしはじめたという事態に。どうしてそんなことが起こったのか？　前例はひとつもなかった。それに、なぜいまなのか？

　ヘッケルことドクター・ハラスはまだしゃべっていたが、スタックハウスはもう必要な話をききおわっていた。

「いいか、話をよくきくんだ、エヴェレット。まず手にはいるかぎりのオレンジ色のカードキーをかきあつめて焼いてしまえ。わかったか、焼却処分だ」

「しかし、焼けといわれても、どうすれば……」

「レベルEに立派な焼却炉があるじゃないか！」スタックハウスは吠えた。「たまにはあのクソ焼却炉で子供の死体以外のものを焼いてみろ！」

　スタックハウスは電話を切ると、今度は固定電話をつかってコンピューター室にいるITスタッフのアンディ・フェロウズを呼びだした。フェロウズは警報が鳴っている理由を知りたがっていた。いかにも怯えた声だった。

「〈バックハーフ〉で問題発生だ。しかし、われわれが対処しているよ。〈バックハーフ〉のカメラ映像を、わたしのコンピューターに流してくれ。あれこれ質問せず、いわれたとおりにしろ」

　それから自分用のデスクトップに電源を入れ——この年代物のPCは、前から起動にこれほど時間がかかっていただろうか？——**《監視カメラ》**をチェックした。無人同然の〈フロントハーフ〉のカフェテリアの光景……運動場にいる数人の子供たち……。

「アンディ！」スタックハウスは怒鳴りつけた。「〈フロントハーフ〉じゃない、〈バックハーフ〉だ！　ぐだぐだ無駄なことはせずに——」

　画面が切り替わり、うっすら埃がついているレンズごしに自分のオフィスで縮こまっているドクター・ハラスの姿が見えた。と、そこへジャッケルことドクター・ジェイムズが――おそらく瞑想セッションを途中でさえぎられて――部屋へはいってきた。そうしながらこの女性医師は背後をずっとふりかえっていた。

「オーケイ。これでいい。あとはこっちで操作する」

　スタックハウスは画面を切り替えた。世話係用のラウンジが見えた。数人の世話係がここにあつまって、身を縮こまらせていた。廊下に通じているドアは閉まっていたが、おそらくはさらに施錠もされているのだろう。これでは助けにならない。

　かちり。見えたのは青いカーペットが敷かれたメインの廊下。ここには少なくとも三人の世話係が倒れていた。訂正、四人だ。映写室のドアの外で、ジェイク・ハウランドが床にへたりこんでいた。片腕を制服のスモックに力なくあずけていたが、そのスモックは血でぐっしょりと濡れていた。

　かちり。見えたのはカフェテリア。ここは無人だ。

　かちり。見えたのはラウンジ。コリンヌ・ロースンがフィル・チャフィッツの横で床に膝をつき、トランシーバーでだれかに必死でしゃべりかけている。フィルはたしかに死んでいるように見えた。

　かちり。見えたのはエレベーターホール。ちょうどエレベーターのドアが滑って閉じかけたところだった。病院で患者を寝かせたストレッチャーを運ぶエレベーターとおなじサイズだが、それが居留者の子供たちでいっぱいになっていた。大半は丸裸だった。つまりA病棟のゴークたちだ。あの連中をあそこで止められず……あの連中を閉じこめておけなくなれば……。

　かちり。苛立たしい埃と汚れの薄膜ごしに見えてきたのは、さらに十人前後の子供たちがレベルEのエレベーターのドアの前に群れあつまっている光景だった。子供たちは、ドアがあいて残る子供反逆者たちが外へ吐きだされてくるのを待ちうけていた。そう、〈フロントハーフ〉に通じている連絡トンネルのすぐ外で待っているのだ。これはまずい。

　スタックハウスは固定電話の受話器をとりあげたが、なんの音もきこえてこなかった。フェロウズが自分の側で電話を切っていたのだ。時間の無駄に毒づきつつ、スタックハウスは電話をかけなおした。「〈バックハーフ〉のエレベーターへの電力供給をとめられるか？　エレベーターをシャフト内で停止させられるか？」

「わかりません」フェロウズはいった。「できるかも。緊急時対応マニュアルの小冊子に方法が書いてあったかもしれません。いま調べて――」

しかし、すでに手おくれだった。エレベーターがレベルEに到着してドアがあき、〈ゴーリキー公園〉からの脱走者たちがわらわらと出てきては、なにか見るものでもあるかのようにタイル張りのエレベーターホールできょろきょろしていた。これだけでもまずい光景だったが、スタックハウスはさらにまずい光景を目にとめた。ヘッケルとジャッケルなら、〈バックハーフ〉用のカードキーを数十枚あつめて焼却処分できるだろう。しかし、そんなことをしてもなんにもならない。というのも子供たちのひとり――ルーク・エリスの脱走を、部屋係といっしょになって手助けをしたちび助だ――の手にオレンジ色のカードキーがあったからだ。あのカードキーがあればトンネルのドアをあけることができるし、〈フロントハーフ〉のレベルFに通じているドアもあけられる。そしてあの子供たちが〈フロントハーフ〉にたどりついたら……あとはなにがどうなっても不思議はない。

つかのま――無限にも思えた一秒のあいだ――スタックハウスは凍りついた。耳もとではフェロウズが金切り声でわめきつづけていたが、その声はずっと遠いものに思えた。なぜなら……まちがいない、あのチビのくそガキはオレンジのカードキーをつかって、陽気なパレードご一行さまをトンネルへ導いている。そこから二百メートル弱歩けば、やつらは〈フロントハーフ〉にたどりつく。最後のひとりがトンネルに足を踏み入れるとドアがひとりでに閉まり、地下のエレベーターホールは無人になった。スタックハウスが映像を別のカメラに切り替えると、タイル張りのトンネルを進んでいく子供たちが見えてきた。

ドクター・ヘンドリクスが部屋に飛びこんできた。ドンキーコングとも呼ばれるこの医師は、はみだしたシャツの裾をひらひらさせ、ズボンのファスナーは半分あいたまま、おまけに両目のまわりは赤く腫れぼったかった。

「なにがあった？　なにがどうなって――？」

この狂躁に輪をかけるかのように、スタックハウスのボックスフォンが〝ぶるるっ・ぶるるっ・ぶるるっ〟と鳴りはじめた。手をかかげてヘンドリクスを黙らせようとする。ボックスフォンはなおも着信音を鳴らしていた。

「アンディ」スタックハウスはコンピューター室のアンディ・フェロウズに話しかけた。「子供たちがトンネルにはいったぞ。しかもあいつらはカードキーをもっている。あいつらをなんとしても足止めしなくては。なにか考えはあるか？」

どうせ返ってくるのは新たなパニックだけだろうと思っていたが、フェロウズはスタックハウスを驚かせた。

「錠前を無効化できそうです」

「なに？」

「カードキーの無効化は無理ですが、錠前をフリーズさせることはできます。解錠コードはコンピューターによる自動生成なので、その――」

「要するに、あいつらを封じこめられるわけか？」

「ええ、そうです」

「やれ！　いますぐやれ！」

「だからなにがどうした？」ヘンドリクスがたずねた。

「まったく、ここから出ていこうとした矢先にサイレンが鳴って――」

「やかましい！」スタックハウスはいった。「しかし、この部屋にいてくれ。きみが必要になるかもしれない」

ボックスフォンはなおもぶるぶる鳴っていた。トンネルとそこを行進していく子供たちの姿から目を離さぬまま、スタックハウスはボックスフォンをとりあげた。こうして両方の耳に電話を押しあてている姿は、昔のドタバタ喜劇映画の登場人物そのままだった。「なんだ？　ど、どうした？」

「こっちは目的地に到着、例の少年はここにいるわ」ミセス・シグスビーの声だった。接続は良好で、ミセス・シグスビーが隣の部屋にいるようにきこえた。「まもなく少年をわたしたちの管理下にとりもどすこともできそう」ここで間をおいて――「あるいは殺害することになるかも」

「それはよかったね、ジュリア。こっちはこっちでえらい問題が起こってる。というのも――」

「なんでもいいけど、そっちで処理して。こっちはいま展開中の事態よ。この町から脱出する段になったら、またそっちに連絡する」

ミセス・シグスビーは電話を切った。スタックハウスはかまわなかった。アンディ・フェロウズがコンピューターで魔法を演じなければ、ジュリア・シグスビーは帰るべき場所そのものをうしなうことにもなりかねない。

「アンディ！　まだそこにいるか？」

「います」

「できたのか？」

　スタックハウスは忌まわしい確信とともに悟った――これからフェロウズは、肝心かなめの瞬間を狙いすましたように〈研究所〉の年代物のコンピューター・システムがフリーズした、と話すにちがいない。

「できました。まずまちがいないと思います。いまこちらのコンピューターのスクリーンに、《**オレンジ・カードキーは無効です。新しい認証コードを入力してください**》というメッセージが出ています」

　アンディ・フェロウズの口から出たとあって、〝まちがいないと思います〟の言葉はスタックハウスの精神状態改善になにひとつ寄与しなかった。前のめりの姿勢で椅子にすわったまま、両手をしっかり組みあわせて自分のコンピューターの画面を見つめる。ヘンドリクスが近づいてきて、スタックハウスの肩ごしに画面をのぞいた。

「なんだこりゃ。この子たちはあそこでなにをしてる？」

「われわれのところに来ようとしているんだろうな」スタックハウスはいった。「そんなことが可能かどうかは、もうじきわかるぞ」

　脱走者候補の群れがカメラの視界から外へ出ていった。スタックハウスはキーを強く叩いて画面を切り替えた。フィルの頭を膝に載せて抱いているコリンヌ・ロースンの姿が一瞬だけ映ったが、すぐに目当ての画面に切り替わった。画面に映っていたのは、レベルFにある連絡トンネルの〈フロントハーフ〉側のドアだった。子供たちがそのドアの前にやってきた。

「いよいよ決定的瞬間だ」スタックハウスはいい、手のひらに爪痕が残るほど強く拳をぎりぎりと握った。

　エイヴァリー・ディクスンがオレンジのカードキーをかかげて、読み取りパッドに押しあてた。そのあとドアノブをまわそうとしたが、それでもドアがびくともしていないのを見てとり、トレヴァー・スタックハウスはようやく肩の力を抜いた。隣でヘンドリクスが大きな安堵の吐息をついた――バーボンの強烈なにおいをはらんだ呼気だった。職務中の飲酒は携帯電話をもち歩く行為にも匹敵する禁止事項だったが、さしあたりスタックハウスがその件を心配することはなさそうだった。

ガラス瓶に閉じこめられた蠅どもだな――スタックハウスは思った――それがいまのおまえらだよ、少年少女諸君。これからおまえらがどんな目にあうかは――。

ありがたいことに、それはスタックハウスの問題ではない。サウスカロライナで厄介にもつれた結び目を切り落としたあと、この子供たちをどうするかを決めるのはミセス・シグスビーだ。

「そのために給料をたんまりもらっているんだよな、ジュリア」スタックハウスがそうひとりごち、椅子の背もたれに体を預けなおして画面を見まもっていると、子供たち――いまはニック・ウィルホルムが率いていた――が引き返し、トンネルにはいるときにつかったドアをあけようとしていた。無駄だった。悪ガキのウィルホルムが天井を仰ぎ見た。口があいていた。スタックハウスは映像に音声がともなえばいいのにと思った――もしそうなっていたら、憤懣やるかたない叫びがきこえていたはずだ。

「問題の封じこめに成功したぞ」スタックハウスはヘンドリクスにいった。

「どうかな……」ヘンドリクスはいった。

スタックハウスはヘンドリクスをふりかえった。「なにがいいたい？」

「完全に封じこめたわけじゃなさそうだぞ」

28

ティムはルークの肩に手をかけた。「さて、気分もよくなってきたのなら、署にもどって、この件を整理しよう。きみにはコークを飲ませてやるし――」

「待ってください」ルークは、手をつないで道をわたってくるカップルを見つめつづけていた。カップルは、〈みなしごアニー〉の路地の出口にいる三人には気づいていない。ふたりが注目しているのは警察署の建物だけだった。

「州間高速道路を降りたはいいけれど、道に迷ったんでしょ」ウェンディがいった。「賭けたっていい。あの手の人たちが月に十人ばかり来るのよ。さあ、署にもどりたくなった？」

　ルークはウェンディに注意をむけていなかった。いまもまだ友人たち、子供たちの存在を感じていた。いま彼らは困惑の声をあげていた。だが彼らの存在はルークの精神のずっと奥のほうにあって、その声はほかの部屋から通気口を通じてきこえてくる話し声のようだった。そしてあの女……花柄のワンピースを着ているあの女……。

　あのときなにかが床に落ちて、その気配でぼくは目を覚ました。たぶん、北西部ディベート・トーナメントでぼくたちのチームが優勝したときのトロフィーあたり。いちばん大きいトロフィーだから、とんでもなく騒がしい音を出したんだ。だれかがそばに立って、ぼくに顔を近づけ、ぼくは《母さん》と口にした。それが母さんではないのは知っていたけれど、相手が女性だったことで、ぼくのまだほとんど眠っていた頭が最初に思いついたのが《母さん》という語だったからで、そしたらその女は――

「そうだよ」ルークはいった。「どんな願いもかなえてあげる」

「あら、うれしい」ウェンディはいった。「だったらさっそく――」

「ちがうんです。いまのはあの女が口にしていた言葉です」ルークは指さした。カップルは警察署前の歩道までやってきていた。ふたりはもう手をつないではいなかった。ルークは大きく見ひらいた目にパニックの色をたたえてティムを見つめた。「あの女はぼくを誘拐した犯人のひとりです！　そのあと一度〈研究所〉でも姿を見かけました。休憩室で！　あいつらがここへ来た！　いったでしょう、連中が来るって――ほんとにあいつらが来たんだ！」

　ルークはひらりと身をひるがえし、ドアを目指して走りはじめた。このドアは路地側からは施錠されず、いつでもあくようになっていた。アニーが望んだ場合には夜間でも自由に署にはいれるようにするためだった。

「なにが――」ウェンディはいいかけたが、ティムはその言葉を最後までいわせず、貨物列車の少年を追いかけて走りだしていた。頭のなかでは、あの少年がノーバート・ホリスターについて話していたことが結局は正しかったのかもしれない、という思いが渦巻いていた。

29

「どうだい？」〈みなしごアニー〉のささやき声は、ささやきというにはあまりにもざらついていた。「これであたしの話を信じる気になっただろ、ミスター・コーベット・デントン？」

ドラマーの異名をもつコーベットは、最初はなにも答えなかった――自分の目が見ている光景を頭で処理するのに精いっぱいだったからだ。三台のヴァンが横ならびになっていた。その先に男女の集団が見えている。見たところは九人。野球チームも組めそうな人数だ。さらにアニーの言葉どおり、この男女は武装していた。もう夕暮れの時刻だったが、晩夏は薄暮が長くつづくうえに、近くの街灯がつきはじめてもいた。ドラマーには拳銃をおさめているホルスターも、二挺の銃身の長い銃も見えた――ちなみに後者は、ドラマーにはヘッケラー&コッホの銃に思えた。人間殺戮マシン。野球チームの面々は昔の映画館の前にあつまって立っていたが、煉瓦の壁にさえぎられて歩道からは姿がよく見えなくなっている。その面々がだれかを待っているのは明白だった。

「あいつらには斥候がいるんだよ」アニーは引き攣ったような囁き声でいった。「道をわたってるふたりづれが見えるかい？　きっとあいつらは警察に何人いるかを確かめにいくんだ！　さあ、いったんうちに帰って銃をもってくるかい？　それとも、あたしが銃をとってきてやろうか？」

ドラマーはくるりとふりかえると、この二十年で初めて――いや、ひょっとするとこの三十年で初めてかもしれないが――全力で走りはじめた。自分の理髪店の上の部屋に通じる階段を駆けあがったところで、いったん足をとめ、苦しい思いをしながら大きく息を三、四回吸いこむ。同時に、はたして自分の心臓がこれだけの重荷に耐えられるのか、それともあっさりと爆発してしまうのだろうかと考えるあいだは足をとめていた。

30-06スプリングフィールド弾をつかうドラマーのライフルは、サウスカロライナ州のうららかな夜に自分を撃つときにつかうつもりの銃だった（町に新しくやってきた夜まわり番とときおり興味つきない会話をかわすようになっていなければ、もっと早いうちに実行していたかもしれない)。ライフルはクロゼットにしまってあって装塡ずみだった。また、高い棚に保管していた四五口径のオートマティック拳銃と三八口径のリボルバーも装塡してあった。

ドラマーはその三つの銃をかかえて階段を駆けおりた。激しく息を切らせ、汗びっしょりになっていて、おそらくサウナで茹だっている豚なみの強烈な体臭を発散させていたはずだが、何年も感じていなかった生きているという実感が胸にこみあげていた。銃声がするかと耳をそばだてたが、いまのところなにもきこえなかった。

もしかするとあいつらは警官なのかも——と思ったものの、その線はなさそうだった。警官だったら署にずかずかはいってきて、身分証を提示し、来訪の目的を告げるはずだ。それに警官なら——サバーバンかエスカレードか、車種はいざしらず——黒いSUVを走らせてくるはずだ。

少なくともテレビでは、それがお約束ではないか。

30

ニック・ウィルホルムはみすぼらしい少年少女の群れを率いて、わずかに傾斜しているトンネルを進み、ふたたび〈フロントハーフ〉側の施錠されているドアの前にたどりついた。つき従ってきたA病棟の子供たちもいれば、ただぼんやりと突っ立っているだけの者もいた。ピート・リトルジョンはまた自分の頭をぺしぺし叩きながら、「やぁ‐**やぁ**‐やぁ‐やぁ‐**やぁ**‐やぁ‐**やぁ**」とわめきだしていた。ピートの詠唱がトンネル内で反響して周囲の者を苛立たせ、さらには頭がおかしくなりそうな思いをさせていた。

「手をつなぐんだ」ニックはいった。「全員で手をつなげ」それからあたりをふらふら歩きまわっているA病棟の子供たちをあごで示し、心の声でいい添えた。《そうすれば、あの子たちをこっちに呼び寄せられるはずだよ》

《明かりが虫たちを引き寄せるようにね》カリーシャは

思った。いささか薄情な思いだったが、真実は往々にしてそういうものだ。

A病棟の子供たちが近づいてきた。ひとり、またひとりと彼らが輪に加わるたびに、ハム音が高まった。トンネルの両側の壁のせいで、子供たちの輪はカプセルを思わせる細長い楕円になっていたが、それは問題にならなかった。力はこの場に存在していた。

カリーシャにはニックの狙いが理解できていた。ニックの頭を読んだからではなく、自分たちにつかえる手段はもはやそれしか残されていなかったからだ。

《いっしょならもっと強くなれる》カリーシャはそう思い、つづいてエイヴァリーに言葉で話しかけた。「あの鍵をふっ飛ばしてよ、エイヴァスター」

ハム音が悲鳴じみたハウリング音にまで高まった。子供たちのなかにこの時点でもまだ頭痛に悩まされていた者がいたら、彼らの頭痛が恐怖のあまり泡をくって逃げていきそうな音だった。このときもまたカリーシャは美しき力の存在を肌で感じていた。花火の夜にもおなじ力を感じていたが、そのときは不潔な力だった。しかし、いまここにある力は清潔だった——ひとえにその力をつくりだしているのが自分たちだからだ。A病棟の子供たちはみんな黙っていたが、顔には笑みがあった。彼らもこの力を感じているのだ。おまけに気にいってもいた。A病棟の子供たちにとっては、これが彼らなりに思考にいちばん近い精神の働きなのだろう——カリーシャはそう思った。

ドアからかすかな金属のきしみ音がきこえ、ついでドアが枠のなかで元の位置におさまるのが見えたが、それでおしまいだった。エイヴァリーはずっと爪先立ちで、小さな顔を精神集中に歪めていたが、ついに力なくくずおれて、息をふうっと吐きだした。

ジョージ：《だめか？》

エイヴァリー：《うん、だめだ。鍵がかかっているだけならあけられそう。でもあのドアの錠前は、あそこに存在していないみたい》

「死んでる」アイリスがいった。「死んでる・死んでる・動かない。だからわたしはそういった。鍵は死んでる・死んでると」

「鍵は凍らされたんだ」ニックはいった。《ドアを突き破るのも無理かな？》

エイヴァリー：《無理だよ。頑丈なスチールだもん》
「必要なときにかぎって、スーパーマンはどこかに行っちゃうんだ」ジョージはそういって両手をもちあげ、両の頬にごしごしこすりつけ、ユーモアのかけらもない笑みをのぞかせた。
ヘレンがすわりこみ、顔を両手に埋めて泣きはじめた。「わたしたちになにができるの？」それからおなじ言葉を、今度は心のこだまとしてくりかえした。《わたしたちになにができるの？》
ニックはカリーシャに顔をむけた。《なにか考えはある？》
《なんにも》
ニックはエイヴァリーにむきなおった。《おまえはどうだ？》
エイヴァリーはかぶりをふった。

31

「どういう意味だ、完全じゃないとは？」スタックハウスはたずねた。

ドクター・ヘンドリクスはその質問には答えずに、部屋を横切り、スタックハウスの館内放送設備のもとへ急いだ。本体上面はぶあつい埃で覆われていた。スタックハウスがこれをつかったことは、ただの一回もなかった――〈研究所〉スタッフにむけて、近日開催予定のダンスパーティーやクイズ大会の告知をする必要がなかったからだ。ヘンドリクスは原始的な操作スイッチ類をながめて電源を入れた。緑の動作ランプがともった。

「なにをするつもり――」

今回静かにしていろというのはヘンドリクスの番だった。いわれたスタックハウスのほうは怒るどころか、ある種の賞賛の念を感じていた。この医者がなにを目論んでいるかはわからなかったが、重要なことだろうと察しがついた。

　ヘンドリクスはマイクを手にとり、いったん間を置いた。「これからわたしが話すことを、あの脱走した子供たちにきかれないようにする方法はあるかな？　あいつらに余計な考えを吹きこみたくないのでね」

「連絡トンネルにはスピーカーはないぞ」スタックハウスはその言葉が正しいことを祈りながら答えた。「〈バックハーフ〉についていえば、あそこはあそこで独自の館内放送システムがあったはずだ。で、きみはなにをするつもりだ？」

　ヘンドリクスは、徹底的に頭の鈍い者を見る目でスタックハウスを見つめた。「あの子たちの体を閉じこめたからといって、心まで閉じこめたわけじゃないぞ」

　ああ、くそ――スタックハウスは思った。あの子供たちがどうしてここへ連れてこられたのかを忘れてた。

「さて、こいつはどう操作……いや、いい。わかった」ヘンドリクスはマイクの側面についているスイッチを押しこみ、咳ばらいをしてから話しはじめた。「諸君、耳を貸してほしい。全スタッフ諸君、耳を貸すように。わたしはドクター・ヘンドリクス」いいながら薄くなりかけた髪を手櫛でかきあげ、そもそもがいかれている話をさらにいかれたものに仕立てていった。「〈バックハーフ〉から子供たちが脱走した。しかし、いたずらに浮き足立つ必要はない。くりかえす、浮き足立つ必要はない。脱走した子供たちは、〈フロントハーフ〉と〈バックハーフ〉をつなぐ連絡トンネル内に閉じこめた。しかし、子供たちは諸君に影響をおよぼそうとするかもしれない……つまり、その……」いったん言葉を切って、唇を舐める。「……子供たちが仕事で、ある種の人々に影響を与えているのとおなじ流儀でだ。子供たちは諸君に自傷行為を強いるかもしれない。あるいは……その……諸君に同士討ちをさせようとするかもしれない」

　これはびっくり――スタックハウスは思った――そいつはまた本当に楽しみだ。

「気をいれて話をきいてほしい」ヘンドリクスはいった。「あいつらのその種の精神干渉が成功するのは、標的とされた人物がなんの疑いもいだいていない場合だけだ。もしなにかの気配を感じたら……自分のものでない思考を感じとったら……落ち着いて、そして抵抗したまえ。追い払うんだ。諸君なら、それもたやすくできるはずだ。

声に出してしゃべるのも助けになる。《おまえの声などきいてやるものか》というんだ」

ヘンドリクスはマイクをもどそうとしたが、スタックハウスが横からマイクを手にとった。「スタックハウスだ。〈フロントハーフ〉の全スタッフに告げる――子供たち全員をいますぐ個室へもどせ。抵抗するなら電撃を食らわせろ」そういって放送システムの電源を切ると、ヘンドリクスにむきなおる。「ま、トンネルにいるくそガキどもは、そんなことを考えつかないかもしれないぞ。しょせんは子供にすぎないんだし」

「いや、考えつくに決まってる」ヘンドリクスはいった。「なにせ、あいつらはその練習を積んでいるんだぞ」

32

ティムは、留置房エリアへのドアをあけているところでルークに追いついて声をかけた。「きみはここにいろ。ウェンディ、きみはおれといっしょに来てくれ」

「まさか、あなたは本気で――」

「自分がなにを考えているかはわからない。銃は抜くな――ただし、ホルスターのストラップは外しておけ」

ティムとウェンディが四つある無人の留置房のあいだの通路を進んでいくと、男の声がきこえてきた。すこぶる愛想のいい声だった。気立てのよさが出ている声といっても過言ではない。「妻とわたしはボーフォートの町におもしろい建築があるときいたんだ。それで近道で行こうとしたんだが、あいにくカーナビがまったく役に立たなくてね」

「ようやく、車をとめて道案内を頼むことをこの人に納得させたんですよ」女がいった。ティムが署のオフィスに足を踏み入れたときには、女は自分の夫を――ブロンドの男が本当に夫だとすればの話――あきれながらも愉快に思っているような顔で見あげていた。「道案内をいやがるんですよ、この人。男の人っていつも、行先までの道は自分が心得ているという顔をしたがりますよね」

「こんなことをいうのは心苦しいが、ちょっとばかり取りこみ中でね」ジョン署長はいった。「あいにく時間がとれずに――」

「あの女だ！」ルークがティムとウェンディのうしろから大声をあげ、ふたりは驚きに飛びあがった。ほかの警官たちもはっとしてふりかえった。ルークはウェンディを荒々しく横へ押しのけた――押されたウェンディがよろけて背中から壁にぶつかるほどの力だった。「あの女だ――夜中にぼくの顔にスプレーを吹きつけて気絶させたのは。クソ女、よくもぼくのいかれた両親を殺したな！」

ルークは女に突進しようとした。すかさずティムがシャツの襟首をつかんで引きもどした。ブロンド男と花柄女は驚いて、あっけにとられた顔を見せた。いいかえればどこから見ても普通の人間の顔だ。しかしティムは、女の顔にそれとは異なるものを見たように思った――ほんの一瞬だが、ルークを知っているという光がちらりとのぞいていた。

「なんだか誤解があるみたい」女はそういい、困惑の笑みを見せようとした。「あの男の子はだれ？　頭がおかしい子？」

ティムは町に雇われた夜まわり番にすぎなかったし、この先も五カ月はその身分が変わらなかったが、この瞬間、なにも考えないまま警官モードに逆行していた。ふたりの若者がコンビニエンスストアの〈ゾニーズ〉に押し入り、店員のアブシミル・ドビラを撃ったあの夜とまったくおなじだった。「お手数だが、おふたりの身分証明書を見せてもらえるかな？」

「ちょっと、なんでそんなことまでする必要があるの？」女はいった。「あの男の子がわたしたちをどこのだれと勘ちがいしてるのかは知らない。でも、わたしたちは道に迷ってるし、わたしは小さいころ、道に迷ったらお巡りさんに頼りなさいと母に教えられて育ってきたのよ」

ジョン署長が立ちあがった。「ふむふむ、なるほど。ま、その話のとおりなのかもしれないね。その話どおりだったら、運転免許証を見せるくらいは造作もなかろうが」

「ああ、もちろん」男が答えた。「いまから財布を出させてもらうよ」

女のほうは機嫌をそこねている顔つきで、早くもハンドバッグに手を入れていた。

「気をつけて！」ルークが叫んだ。「あいつら銃をもってる！」

タグ・ファラデイとジョージ・バーケットのふたりは

ぎょっとした顔になった。フランク・ポッターとビル・ウィックロウはぽかんとしている。

「ちょーっと待った！」ジョン署長がふたりにいった。「両手を見えるところに置いて動かさんでくれ！」

しかし、ふたりとも一瞬も動きをとめなかった。女――ミシェル・ロバートスンがハンドバッグから抜きだした手には、運転免許証ではなく支給されたＳＩＧ《シグ》ザウエル製のナイトメア・マイクロ拳銃が握られていた。男――デニー・ウィリアムズの手がさがしたのは財布ではなく、背中側のベルトに突き入れてあったグロックだった。署長もファラデイ巡査も官給品の拳銃に手を伸ばしてはいた――しかし、ふたりの動作はあまりにも緩慢だった。

ティムはそうではなかった。ウェンディのホルスターから抜いた銃を両手でかまえ、ふたりに狙いをつけていた。「銃を捨てろ、いますぐ捨てるんだ！」

ふたりは命令に従わなかった。ロバートスンがルークに銃の狙いを定めた。ティムは女にむけて一発だけ撃った。女の体が後方へ吹き飛ばされ、曇りガラスがひび割れるほどの衝撃で両びらきのドアに叩きつけられた。

ウィリアムズがすかさず床に膝をついて、ティムに狙いをさだめた。ティムには、〝この男はプロだ、おれはもう死ぬにちがいない〟と考えるだけの時間はあった。しかしその瞬間、ウィリアムズのグロックがいきなり――見えない紐で引っぱられたかのように――跳ねあがった。そのせいで、ティムを狙った弾丸は天井にめりこんだだけにおわった。ジョン・アッシュワース署長がブロンド男の頭を横から蹴り飛ばし、男はばったりと床に倒れた。すかさずビル・ウィックロウが男の手首を踏んで、動きを封じた。

「銃を放せ、このクソ野郎。いますぐ銃を――」

番狂わせの発生を察したミセス・シグスビーが、大型銃器での攻撃開始を命じたのはこのときだった。手下のウィリアムズとロバートスンはどうでもいい。

重要なのはあの少年だけだ。

33

二挺のＨ＆Ｋ37の雷鳴のような銃声が、それまでの平穏なデュプレイの夕暮れを満たした。ルイス・グラントとトム・ジョーンズは、それぞれのアサルトライフルで警察署のファサードに掃射を浴びせていた――ピンクがかった赤い煉瓦の粉塵が噴きあがり、窓ガラスがふっ飛ばされ、ガラスのドアのフレームが内側にむけてたわんでいった。ふたりは歩道に立っていた。残るゴールド・チームの面々はその背後で、道路上に散開していた。例外はひとり、ドクター・エヴァンズだけだった。この医師は片側の離れたところにたたずみ、両手で耳を覆っていた。

「いいぞ！」ウィノナ・ブリッグズがわめいた。この女は左右交互に片足だけでぴょんぴょん飛び跳ねていた――尿意を必死にこらえているかのように。「みんなまとめて殺しちまえ！」

「突入！」ミセス・シグスビーが声を高めた。「全員でいますぐ突入！　少年を確保するか殺すかしなさい！　確保か殺すか――」

そのとき、背後からこんな声がきこえてきた。「あんたたちはどこへも行かないよ、マーム。あたしはわれらが救世主に誓ったんだ――あんたらがあっちへ行こうとしたら、ひとり残らず殺してやるって。前に立ってるおふたりさん、そのでかい銃をいますぐ地面に降ろしな」

ルイス・グラントとトム・ジョーンズはふりかえったが、どちらもＨ＆Ｋを下げなかった。

「早くしな」アニーはいった。「でないと、ふたりとも死ぬよ。おふざけでいってるんじゃない。あんたらはいま南部にいるんだからね」

ふたりは顔を見あわせてから、それぞれのアサルトライフルをそっと地面に置いた。

ミセス・シグスビーは、廃業した映画館〈ジェム〉の入口の落ちかけたひさしの下に立っている、およそ待伏せ襲撃者には見えないふたりをじっと見つめた。シャツではなくパジャマを着ている太っていて頭の禿げた男と、メキシコの肩かけ《セラーペ》らしきものを着ている髪の毛が乱れ放題に乱れている女。男の手にはライフルがあり、肩かけ《セラーペ》女は片手にオートマティックを、反対の手にリボルバーをかまえていた。

「さあて、残るみなさんもおなじことをしてもらおうか」ドラマー・デントンがいった。「おまえたちは包囲されてるんだ」

ミセス・シグスビーは、廃業した映画館の前に立つふたりの田舎者を見つめた。その頭には、うんざりした単純な思いがあるだけだった——この馬鹿騒ぎにはおわりがないのだろうか？

警察署から銃声が響き、短い間をはさんで二発めがつづいた。田舎者ふたりがそちらへ視線をむけた瞬間、グラントとジョーンズはさっと身をかがめて地面からそれぞれの武器をつかみあげた。

「馬鹿なまねはおやめ！」肩かけ《セラーペ》女が叫んだ。

ロビン・レックス——それほど遠くない昔にルークの父親を枕ごしに射殺した女——はこのわずかにひらいた好機の窓を逃さず、ＳＩＧ《シグ》ザウエルのナイトメア・マイクロを抜いた。ゴールド・チームのほかの面々はすばやくしゃがみ、グラントとジョーンズに射界を空けた。一同はそう反応するように訓練されていた。ミセス・シグスビーはその場に立ったままだった——こんな想定外の問題が転がりこんできたことへの燃えるような怒りが、わが身を守ってくれるといわんばかりに。

34

サウスカロライナ州で武力衝突が発生したそのとき、カリーシャとその友人たちは〈フロントハーフ〉に通じる連絡ドアの前で力なく肩を落としたまま、床にへたりこんでいた。ドアはあかなかった。アイリスがいったとおり、錠前が死んでいたからだ。

ニック：《でも、まだ打てる手があるかも。赤い服の世話係たちをやっつけたのとおなじように、〈フロントハーフ〉のスタッフをやっつけるとかさ》

エイヴァリーは頭を左右にふっていた。どんどん子供らしさがうしなわれ、逆にどんどん疲れた老人のようになりつつあった。《やってみたんだ。グラディスの精神に手を伸ばしてみた——あの女が大っきらいだからさ。あの女も、あの女の嘘くさい笑顔も。でもグラディスは、あんたの声には耳を貸さないといって、ぼくを押しもどしたよ》

　カリーシャはA病棟の子供たちに目をむけた。彼らはどこか行くあてでもあるかのように、またふらふらと動きだしていた。ひとりの少女が側転を演じていた。汚れたサーフショーツと破けたTシャツという服装の男の子は、自分の頭を軽く壁にぶつけていた。ピート・リトルジョンは、あいかわらず〝やぁ‐やぁ〟と叫びつづけていた。しかし、呼びかければふたたびあつまってくるはずだし、そこにはまだ力がたっぷりあった。カリーシャはエイヴァリーの手をとった。「わたしたちみんなが力をあわせれば——」

「だめだよ」エイヴァリーはいった。《あいつらを少しだけ変な気分にさせたり、眩暈を起こさせたり、胃をむかつかせたり、その手のことならできるかもしれない……》「でも、それだけだ」

　カリーシャ：《でも、どうして？　なぜ？　わたしたち、アフガニスタンで爆弾をつくってた男を殺したけど——》

　エイヴァリー：《それは爆弾づくりの男がぼくたちのことを知らなかったからだ。あの説教師、ウェスティンという男、あいつも知らない。ぼくたちのことを知っている相手だと……》

　ジョージ。《おれたちを遠ざけられるわけか》

　エイヴァリーはうなずいた。

「じゃ、わたしたちになにができるの？」ヘレンがたずねた。「なにかできることがある？」

　エイヴァリーはかぶりをふった。《わからない》

「ひとつ思いついた」カリーシャがいった。「わたしたちはここで身動きがとれない。でも、そうじゃない人を知ってる。ただし、みんなの力が必要になりそう」そういって、あてもなくふらふらしているA病棟の亡命者たちのほうに頭をかたむけた。「あの子たちを呼ぶの」

「それでどうなるんだよ、シャー」エイヴァリーはいった。「ぼく、もう疲れたよ」

「あとひとつ、それだけでいいから」カリーシャは食い下がった。

　エイヴァリーはため息をついて両手をさしだした。カリーシャとニックとジョージ、それにヘレンとケイティーが手をつないで輪をつくった。ややあってアイリスがくわわった。ほかの面々もあらためて参加してきた。彼らがカプセルのような楕円の輪をつくると、ハム音が高まってきた。〈フロントハーフ〉では、世話係や医療技師や清掃係たちがこれを感じとって怯えていたが、音は彼らにむけられてはいなかった。そして二千二百キロ以上離れたところでは、ティムがちょうどミシェル・ロバートスンの乳房の谷間に弾丸を命中させ……グラントとジョーンズはそれぞれのオートマティックライフルをかまえて、警察署のファサードにいよいよ掃射を浴びせようとし……ビル・ウィックロウはデニー・ウィリアムズの手を踏みつけて立ち、隣にはジョン署長が立っていた。

そして、〈研究所〉の子供たちはルークに呼びかけた。

35

精神の腕を伸ばしてブロンド男の拳銃を跳ねあげようと、ルークが意図して考えたわけではなかった――考えるまでもなく、実行していたのだ。〈シュタージライト〉がもどって、一瞬あたりの光景すべてを塗りつぶしていた。光の粒々が薄れかけると、警官のひとりがブロンド男の手首を踏みつけて立ち、男の手から拳銃を引き離そうとしていた。ブロンド男の唇は苦痛で引き伸ばされて歯が剝きだしになり、顔の側面にはだらだらと血が流れていたが、銃をあきらめてはいなかった。署長は片足を後方へふりあげていた――ブロンド男の頭をもう一度蹴り飛ばそうとしているのは教えられなくてもわかった。

ルークがここまで見てとったとき、〈シュタージライト〉がこれまで以上にまばゆい輝きでふたたび出現し、友人たちの声がハンマーになって頭の中心を殴りつけてきた。ルークはうしろむきによろけて留置房エリアへのドアをくぐり、パンチを避けるかのように両手をかかげ、足がもつれて床に倒れこんだ。ルークが尻もちをつくと同時に、外にいるグラントとジョーンズがオートマティックライフルの掃射を開始した。

ティムがウェンディにタックルして床に押し倒し、自分の体でウェンディを守っているのが見えた。署長とブロンド男の手首を踏みつけていた巡査の体に弾丸が命中するのも見えた。署長も巡査も倒れた。ガラスの破片が飛び散っていた。だれかが悲鳴をあげていた。ルークはウェンディの悲鳴だと思った。そして外からは不気味なほどミセス・シグスビーに似た声の女が、《全員でいますぐ》というようなことを叫んでいるのがきこえた。

二度にわたって〈シュタージライト〉を見せられ、さらに渾然一体になった友人たちの声に打たれたせいで、いまルークには世界がスローモーションで動いているように見えていた。ほかの警官のひとりが――負傷していて、血が片腕を伝って流れ落ちていた――くるりと身をひるがえして、壊れた正面ドアにむきなおったのが見えた。だれが銃を撃っているのかを確かめようとしたのだろう。その警官の動きもひどくのろくさく見えた。ブロンド男は膝立ちになっていた――その動きもとんでもなくのろく見えた。水中バレエを見ているかのようだった。

ブロンド男は警官の背中にむけて銃を撃つと、ルークのほうにむきなおりはじめた。その動作が少しは速くなっていた――世界がまた速まりだしていたのだ。ブロンド男が発砲するよりも先に、赤毛の警官がまるでお辞儀をするように体をかがめて、ブロンド男のこめかみに弾丸をお見舞いした。ブロンド男は横ざまに吹き飛んで、妻だと称していた女の上に倒れこんだ。

外にいる女――ミセス・シグスビーそっくりの声の女ではなく、南部訛のある別の女だった――が叫んだ。

「馬鹿なまねはおやめ！」

さらに銃声がつづき、最初の女が大声でいった。「男の子だよ！　なんとしてもあの子をつかまえなくちゃ！」

まちがいない――ルークは思った――なんであいつがここにいるのかはわからないけど、まちがいない。いま外にいるのはミセス・シグスビーだ。

36

ロビン・レックスは射撃の達人だったが、夕闇が深まっていたうえに、マイクロのような小型拳銃には標的がいささか遠すぎた。ドラマー・デントンにむけた弾丸は胴体の中央部に命中せず、肩の上のほうに当たっただけだった。ドラマーの体は着弾の衝撃で後方へ押しやられ、板で閉鎖されたチケット売場に叩きつけられた。つづく二発は大きく逸れた。〈みなしごアニー〉は自分の位置を守っていた。ジョージア州の砂糖黍畑のなかで育ってきたアニーは、父親から「決して引きさがるな、わけもなく引きさがるな」といわれて育った。父のジャン・レドゥーは酒に酔っていようと素面《しらふ》だろうと射撃の名手で、その名手は娘を立派に育てあげた。いま娘はドラマーの二挺の拳銃を同時に撃ちつつ、より大きな四五口径オートマティックの反動を無意識に補正していた。アニーは空を切り裂く音とともに近くを飛びすぎていった三、四発の銃弾にもひるまず――そのうち一発はアニーの肩かけ《セラーペ》のへりをかすめて布地を小さくびくんと弾ませた――オートマティックライフルを撃っていたふたりの男の片方を倒した（これでトニー・フィッツァーレは二度と電撃スティックをふるえなくなった）。

　ドラマーが引き返してきて、自分を撃った女に狙いをつけた。その女、ロビンは道のまんなかに膝をついて、自分のＳＩＧに悪罵を浴びせていた。弾《たま》づまりを起こしたのだ。ドラマーは出血していないほうの肩のくぼみに30-06スプリングフィールド弾をつかうライフルを押し当てて引金を引き、しゃがんでいた女を完全に地面に倒した。

「撃ち方やめ！」ミセス・シグスビーが金切り声をあげていた。「男の子を確保しなくては！　かならずあの子をつかまえるの！　トム・ジョーンズ！　アリス・グリーン！　ルイス・グラント！　わたしを待ちなさい！　ジョシュ・ゴットフリード！　ウィノナ・ブリッグズ！　持ち場を死守して！」

　ドラマーとアニーは顔を見あわせた。

「わたしたちは撃ちつづけてもいいの？」アニーがたずねた。

「知るか、そんなこと」ドラマーはいった。

　トム・ジョーンズとアリス・グリーンは、破壊された警察署のドアを左右から固めていた。ジョシュ・ゴットフリードとウィノナ・ブリッグズはミセス・シグスビーをやはり左右から固め、うしろむきに歩きながら、自分たちに不意討ちを食らわせてきた予想外の銃撃者たちに油断なく銃をむけつづけていた。ドクター・ジェイムズ・エヴァンズは持ち場を与えられていなかったので、自分で自分の持ち場を定めた。ミセス・シグスビーの横をすたすた歩き、両手をかかげて懐柔するような笑みを浮かべながら、ドラマーと〈みなしごアニー〉に近づいていったのだ。

「こっちにもどりなさい、馬鹿！」ミセス・シグスビーが一喝した。

エヴァンズはこの言葉を無視して、「わたしはこいつとは無関係だ」と、パジャマの上を着ている太った男に話しかけた。ふたりの不意討ち犯のうち、男のほうが頭がまともそうに見えたからだ。「こんなことに関係したくなかった。だから、なにもしないで――」

「いいからすわってな」アニーはそういうと、エヴァンズの足を撃った。思いやり深くも三八口径をつかったのは、そのほうが相手の被害を軽減できるからだ。少なくとも理屈のうえでは。

あとは赤いパンツスーツの女、この場のリーダーをつとめている女が残った。もしも銃撃戦が再開したら、女は四方八方からの銃火で体をずたずたにされるだろう。しかし、その顔に恐怖はなかった。そこにあるのは、怒りのまじった精神集中の表情だけだった。

「これから警察署に踏みこんでやる」女はドラマーと〈みなしごアニー〉にむかってそういった。「こんな馬鹿馬鹿しい真似をこれ以上つづける必要なんかない。おとなしくしていれば、あなたたちは無傷ですむ。もし銃を撃ちはじめてごらんなさい、ここにいるジョシュとウィノナがあなたたちを片づけるからね。わかった？」

それだけいうと女は返事も待たずにくるりと体の向きを変え、道路の舗装にローヒールの靴音を立てながら、残っている手下のほうへ歩いていった。

「ドラマー？」アニーはいった。「あたしたちはこれからどうする？」

「おれたちがなにかするまでもないかもよ」ドラマーは答えた。「左を見てみろ。いや、顔は動かさずに横目をつかえ」

アニーがいわれたとおりにすると、コンビニエンスストアのドビラ兄弟の片割れが歩道を急ぎ足で近づいてくるところだった。片手には拳銃があった。のちに本人が州警察に語ったところによると、自分たち兄弟はふたりとも平和を好む人間だが、強盗事件にあってからは店に拳銃を常備するのが賢明だと考えるようになったという。

「次は右だ。頭を動かすなよ」

アニーが目だけを動かして右を見ると、夫に先立たれたアディー・グールズビーと双子の父親であるリチャード・ビルスンのふたりが近づいてくるところだった。アディーはローブとスリッパという姿。リチャードはマドラスチェックのショートパンツに、大学フットボール・チームのアラバマ・クリムゾンタイドの真っ赤なTシャツ姿だった。ふたりとも狩猟用ライフルを手にもっていた。警察署の前にあつまっている面々は、近づくこの人々に気づいていなかった。というのも、なんであれ、この町にやってきた目的を遂げることのほうにすっかり注意をふりむけていたからだ。

《あんたらはいま南部にいるんだからね》先ほどアニーはこの武装した連中にそういった。その言葉がどれほど真実をいいあてていたのか、もうじき連中はそれを身をもって知ることになりそうだ、とアニーは思った。

「トムとアリス」ミセス・シグスビーはいった。「突入して。ぜったいにあの男の子をつかまえてきなさい」

ふたりは警察署にはいっていった。

37

ティムはウェンディの手を引いて立たせた。この女性警官は茫然とし、自分の居場所さえはっきりわかっていないようすだった。引き裂かれた紙片が髪の毛についていた。外の銃撃は、さしあたりいまはやんでいた。銃声に代わって話し声がきこえていたが、ティムは耳鳴りがまだおさまらず、言葉まではききとれなかった。しかし、それも問題ではない。外の連中が和平を樹立しようとしているのなら、それでいい。しかし、さらに戦いがつづくと考えたほうが無難だ。

「ウェンディ？　大丈夫か？」

「あいつら……ティム、あいつらジョン署長を殺した！ほかに何人殺されたの？」

ティムは頭を左右にふった。「きみは大丈夫か？」

ウェンディはうなずいた。「え……ええ。大丈夫だと――」

「よし、ルークを連れて裏口から逃げろ」

ウェンディはルークに手を伸ばした。ルークはその手をかわして逃げ、署長のデスクのほうへ走った。タグ・ファラデイがその腕をつかもうとしたが、ルークはこの警官の手もかわした。銃撃戦で一発の弾丸がかすめたせいで、ノートパソコンは斜めにかしいでいた。ディスプレイにはひびが走っていたが、動作に支障はなさそうだった。USBメモリの小さなオレンジ色のアクセスランプは正常に点滅していた。ルークも耳鳴りに悩まされていたが、ドアに近づいたおかげでミセス・シグスビーの《ぜったいにあの男の子をつかまえてきなさい》という言葉はきこえた。

おまえか、クソ鬼ばばあ――ルークは思った――ほんと、しつこいクソ鬼ばばあだ。

ルークがノートパソコンを引き寄せて胸もとに抱き寄せながらしゃがむと同時に、アリス・グリーンとトム・ジョーンズのふたりが破壊された正面ドアから署に突入してきた。タグが官給品の拳銃をかまえたが、一発も発射しないうちにH&Kの連射を食らった。制服のシャツの背中側がずたずたに引き裂けた。手からグロックが弾き飛ばされ、くるくると回転しながら床を滑っていった。

いまもまだ立っている警官は、身を守ろうと動くことすらしなかったフランク・ポッターだけだった。その顔には衝撃に茫然とし、現実を信じられないという表情が浮かんでいた。アリス・グリーンがそんなフランクの頭に一発撃ちこみ、背後の道路から銃声が響くなりトム・ジョーンズともども頭を低くしてしゃがみこんだ。怒号と苦痛の悲鳴がつづいた。

この銃声と悲鳴のせいで、H&Kをかまえている男の注意が一瞬だけわきへ逸れた。その男――ジョーンズ――が道路のほうへすばやくむきなおったのを逃さず、ティムがたてつづけに二発の銃弾を撃ちこんだ――一発はうなじ、もう一発は頭部に。アリス・グリーンが体をまっすぐに起こすとジョーンズの死体をまたぎこえ、決意に顔をこわばらせて近づいてきた。ついでティムは、アリスのすぐうしろから別の女が迫っているのを見てとった。赤いパンツスーツ姿の年かさの女で、やはり拳銃をかまえている。驚いたな、こいつらは何人いるんだ？ 幼い少年ひとりをつかまえるために軍隊を出動させたのか？

「アリス、あの男の子はデスクの裏に隠れてる」年かさの女がいった。これだけの大虐殺の現場にいながら、女は不気味なほど冷静だった。「耳に当ててあったガーゼが剝がれかけてるのが見えたからね。あの子を引きずりだして撃ち殺しなさい」

アリスと呼ばれた女はデスクをまわって近づいてきた。ティムは〝動くな〟と命令することもせず――事態はそんな段階をとうに過ぎていた――あっさりウェンディのグロックの引金を絞った。すくなくとも一発、ことによるとまだ二発がマガジンに残っているはずだったが、乾いた〝かちり〟という音がしただけだった。殺るか殺られるかのこの局面にあってなお、ティムにはその理由も理解できた。この前、ダニングにある射撃場で実弾射撃訓練をうけたあと、ウェンディは銃をフル装塡しなかったのだ。そのたぐいの仕事は、ウェンディの職務の優先順位が決して高くはなかったのだろう。さらにティムには――デュプレイに流れついて間もないころにもよく思ったものだが――もとよりウェンディは警官むきの人間ではなかったのだろう、と考える時間さえあった。

ずっと通信指令係でいるべきだったんだよ――ティムは思った――悔やんでも遅い。おれたちはみんなここで死ぬんだ。

ルークはノートパソコンを両手でかかえて、通信指令係のデスク裏から立ちあがると、渾身の力でノートパソコンをぶんまわして、アリス・グリーンの顔に正面からまともに叩きつけた。ひび割れていたスクリーンが砕け散った。アリスは足をふらつかせ、鼻と口から血を流しながら後方のパンツスーツの女に倒れこみ、そこでふたたび銃をもちあげた。

「銃を捨てろ、捨てろ、捨てるんだ！」ウェンディが叫び、タグ・ファラデイのグロックを床からすばやく拾いあげた。グリーンは気にかけてもいなかった。その拳銃はルークを狙っていた。ルークは身を隠せる場所に飛びこんだりもせず、ノートパソコンからモーリーン・アルヴォースンのUSBメモリを抜こうとしていた。ウェンディは目を細め、引金を引くたびに引き攣ったような叫びをあげながら三発連射した。最初の弾丸はアリス・グリーンの鼻梁のすぐ上に命中した。二発めは、つい百五十秒前まで大きな曇りガラスがはまっていたドアにあいた大きな穴を突き抜けた。

三発めはジュリア・シグスビーの足に命中した。手から拳銃が吹き飛び、ミセス・シグスビーは床にくずおれた。顔には信じられない思いがあらわになっていた。

「わたしを撃ったのね。どうしてわたしを撃ったの？」

「あんた馬鹿？　どうして撃ったと思うの？」ウェンディはいい、靴底でガラスの破片を踏みしだきながら、へたりこんで壁にもたれた女に近づいた。あたりには火薬のつんとくるにおいが立ちこめ、かつては整然としていたものの、いまは乱雑に散らかっているオフィスは宙をただよい流れる青い煙に満たされていた。「あんたは部下にあの男の子を撃ち殺せと命じていたでしょう？」

ミセス・シグスビーは、愚か者に耐えなくてはならない人間だけに許されているたぐいの笑みをのぞかせた。「ほら、なんにもわかっていない。それも当然ね。あの男の子はわたしのもの。わたしの所有物なの」

「あいにく、もうそうじゃなくなったな」ティムはいった。

ルークはミセス・シグスビーの横に膝をついた。左右の頰には血飛沫があり、片方の眉にガラスの小さな破片がひっかかっていた。「〈研究所〉の指揮はだれにまかせてきた？　スタックハウスか？　いまはあいつが責任者になってるのか？」

ミセス・シグスビーは無言でルークを見ているだけだった。

「スタックハウスなんだな？」

沈黙。

ドラマー・デントンが署の建物に足を踏み入れて、あたりを見まわした。パジャマの上衣の半身がぐっしょりと血で濡れていたが、それにもかかわらず本人はすこぶる意気軒昂として見えた。グタアレ・ドビラがドラマーの肩ごしに署内をのぞきこんで目を丸くしていた。

「こりゃひでえ」ドラマーがいった。「大虐殺そのものだ」

「おれはどうしても男をひとり撃たないわけにいかなかったぞ」グタアレがいった。「それからミセス・グールズビーも、自分を撃とうとしていた女を撃つよりほかなかった。だれが見ても明らかな正当防衛だね」

「外には何人いた？」ティムがたずねた。「全員倒したのか？　それともまだ動きまわっているやつがいるのか？」

アニーがグタアレ・ドビラを横へ押しのけて、ドラマーの横に立った。肩かけ《セラーペ》をまとって硝煙の立ちのぼる拳銃を両手にもっているその姿は、マカロニウェスタンの登場人物そのままだった。それを見てもティムは驚かなかった。もう驚く段階を通りすぎていたのだ。

「三台のヴァンでやってきた連中は残らず片づいたと思うよ」アニーはいった。「怪我をしているカップルがひと組――片方は足を撃たれて、もうひとりは重傷だ。ドビラが撃った相手だね。残りのクソな連中は、全員がここで死んでいるんだと思う」そういって室内に視線をめぐらせる。「これはまた驚いた――警察署の面々ではだれが生き残ってる？」

ウェンディだ――ティムは思ったが口には出さなかった。いまではウェンディが臨時署長なんだろうな。いや、ロニー・ギブスンが休暇から帰ってきたら、ロニーがその職につく。そう、ロニーだろう。ウェンディが臨時署長になりたがるとは思えない。

アディー・グールズビーとリチャード・ビルスンは、アニーとドラマーのうしろでグタアレとならんで立っていた。ビルスンは狼狽した顔で警察署の室内に視線を走らせて――弾丸が穿った穴だらけになった壁、粉々に打ち砕かれたガラス、床の血だまり、そして床に四肢を広げて横たわるいくつもの死体――口を手で覆った。

アディーのほうが気をたしかにもっていた。「ドクがもうじきここにやってくるわ。町の半分の人たちが外の通りに出ていて、その大半が銃で武装してる。いったいここでなにがあったの？　それにあの子はいったいだれ？」いいながら、耳にガーゼをあてがっている痩せた少年を指さす。

ルークはそちらには目もくれなかった。いまはパンツスーツ姿の女に全意識を集中させていた。「スタックハウスだな。そうなるはずだね。ぼくはスタックハウスに連絡をとりたい。どうすればいい？」

ミセス・シグスビーはルークをにらんだだけだった。ティムはルークの隣に膝をついた。パンツスーツの女の目をのぞきこむ――そこに見えたのは苦痛と信じられないという思いと憎しみだった。そのうちどの割合がいちばん多いかは見さだめにくかったが、あえて推測を述べろといわれたら憎しみと答えただろう。いつでも憎しみは――少なくとも短期間にかぎれば――いちばん強い感情だ。

「ルーク――」

ルークは気にもかけなかった。注意力のすべてが怪我をした女に注がれていた。「なんとしてもスタックハウスに連絡をとりたいんだ。あの男はぼくの友人たちを囚人にしているんだから」

「あの子たちは囚人なんかじゃない。あいつらは所有物よ」

ウェンディがふたりに近づき、ミセス・シグスビーに話しかけた。「どうやらあんたは、リンカーンの奴隷解放についての授業があった日に学校を休んでたにちがいないって思いはじめたところよ、マーム」

「ここへやってきて、町で銃をがんがん撃ちまくったりして」アニーがいった。「目あてのものは見つけたみたいだね？」

「静かにして、アニー」ウェンディがいった。

「ぼくはスタックハウスと連絡をとる必要があるんだよ、ミセス・シグスビー。なんとか取引をしたい。連絡をとる方法を教えてくれ」ルークはいった。

それでも相手が答えないと、ルークはミセス・シグスビーの赤いスラックスに弾丸が穿った穴にいきなり親指を突き入れた。ミセス・シグスビーが悲鳴をあげた。

「やめて、やめてったらやめて、すごく**痛い！**」

「電撃スティックだって痛かったぞ！」ルークはミセス・シグスビーに怒鳴った。床に飛散していたガラスの破片がいっせいにかたかたと小刻みに揺れ動き、小さな流れをつくりはじめた。アニーがそのようすを大きく見開いた目でうっとり見つめていた。「注射も痛かった！溺れて死にかけたのも痛かった！ それに、頭をざっくり引き裂かれるのはどうかって？」いいながら、ふたたび銃創に親指をぐりぐりと突きこむ。留置房エリアに通じているドアがひとりでに閉まって音をたて、全員が驚きにびくんとした。「ああ、精神をぶっ壊されるのはどうかって？ あれがいちばん痛かったよ！」

「この子にやめさせて！」ミセス・シグスビーは金切り声をあげた。「この子がわたしを痛めつけるのをやめさせてったら！」

ウェンディが体をかがめてルークを引き離そうとした。ティムはかぶりをふってウェンディの腕をつかんだ。

「よせ」

「これは陰謀だよ」アニーはドラマーにそうささやいていた。両目は大きく見ひらかれていた。「あの女は陰謀の仕事をしてる。あいつら全員が！　前からわかってた、だからあたしはそう話してた。なのに、だれも信じてくれなかったよ」

ティムの耳鳴りがようやくおさまりはじめていた。サイレンはきこえなかったが、これは意外ではなかった。州警察では、デュプレイの町で銃撃事件が発生したことを――とりあえずいまはまだ――把握していないのだろう。911に緊急通報をした人がいたとしても、通報先はサウスカロライナ州ハイウェイパトロールではなくフェアリー郡警察署――いいかえれば、いま惨状を呈しているここだ。腕時計に目を落としたティムは、世界の秩序が一気に乱されてからわずか五分しか経過していないことを知らされて驚いていた。多めに考えてもせいぜい六分だ。

「おまえがミセス・シグスビーだな？」ティムは質問しながらルークの横に膝をついた。

女は無言だった。

「いまのおまえは山ほどのトラブルにはまりこんでる」ティムはそうつづけた。「おれから助言してやるが、まずルークが知りたがっていることを教えてやるといい」

「わたしに必要なのは医者による手当てよ」

ティムはかぶりをふった。「おまえに必要なのは正直に話すことのほうだ。それがすんだら、医者に手当てをさせるかどうかを改めて考えよう」

「ルークは本当のことをしゃべってたのね」ウェンディはだれにともなく、ぽつりといった。「そう、なにもかも本当の話だったんだ」

「あたしがそういったろう？」アニーが得意げにいった。

ドク・ローパーが人垣を押し分けて署にはいってきた。

「こりゃまた、おやおや、びっくり仰天だ。まだ生きている者はだれかな？　その女性の怪我はどの程度だ？　テロリストが押し入ったとか、その手の事件だったのか？」

「こいつらがわたしを拷問してるの」ミセス・シグスビーはいった。「そんなふうに黒い鞄をもち歩いているところを見るとあなたはお医者らしい。だったらあなたは義務として、こいつらの拷問をやめさせるべきね」

ティムはいった。「ドク、あなたが手当てしたあの少年は、この女と女が引き連れてきた襲撃部隊から逃げてきたんです。外に何人の死体が転がっているかは知りません。でも、署は五人の命をうしないました――そのうちひとりは署長です。すべて、この女の命令でおこなわれたことの結果です」

「それについては、またあとで対応を考えよう」ドク・ローパーはいった。「いまはあの女性の手当てが必要だな。出血しているではないか。それに、だれかが救急車の出動を要請するべきだ」

ミセス・シグスビーはルークに目をむけ、《わたしの勝ちね》といいたげな笑みに歯を剝きだしてから、ローパーに目をもどした。「ありがとう、ドクター。ほんとにありがとう」

「おやまあ、ずいぶんと威勢のいい口ぶりだこと」アニーは褒める気のまったくない口調でいった。「あたしが足を撃った男がひとり。それほど重傷じゃないかも。わたしがあんたなら、あの男のようすを見にいくね。いまならあの男、痛みどめのモルヒネ注射一本と引き換えに、自分のお祖母ちゃんを白人奴隷として売り飛ばしてもおかしくないよ」

ミセス・シグスビーは警戒に目を見ひらいた。「あの男に手を出さないで。話しかけることも禁止よ」

ティムは立ちあがった。「好きなだけ禁止するがいい。おまえがだれの下で働いているのかは知らない。ただ、おまえたちが好き勝手に子供をさらっていた日々はもうおわりだ。ルーク、ウェンディ、いっしょに来てくれ」

38

町じゅうの家々の明かりがすっかりともり、デュプレイのメイン・ストリートを町民たちがうろうろと歩きまわっていた。遺体はすぐ用意できるありあわせのもので覆われていた。だれかが〈みなしごアニー〉の寝袋を路地から運びだして、ロビン・レックスの遺体にかぶせていた。

ドクター・エヴァンズは存在をすっかり忘れられていた。その気さえあれば足を引きずって駐車場へ行き、母親族御用達のようなヴァンの一台に乗りこんで町から姿をくらますこともできたはずだが、エヴァンズはそんなことをしようともしなかった。ティムとウェンディとルークが見つけたとき、エヴァンズは映画館〈ジェム〉前の歩道の縁石に腰かけていた。左右の頰が涙に濡れ光っていた。靴だけはなんとか自力で脱いだらしい。いまはひどく変形してしまったように見える足を包んでいる血まみれの靴下を見つめていた。骨がどの程度の損傷を負い、いずれおさまる組織の腫れがどの程度なのか、ティムにはわからなかったが、知りたくもなかった。

「名前を教えてもらえるかな?」ティムはたずねた。

「名前なんかどうだっていい。弁護士を呼びたい。ついでに医者も呼びたい。女がわたしを撃った。あの女を逮捕してくれ」

「この男の名前はジェイムズ・エヴァンズ」ルークはいった。「こいつも医者です。ヨーゼフ・メンゲレが医者だったのとおなじですね」

エヴァンズはいま初めてルークの存在に気づいたようだった。震える指をルークに突きつける。「なにもかもおまえのせいだ」

ルークはエヴァンズに飛びかかろうとした。しかし、今回はティムがルークの体を押さえて引きもどし、やさしくはあったがきっぱりとした手つきでウェンディにゆだねた。ウェンディはルークの肩をつかんで引き寄せた。

ティムはしゃがみこんだ。これで恐怖に震えて青ざめている男の目を正面からしっかりのぞきこめる。「おれの話をきくんだ、ドクター・エヴァンズ。真剣にきけ。おまえと友人たち一行はこの少年をつかまえるため、銃をたっぷり準備して町に乗りこみ、結果として五人を殺した。全員が警察官だ。さて、おまえは知らないかもしれないが、サウスカロライナは死刑存置州だ。どうせ死刑を執行しないとたかをくくっているのならいっておくが、立てつづけに郡警察の署長と四人の巡査を殺したとあっては——」

「わたしはこんなことにいっさい関係していない!」エヴァンズがきゃんきゃん吠えた。「ここには不本意ながら来たんだ! わたしは——」

「黙りな!」ウェンディはいった。その手にはまだ、故タグ・ファラデイのグロックが握られていた。その銃口を、エヴァンズのまだ靴を履いているほうの足にむける。「殺された警官たちは、わたしの友人でもあった。だからね、わたしがここで被疑者の権利を読みあげたりすると思っているのなら、とんだ勘ちがいもいいところ。あんたがルークの質問にきっちりと答えなければ、わたしがどうすると思う？　あんたの無傷な足に一発撃ちこんで――」

「わかった！　わかった！　話すよ！」エヴァンズは手を下へむけ、傷を負っていない足をかばうように両手を重ねた。それを見てティムは、この医者に哀れみをおぼえそうになった。おぼえそうになっただけだ。「なんなんだ？　おまえはなにを知りたい？」

「スタックハウスと話しあいたい」ルークはいった。「どうすれば、あの男に連絡をとれる？」

「あの女の電話だ」エヴァンズはいった。「あの女が専用携帯をもってる。チームの連中が……その……拉致の実行にかかる直前、あいつはスタックハウスに電話をかけてた。話のあとで、あの女が携帯を上着のポケットにしまうのが見えた」

「とってくる」ウェンディがいって、警察署のほうへむきなおった。

「携帯だけもってくるんじゃだめです」ルークはいった。「あ、あの女を連れてきてください」

「ルーク……あの人は撃たれて怪我をしてるのよ」

「あの女が必要になるかもしれません」ルークはいった。その目は石のように無表情だった。

「どうして？」

どうしてかといえば、いまはこれがチェスになっているからだ。チェスでは、これから打つ一手やその次の一手を考えていればいいわけではない。三手先を読む――それが鉄則だ。その三つの手それぞれには、相手の出方に応じられるように選択肢を三つは用意しておかなくてはならない。

ウェンディが目で問いかけると、ティムはうなずいた。「あの女を連れてこい。必要なら手錠をかけろ。いまとなってはきみが法律だ」

「とてもそうは考えられないけど」ウェンディはそういって、この場を離れた。

ここでようやくティムはサイレンの音をききつけた。二台分のサイレンかもしれない。それでもまだ、かすかにきこえる程度だった。

ルークはティムの手首をつかんだ。少年が神経をしっかり集中させていることや意識に一点の曇りもないことは見てとれたが、同時に死ぬほど疲れきっていることもわかった。ルークはいった。「ぼく、ここで足止めされるわけにはいきません。あいつらはぼくの友人たちを閉じこめてる。みんな罠にかかって身動きがとれないのに、まわりには助けてくれる人がひとりもいなくて……」

「〈研究所〉というところに閉じこめられているんだね」

「そうです。もうぼくの話を信じてますね」

「例のUSBメモリの中身を見たあとでは……それにこんなことがあったあとでは、信じるなというほうが無理だ。あのメモリはどうした？　まだもってるかい？」

ルークはポケットを叩いてみせた。

「ミセス・シグスビーやいっしょに働いてるスタッフは、きみの友人たちになにかするつもりで、それをされると、友人たちはあの病棟の子供たちとおなじ状態になってしまうんだね？」

「あいつらはもうその仕事にとりかかってました。でも友人たちは、その場から外に出てた。それができたのは、エイヴァリーのおかげといっていい。エイヴァリーがまだあそこにいるのは、ぼくの脱走を手助けしてくれたからなんです。こういうのを大人は皮肉《アイロニー》っていうんでしょうね。でも、いままた仲間たちは罠にとらえられてしまっています。ぼくがうまく取引できなければ、スタックハウスはみんなを殺してしまうでしょうね」

ウェンディが引き返してきた。その手には箱のような物があった。あれが電話なのだろうとティムは思った。それをもっている手の甲には、血がにじんだ引っ掻き傷が三本できていた。

「あの女、なかなかわたそうとしなかったの。おまけに一発撃たれてるっていうのに、驚くほどの馬鹿力だった」ウェンディはその機械仕掛けをティムにわたすと、顔をうしろへむけた。〈みなしごアニー〉とドラマー・デントンのふたりが左右から肩を貸して、ミセス・シグスビーに道路を横断させていた。ミセス・シグスビーは血の気をうしなって、見るからに痛みに苦しんでいるにもかかわらず、精いっぱい抵抗していた。三人のうしろから、ドクター・ローパーに率いられて少なくとも三十人のデュプレイ住民がぞろぞろとついてきていた。

「ほら、例の女が来たよ、ティミー」〈みなしごアニー〉がティムにいった。息を切らし、頬とこめかみにはミセス・シグスビーの平手打ちが残した赤い痕跡を残している。それでも、冷静さをなくしている徴候はみじんもなかった。「で、この女をどうしたい？　ま、この場で吊るして縛り首にするのは言語道断だけど、まずまず魅力的な案に思えるのも事実じゃないかい？」

　ドク・ローパーが黒い往診バッグを下におろすと、肩《セ》かけ《ラーペ》をつかんでアニーを横へどかし、ティムに真正面からむきあった。「いったいなにを考えてる？　この女性をどこかに移動させるなどもってのほかだ！　そんなことをすれば、この人は死んでしまうぞ」

「その女が死の間際にあるとはとても思えないよ、先生」ドラマーがいった。「それこそ鼻の骨が折れるほどの強烈なパンチをおれに見舞いやがったんだから」そういってドラマーは笑い声をあげた。ティムは、この男の笑い声を初めて耳にしたように思った。

　ウェンディはドラマーのこともローパー医師のことも無視していた。「ティム、ここからどこかへ移動するなら、州警察が来る前に動いたほうがいいみたい」

「お願いです」ルークはまずティムを、つづいてドク・ローパーの顔を見つめた。「ぼくたちがなにもしなければ、友人たちがみんな殺されてしまうことはわかってます。あっちにいるのはぼくの友だちだけじゃない——みんながゴークって呼んでる子供たちもいます」

「わたしは病院へ行きたい」ミセス・シグスビーがいった。「こんなにいっぱい血をうしなったのだもの。弁護士とも会いたいし」

「その口を閉じな。でないと、一生口があかないようにしてやる」アニーはそういってティムに目をむけた。「この女はね、自分でべらべらしゃべっているほどの重傷なんかじゃないよ。ほら、血だってもうとまってる」

　ティムはすぐには答えなかった。というのも、それほど遠くない昔のある一日のことを考えていたからだ。あの日は、フロリダ州サラソタの〈ウェストフィールド・モール〉をふらりと訪れた。靴を買おうと思っただけだった。そのティムにひとりの女性客が走りよってきた。ティムが警官の制服姿だったからだ。女性客は、ひとりの少年が上のフロアの映画館前で銃をふりまわしている、といった。そこでティムはようすを見にいって——人生を変える決断を迫られた。もっとはっきりいえば、ティムをこの町に運んだのも決断だ。そしていまティムは、またも決断を迫られていた。

「その女に繃帯で手当てをしてやってくれ、ドク。おれはウェンディとルークといっしょに、こいつらふたりをちょっとしたドライブに連れだして、この騒ぎを正しいかたちにもどせないかどうか確かめようと思うんだ」

「この女に痛み止めの薬を飲ませてやって」ウェンディはいった。

ティムはかぶりをふった。「薬ならおれが預かる。いつ飲ませるかはおれが決める」

ドク・ローパーはティムをじっと見つめ、さらにウェンディの顔も見つめた——まるでふたりを生まれて初めて見るような顔つきだった。「こんなのはまちがってる」

「お言葉だけどね、先生」アニーだった——驚くほど鄭重な口ぶりになっていた。アニーはローパーの肩をつかむと、道路で覆いをかけられたまま横たわる何人もの遺体のさらに先、窓ガラスやドアのガラスが銃弾で砕かれた警察署を指さした。「まちがってるのはあっちだよ」

医師のローパーはしばしその場所にたたずんだまま、いくつもの遺体や銃でめちゃくちゃになった警察署を見つめ……そののち決断をくだした。「まずは、怪我の程度を見さだめようじゃないか。まだ出血がひどいようなら……あるいは大腿骨が損傷しているようなら、この女性をきみたちに連れていかせるわけにはいかん」

でも、最後は許すよね、先生——ティムは思った。どうあがいても、先生にはおれたちをとめられないよ。

ローパーは地面に膝をつき、往診バッグをあけると、外科手術用の鋏をとりだした。

「やめて」ミセス・シグスビーはドラマーからあとずさって離れようとした。ドラマーがすかさずその体をつかんで押しとどめたが、その寸前ティムの目は興味深い光景をとらえていた——ミセス・シグスビーは撃たれたほうの足に体重をかけたが、それでも平気だったのだ。ローパーもおなじ光景を見ていた。年をとってはいても、この医師の目は節穴ではなかった。「こんな往来で野戦病院みたいな外科手術をされるのはまっぴらよ！」

「わたしがこれから手術で切り裂くのは、あんたのパンツスーツの足の部分だけだ」ローパーはいった。「ただし、あんたがこの先もそんなふうに抵抗しつづけるなら話は変わってくる。そうなったら、先々どうなるかの保証はできかねるね」

「よして！　このわたしが禁じる——」

アニーがミセス・シグスビーのうなじをぎゅっとつかんだ。「いいかい、女――あたしはもう、あんたがなにかを〝禁じる〟言葉なんぞ二度とききたくない。いいから静かにしてな――でないと、その足なんか、あんたの心配ごとのなかでいちばんちっぽけなものにしてやる」

「わたしから手を離しなさい！」

「あんたが静かにしてくれたらね。でないと、この筋ばった首をぎゅうっとねじってあげる」

「いっそねじりあげてやればいい」アディー・グールズビーがいった。「発作でも起こした日には、この女は正気をなくしてしまうかもしれないしね」

ミセス・シグスビーは抵抗しなくなった。絞め殺すという脅迫が効き目を発揮したのもあるだろうが、疲れたという理由もあっただろう。ローパーは銃創から五、六センチ上で、スラックスの布地を器用に切っていった。切られた布地が足首のあたりまで落ちていき、白い肌と静脈瘤のつくる網目模様、それに弾丸が穿った穴というよりはナイフの切り傷に近いものがあらわになった。

「おや、これならひと安心」ローパーはほっとした声でいった。「どうってことない傷だ。すり傷よりは重いが、意味ある差じゃないね。あなたは運がよかったよ、マーム。早くも血が固まりかけてるし」

「わ、わたしは重傷を負って、い、いるの！」ミセス・シグスビーはわめいた。

「ほんとに重傷を負ってしまうよ――その口を閉じていなければね」ドラマーがいった。

ドク・ローパーは綿棒で傷口に消毒薬を塗ってから繃帯を巻き、蝶々形のクリップで固定した。手当てをすっかりおえるころには、デュプレイの全町民が――というか、いまも生きている町民すべてが――このようすを見物しているような状態になっていた。その一方でティムは、女がもっていた電話をじっと見つめていた。側面のボタンを押すとディスプレイが明るくなって、《バッテ**リー残量75%**》という文字が表示された。

ティムは電源を切り、電話をルークに手わたした。

「とりあえず、これはきみがもっていろ」

ルークが電話をUSBメモリとおなじポケットにおさめたそのとき、スラックスを下から引っぱる者がいた。ドクター・エヴァンズだった。「くれぐれも慎重にな、若きルーク。ひとりですべての責任を引き受けたくないのなら、なおのこと慎重に動くことだ」

「責任って、なんの責任？」ウェンディがたずねた。

「世界の終末だよ、お嬢さん。この世界の終末だ」

「お黙り、この愚か者」ミセス・シグスビーがいった。

ティムはしばしこの女を見つめ、おもむろにドク・ローパーにむきなおった。「ここでおれたちがなにを相手にしているのか、おれにははっきりとはわからない。ただし、きわめて異常な事態だということだけはわかる。このふたりとおれたちで、しばらく話をしたいんだ。州警察の警官がここに到着したら、おれたちは一時間後にもどると伝えてほしい。延びても二時間でもどる。それをすませたら、警察の標準的な捜査手順に多少なりとも近いことをするように努めるとしようか」

そうはいったものの、ティム本人は約束を守れるかどうか心もとなかった。サウスカロライナ州デュプレイの町で過ごす時間もまもなくおわりそうに思え、それが残念でならなかった。

この町なら、ずっと住んでいけたのではないかとティムは思った。それも、たぶんウェンディとふたりでなら。

39

グラディス・ヒクスンは足をひらいて背中で手を組む〝休め〟の姿勢で、スタックハウスの前に立っていた。〈研究所〉のすべての子供たちが見知っている（おまけに憎むようになっている）あの嘘くさい笑みは、いまどこにもかけらさえなかった。

「いま現在の情況についてはわかっているね、グラディス？」スタックハウスはたずねた。

「わかっています。〈バックハーフ〉の居留者たちが連絡トンネルのなかにいます」

「そのとおり。あの子たちは外へは出られない。ただし、目下のところ、わたしたちがトンネルにはいることもできない。あの子たちが超能力をつかって、スタッフの精神を……なんというか……いじくろうとしたという話もきいているが、そのとおりか？」

「はい。その企ては失敗しました」

「しかし、不快になった、と」

「ええ。わずかですが。どことなく……ハ、ミ、ン、グみたいな感覚ですね。精神集中がそがれます。この管理棟では——少なくともいまのところは——感じられませんが、〈フロントハーフ〉では全員が感じています」

それなら筋が通る、とスタックハウスは考えた。〈フロントハーフ〉のほうがトンネルに近い。トンネルの上にあるといっても過言ではなかった。

「そしてそれが、ますます強まっているように感じられます」

それはグラディスの気のせいかもしれない。そうであることをスタックハウスは祈った。また、エイヴァリー・ディクスンとその友人たちの超能力は——たとえゴークたちがその方程式に否定しようのない力を追加しても——心がまえのある者の精神には影響をおよぼさないというドンキーコングことドクター・ヘンドリクスの意見が正しいことも祈っていた。しかし、スタックハウスの祖父の口癖ではないが、祈るだけでは競馬で勝てない。

スタックハウスの沈黙で不安になったのだろう、グラディスは言葉をつづけた。「しかし子供たちの魂胆もわかっていますので、問題はありません。いまはあいつらを完全に抑えこんでいます」

「上出来だったね、グラディス。さて、きみをここへ呼んだ理由を話すとしよう。若かりしころ、きみはマサチューセッツ大学に通っていたのだったね？」

「はい、そのとおりです。ただし、通算で三学期だけでした。わたしむきの場所ではないとわかったので退学し、海兵隊の道に進みました」

スタックハウスはうなずいた。ここで人事ファイルに記載されている事実を指摘して、わざわざグラディスを恥じ入らせる必要はなかった。大学の一年次を問題なく乗り切ったのち、グラディスは二年のときにかなり深刻な問題に直面した。キャンパス近くの学生むけの居酒屋で、ボーイフレンドの愛情を争っていた恋のライバルをビールの大ジョッキでぶん殴って気絶させ、居酒屋ばかりか大学からも出入り禁止を申しわたされたのだった。さらにいえば、グラディスが癇癪を爆発させたのはこれが初めてではなかった。だから、そんなグラディスが海兵隊に進んだのも当然といえる。

「たしかきみは大学で化学専攻だったね」

「いいえ、正確にはそうではありません。専攻を決める前に……その……大学を去ろうと決心したので」

「しかし、化学を専攻する意向だった？」

「あ、はい。ええ、そのときには」

「グラディス、いま連絡トンネル内にいるわれらが居留者たちに――いささかぶしつけで外聞のよろしくない表現をつかうなら――最終解決策をとると仮定しようか。そんなことが現実になるといってるんじゃない。そんな意向はこれっぽっちもないよ。しかし、その解決策をとると仮定しよう」

「つまりあなたは、あの連中に毒を盛ることができるかどうかを質問しているのですね？」

「そのように仮定しようじゃないか」

ここでグラディスは微笑んだ。しかも、このときには本心からの笑みだった。それに安堵もあったかもしれない。居留者たちがいなくなれば、あのうざったいハム音も熄《や》むことだろう。「世界でもいちばん簡単なことです。連絡トンネルがＨＶＡＣシステムにつながっていればの話ですが、おそらくつながっているはずです」

「ＨＶＡＣ？」

「暖房《ヒーティング》、換気《ヴェンチレーション》、それに空調《エア・コンディショニング》の頭文字です。必要なのは漂白剤とトイレの便器用洗剤です。部屋係の備品庫に行けば豊富にあるはずです。ふたつを混ぜることで塩素ガスが得られます。いくつかのバケツに混合した液体を入れて、トンネルに空気を供給するＨＶＡＣの取りこみダクトの下に置く。吸収効率があがるようにブルーシートでまわりを覆えば、それで目的達成です」グラディスはいったん言葉を切って考えをめぐらせた。「もちろん実行に移す前に、〈バックハーフ〉からスタッフを退避させたほうがいいでしょう。〈バックハーフ〉とトンネルに空気を供給する取りこみダクトはひとつだけかもしれません。確実なところは不明です。お望みなら、わたしが暖房システムの図面を調べて――」

「そこまでする必要はない」スタックハウスはいった。「しかし、きみと清掃係のフレッド・クラークなら、必要な……その……物質を調達できるだろうな。もちろん、あくまでも万一にそなえての準備だよ」

「ええ、もちろんそうでしょうとも」グラディスはいまにもこの場を立ち去りたい顔になっていた。「ミセス・シグスビーの居場所を教えてもらっていいですか？　オフィスにはだれもいませんでしたし、ロザリンドは、知りたければあなたにたずねろといっていました」

「ミセス・シグスビーがなにをしていようと、きみの知ったことではない」スタックハウスはそう答え、グラディスが軍隊モードにとどまろうと決意しているのを察しとって、号令調でつけくわえた。「解散」

部屋を出たグラディスは清掃係のフレッドを見つけ、子供たちの命と〈フロントハーフ〉全体を覆っているハム音をまとめて始末するための品を調達しはじめた。

スタックハウスは椅子の背もたれに体をあずけ、ここまで思いきった対処が必要なのかと自問し、必要だろうと思った。この〈研究所〉が過去七十年ほどのあいだになにをやってきたかを考えあわせれば、それほど思いきった対処だといえるだろうか？　つきつめて考えれば自分たちの仕事には死がつきものだし、大災厄はときに新規まきなおしを必要とする。

その新規まきなおしはミセス・シグスビーにかかっていた。あの女本人がサウスカロライナまで出張したのは、いささか軽はずみな行動だったが、そういった行動が往々にして奏効するのも事実だ。以前マイク・タイソンが口にした名文句が思いだされた――ひとたびパンチの応酬がはじまれば、戦略は窓から投げ捨てられてしまう。スタックハウス自身も脱出戦略を準備していた――もう何年も前からだ。たくわえていた金、偽名パスポート（それも三通）、策定ずみの逃亡プラン、自分を待っている目的地。それでも、精いっぱいここで踏ん張るつもりもあった。ひとつにはジュリア。ミセス・シグスビーへの忠誠心のゆえだが、なにより自分たちの仕事の大義を信じているからでもあった。世界を民主主義にとって安全にたもつこと、それは第二の目的だ。そして第一の目的は、この仕事をおわらせて安全を確保することである。

それでも、ここを立ち去るのはまだ早い――スタックハウスは自分にいいきかせた。林檎を積んだカートは傾いてはいるが、まだひっくりかえってはいない。ここにとどまるのが最善だ。パンチの応酬がおわったとき、だれがしっかり立ったままなのかを見さだめよう。

スタックハウスは、ボックスフォンがあの不快な〝ぶるるっ・ぶるるっ〟という音を出すのを待っていた。現地での作戦行動の結果をジュリアが報告してきたら、それに応じて次の一手を決めるとしよう。もし電話がまったく鳴らなくても、それはそれで答えになる。

40

　国道一七号と州道九二号の交差点に、すでに廃業している侘しい小さな美容院があった。ティムはその前にヴァンをとめ、まずミセス・シグスビーがすわっている助手席側にまわってドアをあけ、つづいて後部座席のスライドドアをあけた。ルークとウェンディがドクター・エヴァンズの左右にすわっていた。エヴァンズはみずからの変形した足をもの悲しげに見つめていた。ウェンディの手にはタグ・ファラデイのグロックがあり、ルークの手にはミセス・シグスビーのボックスフォンがあった。

「ルーク、いっしょに来てくれ。ウェンディ、きみはそのまますわっていてくれ」

　ルークが外に降り立つと、ティムは電話をわたせといった。ルークが手わたすと、ティムは電話の電源を入れて助手席のドアから車内に顔を突き入れた。「こいつはどう操作すればいい？」

　ミセス・シグスビーはなにも答えず、ただまっすぐ前方に目をむけていた——窓やドアが板でふさがれている建物には、映画の題名をもじったとおぼしき《ヘアポート二〇〇〇》なる店名が記されていた。あたりで蟋蟀《こおろぎ》が鳴いていた。デュプレイの方角からはサイレンがきこえた。近づいてはいるが、まだ緊急車両は町にはいってはいないようだ、とティムは思った。しかし、それもうすぐだろう。

　ティムはため息をついた。「わざわざ面倒にしないでほしいね。ルークはおれたちが取引をする可能性もないわけじゃないといってる。そもそもあいつは頭の切れる子だぞ」

「頭が切れすぎて自分のためにならないほどね」ミセス・シグスビーはいい、それっきり唇をぴったりと閉ざした。貧弱な胸の前で腕を組み、あいかわらずまっすぐ前、フロントガラスの外を見ているばかりだ。

「いまのおまえの立場を考えれば、ルークはおまえのためにもならないほど頭がいいんじゃないかな。さっきわざわざ面倒にしないでくれといったが、それはおまえを痛い目にあわせる羽目におれを追いこむな、という意味だ。これまで子供たちを痛めつづけてきたおまえ——」

「痛めつづけ、殺しつづけてきたんだよ」ルークが口をはさんだ。「子供たちだけじゃない、ほかの人たちも殺しつづけてきたんだ」

「それだけのことをやってきた人間にしては、おまえは自分の痛みにとことん弱いと見える。だったら、だんまり作戦はやめて、こいつの操作を教えろ」

「音声操作？」ルークはいった。「そうなんだな？」

ミセス・シグスビーは驚いた顔を見せた。「おや、おまえはＴＰじゃなくＴＫなのに。おまけにＴＫの力だって、たいしたことないのにね」

「それが変わったんだ」ルークは答えた。「〈シュタージライト〉のおかげだよ。さあ、音声操作で電話を起動させるんだ、ミセス・シグスビー」

「取引をする？」ミセス・シグスビーはいい、いきなり馬鹿笑いをしはじめた。「どんな取引なら少しでもわたしの得になるというの？　どうせわたしはもう死んだも同然。しくじったのだもの」

ティムはスライドドアから後部座席に顔を突き入れた。

「ウェンディ、銃を貸してくれ」

ウェンディは異をとなえることなく銃を手わたした。ティムはファラデイ巡査が所持していた官給品のオートマティックの銃口を、布地が切り裂かれていないほうのスラックスに押しあてた——それも膝のすぐ下に。

「こいつはグロックだ。おれがいま引金を引けば、あんたは一生歩けなくなる」

「そんなことをしたらショックと出血で死んでしまうぞ」ドクター・エヴァンズが金切り声をあげた。

「署では五人が死んでいて、この女は彼らの死に責任がある」ティムがいった。「おれが本気でこいつの生死に気を配るとでも？　ミセス・シグスビー、おまえにはもううんざりだ。これが最後のチャンスだぞ。おまえはすぐ気をうしなうかもしれない。だが、その直前には短時間ながら意識があるはずだ。卒倒する前におまえが感じるはずの激痛とくらべたら、さっき反対の足を弾丸がかすめた傷の痛みは、せいぜいおやすみのキス程度だろうな」

相手は黙ったままだ。

ウェンディがいった。「やめなさいよ、ティム。そんな血も涙もないこと、あなたにできるわけがない」

「できるさ」とはいったが、それが真実かどうかティム本人にもわからなかった。はっきりわかっていたのは、真実かどうかを確かめるのは気が進まないということだけだ。「おれを助けてくれ、ミセス・シグスビー。そして自分を助けるんだ」

沈黙。しかも時間の余裕はわずかだ。アニーなら、ティムたちがどの方向へむかったかを州警察に話さないだろうし、その点はドラマー・デントンもアディー・グールズビーも同様だ。ドク・ローパーは話すかもしれない。メイン・ストリートの銃撃戦のあいだ賢明にも姿をずっと隠していたノーバート・ホリスターとなると、ローパー以上に情報を提供しそうな候補者だ。

「オーケイ。おまえは人殺しの鬼畜女だ。それでもやはり、こんなことをするとなると胸が痛む。スリーカウントはなしだ」

ルークは銃声を少しでも防ごうとして、両手で耳を強くふさいだ。そのしぐさが、ミセス・シグスビーを得心させたらしい。

「よして」いいながら片手を差しだす。「電話をわたしなさい」

「断わる」

「だったら、電話をわたしの口もとに近づけて」

ティムはいわれたとおりにした。ミセス・シグスビーが不明瞭になにかつぶやくと、電話がこう答えた。「起動は拒否されました。音声入力はあと二回許可されます」

「もっとちゃんとできるはずだぞ」ティムはいった。

ミセス・シグスビーは咳払いをはさんで、ほぼ平常といえる口調でいった。「ミセス・シグスビー・ワン。カンザスシティ・チーフス」

ＮＦＬチームの名称をいいおわると同時に、電話のディスプレイにティムのｉＰｈｏｎｅとほぼ同様の画面が表示された。ティムは電話のアイコンをタップし、つづいて**《最近の履歴》**を押した。表示されたリストのいちばん上に**《スタックハウス》**とあった。

ティムは電話をルークにわたした。「きみがかけてくれ。スタックハウスという男にきみの声をきかせたい。そのあとすぐ電話をおれに返すんだ」

「あなたが大人で、大人の話なら相手も耳を貸すから――ですね」

「そのとおりになることを祈るよ」

41

ジュリア・シグスビーが最後に連絡をよこしてからほぼ一時間後――あまりにも長すぎた――スタックハウスのボックスフォンの画面が明るくなって呼出音が鳴りはじめた。スタックハウスはすかさず電話に出た。「ジュリア、あいつをつかまえたか？」

返答の声を耳にして驚愕するあまり、スタックハウスは電話を落としかけた。

「残念だったね」それはルーク・エリスの声だった。「結果はその反対だよ」チビのくそガキの声には、否定しようのない満足の響きがあった。「ぼくたちがあの女をつかまえてやった」

「なに……なんと……」最初のうちスタックハウスは、いうべき言葉を思いつかなかった。いまの〝ぼくたち〟という単語が気にくわなかった。スタックハウスの支えになったのは、自分のオフィスの金庫にしまってある三通のパスポートと、そのパスポートを利用して逃走するために綿密に考えぬいた計画の用意があるという思いだけだった。

「話がわからなかった？」ルークがたずねた。「だったら全身浴タンクに一回沈んでみるといいと思うよ。あれは精神の能力にびっくりするほどいい影響がある。このぼくが、その生きている証拠だよ。エイヴァリーもね」

スタックハウスはいますぐこの通話をおわらせたいという強烈な衝動をおぼえた――電話をおわらせてパスポートをかきあつめ、すばやく、そして静かにこの場を去ってしまいたい。それを思いとどまらせたのは、少年がみずから電話をかけてきたという事実だった。つまり、少年の側になにか話したいことがあるのだ。ひょっとしたら取引の申し出でもするつもりか。

「ルーク、ミセス・シグスビーはどこにいる？」

「ここにいるよ」ルークはいった。「ぼくたちのために電話のロックを解除してくれた。立派な人だとは思わない？」

〝ぼくたち〟。またしても不穏な単語。いや、危険な単語だ。

「誤解があったようだね」スタックハウスはいった。「この件を正す方法があるのなら、それを実行するのが重要だ。きみたちが知らないほど大きなものが危険に晒されることになるからね」

「もしかしたら、これを正すこともできるかも」ルークがいった。「そうなればいいと思うよ」

「すばらしい！　よかったらミセス・シグスビーと一、二分でいいから話をさせてくれ。あの人の無事を確かめるだけで――」

「それより、ぼくの友だちと話さない？　ティムっていう友だち」

スタックハウスは待った。両の頬を汗が伝い落ちていくのを感じる。じっと見つめていたのはコンピューターのスクリーンだった。この反乱に火をつけた子供たち――エイヴァリー・ディクスンとその仲間たち――は眠りこんだように見える。ゴークたちは眠っていなかった。彼らはあてもなく歩きまわり、なにやらしゃべりまくり、おりおりに遊園地のゴーカートよろしくぶつかりあったりしていた。そのひとりがクレヨンのようなものを手にして、壁になにか書いていた。スタックハウスは驚かされた。ゴークたちになにかを書く能力が残っていると考えたことさえなかった。いや、無意味ないたずら書きかもしれない。忌ま忌ましいカメラの性能が低すぎて、はっきりと見てとれなかった。標準以下の設備しかないことがつくづく呪わしかった。

「ミスター・スタックハウス？」

「いかにも。そちらはだれかな？」

「ティムだ。いまはそれだけ知っていればいい」

「ミセス・シグスビーと話がしたい」

「話をしてもいいが、手早くすませろ」みずからをティムと紹介した男がいった。

「わたしはここよ、トレヴァー」ジュリア・シグスビーがいった。「それから、ごめんなさい。しくじってしまって」

「どんな事情で――」

「事情など気にするな、ミスター・スタックハウス」ティムを自称した男はいった。「ここにいる女王クラスの鬼畜女のことも気にしないでいい。おれたちは取引をする必要がある。それも手早くまとめる必要がね。だから口を閉じて話をきいてもらえるか？」

「もちろん」スタックハウスはメモ帳を自分の前に引き寄せた。汗のしずくが用紙に落ちた。ひたいの汗を袖でぬぐい、濡れた用紙を剝ぎとってペンを手にとった。

「話をつづけてくれ」

「きみたちによって閉じこめられていた〈研究所〉を出るにあたって、ルークは一本のＵＳＢメモリを所持していた。そこにはモーリーン・アルヴォースンという女性が作成した動画が記録されていた。その動画でこの女性が披露している突拍子もない話は、にわかには信じがたい――しかし、この女性は同時に、おまえたちがＡ病棟とか〈ゴーリキー公園〉などと呼んでいる場所の動画も撮影していた。さて、ここまでは話についてこれたかな？」

「ああ」

「そしてルークは、おまえたちがＡ病棟に押しこめている子供たちだけではなく、ルークの友人を何人も人質にとっていると話している」

この瞬間にいたるまで、スタックハウスは子供たちを人質と考えたことはなかった。しかし、ルーク・エリスの視点に立って考えてみれば……。

「では、そのように仮定しよう、ティム」

「そうだな、そう仮定しようか。さて、ここからが肝心な部分だ。いまのところ、ルークが語っている話とＵＳＢメモリの中身を知っているのはふたりだけだ。おれがそのひとり。もうひとりはおれの友人のウェンディで、この女性はいまおれとルークといっしょにいる。動画を見た者はほかにもいた――その全員が警官だったが、ここにいる女王クラスの鬼畜女とこの女が率いてきた実力行使チームの働きで全員が死んだ。まあ、鬼畜女の部下たちもあらかた死んだがね」

「そんなことがあってたまるか！」スタックハウスは叫んだ。小さな町の田舎警官どもがオパール・チームとルビーレッド・チームの合併部隊を壊滅させたとは、考えるだけでも馬鹿げた話だ。

「ボス女がいささか逸《はや》りすぎたようだね、わが友。さらにいえば、そちらのチームの面々が不意討ちを食らったこともある。しかし、話を本題にもどそうか。おれの手もとにはＵＳＢメモリがある。さらにミセス・シグスビーとドクター・ジェイムズ・エヴァンズの身柄も押さえた。ふたりとも怪我をしてはいるが、このトラブルから抜けだせれば傷は治るだろう。そして、おまえのもとには子供たちがいる。どうだ、取引できるか?」

スタックハウスは茫然としているようだった。

「スタックハウス? おれは答えをききたい」

「取引に応じられるかどうかは、われわれが当施設の存在を秘密のままに保てるかどうかにかかわってくるね」スタックハウスはいった。「その面で確約の言葉をもらえなければ、どんな取引も無意味だ」

一拍の間をはさんで、ティムの声がまたきこえた。

「ルークは、そういう取引ならできなくもないといってる。さしあたって、いまは……どこまで話していたかな、スタックハウス? きみの襲撃チームは、いったいどんな手をつかってメイン州からこれほど迅速に移動できた?」

スタックハウスは、アルコル郊外のどこにチャレンジャー機が待機しているかを教えた——ほかに選択の余地はなかった。「ボーフォートの町までたどりつけば、ミセス・シグスビーがそこから先の道案内をしてくれる。さて、ここでまたルーク・エリスと話をさせてほしい」

「どうしても話をすることが必要だと?」

「掛け値なしに必要不可欠だ」

わずかな間をはさんで、少年がふたたび秘話回線の電話に出てきた。「そっちの要求は?」

「これまでもきみは友人たちと連絡をとりあっていたのだろうね」スタックハウスはいった。「なかでも、そのうちのひとりのディクスンくんと。肯定も否定もしないでけっこう。時間がかぎられているのは承知している。万一、きみが友人たちの居場所を正確に知らないといけないから——」

「〈バックハーフ〉と〈フロントハーフ〉をつなぐトンネル」

動揺を招く言葉だった。それでもスタックハウスはさらに押した。

「そのとおり。ここでおたがい合意に達したら、あの子たちは外に出て、また太陽を見ることができるかもしれない。合意できなければ、あのトンネルを塩素ガスで満たすだけだし、そうなると子供たちはじわじわ苦しみながら死ぬことになる。わたしがその現場を見ることはない。なぜならわたしは、命令を出したら二分後にここを去るからだ。わざわざこの話をしているのは、どのような形の取引になるにしても、きみの新しい友人のティムはきみを取引の枠の外に置こうとするはずだからだよ。そんなことを許すわけにはいかない。それはわかってもらえるね？」

間があった。ついでルークの声がきこえた。「うん、わかった。ぼくもティムといっしょに行く」

「けっこう。とりあえずここまでは。話はおわりか？」

「まだだ。ミセス・シグスビーの電話は飛行機の上でもつかえる？」

つかえる、と答えているミセス・シグスビーの声が、スタックハウスにもかすかにききとれた。

「じゃ、そっちは電話をいつも手もとに置いておくようにね、ミスター・スタックハウス」ルークはいった。

「また話す必要があるからだよ。あと、逃げようなんていう考えは捨てるように。おまえが逃げれば、ぼくにはすぐわかる。ぼくたちはいま女性警察官といっしょだ――ぼくが頼めば、この人はすぐ国土安全保障省に連絡するはずだ。この国の空港という空港におまえの顔写真が貼りだされるし、そうなればいくら偽造の身分証をもっていたところで、おまえはひらけた野原を走る兎同然だ。ぼくの話はわかるね？」

これで二回めになるが、スタックハウスは茫然として言葉をうしなっていた。

「わかったか？」

「わかった」スタックハウスはいった。

「よかった。詳細を詰めるときにまた連絡する」

その言葉を最後にエリス少年は電話を切った。スタックハウスは電話を慎重な手つきでデスクに置いた。自分の手がわずかに震えていることに気づかされた。恐怖で震えている部分もあったが、大半は怒りゆえの震えだった。《また連絡する》だと。まるで自分はシリコンバレーで飛ぶ鳥落とす勢いのＣＥＯで、こっちはその命令どおりに仕事をこなすだけの下働きの事務屋のようないいぐさではないか。

あとで吠え面かくなよ――スタックハウスは思った。

ああ、吠え面かくな。

42

ルークは厄介払いができてせいせいしたような顔で、ボックスフォンをティムに手わたした。

「さっきの男が偽造の身分証をもっていることは、どうやって知ったの？」ウェンディがたずねた。「男の頭の中身を読みとったわけ？」

「ちがいます」ルークは答えた。「でも、あいつならいっぱい用意してるだろうなと見当をつけました――パスポートや運転免許証や出生証明書をね。あいつらのほとんどが用意してるでしょうね。世話係や技師やカフェテリアのスタッフなんかは用意していないかもしれないけど、上のほうの連中は用意してるに決まってます。あいつらはアイヒマンや、移動式ガス室の建造計画を思いついたヴァルター・ラウフの仲間ですね」ルークはミセス・シグスビーに目をむけた。「どうかな、親衛隊のラウフなら、すんなりおまえたちの仲間になれるんじゃないか？」

「トレヴァーなら偽造身分証を用意していてもおかしくない」ミセス・シグスビーはいった。「わたしはもってないけど」

ルークはミセス・シグスビーの精神にはいりこめなかったが――この女性がルークから心を完全に閉ざしていたからだ――いまの言葉は真実だと思った。ミセス・シグスビーのような人間を表現する言葉がある――その単語は〝狂信者《ジーロット》〟だ。アイヒマンやメンゲレやラウフは、楽天家の臆病者よろしく逃げだした。しかし彼らの上にいた狂信的な総統は逃げずにとどまり、自殺を遂げた。機会を与えられれば、この女性もまったくおなじことをするにちがいないとルークは確信していた。もっとも、そのほうが比較的痛みが少ない場合にかぎった話だが。

ルークはドクター・エヴァンズの傷ついた足を慎重によけながら、ふたたびヴァンに乗りこんだ。「ミスター・スタックハウスは、ぼくがあの人に会うために行くと思ってる。でも、そうじゃない」

「ちがうのか？」ティムがたずねた。

「うん、ちがう。ぼくはあの男を仕留めに行くんです」

深まりゆく宵闇のなか、ルークの眼前に〈シュタージライト〉が閃めき、ヴァンのスライドドアがひとりでに動いて閉まった。

大きな電話《ビッグフォン》

1

　ボーフォートへ行くまで、ヴァンの車内はおおむね静かだった。一度、ドクター・エヴァンズが会話のきっかけをつくろうとしたことがあった――またしても、この件では自分は罪のない同行者にすぎないことを知らしめようとしたのだ。ティムはこの医者に次のふたつの選択肢を提示した――口を閉じてドクター・ローパーから提供された強い鎮痛剤のオキシコドンを二錠ほど飲むか、このまましゃべりつづけて、傷を負った足の痛みをひたすら我慢するか。エヴァンズは沈黙と薬をえらんだ。茶色い小瓶にまだ数錠が残っていた。ティムはそのうち一錠をミセス・シグスビーにさしだした。この女は礼の言葉ひとつ述べず、水なしでこの鎮痛剤を服用した。

　ティムが静けさを求めていたのは、いままでは作戦行動の頭脳役であるルークのためを思ってのことだった。自分たちが犠牲にならずにトンネル内の子供たちを救出する作戦の立案を十二歳の少年ひとりにゆだねたと知られれば、人から正気をなくしたと思われかねないことはわかっていた。しかし、ウェンディもずっと静かにしていることにティムは気づいていた。ウェンディもティムと同じく、サウスカロライナに来るためにルークがなにをしてきたかを知っていたし、到着したあとは作戦を遂行しているルークの姿を目にして、その意味を理解してもいたのだ。

　しかし、正確にはなにを理解していたのだろうか？　知れたこと――この少年がとびきり剛胆なだけではなく、たまたま政府公認レベルの本物の天才児だという事実だ。ここにいるような〈研究所〉に巣食う人間の屑たちは、酒場での余興に毛が生えた程度の能力（少なくとも増進前はそうだった）を目当てにルークを拉致した。〈研究所〉一味は、ルークの天才的頭脳も、真の狙いである超能力のおまけとしか考えていなかった。つまり連中は、わずか四十キロの象牙を得るために体重五トン半にもなる象を殺す密猟者も同然ということになる。

はたしてエヴァンズにこの皮肉《アイロニー》が理解できるだろうか。ただしミセス・シグスビーなら――みずからの精神空間にそんな考えを導き入れることがあれば――理解しそうに思えた。すなわち、数十年も継続されてきた秘密の事業が、よりにもよって首謀者たちにとっては瑣末としか思えなかった要素、つまりこの少年の侮りがたい知性という要素によって引きずり倒されようとしている、という考えを。

2

午後九時ごろ、ちょうど車がボーフォートの市境を越えようとしているタイミングで、ルークはティムにモーテルを見つけるようにいった。「でも、正面側で車をとめちゃだめ。建物の裏へまわってほしい」

バウンダリー・ストリートに、モーテルチェーンの〈エコノ・ロッジ〉があった。裏の駐車場はマグノリアの木陰になる場所だった。ティムはフェンスぎわにヴァンをとめてエンジンを切った。

「ウェンディ巡査、あなたとはここでお別れです」ルークはいった。

「ティム？」ウェンディはたずねた。「この子はなんの話をしてるの？」

「きみがここで部屋をとるという話だよ」ティムは答えた。「きみはここにとどまり、おれたちは先へ行くんだ」

「フロントでルームキーを受けとったら、いったんヴァンにもどってきてほしい」ルークはいった。「ついでに何枚か紙をもってきて。ペンはありますか？」

「もちろん。それに手帳もある」ウェンディは制服のスラックスの前ポケットを叩いた。「でも――」

「あなたが車にもどってきたら、できるだけ詳しく説明します。でも要点だけをぎゅっとまとめれば、あなたはぼくたちの保険証券になるんです」

廃業した美容院の前を離れてから初めて、ミセス・シグスビーがティムに話しかけた。「この少年はいろんな目にあってきたものだから、すっかり気がふれてしまってる。そんな少年の言葉に耳をかたむけるのも気がふれた者のやることよ。あなたたち三人にとって最善の行動は、わたしとドクター・エヴァンズをここに残して、とっとと逃げることね」

「そんなことをしたら、ぼくは友人たちを見殺しにすることになる」ルークがいった。

ミセス・シグスビーはにたりと笑った。「ルーク、本気で考えてごらんなさい。あの子たちがおまえのためになにをしてくれたというの？」

「おまえなんかにわかるものか」ルークはいった。「たとえ百万年かかっても、おまえにはわかりっこない」

「もう行くんだ、ウェンディ」ティムはそういい、ウェンディの手をとって強く握りしめた。「部屋をとったら、ここに引き返すんだぞ」

ウェンディは納得しかねる顔をむけたが、グロックをティムにわたし、ヴァンから降りたってモーテルのオフィスを目指していった。

ドクター・エヴァンズがいった。「わたしとしては、いままた強調しておきたいが、これには――」

「不本意ながら同行した――そうだろ？」ティムは答えた。「それはもうわかってる。だから黙れ」

「外へ出られます？」ルークがティムにたずねた。「あなたと話がしたい……それもふたりきりで」いいながら、ミセス・シグスビーをあごで示す。

「もちろん出られるとも」ティムは助手席のドアとスライドドアの両方をあけたままにすると、モーテルと隣の廃業した自動車ディーラーの敷地を区切っているフェンスに寄りかかった。ルークがそばにやってきた。ティムの立ち位置からはふたりの不本意な同乗者の姿が見えていたので、どちらかが逃げようとした場合でも引きとめることができた。ただしティムは、片方が足を、もうひとりが足首の下を撃たれている現状では、そういった事態はまず起こらないと考えていた。

「どうした？」ティムはたずねた。

「チェスはやりますか？」

「ルールは知っている。でも、いっこうに強くなれないままだね」

「ぼくはチェスが得意です」ルークはいった。低く抑えた声だった。「で、いまあの男とチェスをしています。スタックハウスと。それはわかりますね？」

「わかってると思う」

「ぼくはいま三手先まで考えようとしてます。それにくわえて、スタックハウスの先々の指し手に対抗する手まで考えてます」

ティムはうなずいた。

「ふつうチェスでは、時間が勝敗を決める要素になることはありません。でもスピードチェスは例外であり、このゲームはスピードチェスです。ぼくたちはここから、まずジェット機が待機している飛行場まで行かなくてはなりません。そのあとプレスクアイル近郊のどこか、ジェット機の基地があるところまで飛ぶ。そして、そこから〈研究所〉まで。どんなに急いでも、あしたの午前二時前に着けるとは思えません。この予測で正しいと思いますか?」

ティムはいまの話を頭のなかで反芻してからうなずいた。「それよりも多少は遅れるかもしれないが、とりあえず二時でいいと思う」

「つまり、ぼくの友人たちには行動を起こすための時間が五時間あります。でも一方では、スタックハウスが自分の立場を考えなおして決心をひるがえすための時間も五時間あるということです。子供たちにガスを吸わせて、自分は飛行機で高飛びしようとかね。ぼくはあいつに顔写真が全国の空港に貼りだされるぞといったし、あいつも信じたと思います。インターネットのどこかには、あの男の顔写真があるはずですよ。〈研究所〉関係者のかなりの部分が軍出身者です。スタックハウスもそうかもしれません」

「あの女王クラスの鬼畜女の携帯にその男の写真が保存されているかも」ティムはいった。

ルークはうなずいたが、ミセス・シグスビーがスナップショットを撮るような女だとは思えなかった。「でも、あいつのことだから徒歩で国境を越えてカナダへ逃げようとたくらんでいるかも。予備の逃走ルートも最低ひとつは用意して、経路もすべて調べあげていてもおかしくない――もうつかわれなくなった林道とか渓流とかですね。これは、ぼくが頭にいれておくべき予想される先々の動きのひとつです。ただ……その……」

「ただ……なにかな?」

ルークは片手の掌底で頬をごしごしこすった――疲労と逡巡をうかがわせる、いぶかしいほど大人びたジェスチャーだった。「あなたの考えをきかせてほしくて。ぼくには自分の考えが筋の通ったものに思えます。でも、ぼくはしょせん子供です。だから確信がもてません。あなたは大人で、おまけに善人のひとりです」

ティムはこの言葉に胸を打たれた。モーテルの建物の前面に目を走らせるが、いまだウェンディの姿はなかった。「きみの考えをきかせてくれ」

「スタックハウスのやつを揺さぶれたと思います。あいつの全世界を。だからあいつは、ぼくを殺すためだけに〈研究所〉にとどまっているかもしれません。ぼくをまちがいなくおびき寄せられるよう、友人たちを餌にして。この予想は筋が通ってると思います？　ほんとのところをきかせてください」

「筋は通ってる」ティムはいった。「もちろん断言はできないが、復讐は強力な動機になるし、復讐を遂げたい一心でみずからの最大の利益さえ無視する者は、なにもスタックハウスが史上初めてじゃない。それにスタックハウスという男には、現場にとどまって待つという決断をくだす理由がほかにもあると思う」

「というと？」ルークは食い入るような目でティムを見つめた。ウェンディ・ガリクスン巡査が片手にカードキーをもって、建物の角をまわって姿をあらわした。

ティムは頭を動かしてヴァンのあいたままになっている助手席のドアを示し、顔をルークの顔に近づけた。

「あのミセス・シグスビーという女がボスなんだろう？　スタックハウスはいわれたままに動く手下だな？」

「そうです」

「だったら――」ティムは淡く微笑みながらつづけた。「ミ、ミ、ミセス・シ、シ、シグスビ、ビ、ビーのボスはだれなんだ？　それを考えたことはあるかい？」

ルークの目が大きくひらかれ、口がわずかにひらいた。理解できた。ついで口もとがほころんだ。

3

九時十五分。

〈研究所〉は静まりかえっていた。〈フロントハーフ〉の現在の居留者は、ジョーとハダドが支給した鎮静剤の効き目で眠りこんでいた。連絡トンネルでは、反乱の口火を切った五人がやはり眠りこんでいたが、それほど深い眠りではなかったかもしれない。スタックハウスは、頭痛の影響でこの五人がこれ以上ないほどおぞましく気がふれてしまうことを望んでいた。まだ起きている子供たちは全員がゴークで、どこか行先があるかのように歩きまわっていた。ときには、〈リング・アラウンド・ザ・ロージー〉のお遊戯のように、おなじところをぐるぐるまわったりもしていた。

スタックハウスはミセス・シグスビーのオフィスにもどると、以前に受けとっていたスペアキーでデスクのいちばん下の抽斗をあけた。特別なボックスフォンを手にとる。彼らが〈グリーンフォン〉と呼び、〈ゼロフォン〉と呼ばれることもある電話。いまスタックハウスは、この三つのボタンしかない電話機について以前ジュリア・シグスビーがいっていた言葉を思い出していた。あれは去年で、ふたりが村にいたときのこと、ヘッケルとジャッケルというふたりの医者の脳細胞がまだ働いていたころのことだった。ちょうど〈バックハーフ〉の子供たちが、ヨーロッパ各地のテロ組織の支部に資金を供給していたサウジアラビアの資金調達屋を——完璧な事故にまんまと見せかけて——殺した直後だ。人生は上々だった。ミセス・シグスビーはその祝いの食事にスタックハウスを招いた。ふたりでワインを一本あけ、さらに次の一本をいっしょに飲むころには、アルコールがミセス・シグスビーの舌をゆるめていた。

「あの〈ゼロフォン〉で現状報告の電話をかける仕事が心底きらいでたまらないの。舌足らずな話しぶりの男。前から勝手にアルビノにちがいないって思ってる。理由は自分でもわからない。もしかすると子供のころ読んだコミックブックの影響かな。X線の視力をそなえたアルビノの悪役《ヴィラン》が出てくるの」

スタックハウスは、話はわかるというようにうなずいてみせた。「その男はどこにいるんだ？　そもそも、その男はだれなんだろう？」

「わたしは知らないし、知りたくもない。わたしは電話をかけ、報告をすませ、そのあとシャワーを浴びるだけ。〈ゼロフォン〉をつかって電話をかけること以上に歓迎できないことがあるとすれば、たったひとつ——〈ゼロフォン〉に電話がか、か、か、かってくることよ」

そしていまスタックハウスは迷信じみた恐怖をおぼえながら、〈ゼロフォン〉を見つめていた。そう、あのときの会話をこうやって思い出しただけで、それをきっかけにこの電話が鳴りだすのではないか――

「よせ」スタックハウスはいった。ほかにだれもいない部屋にむかって。音をたてていない電話にむかって。音をたてていないのは、とりあえずいまだけのことだが。「これは迷信なんかじゃない。この電話はかならず鳴る。単純な論理だ」

そのとおり。なぜなら〈ゼロフォン〉の反対側にいる人々――舌足らずな男と、その男を一員とするもっと大きな組織の人々――は、いずれサウスカロライナ州の田舎町で起こった壮大な失敗劇のことを知るはずだからだ。そう、知るに決まっている。そして事件は全国各地の新聞でトップで報じられるばかりか、全世界で書き立てられることになるかもしれない。いや、彼らがもう知っていてもおかしくはない。彼らがホリスター――デュプレイの町にモーテルのオーナーという顔で住んでいる〈研究所〉の連絡員――の存在も知っていたら、直接あの男に連絡して、血にまみれた詳細な話をすっかりききだしていてもおかしくないのだ。

それでもなお、〈ゼロフォン〉は鳴らなかった。彼らがまだ事態を把握していないということなのか？　それとも事態是正のための時間の余裕を、彼らがわたしに与えていることを意味するのか？

スタックハウスは先ほどティムという男にむけて、どのような取引をするにしても、その是非は〈研究所〉の存在をこの先も秘密にできるかどうかにかかっていると話した。スタックハウスも馬鹿ではないので、この先も〈研究所〉が仕事をつづけられるとは信じていなかったが――少なくともメイン州のこの山中では無理だ――もし自分の手で事態をコントロールし、超能力をもっている少年少女が虐待されては殺されていたことや……あるいはどうしてそんな所業がおこなわれていたかという話が全世界のマスコミに報道される事態だけは防げたら、それはそれで意義のあることだ。かりに水も洩らさぬ機密保持を首尾よく達成できたなら、褒賞されるかもしれない――とはいえ、命ばかりは見逃してもらえば、褒賞としては充分だ。

そのティムという男によれば、知っているのはわずか三人だという。ＵＳＢメモリの中身を見た者はほかにもいるが、全員が死んだとのこと。呪われたゴールド・チームの面々のなかには生き残った者もいるかもしれないが、彼らは中身を見ていないし、それ以外のあらゆることで黙秘を貫くはずだ。

ルーク・エリス少年とその協力者たちをここへ来させる。それが第一歩だ。連中が到着するのは早くても午前二時。たとえ午前一時半に到着するとしても、こちらが不意討ち攻撃の準備をととのえる時間は充分だ。いま手近にいるのは医療技師と図体のでかい連中だけだが、なかにはこわもてのする者もいる――ひとりだけ名前をあげるなら〈ギリシア人のジーク《ジーク・ザ・グリーク》〉ことジーク・イオニーディスだ。例のUSBメモリを始末し、あいつらも始末する。そうすれば、舌足らずな男が電話をかけてきても――かけてくるに決まっている――事態を収拾したかという質問に堂々と答えられる……。

「……すでに事態は収拾ずみだ、と」スタックハウスはいった。

それから〈ゼロフォン〉をミセス・シグスビーのデスクに置き、無言のメッセージを送った。《鳴るなよ》と。せめて夜中の三時までは呼出音を鳴らすな。明け方の四時とか五時ならなおいい。

「わたしに充分な時間を――」

電話が鳴りだし、スタックハウスは驚きにぎゃっと叫んだ。一拍おいて笑いだしたものの、心臓はなおも速すぎるペースで鼓動を刻んでいた。鳴ったのは〈ゼロフォン〉ではなく、スタックハウス自身のボックスフォンだった。ということは、サウスカロライナ州からの発信だ。

「もしもし？　ティムか？　それともルークか？」

「ルークだよ。話をきくんだ。どんなふうにことを運ぶかを説明するから」

4

カリーシャはとんでもなく広い家のなかで迷っていた。どうすれば外へ出られるのかがわからなかった――そもそも、どうやって家にはいってきたかもわからないのだから。いまいる通廊は、〈フロントハーフ〉の居留エリアの廊下によく似ていた。〈フロントハーフ〉なら、しばらく暮らしたあとで連れだされて脳味噌を掠奪される羽目になる。しかしここの通路には簞笥や鏡やコートラックがあり、傘がいっぱいさしてある象の足のような形状の傘立てまでそろっていた。エンドテーブルには昔住んでいた家のキッチンにあったものと似た電話機があって、それがいまベルを鳴らしていた。カリーシャは受話器をとりあげたが、いまは四歳のときから教わっている電話での挨拶の言葉（「はい、こちらはベンスン家です」）がいえないので、ただ〝もしもし〟とだけいった。

「オーラ？　メ・エスクチャス？」少女の声——それも小さな声、雑音でぶつ切りにされてしまい、なんとかききとれる程度の声だった。

〝オーラ〟が英語の〝ハロー〟の意味だということは知っていた。ミドルスクールで一年間スペイン語を学んでいたからだ。しかし乏しい語彙のなかに〝聞く《エスクチャ》〟という動詞は存在していなかった。それでも少女が声はきこえるかとたずねているのはわかったし、その一方ではこれが夢だとも意識していた。

「うん……ええと、そっちの声はきこえてる」と、質問に答える。「あなたはどこにいるの？　あなたってだれ？」

しかし、少女はいなくなっていた。

カリーシャは受話器をもどすと、そのまま通廊を歩いていった。途中、昔の映画に出てくる客間のような部屋をのぞき、次は舞踏室をのぞきこんだ。舞踏室の床は黒白の市松模様で、カリーシャはかつて運動場でチェスをしていたルークとニックを連想した。

また別の電話が鳴りはじめた。カリーシャはこれまで以上に急いで、小ぎれいでモダンなキッチンに足を踏み入れた。冷蔵庫には写真やマグネットが一面貼りつけてあったほか、**《バーコウィッツを大統領に！》**というバンパーステッカーが貼ってあった。バーコウィッツのことはまったく知らなかったが、ここがその男のキッチンだということはわかった。電話は壁かけ式だった。エンドテーブルの電話機よりも大きく、ベンスン家のキッチンにあった電話機よりずっと大きいのは確かで、ジョークグッズの電話機かと思うくらいだった。しかしその電話は呼出音を鳴らしており、それゆえカリーシャは受話器をとりあげた。

「ハロー？　オーラ？　わたしの名前は——わたしの名《メ・リャ》前《モ》は——カリーシャです」

しかし電話の相手はスペイン語の少女ではなかった。男の子だった。

「ボンジュール、ヴ・モントンデ？」フランス語だ。ボンジュールはフランス語。言語はちがうが、質問の内容はおなじだった。しかも、今回は接続が良好だった。大きな差はなかったが、多少は改善していた。

「ええ……ウイ・ウイ……あなたの声はきこえてる！あなたはどこに――」

しかし少年はいなくなり、またちがう電話が鳴りだした。食品庫を走って通り抜けた先は、藁の壁があって、突き固められた土の床の大部分がにぎやかな色あいのマットで覆われている部屋だった。バドゥ・ボカッサという名前のアフリカの軍事指導者が生涯をおえた家だった。ボカッサは愛人のひとりにナイフでのどを刺されて絶命した。しかしじっさいには、そこから何千キロも離れたところにいた子供たちの集団によって命を奪われたのだった。ドクター・ヘンドリクスが魔法の杖を――実際には独立記念日に遊ぶような安物の花火だったが――ふりまわすと、ミスター・ボカッサは死んでいった。マットの上にある電話機は、これまで以上に大きくなって、テーブルスタンドと変わらないサイズになっていた。とりあげてみると、受話器がカリーシャの手のなかでずっしりと重かった。

「ズドラーヴォ、クジェス・リ・メ？」

「ええ、そっちの声ははっきりきこえる。ここはどこなの？」

声は消え、またしても別の電話が鳴りはじめた。シャンデリアのある寝室で、電話機はフットストールほどの大きさだった。受話器をもちあげるには両手が必要だった。

「ハロー、ホーエ・イェ・メ？」

「ええ！　きこえる！　ほんとにきこえてる。なにか話して！」

相手の少年はなにも話さなかった。発信音もきこえなかった。声が消えただけだ。

次に鳴った電話は巨大なガラス屋根のあるサンルームにあり、載っているテーブルにも負けない大きさがあった。呼出音のせいでカリーシャの耳が痛くなった。ロックンロールのコンサートでつかわれるアンプにつながれた電話の音をきかされている気分だった。カリーシャは両手を前へいっぱいに伸ばし、手のひらを上へむけて傾けたまま電話機に駆け寄ると、受話器を一気に押して電話機本体からはずした。そうすることで啓示を得られると期待したのではなく、呼出音に鼓膜を破壊される前に電話を黙らせたかったからだ。

「チャオ！」少年の大声が轟いた。「ミ・センティ？ ミ・センティ？」

そして、その声でカリーシャは目を覚ました。

5

カリーシャは仲間たち――エイヴァリー、ニック、ジョージ、それにヘレン――といっしょだった。ほかの面々はまだ眠っていたが、安眠とはいえないようだった。ジョージとヘレンはうめき声をあげていた。ニックはもごもごと不明瞭な寝言をいいながら、両手を前に伸ばしている。その姿勢を見てカリーシャは、呼出音をとめたい一心で大きな電話機に駆け寄ったときのことを思い出した。エイヴァリーはしきりに体をよじりながら、すでにカリーシャが耳にした言葉をかすれた声でつぶやいていた。「ホーエ・イェ・メ？ ホーエ・イェ・メ？」

仲間たちもカリーシャとおなじ内容の夢を見ている。そしていまの自分たちがどんな存在かを思えば――〈研究所〉によってどんな存在にされたかを思えば――この考えはすっきりと筋が通ったものになる。自分たちはテレキネシスばかりかテレパシーでも一致団結して、集合力とでもいうべきものを生成した。だったら、全員がおなじ夢を見るのも当たり前ではないか。残る疑問は、その夢をだれが最初に見ていたのかというものだ。カリーシャはエイヴァリーだろうと思った。力がいちばん強いのがエイヴァリーだからだ。

巣にあつまる蜜蜂の群れだ――カリーシャは思った。それがいまのわたしたち。超能力をもった蜜蜂の群れ。

カリーシャは立ちあがると、周囲を見まわした。連絡トンネルに閉じこめられているという現状は変化していないが、集合力のレベルは変化しているように感じられた。もうずいぶん遅い時間なのに、A病棟の子供たちがまだ眠っていない理由もそこにあるのだろう。以前から鋭い時間感覚をそなえていたカリーシャは、いまの時刻を少なくとも九時半にはなっていると推測した――いや、おそらくそれより少し遅い時刻だ、と。

　ハム音はこれまでよりも高まっていた。そればかりか強弱がループし、くりかえされるようになっていた――〝ぶぅううん・**ぶぅううん**・ぶぅううん・**ぶぅううん**〟という具合に。そして天井の蛍光灯がハム音と調子をあわせて、明るくなってはわずかに暗く翳り、そのあとまた明るくなるようすを、カリーシャは興味深く（しかし意外に思うことはないまま）見あげていた。

　あれは、本当に目に見えるかたちのＴＫだ――カリーシャは思った。だからといって、わたしたちに得になることなんかなにもないけど。

　ピート・リトルジョン――自分の頭を叩いては、ずっと「やぁ-**やぁ**-やぁ-**やぁ**」とくりかえしていた少年――がふらふらとカリーシャに近づいてきた。〈フロントハーフ〉にいたころのピートは、愛らしいけれども、面倒くさくもある男の子だった――姉の行く先々にくっついてきて、姉が女友だちと秘密の話をしていれば聞き耳を立てる弟のような存在だった。それがいまはべたべたの口から涎《よだれ》を垂らし、うつろな目をした正視に耐えない姿になりはてていた。

「メ・エスクチャス？」ピートはいった。「ヘルスト・デュ・ミッヒ？」

「きみもあの夢を見てるんだね」カリーシャはいった。

　ピートは注意をむけるでもなく、さまよい歩いている仲間のほうへ引き返していった。歩きながら、口から〝スタイゼズ・ミニー〟という感じにきこえなくもない言葉をつぶやいていた。何語なのかは見当もつかなかったが、ほかの言語とおなじ意味の言葉であることをカリーシャは疑わなかった。

「あなたの声はきこえてる」カリーシャはだれにともなくいった。「でも、あなたの望みはなんなの？」

〈バックハーフ〉に通じている施錠されたドアにむかってトンネルを半分ほど進んだあたりの壁に、クレヨンでなにかが書きつけてあった。カリーシャは近づいて見てみようと思い、うろうろ歩いているＡ病棟の子供数人をかわしながら歩いていった。大きな紫色の文字で書いてあったのは《**おっきな《ビッグ》でんわ《フォン》にかけよう**。**おっきな《ビッグ》でんわ《フォン》にでよう**》という言葉だった。ということは、あの子たちも――目を覚ました状態で――おない、じ夢を見ているのだ。脳みそがあらかた奪いとられてしまっているので、ほぼずっと夢を見ているのかもしれない。なんと恐ろしいことだろう――ひたすら夢を、夢を、夢を見つづけていて、現実世界をいつまでも見つけられないというのは。

「おまえもかい？　はは」

ニックだった――目はまだ眠気で腫れぼったく、髪の毛は木の枝や槍のようにつんつん突き立っていた。そんなようすがどこか愛らしくもあった。カリーシャは両の眉をぴくんと吊り上げた。

「夢だよ。大きな家のなかで……どんどん大きな電話が出てきた。ほら、『ふしぎな500のぼうし』みたいな？」

「なに、その帽子って？」

「ドクター・スースの絵本だよ。主人公のバーソロミューは王さまの前で帽子を脱ごうとするんだけど、帽子をひとつ脱ぐたびに、その下から前よりも派手で大きな帽子が出てくるんだ」

「その本は読んだことがないけど、夢のことはそのとおりね。あの夢はエイヴァリーから流されてたんだと思う」カリーシャは、疲労困憊した者の眠りに深く沈んだままのエイヴァリーを指さした。「あるいは、あの子が夢のきっかけをつくったのね」

「エイヴァリーが夢のきっかけをつくったか、あるいは他人から受けとった夢を増幅させて他人に流したのか、そのあたりはおれにはわからない。でも、そんなことは重要じゃないんだ」ニックは壁の文字を見つめてから、まわりに視線をめぐらせた。「今夜はゴークたちが落ち着かないみたいだね」

カリーシャはしかめ面《つら》をニックにむけた。「ニッキー、あの子たちをそんなふうに呼ばないで。相手を蔑むときの言葉よ。わたしをニガーと呼ぶような」

「わかった」ニックはいった。「今夜は、頭の働きに不自由している人々が落ち着かないようだね。これでよくなった？」

「まあね」カリーシャは笑みをむけることにした。

「頭の具合はどう、シャー？」

「よくなった。それどころか気分がいいくらい。あなたは？」

「おんなじだ」

「ぼくの頭痛もだ」ジョージが会話に参加してきた。

「きいてくれてありがとう。みんなもあの夢を見た？　電話がだんだん大きくなって、『ハロー、わたしの声がきこえますか？』ってたずねられる夢」

「ああ、見てた」ニックが答えた。

「最後に見た電話、目が覚めるちょっと前に見た電話機ときたら、ぼくの体よりも大きかった。ハム音もこれまでなかったほど大きかったしね」そのあと、いつもどおりの変わらない口調でジョージはこうつづけた。「あいつらがぼくたちに毒ガスを浴びせるまで、どのくらいの時間が残ってると思う？　まだ浴びせかけてこないのが、ぼくにはかえって驚きだよ」

6

午後九時四十五分、場所はサウスカロライナ州ボーフォートのモーテル〈エコノ・ロッジ〉の駐車場。

「話をきかせてもらおうか」電話の向こうでスタックハウスがいった。「わたしにきみの手助けをさせてもらえれば、ともに力をあわせて解決にむかえるかもしれないね。さあ、話しあおう」

「話しあいなんかしないね」ルークはいった。「そっちは、ぼくの話をしっかり耳にいれるだけでいい。メモをとるのもおすすめだ——おなじ話をくりかえすのはまっぴらだからね」

「友人のティムは、まだきみといっしょに——？」

「USBメモリが欲しいんじゃなかったのか？　欲しくないなら、そのまましゃべっていればいい。欲しかったら、つべこべいわずに黙ってろ」

ティムがルークの肩に手をかけた。ヴァンの助手席ではミセス・シグスビーが悲しげにかぶりをふっていた。わざわざ頭の中身を読まなくても、この女の考えは見てとれた——あらあら、子供が一生懸命背伸びして大人のまねをしちゃって。

スタックハウスはため息をついた。「話をきこう。ペンと紙も用意ずみだ」

「まずひとつ。ウェンディ巡査はUSBメモリをもってはいない。メモリはぼくたちがもっていく。でもウェンディ巡査はぼくの友人たちの――カリーシャ、エイヴァリー、ニッキー、ヘレン、さらに二、三人の――名前やそれぞれの出身地を知ってる。いま名前をあげた子供たちの両親がもし死んでいたら、たとえUSBメモリがなくても、捜査を正当化するのに充分な根拠になるね。ウェンディ巡査が、超能力をもった子供たちのことや、おまえたちの人殺しも同然の悪事のことを話す必要もないくらいだ。警察はきっと〈研究所〉を見つけだす。スタックハウス、おまえが運よく逃げたところで、おまえのボスたちが狩り立てにかかるだろうな。だからこれから先も生きていたければ、ぼくたちがおまえにとって唯一のチャンスなんだよ。わかったか？」

「売りこみ文句はわたしには不要だ。で、ウェンディ巡査の苗字は？」

両方の言葉がききとれるほど顔を近づけていたティムが、無言でかぶりをふった。ただしこのアドバイスも、ルークには不要だった。

「おまえが知る必要はない。二番め。おまえたち一味が乗ってきた飛行機に連絡をとれ。パイロットたちには、ぼくたちの姿が見えたらすぐにコックピットにはいって鍵をかけ、そのままずっと閉じこもっているように伝えろ」

ティムが二語だけをルークに耳打ちした。ルークはうなずいた。

「コックピットに閉じこもる前に、タラップを降ろしておくのを忘れるなとも伝えるんだ」

「パイロットたちはなにを目印にすれば、おまえたち一行だとわかるんだ？」

「ぼくたちが、そっちの雇った殺し屋どもがつかっていたヴァンの一台に乗ってるからだよ」ルークは内心ほくそ笑みながら、この情報を――ミセス・シグスビーの仕事が空ぶり三振におわったことを――スタックハウスに伝えた。痛いところにぐさりと突き刺さることを期待しながら。「ぼくたちはパイロットやコパイロットの顔を見ないし、向こうもぼくたちを見ない。ジェット機が出発地に着陸したら、ふたりはコックピットにそのままとどまる。ここまではわかった？」

「わかった」

「三番め。ヴァンを用意してほしい。ぼくたちがデュプレイから乗ってきているこの車のような九人乗りのヴァンがいい」

「われわれには無理――」

「見えすいた嘘を。あのバラックがならんでいる小さな村みたいなところに車両基地《モータープール》があったじゃないか。さて、このままぼくに協力して仕事をすすめるか？　それとも、ぼくはもうおまえを見捨てるべきかな？」

ルークは汗びっしょりになっていた。むんむんと湿気がこもる夜気のせいばかりではなかった。ティムが肩に手をかけてくれたことも、ウェンディが気遣わしげな目をむけてくれたことも心の底からうれしかった。ひとりで戦わなくてもよくなったことがありがたく思えた。いまのいままで、自分がどれほどの重荷を背負っていたかにも気づいていなかったのだ。

スタックハウスは不当なほどの重荷を押しつけられた男のため息を洩らした。「話をつづけて」

「四番め。バスを一台手配してほしい」

「バスだと？　おいおい、本気か？」

ルークはこの妨害を無視することにした――こういった反応も当然だと思ったからだ。その証拠に、ティムとウェンディも驚いた顔を見せていた。

「おまえの友だちがいたるところにいることは知ってる。だとすれば、デニスンリバー・ベンドの町の警察にも友だちがいるだろうね。ひょっとしたら、警官全員が友だちなのかも。いまは真夏だから子供たちは夏休みだ。つまり、スクールバスは町の公用車駐車場にとまってるはずだ――除雪車だのダンプトラックだの、その手の車といっしょにね。だから友人の警官のひとりに命じて、公用車のキーが保管されている建物の鍵をあけさせろ。その警官に命じて、最低でも座席が四十はあるバスのイグニションにキーを差しこませる。おまえの部下の医療技師か世話係なら、バスを〈研究所〉まで走らせることもできるはずだ。〈研究所〉についたら、キーを抜かずにバスを管理棟前の旗竿のところにとめておけ。指示はぜんぶわかったか？」

「わかった」ビジネスライクな口調。抗議をすることもなく、言葉をはさむこともなかったが、ティムに大人ならではの心理学や動機面での洞察を披露してもらわずとも、ルークにはその理由がわかっていた。スタックハウスは、これをしょせん子供の考えた愚かしい計画にすぎず、希望的観測と五十歩百歩でしかないと考えているにちがいない。おなじ考えの気配はティムの顔にも、ウェンディの顔にも見てとれた。話がきこえる範囲にいるミセス・シグスビーにいたっては、笑いださずに真剣な顔をたもつのがひと苦労だといいたげな顔つきだった。

「これは単純な交換作戦だ。そっちはＵＳＢメモリを手にいれて、こっちは子供たちを手にいれる。〈バックハーフ〉の子供たち、それから〈フロントハーフ〉の子供たちもだ。午前二時までに、子供たち全員に校外学習へ出発する準備をととのえさせておくこと。ウェンディ巡査はずっと口を閉じている。これが取引条件だ。おっと、いけない――クソみたいなあんたのボスとクソみたいなお医者も、謹んでそっちにお返しするよ」

「ひとつ質問をしてもいいかな、ルーク？　許可をもらえるだろうか？」

「いいよ」

「三十五人から四十人の子供たちを、車体にでかでかと《デニスンリバー・ベンド》と町名が書いてある大型の黄色いスクールバスに詰めこんだら、そのあと彼らをどこへ連れていくつもりだ？　いいか、あの子供たちの大半はすでに精神をうしなってしまっていることを忘れるなよ」

「行先はディズニーランドだ」ルークは答えた。

ティムは突然の頭痛を発症したかのように、片手をひたいにあてがった。

「ぼくたちは移動のあいだもウェンディ巡査と連絡をとりあう。離陸前。着陸後。〈研究所〉に到着したとき。〈研究所〉から出発するときだ。もしぼくたちからの連絡が途絶えた場合、ウェンディ巡査はあちこちに電話をかけはじめる。最初はメイン州警察、そのあとはＦＢＩや国土安全保障省がつづく。わかったか？」

「わかった」

「けっこう。最後にあとひとつ。ぼくたちが現地に到着するときには、おまえもその場に立ち会っているように。両腕を大きく伸ばして、片手をバスのボンネットに置き、反対の手を旗竿にかけているように。子供たち全員がバスに乗りこんで、ぼくの友人のティムが運転席についたら、そのあとモーリーンのＵＳＢメモリをわたして、ぼくがバスに乗る。わかってもらえたか？」

「わかった」

きびきびとした口調。大当たりを見事に引きあてた男の口調にならないように気をくばっている。

スタックハウスはウェンディが問題になることを理解しているんだ――ルークは思った。というのも、ウェンディは行方不明になった子供たちの名前を知っているからだ。しかしスタックハウスは、その問題なら自分で処理できると思っている。それより大きな問題はＵＳＢメモリだ。フェイクニュース呼ばわりして抹殺するのは困難だろう。そしてぼくはそんな大問題を、それこそ銀の皿に盛りつけてスタックハウスにさしだしているも同然だ。はたしてあいつはこれを拒めるだろうか？　答え――拒めっこない。

「ルーク――」ティムが口をひらいた。

ルークは頭を左右にふった。いまは話しかけないで。ぼくが考えをめぐらせているあいだは話しかけないでほしい。

ルークは、自分たちの立場がまだ危ういことも承知していたが、一方ではひと筋の希望の光を見いだしてもいた。ぼくが考えついて当然なのに考えつかなかったことを、ティムが教えてくれたおかげだ――この一件はミセス・シグスビーとスタックハウスでおわるものではない、ということだ。ふたりにはさらに上位のボスたち、報告をしなくてはならない上司たちがいるはずだ。クソが扇風機に投げつけられて飛散するような事態になっても、スタックハウスは上司たちに、この程度ですんだのは不幸中のさいわいだと弁解することができる。それどころか、土壇場で死地をまぬがれたことで上司たちはスタックハウスに感謝さえするはずだ。

「ジェット機の離陸前に、わたしあてに電話をくれるか？」スタックハウスがたずねた。

「答えはノーだ。おまえなら要望どおりの手配をしてくれると信頼しているからね」とはいえルークがスタックハウスのことを考えたとき、〝信頼〟はまっさきに頭に浮かぶ単語ではない。「つぎにぼくとおまえが話すのは〈研究所〉で会ったとき、面とむかって話すそのときだね。飛行場にはヴァン。旗竿の前にはスクールバス。途中のどこかで一回でもしくじれば、ウェンディ巡査は電話で話を広める仕事にとりかかるからね。じゃ、さよなら」

ルークは通話をおわらせ、がっくりと肩を落とした。

7

ティムはウェンディにグロックをわたすと、ふたりの囚人をあごで示した。ウェンディがうなずいて、ふたりを見張る役をしはじめるのを待ってから、ティムはルークを少し離れたところへ引っぱっていった。ふたりはフェンスのすぐ近く、マグノリアの木が黒々とした影を落としているところで足をとめた。

「ルーク、きみの作戦じゃ成功しないぞ。向こうまでジェット機で行って、飛行場にヴァンが待機していたとしても、〈研究所〉がきみのいっているような施設だとしたら、おれたちは到着したとたん待伏せ攻撃で殺されてしまうな。きみの友人やほかの子供たちもだ。ウェンディはそんな目にあわずにすむし、精いっぱい努力をしてくれるはずだが、それでもだれかが〈研究所〉に姿をあらわすまでには何日もかかる——通常の対応では処理できない異例の事態が起こった場合、法執行機関がどんな動きをするか、おれは知りつくしてる。万一、警察が〈研究所〉を見つけたとしても、死体がごろごろ転がっているだけで、もぬけのからになってるだろうね。いや、その死体さえなくなっているかもしれない。ほら、きみが話していたじゃないか……」ティムには、正確にはそれをどう表現すればいいかがわからなかった。「利用ずみの子供たちを処理する専用設備があるんだろう？」

「そういうことは全部わかってます」ルークはいった。「大事なのはぼくたちじゃない。彼らのほうです。子供たちです。ぼくはとにかく時間を稼いでいる。〈研究所〉でなにかが起こりつつあるんです。いや、〈研究所〉だけにかぎった話じゃありません」

「話がわからないんだが」

「いまのぼくは、前よりも強い力をそなえています」ルークはいった。「そして、いまぼくたちは〈研究所〉から千五百キロ以上も遠く離れたところにいる。ぼくは〈研究所〉の子供たちのひとりですが、いまではもう彼らだけじゃないんです。もし〈研究所〉の子供たちとぼくだけなら、さっきの男の銃をぼくの精神の力で上へ跳ねあげることは不可能でした。ほら、覚えてますか？

ぼくにできるのは、空《から》になったピザのアルミ皿を動かすのが精いっぱいだって話？」

「ルーク、おれには本当になんの話か――」

ルークは精神を集中させた。一瞬だったが、頭のなかに呼出音を鳴らしている電話機が見えてきた。電話にだれかが出ると、だれかが「わたしの声がきこえますか？」と質問することもわかった。ついで電話機のイメージに代わって色とりどりの光の粒々が見えてきて、かすかなハミングめいた音がきこえてきた。光の粒々はまばゆいわけではなく、むしろ薄暗かったが、これは好都合だった。ティムに見せたい気持ちはあったが、傷つけるのは本意ではない……それなのに、あまりにもあっけなく傷つけてしまいかねない……。

ティムは、目に見えない手に押されたかのように前へよろけて金網フェンスに突っこんでいき、すんでのところで両腕をもちあげ、顔がフェンスに激突することをまぬがれた。

「ティム？」ウェンディが声をかけてきた。

「大丈夫、なんともない」ティムは答えた。「それより、きみはふたりをしっかり見張っていてくれ」ウェンディにそう告げてから、ルークにむきなおる。「いまのはきみがやったことか？」

「ぼくが出した力じゃなく、ぼくを通じて出てきた力です」ルークはいった。時間に（わずかながらも）余裕ができたこともあり、また好奇心に駆られていたこともあって、ルークはこうたずねた。「どんな感じでした？」

「強い風がいきなり吹きつけてきたような感じだったよ」

「強かったのは確かですね」ルークはいった。「それもこれも、ぼくたちの力が前より強くなったからです。エイヴァリーがそう話してます」

「例の幼い少年だね」

「ええ。もう長いあいだ見つからなかったほど強い力をもった男の子です。ひょっとしたら何年、何十年ぶりなのかも。向こうでなにがあったのか、ぼくには正確にはわかりません。でも、あいつらはエイヴァリーを全身浴タンクに沈めたにちがいありません――そうやって臨死体験をさせることで、〈シュタージライト〉を強められるんです。その場合、制限効果のある薬剤の注射はしません」

「話がよくわからないんだが」

　その声もルークの耳にはいっていないかのようだった。

「きっと罰だったんでしょうね。ぼくが逃げるのに手を貸したことの罰です」そういって頭を動かし、ヴァンを示す。「ミセス・シグスビーなら知ってるかもしれません。それこそ、思いついたのはあの女かもしれない。どっちにしても、それがバックファイアを起こした。そうにちがいありません。ぼくの友だちが反乱を起こしたんだから。A病棟の子供たちが本物の力を手に入れたんです。エイヴァリーがロックを解いたことで」

「しかし、いま囚われの身になっているところから自分たちを解放するには力が不足している、と」

「ええ、いまのところは」ルークはいった。「でも、いずれ充分な力を得るはずです」

「なぜ？　どうやって？」

「あなたから、ミセス・シグスビーとスタックハウスにもボスがいるはずだという話をきかされ、それをきっかけに考えたことがあるんです。本当なら自分で考えつくべきだった……でも、そんなふうに見たことがなかったんです。おそらく子供にとっては両親や教師だけがボスみたいな存在だからでしょうね。それで、もしボスがほかに何人もいるのなら、〈研究所〉みたいな施設がほかにもあるのかもしれないと思いました」

　一台の車が駐車場にはいってきて、ふたりの横を走りぬけ、赤いテールライトのウィンクとともに消えていった。車が走り去ると、ルークはつづけた。

「メイン州にあるものが、アメリカではたったひとつの施設なのかもしれませんし、西海岸にもうひとつあるのかもしれない。なんというか、ほら、左右一対のブックエンドみたいに。でも、イギリスにもあるかもしれないし……ロシアにも……インド……中国……ドイツ……韓国にも。考えてみれば、それも当然だってわかったんです」

「軍事力競争ではなく超能力競争」ティムはいった。「きみがいっているのは、そういう話か？」

「競争だとは思えません。むしろ、世界じゅうの〈研究所〉が協力しているのではないかと思ってます。確実に知っているわけではありませんが、そんなふうに感じられるんです。そのすべてに共通する目標がある。それも、ある意味では正しい目標です——全世界の人々が殺しあう事態をあらかじめ防ぐという目標のために、数人の子供を殺すんです。妥協の取引《トレード・オフ》というやつですね。いつごろからこんなことがおこなわれているのかはわかりませんが、これまで一度も反乱がなかったのは確実です。この反乱をはじめたのはエイヴァリーとほかの子供たちですが、もっと広がってもおかしくない。もう拡大しているかもしれません」

ティム・ジェイミースンは歴史学者でも社会学者でもなかったが、現代の世界情勢を追いかけてはいるので、ルークの意見が正しいのではないかと思った。反乱——あるいは、もう少し肯定的に表現するなら〝革命〟は、ウイルスのように広がっていく。現代のような情報時代であればなおさらだ。広がっていくに決まっている。

「ぼくたちひとりひとりの力は——その力こそ、ぼくたちがあいつらに拉致されて〈研究所〉に連れていかれた理由ですが——ほんの小さなものでしかありません。ぼくたち全員の力がひとつにあわされれば、もっと強くなります。とりわけA病棟の子供たちの力は。知能をすべて奪われてしまったいま、彼らに残されているのはその力だけです。でも、もしこの世界にほかにも〈研究所〉があって、ぼくたちの身になにが起こっているかをほかの子供たちが知れば……そして、みんなが力をひとつに結びあわせたら……」

ルークは頭を左右にふった。このときもまた、玄関ホールにある電話機が思い起こされた——ただし電話はいま巨大なサイズになっていた。

「そんなことが実現すれば……でっかい力になります。そう、本物のどでかい力にね。だから、ぼくたちには時間が必要なんです。スタックハウスがぼくのことを愚か者だと思い、友人たちを助けたい思いに凝り固まるあまり愚かな取引をしたと思っているのなら、それでぜんぜんかまいません」

ティムはこのときもまだ、先ほどフェンスのほうへ体を突き飛ばした幻の突風の名残を肌に感じていた。「つまり正確には、おれたちは子供たちを助けるために行くわけじゃないんだな？」

ルークは真剣な顔でティムを見つめた。汚れて傷だらけになった顔とガーゼをあてがわれた耳のおかげで、いまのルークは無邪気な子供にしか見えなかった。ついでルークはにっこりと笑い、その瞬間にかぎっては無邪気からもっとも遠い存在に見えた。

「そのとおり。ぼくたちはかけら《ピース》を拾いあつめにいくんです」

8

カリーシャ・ベンスン、エイヴァリー・ディクスン、ジョージ・アイルズ、ニック・ウィルホルム、そしてヘレン・シムズ。

　五人の子供たちはいま、連絡トンネルから〈フロントハーフ〉のレベルFに出るための（しかし、いまは通れそうもない）施錠されたドアの前にすわっていた。ケイティー・ギヴンズとハル・レナードもしばらくは五人といっしょにいたが、いまはA病棟の子供たちといっしょになり、彼らがぶらぶら歩いているときにはぶらぶら歩き、彼らが手をつないで輪をつくる気分になればつきあっていた。レンもそのひとりだったし、カリーシャがアイリスにいだいた回復の希望も――たしかにアイリスは、輪をつくっては離れて、また輪をつくるA病棟の子供たちを見ているだけだったが――いまは色褪せつつあった。ヘレンはもどってきて、いまは完全にもとの自分をとりもどしていた。しかしアイリスは、もう遠くへ行きすぎているのかもしれない。おなじことはカリーシャが〈フロントハーフ〉で知りあったジミー・カラムとドナ・ギブスンについてもいえた――カリーシャは水疱瘡になったおかげで、同時期にやってきたほかの居留者よりも長いあいだ〈フロントハーフ〉にいられたのだった。A病棟の子供たちを見ると痛ましくなったが、アイリスにはそれ以上に胸が痛んだ。アイリスがもう治療も不可能なレベルまで落ちたとは考えるだけでも……考えるだけでも……

「……ぞっとする、だろ？」ニックがいった。

　カリーシャはうっすら軽蔑する目つきでニックを見やった。「ニッキー、わたしの頭のなかにいるの？」

「まあね。だけど、おまえの頭のなかにある下着の抽斗なんか漁っちゃいないよ」ニックはそう答え、カリーシャはふんと鼻を鳴らした。

「おれたちみんな、おたがいの頭のなかにいるんだな」

ジョージがいい、親指を突き立ててヘレンをさし示した。

「あの子が友だちのうちのパジャマパーティーでおねしょをして馬鹿笑いしたなんて、知りたくもなんともない。これこそTMI——〝いらぬ情報が多すぎる《トゥー・マッチ・インフォメーション》〟の典型だ」

「あんたが乾癬を心配してるって知っちゃうのに比べたらましよ。その乾癬がどこにできたかっていえば——」ヘレンがいいかけたが、カリーシャは黙るようにいった。

「いま何時だと思う？」ジョージがたずねた。

　カリーシャはなにもない手首に目を落とした。「ひまん時ふとり過ぎ」

「十一時ごろだと思う」ニックがいった。

「変な話をしてもいい？」ヘレンがいった。「わたし、前からずっとハム音が大きらいだった。あの音が脳みそを削っていくって知ってたし」

「みんな知ってるよ」

「でも、いまはわるくないって思えてる」

「あれが力だからだ」ニックがいった。「あいつらの力だよ。おれたちがとりかえすまではね」

「あれは情報通信でいう搬送波だね」ジョージがいった。「いまはそれが切れ目なく流れてる。広く放送されるのを待ってるんだ」

　ハロー、この声がきこえますか？　カリーシャは思い、同時に全身を震えが駆け抜けた。その震えは決して不愉快なものではなかった。

「あいつ、いま空を飛んでるね」カリーシャがいった。質問しなくてはだれのことかわからない者は、ひとりもいなかった。

「わたしもまた飛びたいな」ヘレンが憧れをにじませた声でいった。「本気で飛びたいよ」

「あいつら、あの子が来るまで待つかな？」ニックがたずねた。「それともあっさりガスを流しこんでくる？　どっちだと思う？」

「わたし、プロフェッサーXになった覚えはないんだけど」カリーシャはマーベル作品のキャラクターの名前をあげると、エイヴァリーの脇腹を肘でつついた……が、そのしぐさはやさしかった。「起きてよ、エイヴァスター。朝のコーヒーの香りがするよ」

「起きてるって」エイヴァリーは答えたが、正直な答えとはいえなかった——実際にはまだハム音を楽しみながら、うとうと微睡《まどろ》んでいたのだ。どんどん大きくなると同時に派手にもなっていくバーソロミュー・カビンズの帽子とおなじように、どんどん大きくなる電話機のことを考えながら。「あいつらは待つよ。待つに決まってる。だってぼくたちの身になにかあれば、ルークにすぐわかっちゃうから。それにぼくたちもルークがここに来るまでは待ってるんだ」

「で、ルークはいつ来るの？」カリーシャがたずねた。

「電話をつかおう」エイヴァリーがいった。「大きな電話。ぼくたちみんなで」

「どのくらい大きいんだ？」ジョージが心もとない声でいった。「おれが最後に見た電話機ははんぱないデカさだったからね。おれとおなじくらい大きかった」

エイヴァリーは頭を左右にふっているだけだった。左右の瞼が落ちてきた。根っこの部分ではエイヴァリーはまだまだ幼い子供だし、すでにいつもの就寝時刻をとっくに過ぎているのだ。

A病棟の子供たち――カリーシャでさえ、彼らを〝ゴーク〟という蔑んだ表現で考えないようにするのはむずかしかった――はいまもまだ手を握りあっていた。天井の照明が明るくなった。さらには蛍光灯の一本がショートして消えた。ハム音が深みを増して高まってきた。〈フロントハーフ〉でもおなじものを感じているはずだ、とカリーシャは思った――ジョーとハダド、チャドとデイヴ、プリシラ、それからあの意地のわるいジーク。残りの連中も。やつらはこれに恐怖を感じているだろうか？　少しは感じているだろう。しかし――

しかし、あいつらはわたしたちが身動きできないと思いこんでいる。自分たちの身は安全だと信じきっている。あいつらは反逆を抑えこんだと思いこんでいる。だったら、あいつらにはそのまま信じこませておこう。

どこかに一台の巨大な電話があった――数多くの部屋の内線でつながっている最大の電話だ。もし彼らがそれで電話をかければ（いや、彼らが電話をかけたときには――というべきだ。ほかに選択の余地はないのだから）、彼らが囚われているこのトンネル内に満ちる力は、これまで地球の地表や地中で爆発したいかなる爆弾の力をも上まわるものになる。いまはまだ搬送波にすぎないハム音は、ビルをも倒すほどの震動にまで成長し、それどころか、いくつもの都会を丸ごと破壊する規模になっていることだろう。カリーシャには断言こそできなかったが、そのとおりになってもおかしくないと思えた。頭のなかからすべてを奪われて、あとには彼らが拉致される理由になった力しか残っていない子供たちが、いったい何人、あの大きな電話機からの着信を待ち望んでいることだろう？　百人？　五百人？　世界じゅういたるところに〈研究所〉的な施設があるとしたら、それ以上の数の子供たちがいるだろう。

「ニック？」

「なんだ？」ニックもまどろみかけていて、声からも不機嫌なのはわかった。

「わたしたちなら、あれをスタートさせられると思うんだ」カリーシャはいった。〝あれ〟を具体的に述べる必要はなかった。「でも、スタートさせたとして……おわらせることができる？」

　ニックはちょっと考えこんでから、にっこりと笑った。

「知るかよ、そんなこと。でも、あいつらになにをされたかを考えると……ぶっちゃけ、知ったことかって思うよ」

9

十一時十五分過ぎ。

　スタックハウスはミセス・シグスビーのオフィスにもどっていた。デスクには、あいかわらず静かなままの〈ゼロフォン〉がある。四十五分後には、〈研究所〉が通常稼働していた最後の一日がおわる。あしたになれば、ルーク・エリスをめぐる情況がどんな帰結を迎えようともこの施設は遺棄される。ルークとその友人のティムは南部にウェンディという仲間を残しているが、それでも計画全体を封じこめて保全することは可能かもしれない。しかしこの施設はもうおしまいだ。今夜なにより重要なのは、例のUSBメモリを確保してルーク・エリスを確実に抹殺すること。ミセス・シグスビーを救出できれば御《おん》の字だが、そちらはあくまでもオプションだ。

　実質的には、この〈研究所〉はすでに遺棄されたも同然だ。いますわっている場所からは、〈研究所〉の外へ通じている道路の一部が見えた。その道を行けばデニスンリバー・ベンドの町があり、さらにアラスカ以外の大陸四十八州にも行ける……もちろん複数の偽造パスポートをつかえば、カナダでもメキシコでも思いのままだ。スタックハウスはすでにジークとチャド、ダグ・シェフ(多国籍企業のハリバートン社に二十年勤務していた男だ)、大手警備会社のホーク・セキュリティ・グループから〈研究所〉にやってきたドクター・フェリシア・リチャードスンといった面々に連絡していた。彼らはスタックハウスが信頼を寄せているメンバーだった。

ほかのスタッフについては……彼らの車のヘッドライトがちらちら明滅しながら遠ざかっていくのが木立のあいだからのぞいていた。これまではせいぜい十人前後だろうが、その数はこれからもっと増えそうだった。もうじき〈フロントハーフ〉にいるのは、いま居留している子供たちだけになりそうだ。いや、もうそうなっているのかも。しかし、ジークとチャドとダグ、それにドクター・リチャードスンは残ってくれるだろう。彼らは忠誠あつい者たちだ。それからグラディス・ヒクスン。あの女も残ってくれそうだ——ほかの面々が全員いなくなったあとも。グラディスは暴力的な女というだけではない。頭が芯からいかれている異常者《サイコ》だというスタックハウスの確信は、日々強まっていた。

とはいえ残ると決めた時点で、わたしも充分に異常者だといえるぞ、とスタックハウスは思った。しかし、あのガキの言葉は正しい。わたしは狩り立てられる身になる。そしてあの少年は、まっすぐこの場に踏みこんでくる。あいつが……あいつが……

「わたしをもてあそんでいるのでないかぎりは」スタックハウスはぼそりとつぶやいた。

ミセス・シグスビーの秘書であるロザリンドが、オフィスに顔を突き入れてきた。いつも完璧にととのえられているメーキャップが、このときばかりは困難だらけの過去十二時間のせいで崩れていた。いつもは完璧にととのえられている白髪まじりの髪も、いまは左右に突き立って乱れていた。

「ミスター・スタックハウス?」

「なにかな、ロザリンド?」

ロザリンドは不安そうな面もちだった。「どうもドクター・ヘンドリクスがここから去ったようです。十分前に、あの方の車が走っていくのを見ましたので」

「だとしても驚きはないな。きみもうここを引きあげるべきだよ。家へ帰りたまえ」スタックハウスは微笑んだ。こんな夜に微笑みをのぞかせるのは奇妙なことに思えたが、奇妙でありながらも好ましい感じだった。「そういえば、いま気づいたよ。きみのことは、わたしがこの施設に着任したときから知っているのに――もうずいぶん昔だね――きみの故郷がどこなのかを知らずにすごしてきた、とね」

「ミズーラです」ロザリンドはいった。そんな話をしている自分に驚いた顔を見せていた。「モンタナ州の街です。わたしにとっては、いまも故郷といえます。ミズーラにはいまでも家がありますが、かれこれ五年くらいは帰っていません。休みの日には村で過ごしています。休暇のときはボストンへ行ってます。レッドソックスとブルーインズのファンですし、ケンブリッジの映画館で見られるアートシネマのファンでもあります。でも、それはそれとして、いつでもここへもどってくる準備はできています」

ふたりはもう長年の――それこそ過去十五年以上の――つきあいだが、ロザリンドからこれほど多くの言葉をきかされたのが初めてであることに、スタックハウスは気づいた。スタックハウスがアメリカ陸軍の主任法務官という地位を退いて軍務をおえた時点で、すでにロザリンドはミセス・シグスビーの忠実なる番犬として〈研究所〉にいたし、いまもまだここにいる。しかも、容姿はほとんど変わっていない。もう六十五歳になっているはずだ。いや、若さをよく保っている七十歳でもおかしくはなかった。

「サー、あのハミングのようなノイズはきこえていますか？」

「ああ」

「変圧器かなにかの音でしょうか？　初めて耳にする音です」

「変圧器か。いかにも。そう呼んでもいいかもしれないな」

「とにかく、うっとうしくてたまりません」いいながら左右の耳をごしごしこすり、それでまたいっそう髪が乱れた。「あの子供たちが出している音なのでしょうね。そういえばジュリアは――いえ、ミセス・シグスビーはこちらへおもどりになりますか？　もどってきますよね？」

スタックハウスは、いつも礼儀正しく慎みぶかいロザリンドが――ハム音が流れていようといまいと関係なく――ずっと皮が剝けそうなほど耳をこすっていることに（苛立ちではなくおかしさを感じながら）気づいた。

「ああ、もどってくるものと期待しているよ」

「でしたら、わたしもここにとどまっています。これでも銃のたしなみはあるんですよ。ひと月に一回、ときには二回、ベンドにある射撃練習場に通ってますし、射撃クラブでは軍のＤＭ徽章に相当するバッジを授与されました。それに昨年は小型拳銃のコンテストで優勝したのです」

物静かなミセス・シグスビーの秘書は傑出した速記の名手であるばかりか、ＤＭ徽章と略される〝優秀《ディスティングィッシュド・》射手《マークスマン》〟の徽章まで――本人の弁によればその同等品まで――所持していたのか。まことに驚きの種は尽きまじだ。

「愛用の銃は？」スタックハウスはロザリンドにたずねた。

「スミス＆ウェッソンのＭ＆Ｐ、四五口径」

「発射のときの反動に手を焼くのでは？」

「手首用サポーターの助けがあれば、反動もけっこううまくさばけますよ。サー、もしあなたの目的が誘拐犯のもとからミセス・シグスビーを解放することにあるのなら、ぜひともわたしをその作戦の実行メンバーにくわえていただきたく思います」

「わかった」スタックハウスはいった。「あなたもメンバーだ。手に入れられるかぎりの助けが必要な状態なのでね」それはそれとして、この女性をつかうのなら、その方法には慎重であるべきだ。ジュリア・シグスビー救出が成功するとはかぎらないからだ。あの女はいまでは消耗可能な人員だ。それよりもＵＳＢメモリのほうが重要だった。それから、利口すぎる脳みそがかえって命とりになるあの少年だ。

「ありがとうございます。あなたを失望させません」

「その点は少しも心配していないよ、ロザリンド。では、これからどのような作戦行動を予定しているかを話す。しかし、その前にひとつだけ質問したい」

「なんなりと」

「紳士たる者、このような質問は慎むべきだとわかっているし、淑女たる者、そんな質問に決して答えてはならないこともわかっているんだが……あなたの年齢は？」

「七十八歳です」ロザリンドは即座に、しかもずっと目をあわせたまま答えた。しかし、これは嘘だった。ロザリンド・ドースンはじっさいには八十一歳だった。

10

十二時十五分前。

尾翼に《９４０ＮＦ》という識別記号があり、機体の側面に**《メイン製紙産業社》**という社名らしき文字がはいっているチャレンジャー機は、高度一万二千キロメートル弱をメイン州へむけて飛行中だった。ジェットストリームに後押しされていることもあって、飛行速度は時速八百四十キロから時速八百九十キロのあいだをゆるやかに行ったり来たりしていた。

一行がアルコルに到着した時点からプライベートジェット機が離陸するまでは、とどこおりなく進んだ。そのいちばん大きな理由は、ミセス・シグスビーが運航支援事業者《FBO》のリーガル・エア社からＶＩＰ用のエントリーパスを入手していたことであり、ゲートをひらくためなら、そのパスをみずから進んでつかうくらい積極的だったことだ。この一件から生きたまま逃げだせるチャンスが——ごくわずかとはいえ、まちがいなく——存在することを嗅ぎつけていたからだ。チャレンジャー機はタラップを降ろし、一機だけで堂々と威容をさらしていた。ティムは自分でタラップをあげてドアをしっかり閉ざしてから、死んだ巡査のものだったグロックのグリップを施錠されているコックピットのドアにがんがん叩きつけた。

「こっちの準備は万端ととのったと思う。そっちがゴーサインを受けとっているのなら離陸してくれ」

ドアの反対側からの返事はなかったが、ジェットエンジンの出力があがりはじめ、二分後には一同は空に浮かんでいた。そしていまは——隔壁にそなえつけられたモニターによれば——機はウェストヴァージニア州上空を飛行中であり、デュプレイの町は背後に去っていた。これほどあわただしくあの町を出るとはティムも予想しておらず、これほど劇的な展開のなかで町を出るとは、さらに想像の埒外だった。

　ドクター・エヴァンズは居眠りをしていたし、ルークはこんこんと眠りつづけていた。ただひとり、ミセス・シグスビーだけが目を覚まし、すっくと背すじを伸ばしてシートに腰かけ、ティムの顔にしっかり視線をすえつづけていた。大きく見ひらかれた無表情な目には、どことなく爬虫類を思わせるところがあった。ドク・ローパーがくれた鎮痛剤はまだ残っていて、それを飲んでいればこの女性も眠りこんだかもしれない。しかしミセス・シグスビーは、激痛に見舞われているはずでありながら服薬を拒んでいた。銃撃で重傷を負うことはまぬがれたとはいえ、かすめていった弾丸が抉った傷だけでもかなり痛むはずだった。

「見たところ、あなたには法執行機関の勤務経験があるようね」ミセス・シグスビーはいった。「あなたの立ち居振る舞いから見てとれるし、あなたの反応ぶりからもわかる――迅速かつ的確な反応から」

　ティムは無言のまま、じっとミセス・シグスビーを見つめていた。グロックは体の横、シートの座面に置いてある。高度一万二千キロメートル近くを飛ぶ飛行機の機内で発砲するのは、とても褒められた行為ではない。それをいうなら、もっと高度の低いところを飛んでいたとしても、ティムが発砲する理由がどこにある？　いま自分はこの最低の鬼畜女を、本人が望むところへ連れていこうとしているのだ。

「あなたがどうしてこの計画に同調しているのか、わたしにはわからない」ミセス・シグスビーはルーク――顔が汚れて耳にガーゼをあてているいま、十二歳という実年齢よりもずっと幼く見えていた――にむかって、あごをしゃくった。「あの子が友だちを助けようとしているのは、わたしもあなたも知っているし、これがお話にならない計画だということも知ってる。いえ、はっきりいえば愚かな計画そのものよ。それなのに、あなたは同意した。それはどうしてなの、ティム？」

　ティムは答えなかった。

「そもそも、あなたが最初になぜこの件にかかわったのかがわからない。その謎をとくヒントをちょうだい」

　ティムにはそんなことをする気はなかった。新人警官としての四カ月におよぶ見習い期間に指導教官役の先輩警官から最初に教えられたことのひとつが、〝おまえが容疑者に質問をするべし〟ということだった。断じて容疑者に質問させるべからず。

たとえ話につきあう気分だったとしても、なにをどう話せば、多少なりとも筋が通った話を披露できるのか見当もつかなかった。たとえばいまこの最新鋭のジェット機に——通常は富裕層の男女しか機内を目にできないたぐいの飛行機に——搭乗していることも、すべて偶然の産物だとこの女に話せるだろうか。もうずっとずっと昔、ニューヨーク・シティに行くためにもっとありふれた旅客機に乗っていたひとりの男が、ふとした気まぐれで立ちあがり、現金とホテルの無料クーポンと引き換えに座席を譲ることに同意した話は？　そのたった一回の衝動的な行為のあとにつづいたことすべて——北へむかうヒッチハイク、州間高速道路九五号線の渋滞、徒歩でたどりついたデュプレイの町——を話す？　あるいは、そのすべては運命だったといえるだろうか？　自分は大宇宙のチェス・プレイヤーの手でデュプレイの町に進まされたと？　その目的はいま眠っている少年を助けることで……だれから助けるかといえば……その少年を拉致し、卓越した超能力を最後の最後までとことん搾取することを目論んでいた連中の手からだ、と？　そして、もしそのとおりなら、ジョン署長やタグ・ファラデイ、ジョージ・バーケットやフランク・ポッターやビル・ウィックロウはどんな存在だというのか？　壮大なゲームのなかで犠牲にされるだけのポーンだったと？　だったら自分はどの駒だ？　騎士《ナイト》だと信じていれば気分もいいが、どうせ自分もまたポーンにすぎまい。

「本当に鎮痛剤を飲まなくてもいいんだな？」ティムはたずねた。

「わたしの質問に答える気はないみたいね？」

「ああ、ない。これっぽっちもだ」ティムは顔の向きを変え、どこまでも広がっている闇と、その下に見えるわずかな光を見下ろした——光は、まるで井戸の底にいる蛍のように見えた。

11

真夜中。

ボックスフォンがかすれた叫びをあげた。スタックハウスは電話に出た。反対側からきこえてきたのは、非番の世話係のひとりの声だった。名前はロン・チャーチ。要求どおりのヴァンを飛行場に準備した——チャーチはそう語った。やはり非番の（とはいえ現在は、スタッフ全員が勤務中ということになっていた）デニース・オールグッドという医療技師が、チャーチのヴァンのうしろから〈研究所〉のセダンを走らせていた。飛行場に着いたらタールマカダム舗装のエプロンにヴァンをとめ、チャーチはオールグッドともどもセダンで〈研究所〉に帰る予定になっていた。しかしふたりの魂胆はほかのところにあり、スタックハウスもその魂胆を見通していた。諸事に通じておくことがスタックハウスの仕事だったからだ。チャーチとオールグッドのふたりはルーク・エリス一行用のヴァンを空港に届けたのち、とにかくここ以外の場所を目指して出発するはずだ。それはかまわなかった。複数のスタッフが同時にいなくなるのは寂しいかぎりだが、ふたりにとってはベストかもしれない。作戦への参加者については、そろそろ線引きをする頃合だろう。最終段階には、もう充分な人数のスタッフがあつまることになった。大事なのはそれだけだ。

ルークとその友人のティムはどちらも倒されることになる。その点にスタックハウスは疑いをいだいていなかった。〈ゼロフォン〉の反対側にいる舌足らずな口ぶりの男にとってはそれで充分なのか、はたまた充分ではないのか。それについてはスタックハウスの権限外であり、それが救いでもあった。この種の運命論的な性向は、スタックハウスがイラクとアフガニスタンで過ごしたころから——休眠ウイルスのように——ずっと心の奥にひそんでいたのだが、ついいましがたまで自分では認識していなかったようだ。自分は自分にできることをするまで——つまり、どんな男や女にもできることを。犬が吠えてもキャラバンは進む。

ドアにノックの音がして、ロザリンドが顔をのぞかせた。髪の毛の手入れをしたらしく、ヘアスタイルは格段にととのっていた。ただし、新しく装着しているショルダーホルスターについては褒めていいものかどうか決めかねた。パーティーハットをかぶった犬を見せられたような、いささか現実ばなれした雰囲気があったのだ。

「グラディスが来ています、ミスター・スタックハウス」

「通してくれ」

グラディスが部屋にはいってきた。あごの下にエアマスクがぶらさがっている。両目が赤く充血していた。この女が泣いていたとは思えなかったので、目の充血は忌まわしい薬品を調合したことの結果だろう。「準備できました。あとはトイレ用の洗浄剤を追加するだけです。ミスター・スタックハウス、命令をいただき次第、あの子供たちにガスを吸わせます」そういって頭をすばやく、そして激しくふり動かす。「あのハム音をきかされているると正気をなくしてしまいそうで」

きみの顔つきからすると、正気ももうあまり残っていないようじゃないか——スタックハウスは思ったが、ハム音についてはグラディスのいうとおりだった。とにかく慣れるということがない。慣れてきたかもしれないと思ったとたん、ボリュームが一段階あがるのだ——耳がとらえる音ではなく、頭のなかに響く音が。ついでまたしても唐突にボリュームがもとのレベルに落ち、多少は耐えられないこともない程度の音量になる。

「フェリシアと話をしていました」グラディスはいった。「ドクター・リチャードスンのことです。あの人はモニターで子供たちの様子を観察していました。それでわかったのは、子供たちが手をつなぎあうとハム音が高まり、逆に手を離してばらばらになるとハム音が低くなるということでした」

そのことならスタックハウスもひとりで察しとっていた。昔からいわれている言葉を借りれば、この程度のことならロケット科学者でなくてもわかるのだ。

「もうまもなく決行ですか？」グラディスがたずねた。

スタックハウスは腕時計を確かめた。「多少の誤差はあるが、三時間程度だと考えているよ。ＨＶＡＣの空気取りこみユニットは屋上にある——そうだね？」

「ええ」

「いざ決行のときには、わたしからきみに電話で合図を送るつもりだが、電話できないことも考えられる。事態がめまぐるしく展開しそうだからね。もし管理棟の建物正面から銃声がきこえたら、わたしからの連絡があろうとなかろうと塩素ガスの注入を開始したまえ。そのあと、ここへ来るんだ。ただし建物にははいらず、〈フロントハーフ〉の東翼棟の屋上をつたって来るといい。わかったかね？」

「イエス・サー！」グラディスは輝くような笑みをのぞかせた。それはここの子供たち全員が心底からきらっている笑みだった。

12

十二時三十分。

カリーシャはA病棟の子供たちを見ながら、オハイオ州のマーチングバンドのことを考えていた。カリーシャの父はオハイオ州立大学のフットボールチームであるバックアイズのファンで、昔はいつもいっしょに――親密さのあかしとして――試合を見ていたものだ。しかしカリーシャが本気で見たかったのはハーフタイムのショーだけだった。チームに代わってバンドがフィールドに出てきて（アナウンサーは毎回決まって、「プ、ラ、ア、ァ、イ、ド、・オ、ブ、・ザ、・バ、ッ、ク、ア、イ、！」と派手に紹介したものだ）、楽器を演奏しながら動きまわっては一定の形をつくっていくのだが、なんの形なのかは上から見おろさなければわからなかった――スーパーマンの胸にある《S》のマークから、爬虫類ならではの形状の頭を上下に揺らしながら闊歩する〈ジュラシック・パーク〉のすばらしい恐竜まで、形は実にさまざまだった。

A病棟の子供たちは楽器こそもっていなかったし、手をつないでつくる形は毎回おなじ輪だったが――ただし連絡トンネルは幅が狭いので、輪はいびつだった――彼らにはいつもおなじ……なにかが……それをうまく表現する語があったはず……。

「共時性《シンクロニシティ》」ニックがいった。

カリーシャはびっくりして周囲を見まわした。ニックが微笑みながら髪をかきあげた。おかげで――ちゃんと認めよう――ちょっと魅力的なこの少年の目が、カリーシャにもよく見えるようになった。

「おやおや、白人の男の子の口から出てもご大層な単語じゃないの」

「ルークに教わったんだ」

「ルークの声がきこえるの？　心が通いあってる？」

「まあね。つながったり途切れたりだ。だから、なにが自分の考えでなにがルークの考えなのか、区別がむずかしい。寝ているあいだのほうがよくきこえる。起きているあいだは、おれ自身の思考が邪魔をするんだ」

「通信障害みたいな？」

ニックは肩をすくめた。「そんな感じ。でもおまえだって心をひらけば、ルークの声がきこえてくるはずだぞ。それに、あいつらが手をつないで輪をつくると、声がもっとはっきりきこえるんだ」いいながら、また無秩序にうろつきまわりはじめていたA病棟の子供たちをあごで示す。ジミーとドナはつないだ手をぶんぶんとふりながら歩いていた。「やってみるかい？」

カリーシャは思考をストップさせようと試みた。最初は驚くほどむずかしかったが、ハム音に耳を貸すと容易になってきた。ハム音は洗口液《マウスウォッシュ》のようなものだ——ただし、洗うのは口ではなく頭だ。

「なにがおかしいんだ、K？」ニックがカリーシャに質問した。

「なんにも」

「ああ、そうか、わかった」ニックがいった。「マウスウォッシュじゃなくて洗脳液《ブレインウォッシュ》っていうことだね。気にいったよ」

「なにかがきこえるけど、あまりたくさんはきこえない。ルークは眠っているのかも」

「そうかも。でも、もうじき目を覚ます。おれたちが起きてるからさ」

「共時性《シンクロニシティ》か」カリーシャはいった。「ずいぶんご大層な言葉。いかにもルークらしい単語よね。ほら、あそこで自動販売機用にもらっていたトークンを覚えてる？　ルークはあれを〝俸給《イモリューメント》〟なんていってた。こっちもご大層単語だよね」

「ルークは特別なんだよ。めちゃくちゃ頭がいいんだから」ニックはエイヴァリーに目をむけた。いまこの少年はヘレンによりかかり、ふたりで仲よくぐっすり眠っていた。「それにエイヴァスターだって特別だ。なぜかといえば……ええと……」

「エイヴァリーはエイヴァリーだから――そうでしょ？」

「そうだな」ニックはにやりと笑った。「しかもあの馬鹿者たちときたら、エイヴァリーのエンジンに調速機《ガヴァナー》をとりつけないまま、あの子の馬力をあげてしまったんだ」ニックの笑みは――こっちもちゃんと認めよう――その目と同様に魅力的だった。「いまおれたちがここにこうしていられるのは、ふたりがいっしょになったからこそだ。ルークはチョコレートで、エイヴァリーはピーナツバターだ。どっちもばらばらのままなら、なにも変わらない。ところが両者がいっしょになると、ここをふっ飛ばす威力を秘めた〈リーセス・ピーナッツバターカップ〉の出来あがりだ」

カリーシャは笑った。馬鹿馬鹿しいたとえ話だったが、かなり的を射たたとえ話でもあった。少なくとも、そうであってほしかった。「それでも、わたしたちが閉じこめられて身動きできないことに変わりはない。詰まったパイプのなかの鼠といったところね」

ニックのブルーの瞳がカリーシャの鳶色の瞳をとらえた。「わかってるだろ。それももう長くはつづかないよ」

カリーシャはいった。「つまり、わたしたちが死ぬっていうこと？　あいつらのガスを吸わされなくても、そのあと……」そういって、ふたたび手をつないで輪をつくっているA病棟の子供たちのほうへ頭をかたむける。ハム音が強まってきた。天井の照明が明るくなった。ほかの子たちにも――その子たちがどこにいようとも」

「あの子たちが解き放たれたとき、それが起こる。ほかの子たちにも――その子たちがどこにいようとも」

《電話》カリーシャはニックに念を送った。《あの大きな電話》

「そうかも」ニックはいった。「ルークは、ペリシテ人たちの頭の上に神殿をひきずり倒したサムソンのように、おれたちがあいつらをひきずり倒すと話してた。あいにくその物語は知らないが――おれの一家には聖書を読むようなのはひとりもいなかった――でも、まあ、話はわかった」

カリーシャは聖書のその逸話を知っていて、ぞくりと身を震わせた。ふたたびエイヴァリーに目をむけると、聖書の別の一節が思い出された――《小さな子供がそれを導く》。

「ひとつ、話してもいいかな？」カリーシャはいった。「あんたには笑われるかも。でも、いいよ、気にしない」

「話してみろよ」

「あんたにキスしたい」

「どう考えてもむずかしい課題じゃないな」ニックはそういって、にっこりと笑った。

カリーシャは顔を近づけた。その顔へむけてニックも顔を近づけた。ふたりはハム音のなかでキスをした。

これってすてき——カリーシャは思った。すてきだろうと思っていたけど、ほんとにすてきだ。

ニックの思いが即座に——ハム音に乗って——頭に飛びこんできた。《二回めのキスをしようよ。二倍すてきになるかを確かめようぜ》

13

一時五十分。

チャレンジャー機は、メイン製紙産業社というペーパーカンパニーが所有する私設飛行場に着陸した。機はそのまま地上走行し、明かりのついていない建物に近づいていった。その途中、建物の屋上に設置された三基のモーションセンサー式のライトのスイッチがはいって、箱型の地上電源ユニットや油圧式のコンテナ積載装置などが照らしだされた。待機していた車は母親族御用達のヴァンではなく、九人乗りのシボレー・サバーバンだった。車体は黒、窓にはスモークガラス。〈みなしごアニー〉が気にいりそうな車だった。

チャレンジャー機はサバーバンの近くまで進み、エンジンをとめた。しかし、ジェット機のエンジンが本当に停止したのかどうか、ティムにはすぐにはわからなかった。というのも、まだかすかなハム音が耳をついていたからだ。

「これは飛行機が出してる音じゃないです」ルークがいった。「子供たちが出している音。もっと近づけば、この音がもっと大きくなります」

ティムはキャビン前方へ歩いていき、大きな赤いレバーを動かしてドアをあけ、タラップを降ろした。タラップの先端は、サバーバンの運転席ドアから一メートルも離れていないタールマカダム舗装に着地した。

「オーケイ」ティムはほかの面々のところへ引き返した。

「よし、到着だ。ただし出発前に、ミセス・シグスビー、あんたにちょっとした用事がある」

　チャレンジャー機内のラウンジエリアのテーブルに、豪華なパンフレットがどっさりと置いてあった。いずれも、まったくの幽霊会社であるメイン製紙産業社の輝かしい実績を宣伝するものだ。それ以外にもメイン製紙産業社のノベルティグッズの野球帽《キャップ》が半ダースほどあった。ティムはそのひとつをミセス・シグスビーにわたし、もうひとつを手にとった。

「これをかぶるんだ。かぶったら深く引きおろす。あんたの髪は短いから、全部を帽子のなかに入れるのも手間じゃないだろうな」

　ミセス・シグスビーは不快そうな顔でキャップを見つめた。「どうして？」

「あんたがいちばん先に出ていく。おれたちを待伏せ攻撃しようとしている連中がいたら、そいつらの銃火をあんたひとりに引き寄せておきたくてね」

「わたしたちがこれからあっちへむかうというとき、どうして彼らが配下をこっちによこすの？」

「たしかに、ありそうもない想定なのは認める。だから、あんたがいちばん先に出ても心配はないな」ティムはそういって、無料配布グッズのキャップをかぶった。ただし前後を逆にかぶったので、サイズ調節用のバンドがひたいを横切っていた。キャップを前後逆にかぶるにはティムはいささか年をくいすぎているとルークは思ったが――あれは子供のすることだ――あえて口にはしなかった。もしかしたらティムなりの、自分に気合いをいれる方法なのかもしれない。「エヴァンズ、おまえはミセス・シグスビーのあとから出ていけ」

「いやだね」ドクター・エヴァンズはいった。「わたしはこの機から降りない。降りたいと思っても、いまは無理だ。足が我慢できないほど痛むんだ。こんなに痛む足に体重という負担は少しだってかけられん」

　ティムはちょっと考えてからルークに目をむけた。

「きみはどう思う？」

「この医者は本当のことをいってます」ルークはいった。「タラップを降りるにはぴょんぴょん片足で跳ねなくちゃいけない。でも急勾配なので、足を踏み外して転がり落ちてしまうかもしれません」

「だから、最初っからこんなところへ来るんじゃなかったんだ」ドクター・エヴァンズはいった。片方の目から大粒の涙が絞りだされてきた。「わたしは医者なんだぞ！」

「おまえは医者の皮をかぶった怪物だよ」ルークはいった。「おまえは溺れそうな子供たちを観察しては――みんな、本気で溺れ死ぬと思ってたんだぞ――メモをとっていただけだ。おまえとドクター・ヘンドリクスに注射を打たれた子供たちのなかには、致命的な副反応で死んだ子もいた。それでも生き残った子供たちだって、本当の意味で生きているとはいえない状態になっただろう？　いいことを教えてやる。ぼくはおまえの足を踏んづけたくてたまらない。踵で傷をぐりぐり踏んでやろうか？」

「よせ！」エヴァンズは引き攣った悲鳴をあげ、座席にすわったまま身を小さくすくめつつ、銃で撃たれた足を無傷の足の裏側へ隠した。

「ルーク」ティムは声をかけた。

「心配しないで」ルークは答えた。「やりたいのはやまやまだけど、そんなことはしませんって。そんな真似をしたら、あの医者の同類になってしまいますからね」ティムにそういってから、ミセス・シグスビーにむきなおる。「おまえには選択の余地なんかないね。とっとと席を立ってタラップを降りていけ」

ミセス・シグスビーはメイン製紙産業社のキャップを深くかぶると、なけなしの威厳を精いっぱい引きだしながら席を立った。ルークはミセス・シグスビーにつづこうとしたが、ティムがその体を引きもどした。「きみはおれのうしろだ。とにかく、きみがいちばん重要人物なんだから」

ルークは異を唱えなかった。

ミセス・シグスビーはタラップのてっぺんでいったん足をとめ、両手を頭の上にまで高くかかげた。「ミセス・シグスビーよ！　隠れている者がいるのなら発砲は控えなさい！」

ルークはティムの思考をはっきりととらえた。《口でいっているほどは自信がないんだな》

どこからも返事の声はあがらなかった。外からきこえているのは蟋蟀《こおろぎ》の声だけだ。内側からきこえているのはハム音だけ。ミセス・シグスビーは手すりをつかみ、銃で傷を負った足をかばいながら、のろのろとタラップを降りていった。

ティムはコックピットのドアにグロックのグリップを叩きつけた。「世話になったな、おふたりさん。快適なフライトだった。機内に乗客がまだひとり残ってる。どこでもいいから、きみたちが飛びたいところまで連れていってやれ」

「あいつを地獄へ連れてってよ」ルークがいった。「片道飛行で。往復じゃなく」

ティムは銃撃される可能性を頭に入れて身がまえながら、タラップを降りはじめた――ミセス・シグスビーが大声をあげて名乗ったのは、ティムにとって想定外だった。もちろん計算に入れておくべきだった。現実には銃声は響かなかった。

「助手席にすわれ」ティムはミセス・シグスビーにいった。「ルーク、きみはこの女のうしろの席だ。おれは銃をもっているが、きみはおれのバックアップ要員だぞ。もしこの女がおれに妙な真似をするようだったら、遠慮なく超能力の術をつかうがいい。わかったか？」

「はい」ルークは答え、うしろの座席にすわった。

ミセス・シグスビーは助手席にすわってシートベルトを締めた。つづいてドアに手を伸ばして閉めようとしたが、ティムがかぶりをふってとめた。「まだだ」そういってドアに手をかけたまま、ボーフォートの〈エコノ・ロッジ〉の客室で安全に過ごしているウェンディに電話をかけた。

「鷲は舞い降りた」

「そっちは無事なの？」電波の状態は良好だった――まるでウェンディが隣に立っているかのように。ティムは本当にそうならいいのにと思い、そこで自分たちがこれからどこへ行くのかを思い出した。

「これまでは問題なし。そちらで待機してくれ。すべておわったら、また連絡する」

連絡できればの話だ――ティムは思った。

ティムは車の前をまわって運転席へ行った。キーはカップホルダーにはいっていた。ミセス・シグスビーにうなずきかけて、「さあ、もうドアを閉めてもいいぞ」という。

相手はその言葉に従い、不愉快そうな目でティムを見つめてから、先ほどルークが思ったのとおなじことを口にした。「そんなふうにキャップを逆むきにかぶると、びっくりするほど馬鹿丸出しね」

「いわせてもらうが、おれはエミネムのファンなんだよ。さあ、もう黙ってろ」

14

明かりひとつついていないメイン製紙産業社の到着ロビー用の建物では、ひとりの男が窓ぎわに膝をついてすわり、サバーバンがライトをつけて、ひらいたままのゲートへむかって走りだすようすを見つめていた。男はアーウィン・モリスン。もっか失業中の工場労働者で、〈研究所〉がデニスンリバー・ベンドに数多く確保している連絡員のひとりだった。スタックハウスとしては、車を送り届ける仕事をやらせた世話係のロン・チャーチを飛行場にとめおく手もあったが、命令不服従を選びかねないチャーチのような男に命令を出すのはまちがいだということを経験から学んでもいた。そのくらいなら、ほんの数ドルの金を稼ぐことしか念頭にない単細胞をつかったほうがいい。

モリスンは、携帯に登録ずみの番号に電話をかけ、「あいつらが出発しました」といった。「男と女、それに少年。女はキャップをかぶって髪を隠していて、顔ははっきり見えなかったんですが、ジェット機の出口で立ちどまって大声で自分の名前を叫んでました。ミセス・シグスビーと。男もやっぱりキャップをかぶってますが、前後を逆にしてます。少年はあなたたちがさがしている当人ですね。片耳にガーゼをあてていて、顔の半分にひどい痣がありました」

「でかした」スタックハウスはいった。すでにチャレンジャー機のコパイロットからの電話で、ドクター・エヴァンズが機内に残っていることを知らされていた。これもいいことだった。

現在までのところは問題なく進んでいた……いや、諸般の事情を思うなら、申しぶんなく順調に進んでいるといえよう。バスは向こうの要請どおり、旗竿の前にとめてある。このあと、シェフのダグと世話係のチャドを管理棟の先の木立――〈研究所〉のドライブウェイがはじまるあたり――に配置しておくつもりだった。ジーク・イオニーディスとフェリシア・リチャードスンのふたりは、管理棟の屋上を持ち場として配置する——それも、いざ銃撃戦がはじまるその瞬間まで、ふたりの身をうまく隠してくれるはずの手すり壁のうしろだ。グラディスはＨＶＡＣシステムを通じて毒ガスを屋内に注入したのち、ジークとフェリシアのふたりと合流する。この二カ所の配置ならば、〈研究所〉敷地にはいってきたサバーバンに古典的な十字砲火を浴びせることができる。スタックハウス自身は旗竿の横でバスのボンネットに手をかけて立っていれば、十字に交差して飛び交う銃弾の嵐から三十メートル弱は離れていられる。流れ弾を食らう危険がまったくないとはいえないことは承知していたが、これは甘受できる危険だ。

　ロザリンドは、〈フロントハーフ〉のレベルＦにある連絡トンネルのドアのすぐ前に警護要員として立たせておくつもりだった。ロザリンドが敬慕している長年の上司ミセス・シグスビーが十字砲火にさらされている場面を、うっかりロザリンド本人が目にしてしまう可能性をつぶしておきたかったからだが、もっと大きな理由もあった。途切れなくつづくハム音こそが力であることをスタックハウスは理解していた。いまはまだその力もドアを打ち破るまでにはいたっていないが、いずれそうなるかもしれない。あそこにいる子供たちは、ルーク・エリス少年の到着をただ待っているとも考えられる——そのときを待って後方から攻撃すれば、〈バックハーフ〉で引き起こしかけたような混乱状態をつくりだせるからだ。ゴークたちにはその手の計画を考えだせる脳みそは残っていないが、あの場にはほかの子供たちもいる。この見立てどおりなら、ロザリンドに愛用のＳ＆Ｗの四五口径をもたせてあの場に立たせておけば、ドアを突き破って最初に通過してきた者に、やっぱり後方にとどまっていればよかったと後悔させてやれる。スタックハウスがいちばん望んでいるのは、あの癪なうえにも癪なニック・ウィルホルムが突撃チームの先陣を切ってくれることにほかならなかった。

　さて、わたし自身は心がまえができているだろうか？　スタックハウスは自問し、答えはイエスだろうと思った。といっても、自分なりに精いっぱいの心がまえだが……それで問題はないかもしれない。戸外で自分たちが対処しなくてはならないのはルーク・エリスだ。あの少年と、少年が旅の途中でつかまえてきたヒーロー気取りの勘ちがい野郎だけだ。となればあと一時間半のあいだに、このクソ投げ合戦もおわっていることだろう。

15

三時。ハム音がさらに大きくなっていた。

「とめて」ルークがいった。「そこを曲がってください」そういって指さした先は、老いた松の巨木の木立に隠れてほとんど見えなくなっている未舗装路への入口だった。

「あれは逃げたときにつかった道かい？」ティムはたずねた。

「まさか。あんな道をつかったら連中につかまってましたよ」

「だったらどうやってあの道のことを――」

「あの女が知ってるからです」ルークは答えた。「あの女が知っているから、ぼくにもわかったんです」

ティムはミセス・シグスビーにむきなおった。「ゲートはあるのか？」

「そのガキにきけば？」唾を吐くような口調。

「ゲートはありません」ルークがいった。「ここはメイン製紙産業社の研究施設で、部外者は立入禁止だという標識が立っているだけです」

ミセス・シグスビーの顔に浮かんだ苛立ちを抑えきれない顔つきを見て、ティムは思わずにんまりとした。

「この子は警官になるべきだとは思わないか、ミセス・シグスビー？　きっとどんなアリバイの穴も見逃さない名刑事になるぞ」

「こんな真似はもうやめて」ミセス・シグスビーはいった。「わたしたち三人とも殺されるのが関の山よ。スタックハウスはどんな手にだって訴えかねないし」そこで顔をうしろへむけてルークに目をむけ、「おまえは人の心が読めるんだから、わたしが真実を話してるとわかってるはず。この男にそういっておやり」

ルークは無言だった。

「おまえたちの〈研究所〉とやらまで、あとどのくらいの距離がある？」ティムはたずねた。

「十五、六キロ。いいえ、もう少しあるかもしれない」ミセス・シグスビーはいった。情報を隠しても無意味だと判断したようだ。

ティムは道路のほうに顔をむけた。ひとたび大樹の木立をくぐり抜けると（木々の枝が車の屋根や側面を引っかいていた）、路面がなめらかでよく整備された道になった。空からは満月に少し足りない月が木の間ごしに光を投げかけ、未舗装路を骨の色に変えていた。ティムはサバーバンのライトを消して先を急いだ。

16

三時二十分。

エイヴァリー・ディクスンが冷たい手でカリーシャの手首をつかんだ。それまでカリーシャはニックの肩にもたれて、うたた寝をしていた。目を覚まして頭をもちあげ、「エイヴァスター？」と声をかける。

《みんなを起こして。ヘレンとジョージとニッキー。みんなを起こして》

「なにが――」

《これから先も生きていたかったら、みんなを起こして。もうじきはじまるよ》

ニック・ウィルホルムはもう目を覚ましていた。「おれたちは生き残れるのか？　ほんとにそんなことがあるのかな？」

「あんたたちの声がきこえてるよ！」ドアの反対側にいる秘書のロザリンドの声は、ほんの少しくぐもっているだけだった。「いったいなにを話してるの？　それにどうしてハミングなんかしてるの？」

カリーシャはジョージとヘレンを揺り起こした。カリーシャの目に、またしても色とりどりの粒々が見えてきた。色は薄かったが、見えていることは見えていた。光の粒々はトンネルの内部を、滑り台で遊んでいる子供たちのようにびゅんびゅん飛んで往復していた。ある意味では、それも当然ではないか。光の粒々は子供たちそのものなのだから。あるいは、子供たちのなれの果てか。光の粒々は目に見える姿になった思考であり、いまその思考はうろつき歩くA病棟の子供たちのあいだを縫って輪をえがき、跳ね踊り、ひとところで旋回していた。そのA病棟の子供たちは、前よりも多少生き生きした顔を見せてはいまいか。わずかに意識も目覚めているのでは？　カリーシャはそうにちがいないと思ったが、ただの思いすごしということもある。〈研究所〉にいると希望的観測が先走ってしまったとか。希望的観測をめぐらせることに慣れてしまう。生きる糧にしてしまうのだ。
「わかってる？　こっちには銃があるんだから！」ロザリンドがいった。
「銃ならおれだってもってるぜ」ジョージがいいかえし、股間をわしづかみにしてからエイヴァリーにむきなおった。《さて、どうするよ、ボス・ベイビー？》
エイヴァリーは仲間をひとりずつ順番に見ていった。その目が涙を流していることをカリーシャは見てとった。その事実にカリーシャの胃がずしんと重くなった——傷んだ食べ物をうっかり食べてしまい、吐き気がこみあげてくるときのように。
《いざはじまったら、みんなすばやく行動しなくちゃだよ》
ヘレン：《いつなにがはじまったらなの、エイヴァリー？》
《ぼくが大きな電話《ビッグフォン》で話をはじめたらだよ》
ニック：《だれと話す？》
《ほかの子供たち。うんと遠くにいる子供たち》
カリーシャはドアにむかってうなずいた。《あの女は銃をもってる》
エイヴァリー：《そんなことは心配しなくていい。とにかく、きみたちみんな行くんだ。全員で》
「おれたちだよ」ニックが口でいった。「おいおい、おれたち。おれたちみんなで行くんだ」
しかしエイヴァリーは頭を左右にふっていた。カリーシャはエイヴァリーの頭のなかでなにが進行中で、この少年がなにを知っているのかを確かめたくなり、頭のなかに潜りこもうとした。しかしカリーシャに得られたのは、何度もくりかえされている単純な一文だけだった。
《きみたちはぼくの友だち。きみたちはぼくの友だち。きみたちはぼくの友だち》

17

ルークはいった。「子供たちはあの子の友だち。でもあの子はみんなといっしょに行けないんだ」

「だれがだれといっしょに行けないって？」ティムはたずねた。「きみはなんの話をしている？」

「エイヴァリーのこと。エイヴァリーはあとに残らなくちゃいけない。大きな電話《ビッグフォン》で話しかけるのは、エイヴァリーの役目だから」

「きみがなにを話しているのか、おれにはさっぱりわからない」

「あの子たちは大事だ、でもエイヴァリーだって大事なんだ！」ルークが叫んだ。「そうだよ、みんな大事なんだぞ！　こんなのまちがってる！」

「この子は気がふれてるの」ミセス・シグスビーはいった。「あなただって、いいかげんそのくらい――」

「黙れ」ティムはいった。「いいか、いまのが最後の警告だぞ」

ミセス・シグスビーはティムに目をむけ、その表情を読み、いわれたとおり口を閉じた。

ティムは低速のサバーバンで坂道をあがっていき、いったん停止した。道の前方で道幅が広がっていた。木々のあいだから明かりがのぞき、建物が黒い塊となって見えていた。

「目的地に到着したようだな」ティムはいった。「ルーク、いまきみの友人たちがなにをしているのかは知らないが、おれたちにはもうどうにもできない。だからきみには、とにかく気をしっかりもっていてほしい。できるか？」

「はい」答えるその声はかすれていた。ルークは咳払いをして答えなおした。「はい。大丈夫です」

ティムは運転席から外に降りたち、車の前をまわって助手席に近づいてドアをあけた。

「これからどうしろと？」ミセス・シグスビーはたずねた。いかにも不機嫌で苛立ちを抑えきれない口調だったが、ごくわずかな光しかないなかでも、この女性が怯えていることは見てとれた。怯えるのも当然だった。

「降りろ。ここから先はおまえが運転するんだ。おれはルークと後部座席にすわる。おまえがふざけた真似をしたら——あの明かりのところに着く前に車を木立に突っこませるとかだ——シートの背もたれごしにおまえの脊髄を撃ちぬいてやる」

「いや。よして！」

「撃つときは撃つ。ルークが話したとおりのことを子供たちにやっていたのなら、おまえにはずいぶん大きなつけがある。そいつをきれいさっぱり清算してもらうときがきたんだよ。さあ、いったん出て運転席にすわったら車を発進させろ。ゆっくりだぞ。時速十五キロだ」ティムはいったん言葉を切った。「それからキャップを前後逆にかぶりなおせ」

18

アンディ・フェロウズがコンピューター／監視モニター室から電話をかけてきた。興奮もあらわに上ずった声だった。「あいつらが来ました、ミスター・スタックハウス！　道路からドライブウェイにはいるところの百メートルばかり手前で、いったん車をとめてます！　車のライトはついていませんが、月明かりがあり、建物から前に洩れている光もあるので、それなりにようすは見てとれます。確認のためにそちらのモニターでごらんになりたければ、いま映像を——」

「それにはおよばん」

スタックハウスはボックスフォンをデスクに投げだし、〈ゼロフォン〉に最後の一瞥をくれると——ありがたいことに、この電話はずっと静かなままだ——ドアにむかった。ポケットに入れてあるトランシーバーは受信感度を最大にセットしてあり、耳にはめたイヤフォンにつながっていた。部下の全員がおなじ周波数をつかっていた。

「ジーク？」

「きこえます。女医さんもいっしょです」

「ダグ？　チャド？」

「所定の位置にいます」ダグ・シェフの声だった。ふだんの日なら子供たちといっしょに夕食のテーブルについて手品を披露し、幼い子供たちの笑いを誘うこともままある男。「おれたちにもあいつらの車が見えてます。黒の九人乗り。サバーバンかタホーですね」

「了解。グラディス？」

「屋上です、ミスター・スタックハウス。材料はすべて用意できました。あとは各成分を混合するだけです」

「もし銃撃戦がはじまったら、すぐ作業にかかってくれ」とはいったが、〝もし〟はもう不要だ――いまは〝はじまり次第〟というべきだった。そしてその〝はじまり〟は、わずか三、四分後に迫っていた。いや、もっと短時間かもしれない。

「了解しました」

「ロザリンド？」

「位置についてます。下へ降りてくると、ハム音がずいぶん大きく響いています。どうやらあの子たち、よからぬことを企んでいるようです」

　スタックハウスも、その見立てにまちがいはないと思ったが、そんな真似ができるのもあとわずかな時間だけだ。そのあとは息が詰まって、なにもできなくなる。

「しっかり持ち場を守ってくれ、ロザリンド。なに、あっという間にまたフェンウェイ球場へ行って、レッドソックスの試合を見物できるようになるはずさ」

「試合見物につきあってもらえます？」

「わたしがヤンキースに声援を送ってもよければ、喜んで」

　スタックハウスは屋外へ出ていった。昼間が暑かっただけに、ひんやりした夜気が心地よかった。部下のチームへの愛情が胸にこみあげてきた。近くに残ってくれた面々だ。この件でなにかをいわせてもらうなら、なにがあろうと彼らには褒賞が与えられてしかるべきだ。この困難な任務のために、あえて後方に残ってくれた面々である。そしてサバーバンのハンドルを握っている男は、とんだ勘ちがい野郎だ。あの男が理解していないこと……というか、理解できないことがある――あの男自身がこれまで愛してきた人々が全員生きながらえてきたのは、ひとえにスタックハウスたちがここで進めていた仕事のおかげだ、という事実だ。しかし、それももうおわりだ。ヒーロー気取りの勘ちがい野郎にできるのは、ただ死ぬことだけだ。

　スタックハウスは旗竿近くにとめてあるスクールバスに近づきながら、配下のチームの面々に、これで最後になる言葉をかけた。「狙撃担当の諸君、きみたちは運転している人物に集中するんだ。わかったな？　キャップを前後逆にかぶっている人物だ。そのあと、あの車の頭からケツまで銃弾をくまなくたっぷり浴びせかけろ。狙いは高めにして窓を狙い、スモークガラスを割って、車内のやつらの頭を狙い撃ちにするんだ。確認せよ」

全員から返事があった。

「わたしが手をあげたら射撃開始だ。くりかえす、わたしが手をあげたらだ」

スタックハウスはバスの前に立った。それから、ひんやり冷たくて水滴が宝石のようにきらめいている車体に右手をかけた。左手では旗竿を握った。それから待った。

19

「走らせろ」ティムはいった。運転席のうしろで、フロアにしゃがみこんでいた。ルークはすぐ隣にいた。

「お願いだから、わたしにこんなことをさせないで」ミセス・シグスビーはいった。「ここがなぜ重要な施設なのかを説明させてもらえたら、それで――」

「走らせろ」

ミセス・シグスビーは車を前へ進めた。建物の明かりが近づいてきた。そしてスクールバスと旗竿が見え、さらにその両者にはさまれて立っているトレヴァー・スタックハウスの姿も見えてきた。

20

《時間だ》エイヴァリーがいった。

てっきり恐怖を感じるものだと思っていた――自分の部屋のようでいて自分の部屋でないあの部屋で目覚めて以来、エイヴァリーはずっと恐怖を感じていたからだ。しかし、いまは感じていなかった。あの目覚めのあとハリー・クロスに突き飛ばされて、それまで以上の恐怖を感じるようになったが、いまはちがった。いまエイヴァリーは昂揚していた。母親が部屋の掃除のたびに毎回ステレオで鳴らしていた曲の一節が、いま頭のなかによみがえってきた――《わたしは解放されるべき《アイ・シャル・ビー・リリースド》》という歌詞が。

エイヴァリーは、すでに輪になっておなじ場所をぐるぐるまわっていたA病棟の子供たちに歩み寄った。カリーシャ、ニック、ジョージ、ヘレンがあとにつづいた。エイヴァリーが両手をさしのべた。カリーシャが片手を、アイリスが――かわいそうなアイリス、もしこれがせめて一日早く起こっていれば助かったかもしれないアイリスが――反対の手をとった。

ドアの外にいる女が質問らしき言葉をわめいていたが、その言葉は高まりつつあるハム音にまぎれてききとれなかった。粒々があらわれた――それも薄暗い光の粒ではなく明るい粒で、刻一刻と輝きを増していた。この〈シユタージライト〉が子供たちの輪の中央を満たし、理髪店のサインポールに描かれた縞模様のように、どこか深いところにある力の源泉からくるくる回転して上昇してきたかと思うと、ふたたび深みに回帰しては再生し、これまで以上に力強くなってまた出現してきた。

《目をつぶれ》

それはもはやただの思考ではなく、ハム音に乗って響きわたる**思考**だった。

ほかの子供たちが目をつぶったのを目で確かめてから、エイヴァリーも目をつぶった。自宅にある自分の部屋が見えてくるか、あるいはぶらんこや毎年五月末の戦没将《メモリ》兵記念日《アルディ》になると父親が空気で膨らませていた大きなビニールプールがある裏庭が見えてくるものと予想していた。しかし、その光景は見えなかった。閉じた瞼の裏にエイヴァリーが――いや、子供たち全員が――見ていたのは、〈研究所〉の運動場だった。そして、それも決して驚きではなかった。あの運動場で押し倒されて泣かされたのは事実だが――人生最後のこの数週間の幕開けとしては悲惨なものだった――そのあと大切な友人たちもできた。自分の家にいたころは友だちができなかった。自分の家にいたころは、学校では不気味な変わり者だと思われていたし、名前までもがからかいの種になっていた。ほかの子供たちが駆け寄ってきて、顔のまん前で「おい、エイヴァリー、おれの頼みをきいてくれ《ドゥ・ミー・ア・フェイヴァリー》」と名前にひっかけた駄洒落をわめいていくのだった。ここでは、そういったことはいっさいなかった。ここではみんながひとつになっていたからだ。ここでは友だちがエイヴァリーの世話をし、あたりまえの人間としてつきあってくれた。これからは自分が逆に友人たちを世話する番だ。カリーシャ、ニッキー、ジョージ、ヘレン。友人たちの世話をしてあげよう。

そして、いちばんの友人であるルーク。できることなら。

目をつぶっているエイヴァリーに大きな電話《ビッグフォン》が見えてきた。

電話機はトランポリンの横、ルークが体をくねらせてフェンスの下をくぐりぬけるのにつかった浅い穴のすぐ前に置いてあった。高さは少なくとも四メートルはあり、本体は死そのもののような漆黒の古風な電話機。エイヴァリーと友人たちとA病棟の子供たちは、電話機のまわりに輪をつくって立っていた。これまでよりも強く輝く〈シュタージライト〉が渦を巻いて、いまでは電話機の数字ダイヤルを覆い、それだけでなく巨大なベークライト製の受話器の上をふざけているように滑っていた。

《カリーシャ、**行け**。運動場へ！》

抵抗の声は出なかった。カリーシャの手がエイヴァリーの手から離れたが、輪の切れ目が力を削いだりヴィジョンを壊したりする前に、ジョージがすかさずエイヴァリーの手をつかんだ。いまではいたるところにハム音が響いていた。似たような子供たちがあつめられている遠く離れた場所のすべて、子供たちがおなじように輪をつくっている遠くの場所のすべてでも、みんながハム音をきいているはずだった。遠くの子供たちもこの音をきいている——世界各地の〈研究所〉のような施設で子供たちがあつめられて、命を奪えと命じられた犠牲者たちも音をきいていたように。そして標的になった人々とおなじく、子供たちも音に従うことになった。ただし、こちらは子供たちがわかって従っている点、喜んで従っている点が異なっていた。反乱はここだけで起こっているのではなかった——全地球規模の反乱だった。

《ジョージ、**行け**。運動場へ！》

ジョージの手がすとんと落ちて離れ、ニックの手がそれに代わった。ハリーに押し倒されたとき、エイヴァリーのために立ちあがってくれたニック。エイヴァリーのことを、友人だけの特別な名前のように〝エイヴァスター〟と呼んだニック。エイヴァリーがその手をぎゅっと握ると、ニックが握りかえしてきた。いつでも青痣の絶えなかったニック。殴られても決して屈服せず、あいつらの汚《けが》らわしいトークンを受けとろうとしなかったニック。

《ニッキー、**行け**。運動場へ！》

　ニックは去った。いまエイヴァリーの手を握っているのはヘレンだった。パンクヘアの色が褪せかけているヘレン。トランポリンでエイヴァリーに前方宙返りのやりかたを教え、「あんたが落っこちて、その馬鹿な頭を割ったりしないように」と補助役をつとめてくれたヘレン。

《ヘレン、**行け**。運動場へ！》

　ヘレンが去っていった――ここでできた友人の最後のひとりが。しかし、それまでヘレンが握っていたエイヴァリーの手を、ケイティーがすかさず握った。いよいよ、その時間がやってきた。

　外から、かすかな銃声がきこえた。

《お願いだから、手おくれだったなんてことにはならないで！》

　それがエイヴァリーという個人としての最後の意識的な思考だった。つぎの瞬間エイヴァリーはハム音に、そして光に溶けこんでいた。

　いよいよ、長距離電話をかけるときが到来していた。

21

　サバーバンが前進してくるようすは、残る数本の木々のあいだからスタックハウスにも見えていた。管理棟から洩れているライトの光が、車体のクロームめっき部分を滑るように移動していた。のろのろ運転といっていい低速だったが、それでも着実に近づいてくる。いまこのときになって、あの少年はもうＵＳＢメモリを所持していないのではないか、少年がウェンディ巡査と呼ぶ人物に預けてきたのではないかという思いが浮かんだ（が、もはや遅すぎてどうすることもできなかった――しかし、それが世の習いではないか）。いや、飛行場からここへ来るあいだに、どこかに隠したことだって考えられる。ついでにあの勘ちがい男が土壇場でウェンディ巡査に電話をかけ、自分たちの作戦が失敗した場合に備えてメモリーの隠し場所を教えたかもしれない。

しかし、だからといってわたしにはどうすることもできないのでは？　スタックハウスは思った。そう、なにもできない。あとはこうするほかはない。

サバーバンがドライブウェイの入口に姿をあらわした。スタックハウスはあいかわらずバスと旗竿のあいだに立ち、十字架上のイエス・キリストのように両腕を伸ばしていた。ハム音は耳をつんざく寸前のレベルにまで高まり、ロザリンドはいまもまだ持ち場を死守しているのか、それともこれに負けて退避を余儀なくされたのだろうかという疑問が頭に浮かんだ。ついでグラディスのことを思い、グラディスがすぐにも混合できるように薬品の準備をととのえていることを願った。

スタックハウスは目を細くして、サバーバンの運転席にすわっている人物を見つめた。はっきり見てとるのは不可能だったし、左右のスモークガラスが銃弾で吹き飛ばされないかぎり、ダグとチャドにも車内の様子はほぼ見えないこともわかっていた。しかしフロントガラスは透明で、サバーバンが二十メートル弱にまで迫ると――スタックハウスの望みよりも若干近づきすぎだ――運転している人物のひたいを前後逆むきのキャップの調節バンドが横切っているのが見えて、スタックハウスは旗竿から手を離した。運転している人物が頭をがむしゃらに左右にふりはじめた。片手がハンドルから離れ、車内からガラスに押しつけられてひとでの形になり、〝やめろ〟と命じるジェスチャーをしてきた。それでスタックハウスも騙されたことに気づいた。少年がフェンスの下をくぐって逃げたのとおなじくらい単純で、おなじくらい効果的なトリックだった。

運転席にいるのはヒーロー気取りの勘ちがい野郎ではなかった。ミセス・シグスビーだった。

サバーバンがまたしても停止し、ついでバックしはじめた。

「ごめんよ、ジュリア。こうするしかないんだ」スタックハウスはそういって、片手をかかげた。

管理棟の屋上と木立からの銃撃が開始された。〈フロントハーフ〉の裏側では、グラディス・ヒクスンが、〈バックハーフ〉と連絡トンネルに冷房や暖房の空気を供給しているHVACユニットの下に用意されたふたつの漂白剤の大きなバケツの蓋をはずしていた。それから息をとめてトイレの便器用洗剤を漂白剤のバケツに投入し、それぞれをモップのハンドルで簡単にかきまぜたのちにユニットとふたつのバケツをブルーシートで覆いおわると、燃えるような痛みを目に感じながら、〈フロントハーフ〉の東翼棟めざして全速力で走りはじめた。屋上を横切るように走っているあいだに、グラディスは足の下で建物が揺れ動いていることに気づかされた。

22

「やめて、ト、ト、トレヴァー、い、い、だめ！」ミセス・シグスビーが悲鳴をあげた。頭を大きく左右にふっている。そのうしろでしゃがんでいるティムには、ミセス・シグスビーが片手をあげてフロントガラスに押しつけているのが見えた。反対の手はシフトレバーを操作し、サバーバンのギアをバックに入れていた。

しかし車がバックで動きはじめると同時に、銃撃がはじまった。右手側の木立から飛来してくる銃弾もあれば前方からの弾丸もあり、さらには上からも狙撃されていることにティムは確信をいだいた。サバーバンのフロントガラスに穴が穿たれた。ガラスは一瞬にして白く濁り、シート状になって車内に垂れ落ちてきた。ミセス・シグスビーはあやつり人形と化していた――弾丸が命中するたびに痙攣したり跳ね踊ったりしては、くぐもった悲鳴をあげていた。

「身を伏せてろ、ルーク！」自分の体の下でルークがもぞもぞ身をよじりはじめ、ティムはそう叫んだ。「伏せていろ、い、いるんだ！」

サバーバンの後部ドアを弾丸が貫いた。ガラスの破片がティムの背中に降りかかった。運転席のシートの裏側に血が流れはじめた。四方八方のいたるところからハム音が響いているようにさえ思えていたが、それでも自分の体のすぐ上を飛びすぎていく弾丸の音は、ティムにもはっきりききこえた――弾丸はかすかな〝びゅん〟という音をたてていた。

また弾丸が金属パネルを貫くときの〝かんっ・がんっ〟という音も響いていた。サバーバンのボンネットがぽんと跳ねあがった。気がつけばティムは昔のギャング映画のラストシーンを思い出していた。車内に撃ちこまれた弾丸を立てつづけに体に受けたボニー・パーカーとクライド・バロウが死のダンスを踊っているシーンだ。ルークの計画がどんなものだったのかはともかく、もはやその計画は完膚なきまでに崩壊した。ミセス・シグスビーは死んだ。残ったフロントガラスにあの女の血が飛び散っているのが見えた。次に死ぬのは自分たちだ。

ついで前方から悲鳴が、後方から叫び声がきこえた。サバーバンの右サイドを貫通して二発の弾丸が車内に飛びこんできた。そのうち一発は、ティムのシャツの襟をぴくんと動かすほどきわどかった。しかし、それが最後の二発だった。そしていまティムの耳は、なにかを擂《す》りあわせるような大きな音をとらえていた。

「立たせて！」ルークがあえぎながらいった、「息ができないよ！」

ティムは少年の上から体をずらし、前部座席のあいだの隙間から外に目をむけた。次の瞬間にも銃弾で頭を吹き飛ばされてもおかしくないことは意識していたが、見ずにはいられなかった。隣でルークが体を起こしていた。ティムは少年に伏せたままでいろと命じるつもりだったが、その言葉はのどで息絶えた。

これが現実であるはずがない——ティムは思った。現実であるものか。

しかし、まぎれもなく現実だった。

23

エイヴァリーとその友人たちは、大きな電話機をとりかこむ輪をつくっていた。〈シュタージライト〉があまりにもまばゆくて美しいため、電話機本体はろくに見えなかった。

《花火だ》エイヴァリーは考えた。《さあ、ぼくたちで花火をつくるぞ》

光の粒々が融合して、床から三メートル上で回転して輝きをまき散らす花火をつくっていった。最初のうち花火は前後にぐらぐらと揺れていたが、集合精神がもっとしっかり動きをコントロールするようになった。花火は巨大な受話器に勢いよくぶつかって、巨大なフックから叩き落とした。ダンベル形の受話器はジャングルジムによりかかるかたちで、斜めになったまま動きをとめた。たちまち、その受話器からさまざまな言語の声があふれだしてきた。そのどれもがおなじことを質問していた。《もしもし、わたしの声がきこえますか？ もしもし、わたしの声がきこえますか？》

《きこえるよ》〈研究所〉の子供たちは声をひとつに合わせて答えた。**《きこえるよ、みんなの声が！ さあ、いまだ！》**

スペイン南部にあるシエラネバダ山脈の国立公園で輪をつくっていた子供たちは、その声をきいていた。ディナル・アルプス山脈内に幽閉されているボスニアの子供たちも、その声をきいていた。アムステルダム港への入口を警備していた人工島のパンパス島では、輪をつくっていたオランダ人の子供たちがその声をきいていた。バヴァリア山中の要塞では、輪をつくっていたドイツ人の子供たちがその声をきいていた。

イタリアのピエトラペルトーサでも。

韓国の南原《ナムウォン》市でも。

シベリアのゴーストタウン、チェルスキーの郊外十キロの場所でも。

彼らは声をきき、彼らは声に答え、そして彼らはひとつになった。

24

カリーシャと友人たちは、彼らと〈フロントハーフ〉のあいだに立ちふさがる施錠されたドアの前にたどりついた。いまでは銃声が鮮明にきこえるようになっていた。ハム音が唐突に——それこそ電源プラグが一気に引き抜かれたかのように——消えたからだ。

このドア、まだここにあったんだ——カリーシャは思った。でももう、わたしたちだけのドアじゃない。

壁の奥から人間のうめき声のような音がきこえてきたかと思うと、連絡トンネルと〈フロントハーフ〉のレベルFを仕切っているドアが外側へ吹き飛ばされた。ドアはすぐ前にいたロザリンド・ドースンを直撃して、即死させた。ドアはエレベーターよりも先まで飛ばされた

——頑丈な蝶番《ちょうつがい》がついていた箇所は、見る影もなくねじくれてしまっていた。天井では照明の蛍光灯を保護している金網ケースがかたかたと揺れて、海のなかを思わせる無秩序な影をいたるところに投げていた。

うめき声めいた音はぐんぐん高まり、いまでは四方八方から響いていた。この建物自体が、地面からおのれを引き剝がそうとしているかのようだった。サバーバン車内ではティムがボニーとクライドの映画〈俺たちに明日はない〉を思い起こしていた。そしてカリーシャは、アッシャー家の屋敷にまつわるポオの小説を思い起こしていた。

《さあ、行くよ》カリーシャは仲間に思いを送った。《急いで！》

一同は叩き飛ばされたドアと、その下敷きになって広がりつつある血だまりに横たわる叩き飛ばされた女の横を走って通り抜けた。

ジョージ：《エレベーターをつかわない？　もう通りすぎちゃったぞ》

ニック：《おいおい、頭大丈夫か？　なにが起こってるかはわからないが、エレベーターに乗りこむのはぜったいごめんだね》

ヘレン：《これって地震？》

「ちがう」カリーシャはいった。《地震《アースクエイク》じゃなくて精震《マインドクエイク》。どうすればこうなるのかは――》

「――わからないけど、とにかくこれが……ほら……」カリーシャは息を吸った。空気には舌を刺すような味があり、カリーシャは咳きこんだ。「これがそれなの」

ヘレン：《空気の味が変》

ニックがいった。「これって毒ガスかなにかじゃないかな」《あのクソ野郎ども、決してあきらめないんだ》

カリーシャが《**階段**》という表示があるドアを押し開け、一行は上をめざした。いまでは全員が咳をしていた。レベルDとCの途中で、一行の足もとの階段が震動しはじめた。たちまち壁にジグザグのひび割れが出現した。蛍光灯が消えると同時に非常灯がともり、平板な黄色い光を投げかけた。カリーシャは足をとめて上体をかがめ、からえずきをしてから、また先へ進みはじめた。

ジョージ：《まだ下に残ってるエイヴァリーやほかの子たちはどうなる？　みんな窒息しちまうぞ！》

ニック：《それにルークは？　あいつはここにいるのか？　まだ生きてるのかよ？》

カリーシャにはわからなかった。わかっていたのは、息が詰まる前にここから外へ出なくてはならないということだけ。あるいは――もし〈研究所〉の建物が内側へ崩落するのなら――押し潰されて死ぬ前に。

激しい震動が建物全体を駆け抜けて、階段がぐらりと右に傾いた。もしエレベーターを選んでいたら、いまごろ自分たちはどんな目にあっていたことか……カリーシャはそう思い、その思いを頭から押しのけた。

レベルB。カリーシャは息をしようとあえいだが、空気はここのほうが*まし*だった。それに、わずかながら早く走れるようにもなった。自販機で買えるタバコの中毒にならなかったことが、われながらありがたく思えた。

壁の内側からのうめき声が低い悲鳴に変わってきた。さらにうつろな金属音が〝ばりばり〟と轟いてきて、カリーシャは水道の配管や電気系統のケーブル類が引きちぎれていく音だろうと見当をつけた。

*すべて*が引きちぎれつつあった。以前にユーチューブで見た動画が頭をすばやくよぎっていった。あまりの恐ろしさに画面から目をそらすこともできなかった動画、歯科医が鉗子でだれかの歯を抜くところをとらえた動画だった。歯はぐらぐら揺れつつ歯茎内にとどまろうとし、周囲から鮮血があふれだしていたが、結局は歯の根がついたまま完全に引き抜かれた。これはあのときの歯のようなものだった。

カリーシャは地上階に通じるドアの前にたどりついた。しかしドアは歪んで、泥酔したような現実離れした形になっていた。ドアを押したが、いっこうにあかなかった。ニックが隣にやってきて、ふたりいっしょに押した。あかなかった。足もとの床がぐうっと迫りあがっては、どすんと一気に落ちた。天井の建材の一部が剥がれて階段を直撃し、そのまま崩れながら階段を滑り落ちていった。

「外へ出なけりゃ、このまま押し潰されちゃう！」カリーシャは叫んだ。

ニック：《ジョージ。ヘレン》

それから両手をさしのべる。階段室はかなり狭かったが、四人は腰と腰、肩と肩を押しつけあってなんとか全員でドアの前に立つことができた。ジョージの髪がカリーシャの目もとをくすぐる。恐怖の臭気をはらんだヘレンの呼気がカリーシャの顔にもろにかかる。四人は体をよじりながら手をつなぎあった。光の粒々が出現し、ドアがかん高い金属音とともに――ドア上の横木のかなりの部分を道連れにして――ひらいていった。ドアを抜けた先は居留エリアの廊下だったが、いまは酔ったように一方へ傾いて歪んでいた。ひしゃげたドアから最初に――シャンパンのボトルから抜けるコルク栓のように――飛びだしたのはカリーシャだった。そのまま床に膝をついたが、天井から照明器具が落ちてガラスと金属部品があたり一面に飛び散っていて、それで片手に切り傷を負ってしまった。片方の壁で斜めになりながらも落ちずに掛かっていたのは、三人の子供たちが草原を走っているイラストに、きょうも楽しい楽園の一日という標語が添えられたポスターだった。

カリーシャはあわてて立ちあがり、まわりを見まわした。ほかの三人もおなじことをしていた。四人はいっしょにラウンジを目指し、拉致された子供がもう二度と住むことのない部屋の前を次々に走りすぎていった。部屋のドアも一気にひらいては一気に閉じることをくりかえし、正気をうしなった手拍子のような音をたてていた。売店コーナーではいくつかの自販機が転倒して、スナック類が乱雑に散らばっていた。酒の小瓶が割れていたため、あたりの空気には鼻を刺すアルコールのにおいが満ちていた。運動場へ通じるドアも歪んでしまい、そのせいで閉じたままびくともしなかったが、ガラスが割れていたために晩夏のそよ風に乗って、外の新鮮でおいしい空気が流れこんでいた。つかのまカリーシャは、いままさに自分たちの周囲で建物がひとりでに崩壊しつつあるらしいことも忘れていた。

とっさに頭に浮かんできたのは、ほかの子供たちも、連絡トンネルの反対のドアをつかうとかして外へ出てこられたんだ、という思いだった。というのも、運動場に彼らの姿が見えたからだ。エイヴァリー、アイリス、ハル、レン、ジミー、ドナ、それに残るA病棟の子供たちみんな。ついでカリーシャは、自分が現実の彼らを見ているのではないことに思いいたった。見えているのは投影像だ。アバターだ。彼らがまわりをかこんでいる巨大な電話機もおなじだった。もし本物だったらトランポリンもバドミントンのネットもつぶれていたはずだが、どちらもちゃんとまだそこにあった。それにカリーシャの目にはその先にある金網フェンスが――電話機のうしろではなく――電話機を透かして見えていた。

　次の瞬間、子供たちも電話機も消えた。カリーシャは床がふたたびもちあがってきていることに気がついた。しかも今回は、一気に〝どすん〟と落ちることもなかった。いまでは運動場のへりとラウンジのあいだに隙間ができて、どんどん広がっているのが見てわかった。いまはまだ二十センチちょっとだが、広がりつつあるのは事実だった。いま外へ出ようとすれば、階段の二段上から地面に降りるときのように軽くジャンプしなくてはならないだろう。

「さあ、行くよ！」カリーシャはほかの仲間に叫びかけた。「急いで！　まだ急げるうちに！」

25

　スタックハウスは管理棟の屋上からの悲鳴をききつけた――屋上からの射撃はやんでいた。ふりかえって目に飛びこんできた光景の意味が、最初はまったくわからなかった。〈フロントハーフ〉が上昇しつつあった。屋上で体をゆらゆら動かしている人影が、月を背景に黒く浮きあがっていた――両腕をいっぱいに伸ばし、必死に体のバランスをたもとうとしている。グラディスにちがいなかった。

　こんな馬鹿なことがあるものか――スタックハウスは思った。

　しかし、これは現実だった。〈フロントハーフ〉はいま浮きあがりつつあった――なにかを擂り潰したりへし折ったりする音を盛大にたてながら、大地のもとから旅立とうとしていた。建物はいったん月を完全に覆い隠したかと思うと、小まわりのきかない巨大ヘリコプターの機首のように、がくんと下降した。その動きで屋上にいたグラディスが吹き飛ばされた。スタックハウスにも悲鳴がきこえているあいだに、グラディスの体は闇に吸いこまれて見えなくなった。管理棟ビルの屋上では、ジークとドクター・リチャードスンがそれぞれの銃器を手から落とし、手すり壁に身を押しつけて縮こまり、夢からそのまま出現したような光景を見あげていた――ガラスやコンクリートブロックの塊をばらばらと払い落としながら、悠然と空へ浮かびあがっていく建物という光景を。建物は運動場をかこんでいた金網フェンスの大部分も引き連れていた。建物の底面では配管がもつれあってぶらさがり、断裂したパイプから水があふれて流れ落ちていた。

西翼棟ラウンジのドアが壊れ、そこからタバコの自動販売機が転がりでてきて下の運動場に墜落した。空にむかって上昇する〈フロントハーフ〉の底面を目を丸くして見あげていたジョージ・アイルズは、ニックが強く体を引いて避けさせてくれたからよかったが、そうでなければ自販機に直撃されていたところだった。

シェフのダグと世話係のチャドは目隠しになっている木立から出てくると、それぞれが手にした銃器をだらりと下へ垂らし、首を大きく曲げて上を見あげ、ぽかんと口をあけていた。銃弾を雨あられと浴びせられたサバーバン車内には、もう生き残っている者などいないと思いこんでいたのだろうか。いや、むしろ驚きと当惑にサバーバンのことを完全に忘れていたのではあるまいか。

いよいよ〈フロントハーフ〉の建物底面が、管理棟ビルの屋上の真上にやってきた。その動き方には威風堂々とした優雅さがあり、微風のなかで帆をあげて進む十八世紀イギリス海軍の軍艦を連想させた。断熱材や電気ケーブル類――まだ火花を散らしているコードもあった――が、断ち切られたへその緒のようにぶらさがって揺れていた。突きだしているパイプの先端が、屋上の空調設備の上面をひっかいていった。〈ギリシア人のジーク《ジーク・ザ・グリーク》〉とドクター・フェリシア・リチャードスンはその接近を見てとると、屋上に出るのにつかったハッチを目指して走った。ジークは間にあった――ドクター・リチャードスンは間にあわなかった。この女性医師は両腕をもちあげて頭を守ろうとしたが、本能的なそのしぐさは、哀れを誘うほど無力だった。

連絡トンネルが――長年ずっと保全もされずに放置されていたうえに、〈フロントハーフ〉の浮揚という大変動のあおりを食って――崩落し、すでに塩素中毒と精神能力の消耗で死につつあった子供たちを圧死させたのは、まさしくこのときだった。子供たちは死の瞬間まで輪を維持していた。天井が落下したそのとき、エイヴァリー・ディクスンの頭に最後の思考が――明晰かつ落ち着いた思考が――浮かんでいた。友だちができて本当によかった、と。

26

ティムにはサバーバンから降り立った記憶がなかった。それよりは自分の目が見ている光景を頭で処理するだけで精いっぱいだったからだ――巨大な建物が宙に浮かんでから、それより小さな建物にむかって滑るように下降し、建物を覆い隠していった。小さいほうの建物の屋上にいる人影が、頭を両手でかばっているのが見えた。ついで、マジシャンのデイヴィッド・カッパーフィールドによる大イリュージョン顔負けの光景の裏側から、なにかが砕けるようなくぐもった音が響き、もうもうたる粉塵が舞いあがったかと思うと……宙に浮いていた建物が岩のように一気に落下した。

ものすごい轟音が大地を揺さぶり、ティムをよろけさせた。小さなほうの建物――オフィス棟だろうとティムは察した――が、これだけの重量を支えられるはずはなかった。小さな建物はぐしゃりと潰れて四方八方に炸裂し、材木とコンクリートとガラスをまき散らした。またしても粉塵が噴きあがって月をかき消した。スクールバスの盗難アラームが〝びいぃーっ・びいぃーっ〟と鳴りはじめた（このバスにそんな装置がとりつけられているとは、だれが知っていただろう?）。屋上にいた人物はもちろん死亡していたし、まだ建物内に残っていた人物がいたとしても、いまはもう押し潰されてただのゼリーになり果てているはずだ。

それからルークが腕をつかんでいた。「ティム、ティムったら!」「ティム」ルークは、木立から姿をあらわしたふたりの男を指さした。ひとりはいまもまだ建物の廃墟を見つめていたが、しかしもうひとりは、大型の拳銃をもちあげようとしていた。夢のなかのように、ひどくのろのろした動作で。

ティムは自分の銃を――相手とは比較にならない迅速な動作で――もちあげた。「撃つな。銃をおろせ」

ふたりは茫然とした目でティムを見つめ、いわれたとおりにした。

しかし、こんなことがだれにわかっただろうか？　あの子供たちが建物を丸々ひとつ浮かべられるほどの力を引きだす方法を知っていると、だれにわかったというのか。ミセス・シグスビーにもエヴァンズにもわからず、ヘッケルとジャッケルにも、ドンキーコングにも——あの男は今夜どこへ逃げた？——わからず、この自分にもわからなかった。われわれは高電圧の電流をあつかっているとばかり思ってた。それなのに、現実にはちょろちょろとしか流れない微小な電流を相手にしていただけだった。われわれもとんだ馬鹿を見たものだ。

肩を叩く者があった。ふりかえると、そこに立っていたのは例のヒーロー気取りの勘ちがい男だった。男は肩幅が広かった（正統派のヒーローならそうであるべきだ）が、眼鏡をかけていた。眼鏡はヒーローのステロタイプに合致しなかった。

もちろん、いつだってクラーク・ケントという例外がいるわけだな——スタックハウスは思った。

「武器をもっているのか？」ティムという名前の男がたずねた。

スタックハウスは頭を左右にふると、片手を力なく動

「さあ、旗竿のところまで歩け」

「もうおわりなのか？」男のひとりがたずねた、「もうおわったといってくれ」

「おわりだと思う」ルークがいった。「だから、ぼくの友だちのいうとおりにしなよ」

ふたりの男はうねりながら流れる土埃のなかを、旗竿とバスのほうへ歩きはじめた。ルークはふたりが落とした銃器を拾いあげた。最初はサバーバンの車内に投げこんでおこうと思ったが、弾痕だらけになったうえに血が飛び散っている車は、もうだれもつかおうとしないはずだと考えなおした。そこで片方のオートマティックだけを手もとに残し、もう一挺は木立に投げ捨てた。

27

スタックハウスは近づいてくるチャドとダグ・シェフにひととき視線をむけてから、破壊されたおのれの人生の残骸に目をもどした。

かした。「あの連中がおまえたちを始末しているはずだったんだが」

「おまえたち三人が最後の生き残りか？」

「さあ、わからん」スタックハウスは感じたことのないほどの疲労感に苛まれていた。ショックのせいだろうと思った。ショックと、建物が丸々空へ浮かびあがって月を完全に覆ってしまったことだ。「まあ、〈バックハーフ〉のスタッフのなかには生き残った者もいるだろうな。それからあそこの医者のハラスとジェイムズ。ただし〈フロントハーフ〉の子供たちとなると……あんなことがあっても助かる者がいるとは思えんな」いいながらスタックハウスは、鉛のように重く感じられる腕をもちあげて廃墟をさし示した。

「じゃ、それ以外の子供たち」ティムはいった。「ほかの子供たちはどうなんだ？　その子供たちは別の建物にいたんじゃなかったのか？」

「その子たちはトンネルにいたんです」ルークがいった。「こいつは子供たちに毒ガスを吸わせようとしてた。でも、それより先にトンネルが崩れたんです。〈フロントハーフ〉が浮かびはじめたときに」

スタックハウスは少年の言葉を否定しようと思った。しかしルーク・エリス少年がこちらの心を読めるのなら、嘘をついてなんの利益になるだろう？　それはそれとして、とにかく疲れてもいた。精も根も尽きはてた気分だった。

「では、きみの友人たちも？」ティムがたずねた。

ルークは口をひらいて、確証はもてないが、たぶんそうだろう、と答えかけ、そこでいきなりさっと顔の向きを変えた——まるでだれかに名前を呼ばれたかのように。もし名前を本当に呼ばれたのなら、声は頭のなかにきこえていたのだろう。というのもティムにその呼び声がきこえたのは、ようやく数秒後だったからだ。

「ルーク！」

先ほど建物が押し潰されたときに放射状に飛び散った瓦礫を巧みに迂回しながら、ひとりの少女が破片だらけの芝生を走ってくるところだった。その少女を追いかけて、さらに三人の子供——ふたりは少年で残るひとりは少女——が走っていた。

「ルーキー！」

ルークは先頭を走っていた少女に駆け寄って、両腕をがっちりとまわした。あとからの三人もここにくわわり、五人はひとつになって抱きあった。ティムの耳にふたたびハム音がきこえてきた。しかし、先ほどよりもずっと低い音だった。いくつかの瓦礫がもぞもぞ動き、材木の断片や石材のかけらがいったん宙に浮かび、すぐに落ちた。それにいま、頭のなかに子供たちの声がいりまじってきこえていないだろうか？　ただの思いすごしかもしれないが、それでも……。

「あいつらはいまもまだエネルギーを発してるんだ」スタックハウスはいった。時間つぶしをしているだけの人のような無関心な口調だった。「わたしにはきこえる。きみにもきこえているね。気をつけろよ。あれの影響はだんだん蓄積してくる。おかげでハラスとジェイムズが、いまではヘッケルとジャッケルだ」一回だけ、大きな笑い声をあげる。「そう、どっちも高価な医学博士号をもっているアニメのカササギにすぎんな」

ティムはこの言葉をきき流して、子供たちに喜ばしい再会のひとときを味わわせてやった——彼ら以上にこの喜びにふさわしい者が地球上にいるだろうか？　その一方ティムは、〈研究所〉で生き残った三人の大人たちの様子を片目で見まもっていた。とはいえ、どう見てもこの三人は、ティムに面倒をかけるようなことをしそうもなかった。

「さて、おまえら人でなしどもをどうすればいいかな」ティムはたずねた。といっても生存者に話しかけたわけではなく、ただ考えを言葉に出していただけだ。

「おれたちを殺さないでくれ」ダグ・シェフがいい、いまだに抱擁しあったままの子供たちを指さした。「おれはあの子供たちに食事をつくってやってた。おれがいたから、あいつらは生きてこられたんだ」

「おまえがもし生き延びたければいっておくが、おまえがここでなにをしていたにせよ、おれならそれを正当化しようとはしないね」ティムはいった。「口をぴったり閉ざしておくのがいちばん賢明かもしれないぞ」そういって、スタックハウスに注意をむける。「どうやらスクールバスは必要なさそうだな。それというのも、おまえが大半の子供たちを殺したからで——」

「われわれはそんなことを——」

「耳は大丈夫か？　おれは黙っていろといったんだ」

スタックハウスはティムという男の表情を読みとった。

そこにあったのは――勘ちがいの産物であろうとなかろうと――ヒロイズムではなかった。そこにあったのは殺意だった。スタックハウスは口を閉じた。

「おれたちには、ここから出ていくための車が必要だ。ルークから話をきいた村とやらまで行くのに、われらが幸せな戦士諸君に森のなかをえんえん歩かせるのは忍びない。きょうは長く疲れる一日だったからね。なにかアイデアはあるか？」

スタックハウスは、ティムの言葉も耳にはいっていないようすだった。この男はいま〈フロントハーフ〉と、その〈フロントハーフ〉が上から押し潰した管理棟の残骸を見つめていた。

「このすべてが――」と感歎もあらわにいう。「脱走したひとりの少年によって引き起こされたとはね」

ティムはスタックハウスの足首を軽く蹴った。「ちゃんとこっちの話をきけよ、このクズ野郎。この子たちを、どうやってここから連れだせばいい？」

スタックハウスはなにも答えず、子供たちに食事をさせてやったと話していた男も無言だった。もうひとりの男――チュニックのトップを着た姿が病院の看護助手に似ていた――が口をひらいた。「ちょっと思いついたアイデアがあるんだが、それを話したら自由の身にしてもらえるか？」

「おまえの名前は？」

「チャドだ。チャド・グリーンリー」

「そうだな、チャド。そのあたりは、おまえのアイデアの出来に左右されるよ」

28

〈研究所〉最後の生存者たちは抱きあい、抱擁し、ひたすら抱きあっていた。ルークはこの友人たちならこんなふうに永遠に抱きしめあっていられるし、この友人たちの抱擁なら永遠に感じていられそうだった。もう二度と会えないとばかり思っていたからだ。このひととき、彼らが必要としているものは、瓦礫の散乱する芝生でつくりだした輪のなかにすべてそろっていた。彼らが必要としているもの、それは彼ら自身だった。世界も、その世界のあらゆる問題も知ったことではなかった。
《エイヴァリーは？》
　カリーシャ：《死んだわ。ほかの子もいっしょに。トンネルがエイヴァリーたちの頭の上に崩れ落ちたの》
　ニック：《こうなって、かえってよかったんだよ、ルーク。生き残っても元のあいつにはもどれなかった。もうエイヴァリーじゃなくなってた。あれだけのことをしたんだ、エイヴァリーは……いっしょにやった子供たちも……精神のすべてを引き剝がされていたはずさ。これまで、あの手のことをやらされてきた子供たちとおんなじさ》
《それじゃ〈フロントハーフ〉にいた子たちは？　生き残った子供がいる？　もしいるのなら、ぼくたちでなんとか――》
　答えたのはカリーシャだった。カリーシャは頭を左右にふりながら、言葉ではなく画像を送った――アラバマ州セルマ出身のハリー・クロス。カフェテリアで死んだ少年。
　ルークはカリーシャの両腕をつかんだ。《あの子たち全員が？　あれが落ちるよりも前に、みんな痙攣の発作を起こして死んだっていうの？》
　いいながらルークは、〈フロントハーフ〉の廃墟を指さした。
「あれが浮かびあがったときだと思う」ニックがいった。
「エイヴァリーがあの大きな電話に出たとき」ルークがこの言葉を完全には理解できていないことを見てとると、《ほかの子供たちが仲間入りしてきたときだよ》と説明した。
「遠いところの子供たちさ」ジョージがいい添えた。
「ほかの〈研究所〉のね。〈フロントハーフ〉の子供たちは……あまりにも……なんといえばいいかわからないけど……」
「非力だった」ルークはいった。「そういいたいんだよね。たしかに、あの子たちは非力だった。だって、あれはあのいやな注射をされるみたいなものだったから――そうだね？　めっちゃ苦しいあの注射を」
　全員がうなずいた。
　ヘレンがささやいた。「あの子たちは光の粒々を見ながら死んでいった。どれほど恐ろしかったことでしょうね」

　ルークの反応は子供っぽい否定の言葉で、大人なら皮肉っぽい笑みでやりすごすだろうが、この場のほかの子供たちには完全に理解できるものだった。《そんなのまちがってる！　まちがってる！》

《そうだね》みんなが同意した。《まちがってるよ》

　五人はそれぞれあとずさった。埃っぽい月明かりに照らされた仲間の顔を、ルークはひとりずつ順番に見ていった。ヘレン、ジョージ、ニック……そしてカリーシャ。ルークはこの女の子と初めて会った日のことを思い出した——キャンディ・シガレットをくわえて、タバコを吸う真似をしていたカリーシャを。

　ジョージ：《さて、どうする、ルーク？》

「ティムが教えてくれるさ」ルークはいい、その言葉どおりになることを願った。

29

　先に立って歩くチャドは、破壊されたふたつの建物を迂回して進んだ。スタックハウスとダグ・シェフが顔を伏せて足を引きずり、うしろを歩いていた。つづくは拳銃を手にしたティム。ルークと友人たちはティムのうしろを歩いた。破壊劇のあいだはなりをひそめていた蟋蟀《こおろぎ》たちがまた鳴きだしていた。

　チャドはアスファルト舗装の道のへりで足をとめた。道には半ダースほどの乗用車や三、四台のピックアップトラックが、車体の前後を接するようにして駐めてあった。そのなかに、車体側面に《**メイン製紙産業社**》と大書されたトヨタのパネルトラックがあった。チャドはそのトラックを指さした。

「あの車はどうだ？　あれなら用が足りるんじゃないか？」

　ティムは——少なくとも最初のうちなら——用が足りそうだと判断した。「キーはどこにある？」

「こういうメンテナンス用のトラックは全員がつかう。だから、キーはサンバイザーの裏に置くと決まってるんだ」

「ルーク」ティムはいった。「いまの言葉が本当かどうか調べてくれるか？」

ルークはトラックのところまで進んだ。ほかの面々もいっしょに進んだ——片時たりとも離れるのは耐えがたいと思っているかのように。ルークは運転席のドアをあけてサンバイザーを引きさげた。なにかが手のなかに落ちてきた。ルークはキーリングをかかげた。

「よし、いいぞ」ティムはいった。「じゃ荷台の扉をあけよう。なにか荷物がはいっていたら、全部おろして空っぽにするぞ」

ニックと呼ばれている大柄な少年と、それより小柄なジョージという少年がこの仕事を引き受け、熊手や鍬《くわ》などの農具や工具箱や数袋の芝生用肥料などを荷台から投げ落とした。彼らがその仕事をしているあいだ、スタックハウスは草の上にへたりこんで、両膝のあいだに頭を垂れていた。それは、敗北を心の底から認めているジェスチャーだった。しかし、ティムはこの男に同情などしなかった。ティムはスタックハウスの肩を叩いた。

「おれたちはもう出発する」

スタックハウスは顔をあげなかった。「どこへ行く？　そういえば、たしかあの男の子がディズニーランドがどうこうと話していたな」そういってユーモアのかけらもない、乾いた鼻息まじりの笑いを短く洩らした。

「おまえの知ったことじゃない。ただし、おれも好奇心に駆られていてね。そういうおまえはこれからどこへ行く？」

スタックハウスは答えなかった。

30

パネルトラックの荷室には座席がなかった。そこで子供たちは交替で前の座席にすわることになった。最初に前にすわったのはカリーシャ。ルークはカリーシャとティムのあいだに体を押しこめ、金属のフロアにすわった。ニックとジョージとヘレンは肩を寄せあって後部ドアに貼りつき、埃だらけの小さなふたつの窓からもう二度と見られないと思っていた外の世界を見つめていた。
ルーク：《なんで泣いてるの、カリーシャ？》
カリーシャは思念で答えてから、ティムのためにあらためて口で答えた。「だって、とっても美しいから。たとえ闇のなかでも、とっても美しかった。エイヴァリーに見せてあげられなかったことだけが心残りよ」

31

ティムが州道七七号線を南にむかいはじめたときには、夜明けはまだ地平線上のきざしにすぎなかった。このときにはカリーシャの代わりに、ニックという少年が前にすわっていた。ルークはカリーシャとともに後部の荷室へ行った。そしていま四人の子供は子犬のきょうだいたちのように折り重なって、いっしょに熟睡していた。ニックも眠っているようで、トラックが路面のこぶに行き当たるたびに助手席の窓ガラスに頭をぶつけていた。そして、路面のこぶは数多かった。

メイン州中部のミリノケットまで八十キロという標識が見えた直後、ティムは自分の携帯を確かめた。アンテナバーが二本立ち、バッテリー残量は九パーセントだった。ウェンディに電話をかける――相手は最初の呼出音で電話に出た。ウェンディは、ティムが無事かどうかをまず知りたがった。ティムは無事だと答えた。それからウェンディは、ルークは無事かと質問した。

「ああ。いまは眠ってる。ほかにも四人の子供を保護した。まだほかにも子供たちがいたんだが――何人いたかは知らないが、かなりの人数だ――みんな死んでしまった」

「死んだ？　どうしたの、ティム……いったいなにがあったの？」

「いま話せない。話せるようになったら話す。もしかしたらきみも信じるかもしれない。ただ、いまおれはどことも知れぬ片田舎にいて、財布にはたった三十ドルあるかないかだが、クレジットカードはつかいたくない。大惨事の現場から逃げてきたので、その手の記録の足跡を残したくないんだ。おまけに、いまはめちゃくちゃ疲れてもいる。トラックにガソリンが半分残ってるのは救いだが、おれのほうはもうガス欠寸前だ。泣きっ面に蜂の大群みたいな気分だよ、わかるか？」

「なにが……そっちは……少しくらい……」

「ウェンディ、電波が切れかかってる。まだきこえていればいっておく……また電話するよ。愛してる」

　この最後の言葉がウェンディに届いたか、声が届いたとして意味が伝わったかどうか、ティムには自信がなかった。携帯の電源を切り、タグ・ファラデイの拳銃といっしょにセンターコンソールに置いた。デュプレイで起こったあれこれの事件が、いまは遠い昔のことに思えた――それどころか、赤の他人の人生に起こった出来事とさえ感じられた。ともかくも目下の問題はここにいる子供たちであり、この子たちを自分がどうするかということだった。

　そしてまた、自分たちを追いかけてくる者たちも問題だ。

「ねえ、ティム」

　ティムは首をめぐらせてニックに目をむけた。「てっきりきみは眠っていると思ってたよ」

「ううん、いろいろ考えてただけ。おれから話をしてもいい？」

「もちろん。いっぱい話をしてくれ。おれの目を覚ましておくように」

「ありがとうっていいたかっただけ。あんたのおかげで人間というものに信頼がもてるようになったとまではいわないけど、でもあんたはルーキーといっしょに、あんなふうに来てくれた……よっぽど肝っ玉がすわってなくちゃできないぜ」

「こっちもひとつ教えてくれ。きみはいま、おれの心を読んでるのかい？」

　ニックはかぶりをふった。「いまは読めない。それをいうなら、このぽんこつトラックの床に落ちてるキャンディの包装紙ひとつ動かせない――そっちのほうが得意なのに。もしおれがあいつらとつながれば――」いいながら、パネルトラックの荷室で眠る子供たちへむけて頭を動かす。「――またちがうけどね。少なくともしばらくは」

「じゃ、いずれは元にもどると考えてるのか？　以前のきみのような人間にもどると？」

「さあね。どのみちあんな力、おれにはどうでもよかった。いちばん大事だったのはフットボールやストリートホッケーだしね」ニックはティムの顔をのぞきこんだ。

「おいおい、目の下のたるみを〝袋《バッグ》〟っていうけど、いまのあんたの目の下にあるのはスーツケースなみにでかいよ」

「たしかに、眠れるものなら少し寝たいね」ティムはそう認めた。そう、それも十二時間ほどぶっ通しで。気がつくと、ノーバート・ホリスターが経営している崩れかけたようなモーテルが思い出された。テレビはまともに動かず、ゴキブリが自由気ままに走りまわっていた。「どこかにチェーン系列じゃない個人経営のモーテルがあるだろうか。こっちが現金払いを申し出ても、あれこれ質問しないようなところが。まあ、そうはいっても、手もちの現金が問題なんだけど」

ニックはにっこりと笑った。その笑顔にティムは、数年後になって——神が目をかければの話——ハンサムな若者に成長したニックの面影を見てとった。「その現金の問題なら、ぼくと友人たちがあんたの助けになれそう。百パーセント確実じゃないけど、うん、なんとかなりそうだ。残ってるガソリンで次の町まで行ける？」

「行けるね」

「じゃ、その町でトラックをとめて」ニックはそういうと、また窓ガラスに頭をもたせかけた。

32

この日、シーマンズトラスト銀行のミリノケット支店が午前九時に営業を開始してまもなく、サンドラ・ロビショーという窓口係が支店長にオフィスから出てきてもらえないかと頼んだ。

「ちょっとした問題が起こりました」サンドラはいった。「これを見てもらえます？」

そういってサンドラは椅子にすわり、ＡＴＭコーナーの防犯カメラの映像を再生しはじめた。支店長のブライアン・スターンズは隣にすわった。このコーナーに設置されている防犯カメラは、利用者がいないあいだはスリープモードになる。メイン州北部の小さな町であるミリノケットでは、これはカメラが夜間はずっと眠りつづけ、朝の六時前後に最初の利用者があらわれると同時に目覚めることを意味する。ふたりが見ている映像には、午前五時十八分に撮影されたことを示すタイムスタンプが表示されていた。スターンズが見まもっていると、五人の人間がＡＴＭに近づいてきた。そのうち四人まではシャツをひっぱりあげて、昔の西武劇に出てくる強盗のように口と鼻を覆い隠していた。五人めは、企業のノベルティグッズのキャップを目深に引きさげていた。スターンズには、キャップの前にはいっている《**メイン製紙産業社**》の文字を読むことができた。

「この五人はまるで子供だな！」

サンドラはうなずいた。「なんらかの理由で成長できなかった成人だという可能性もありますが、それは考えにくいと思います。ここをごらんください」

画面では子供たちが手をつなぎあって輪をつくっていた。電気系統の障害があったかのように、画面に数本のノイズが水平に走った。次の瞬間、ＡＴＭの支払口から現金があふれだしてきた。カジノのスロットマシンが大当たりのコインを吐きだすところにも似ていた。

「これはいったいどうしたことだ？」

サンドラはかぶりをふった。「どうしたことか、わたしにはわかりません。しかし、彼らは合計二千ドル以上の現金を奪っていきました。本来このＡＴＭでは、どの利用者にも最高で八百ドルまでしか支払わないはずです。そう設定されているのです。この件をどこかに通報するべきだとは思いましたが、どこに通報すればいいのかがわかりません」

スターンズは答えなかった。この支店長は、小さな銀行強盗たち――強盗どころか、中等学校《ミドルスクール》に通う十代前半の子供たちに見える――が現金を拾いあつめるようすを魅入られたようにながめているばかりだった。

そして五人は去っていった。

舌足らずな男

1

それから三カ月ばかりたった、あるひんやりと涼しい十月の朝、ティム・ジェイミースンはカトーバヒル農場と呼ばれている地所を出るドライブウェイを歩いて、サウスカロライナ州道一二A号線を目指していた。この徒歩での移動にはそれなりに時間がかかった。敷地内のドライブウェイそのものが、一キロとまではいかずとも八百メートルほどあったからだ。これがもっと長ければ——ティムはよくウェンディにそう冗談をいった——サウスカロライナ州道一二B号線と名づけたっていいところだな、と。きょうのティムは色落ちしたジーンズと汚れた〈ジョージア・ジャイアント〉のワークブーツ、大きすぎて裾が腿の上半分あたりにまで届くトレーナーという服装だった。これはルークがインターネットで注文したティムへのプレゼントだった。胸には金色の文字でこんな二語が記されていた——《**ジ・エイヴァスター**》。ティムはエイヴァリー・ディクスンと会ったことはなかったが、このトレーナーは喜んで身につけた。ティムの顔は黒々と日焼けしていた。カトーバが名前どおりの農場でなくなってからもう十年になるが、納屋の裏にはいまでも四千平方メートルほどの菜園があって、いまは秋の収穫の季節だった。

郵便うけにたどりつくと、ティムは扉をあけて、いつものジャンクメールを選りわけていき（昨今ではだれも本物の郵便物を受けとっていないように思える）、そこで凍りついた。ここへ降りてくるまでの道では快調だった胃が、いまになって痙攣しはじめたように感じられた。一台の車が近づきながら減速し、路肩に寄ってきたからだ。これといって特徴のない車だった。車種はシボレーのマリブ、ボディは赤っぽい土埃にまみれ、グリルにはお定まりの潰れた虫がへばりついていた。近隣住民の車ではなかった——彼らの車なら残らず知っている。だから旅まわりのセールスマンか、道に迷って案内を必要としている人だとも考えられる。しかし、そうではなかった。運転席の男の正体は知らなかったが、自分がこの男の来訪を待っていたことだけは知っていた。そしていま、その男がやってきたのだ。

ティムは郵便うけの扉を閉めると、いかにもベルトを引きあげるかのように片手を背中へまわした。ベルトは所定の位置にあり、拳銃もしかるべき場所にあった。拳銃はグロック、もともとは警察署長の下で働いていた赤毛の巡査のタグことタッガート・ファラデイが所持していた銃だ。

男はエンジンを切って外に降り立った。ティムのものよりもずっと新しいジーンズを穿き――いまも店頭に置いてあったときの折り目が残っていた――白いシャツはきっちりいちばん上までボタンをとめていた。男の顔は、ハンサムでありながら無個性的だった――本人の顔を見ていなければ、そんな矛盾した形容の顔が実在するとは思えないかもしれない。目はブルーで、髪はほぼ純白といっていい北欧系のブロンド。実をいえば、故ジュリア・シグスビーが想像していた顔だちにそっくりだった。男がティムに朝の挨拶をした。ティムは手を背中にまわしたままで挨拶を返した。

「きみがティム・ジェイミースンだね？」訪問者は片手を差しだした。

ティムはその手を見おろしただけで、握手に応じようとはしなかった。「いかにも。そういうそちらは？」

ブロンドの男は微笑んだ。「わたしの名前はウィリアム・スミスとしておこう。運転免許証にも書いてある名前だよ」〝スミス〟の部分は問題なかったし、〝運転〟も問題なかったが、その次が〝免許証《めんきょちょう》〟という発音になっていた。舌足らずだ――といっても、ごくわずかだが。

「わたしのことはビルと呼びたまえ」

「それでは、なんのご用かな、ミスター・スミス？」

みずからをビル・スミス――乗っている乗用車にも負けないくらい匿名性の高い名前だ――と称している男はまぶしそうに細めた目で夏の早朝の空を見あげ、うっすらと笑った。それはティムの質問への答えを――いずれも愛想のよい答えを――何通りか頭のなかで検討しているような笑みだった。ついで男はティムに目をもどした。口もとにはまだ笑みが残っていたが、目は笑っていなかった。

「このまま本題のまわりをくるくるまわっていてもいい

が、きみもこれから忙しい一日が待っていることだろう。だから、必要以上にきみの時間をとらないようにする。まず最初に断言させてもらうが、わたしがここへ来たのはきみとことをかまえるためではないよ。だから、もし背中が痒いわけではなくて実際には拳銃を隠しているのなら、そこへ隠したままで心配ない。きみもおなじ意見だと思うが、世界のこのあたりではもう一年分の銃撃がおわっているとは思わないか」

　ティムは、どうやって自分を見つけだしたのかとミスター・スミスに質問しようかと思ったが……時間の無駄ではないかと思いなおした。さがしあてるのはむずかしくなかったはずだ。カトーバヒル農場の所有者はハリー・ガリクスンと妻のリタで、ふたりはいまフロリダ州に住んでいる。夫妻が昔住んでいたこの家は、過去三年のあいだガリクスン夫妻の娘が面倒を見ていた。この仕事に郡警察官以上の適任者がいるだろうか。

　たしかに夫妻の娘ウェンディは警官だったし、いまも――とりあえず当面のあいだは――郡から給与を出されている。しかし、いまはどのような権限があるのかは判別しがたかった。ミセス・シグスビーの手下たちが強襲してきたあの夜、警察署にいなかったロニー・ギブスンは、いまは臨時のフェアリー郡警察署長をつとめているが、それがいつまでつづくかはだれにもわからない。しかも郡警察署を近くのダニングの町に移す話も出ていた。そしてウェンディはそもそもの最初から、法執行機関向きの人材とはいえなかった。

「ウェンディ巡査はどこにいるんだ？」スミスがたずねた。「この上にある母屋にいるのかね？」

「スタックハウスはどこにいる？」ティムは反撃に出た。「ウェンディ巡査の話はスタックハウスから仕入れたんだろう？　シグスビーという女は死んでるんだからな」

　スミスは肩をすくめ、両手を新品のジーンズの尻ポケットに突き入れると、踵を支点にして体を揺らし、くるりとうしろをふりかえった。「いやはや、ここは実にいいところじゃないか」という言葉の〝実に〟が〝じちゅに〟ときこえた。しかし、舌足らずな訛はごくわずかで、ほとんど存在していなかった。

　ティムはスタックハウスにまつわる質問を深追いしないことに決めた。深追いしたところでなにかが得られる見込みはないし、そもそもスタックハウスはすでに過去のニュースだ。ブラジルにいるのかもしれない。アルゼンチンかオーストラリアにいるのかもしれないし、すでに死んでいるのかもしれない。あの男がどこにいようと、ティムには関係なかった。さらにいえば、舌足らずな男の言葉は正しい——そう、本題のまわりをくるくるまわっていても意味はない。

「ウェンディ・ガリクスン巡査はいま州都のコロンビアだ——この夏の銃撃事件について、非公開審問会がおこなわれているのでね」

「巡査は審問会の出席者に信じてもらえそうな話を用意しているのだろうね」

ティムはこの推測の当否をスミスに教えたい気分ではなかった。「ほかにもガリクスン巡査は、ここフェアリー郡の法執行機関の未来について話しあう会合に出席の予定だよ。ほら、おまえが送りこんできた殺し屋どもが警察官をあらかた殺してしまったからね」

スミスは両手を広げた。「わたしもわたしの同僚たちも、あの件にはいっさい関係していない。あれはミセス・シグスビーが完全な独断で進めたことだ」

《事実かもしれないが、一方では事実ではないかもな》その気になれば、ティムはそういってやることもできた。《ミセス・シグスビーがあんな行動に出たのは、あんたやあんたの同僚たちを恐れていたからだよ》と。

「ところでジョージ・アイルズとヘレン・シムズのふたりは、すでにここから立ち去ったようだね」ミスター・スミスはいった。〝シムズ〟という苗字が〝シミュズ〟ときこえた。「ミスター・アイルズはカリフォルニア州在住のおじのもとへ行き、ミス・シムズはデラウェア州にいる祖父母のもとへ行ったのだろう?」

舌足らず男がどこでこの情報を仕入れたのかはわからなかったが——ノーバート・ホリスターは町を去って久しく、〈デュプレイ・モーテル〉は廃業して《**売却物件**》という看板を正面にかかげているが、この先長いことそのままになりそうだった——それでも精度の高い情報だった。ティムも知られずにすむとは思っていなかったが——そんなふうに考えるほど世間知らずではない——ミスター・スミスが子供たちについての詳細を知っているというのは穏やかでなかった。

「となると、ニコラス・ウィルホルムとカリーシャ・ベンスンはまだここに残っているわけだ。もちろんルーク・エリスも」ふたたび微笑みが顔に浮かんだが、前よりもずっと淡い笑みになっていた。「そう、われらが破滅劇の作者がね」

「なにが目当てなんだ、ミスター・スミス？」

「いや、たいしたことじゃない。その話もいずれしよう。とりあえずは、きみへの賞賛を伝えておきたくてね。まず、ほぼ単身で〈研究所〉に突入してきた夜にも明らかだったきみの勇猛果敢ぶりにだ。しかし、それだけではないよ――きみとウェンディ巡査が事後に見せてくれた配慮には深く感謝している。きみは子供たちをひとりずつ送りだしたのだろう？　最初はジョージ・アイルズ。ここ、サウスカロライナ州に帰りついてから、約一カ月後だったね。その二週間後にヘレン・シムズ。ふたりとも、理由は不明ながら誘拐されて、場所も期間も不明ながら監禁されていたのちに解放されたが、その理由もまた不明だ、という説明の言葉とともにね。つまりきみとウェンディ巡査はあれこれ穿鑿されているなかで、これだけの手配をやってのけたわけだ」

「どうやって、そういったことを知ったのかな？」

　今回は舌足らずな男が答えずに口をつぐむ番だった。どうせかなりの部分は、新聞やインターネットから得たのだろうとティムは思った。誘拐されていた子供が生還した話は決まってニュース種になるからだ。「ニック・ウィルホルムとカリーシャ・ベンスンは、いつここを出る予定なんだね？」

　ティムはこの質問に考えをめぐらせてから、答えることに決めた。「ニックは今週金曜日に出発予定だ。ネヴアダ州のおじとおばのもとに行く。弟がもう向こうの家にいるんだ。ニック本人は気乗り薄だが、ここにずっと住むわけにいかないことも理解している。カリーシャは、あと一、二週間はこっちにとどまる。十二歳の妹がヒューストンにいてね。また妹といっしょになれるのを楽しみにしてる」これは一方では真実だったが、他方では真実ではなかった。ほかの子供たちとおなじように、カリーシャも心的外傷後ストレス障害《PTSD》に悩まされていたからだ。

「彼らの〝説明の言葉〟は、警察の穿鑿にも耐えられるだろうか？」

「耐えられるね。説明そのものが単純だし、いうまでもなく子供たちは、真実を話したらどうなることかと恐れてもいるのでね」ティムはいったん間を置いた。「話しても信じてもらえないだろう、とね」

「ではルーク・エリスは？　あの少年はどうなる？」

「ルークはおれのところにとどまる。近しい親戚もいないし、どこへ行くあてもない。あの子はもう勉強を再開しているよ。勉強をすると心が安らぐんだ。あの子は深く悲しんでいるんだよ、ミスター・スミス。両親のことを悲しみ、友人たちのことを悲しんでいるんだ」言葉を切り、きつい目つきでブロンドの男をにらむ。「おれの見立てでは、ルークはおまえたちに普通の子供時代の日々を盗まれたことも悲しんでいるようだね」

そういってティムはスミスがどう答えるかを待っていたが、相手はなにも答えず、ティムはさらに話をつづけた。

「いずれ、それなりに水も漏らさぬほど完璧な説明話を組み立てられたら、ルークはいったん離れたところから再出発することになるだろうね。つまり、エマースン大学とマサチューセッツ工科大学の両方に入学する。とびっきり頭のいい少年だからね」もちろん、そちらも知ってのとおり――とは、あえていい添えなかった。「ミスター・スミス……きみも少しはこういったことを気にかけているのか？」

「それほどでもない」スミスは答え、胸ポケットからアメリカンスピリットの箱をとりだした。「吸うか？」

ティムはかぶりをふった。

「わたしもめったに吸わないよ」ミスター・スミスはいった。「しかし、舌足らずな話し方の矯正のためにスピーチ療法を受けていて、会話のなかでそのたぐいの話し方をうまく抑えられたら、自分への褒美に一本吸うと決めているんだ――とりわけ、いまのわたしたちの会話がいい例だが、長時間にわたって緊張を強いられる会話の場合だね。わたしの舌足らずな発音に気づいたか？」

「ほとんど気づかない程度だったね」

ミスター・スミスは満足した顔でうなずくと、タバコに火をつけた。ひんやりした朝の空気に、甘くかぐわしい香りがくわわった。タバコ生産地にはうってつけの香り……そしてこの地域では、いまも葉タバコがつくられている。とはいえ、カトーバヒル農場が葉タバコを栽培していたのは一九八〇年代までだった。

「子供たちが、世間でいうところの〝お口にチャック〟

を守るのは確かなんだね？　もしだれかひとりでもその禁を破ったら、五人全員に累が及ぶことになるよ。きみが所有しているという例のＵＳＢメモリがあってもだ。わたしの……なんというか……同僚たちのなかには、その存在を疑っている者もいるしね」

ティムは歯をのぞかせずに微笑んだ。「きみの……なんというか……同僚たちは、その真偽を確かめないほうが無難だね」

「その点はわたしも同意しよう。それでもなお、子供たちがメイン州の森林地帯での冒険について口外するのはとうてい歓迎できないね。もしきみがミスター・アイルズやミス・シムズといまも連絡をとっているのなら、いまの言葉を伝えてもらえるだろうか。あるいはウィルホルムとベンスンとエリスの三人が、別の手段で彼らふたりに連絡できるのなら、そちら経由でもいい」

「それはテレパシーのことか？　おれだったらテレパシーをあてにはしないね。彼らのそのたぐいの力は、きみたちが拉致する以前のレベルに逆もどりしてる。テレキネシスについてもおなじだ」ティムは子供たちからきかされた話をそのままスミスに伝えていたが、ティム自身は話を鵜呑みにしてもいいかどうかを決めかねていた。いま確実にいえるのは、あの恐ろしいハム音がきこえなくなったことだけだった。「それで、あの件をどうやって隠蔽したんだ、スミス？　知りたい気持ちがおさまらなくてね」

「では、知りたいままにしておくがいい」ブロンドの男はいった。「しかし、話してもいいこともある——われわれが注意をむけるべき対象は、メイン州にあった例の施設ひとつにとどまるものではなかった、ということだ。世界のほかの地域には合計で二十の〈研究所〉が存在していたが、いまはひとつとして稼働してはいない。そのうち二カ所——ほぼ出生直後から、教育によって子供たちに服従を叩きこむ国家にあった施設だが——は、あと六週間かそこらはもちこたえたが、どちらでも集団自殺《じさつ》が発生した」

集団自殺なのか、それとも大量殺人なのか？　ティムはそう疑問を感じたが、その話題をもちだすつもりはなかった。この男を追い払うのは早ければ早いほどいい。

「あのエリスという少年は——きみの助け、それも多大なる助けを借りて——われわれを破滅させた。芝居がかった物言いであることは否定しようもないが、真実にはちがいない」

「おれがそんなことを気にすると思うか？」ティムはたずねた。「おまえたちは子供たちを殺していた。もし地獄が実在するなら、おまえは地獄へまっしぐらだ」

「それにひきかえ、ミスター・ジェイミースン、きみはまちがいなく自分が天国へ行けると信じているのだね——そんなところが実在すればの話だ。ああ、きみの思うとおりになるかもしれないよ。はたしてどんな神ならば、身を守るすべをもたない幼き者たちの救出に駆けつけた男から顔をそむけられるだろうね？　十字架にかけられたキリストの言葉を拝借させてもらえば——きみは赦される、自分がなにをしたかを知らないからだ、というところか」スミスは吸いさしのタバコを投げ捨てた。

「しかし、これからきみにきかせたい話をしよう。わたしが所属組織の許可を得てここに来たのは、その話が目的だ。きみとルーク・エリスのおかげで、この世界はいま〝自殺予防監視〟をされる段階にはいったんだ」

ティムはなにもいわず、話の先を待った。

「世界最初の〈研究所〉は——名称はちがっていたが——ナチスドイツにあった」

「それをきいても、なぜか意外には思えないな」ティムはいった。

「どうしてそうきっぱりと断罪できる？　ナチスはアメリカに先んじて核融合の研究に着手していた。彼らがつくった抗生物質は、現代でもつかわれている。現代ロケット工学のかなりの部分は、彼らがつくりあげたものだ。そして当時のドイツには、ヒトラーの熱心なサポートを受けてＥＳＰ関連の実験に従事している科学者たちがいた。その科学者たちは、超能力を有する子供の集団にはある種の邪魔な人々を——いいかえれば道路上の障害物のような人々を——〝除去〟する力があることをほとんど偶然に発見した。そうした子供たちは一九四四年までに枯渇してしまった。というのも、子供たちが〈研究所〉の隠語でいうところのゴークになってしまっても、代替要員を見つけだす確実な——そして科学的な——手段が知られていなかったからだ。のちに、隠れた超能力特性を発見するためのいちばん有用な検査が見つかった。どんな検査か知っているかな？」

「ＢＤＮＦ。脳由来神経栄養因子。ルークはそれが指標だと話してた」

「そのとおり。まことに明敏な少年だね。とびきり明敏だ。いまでは関係者のだれもが、あの少年に手を出すべきではなかったと悔やんでいるよ。そもそもエリス少年のBDNF値はさほど目ざましくはなかったのにね」

「ルークのほうも、おまえたちが自分や両親に手を出さなければよかったと思っているよ。さあ、そろそろ本題にとりかかってもらえないか?」

「わかった。第二次世界大戦の終結前と終結後に会議がひらかれた。二十世紀史の知識をいまもまだ忘れていなければ、そういった会議のことも覚えているだろうね」

「ヤルタ会談なら知っている」ティムはいった。「ルーズヴェルトとチャーチルとスターリンが一堂に会して、この世界の基本的な姿をつくりあげたんだ」

「そう、有名な会談だね。しかし、もっとも重要な会議はリオデジャネイロでひらかれた。ただしこの会議には、どこの政府関係者も出席していなかった……まあ、そこであつまった関係者一同や、後年おなじような会議に出席した後継者たちを〝影の政府関係者〟とでも呼ぶなら、出席していたといえるかな。彼らは——われわれは——ドイツの子供たちのことを知っていて、同様の子供たちをさらに見つけることに目的を定めた。一九五〇年までにはBDNFの有用性にも気づいていた。そして各地にひとつずつ、それぞれの〈研究所〉がいずれも人里離れた僻地に設立された。テクニックがどんどん洗練された。〈研究所〉が各地につくられてかれこれ七十年。われわれの計算によれば、彼ら子供たちは核戦争によるホロコーストからこの世界を五百回以上も救ったことになる」

「馬鹿馬鹿しい」ティムは一笑に付した。「冗談もいいかげんにしろ」

「冗談はいってない。では、ひとつ実例を示そう。メイン州の〈研究所〉で反乱が発生した時点で——ちなみにこの反乱はウイルスのように、たちまちほかの〈研究所〉に広がったよ——あそこの子供たちはポール・ウェスティンという著名な伝道師《エヴァンジェリスト》を自殺に追いこむことを画策中だった。ただしルーク・エリスのおかげで、この男はいまも生きている。そしていまから十年後、ウェスティンはひとりのキリスト教徒の紳士ときわめて親しくなる。この紳士は、のちに国防長官になる。ウェスティンは友人の国防長官に戦争が切迫していると説き、国防長官は大統領を説得する。これがやがて、核兵器による先制攻撃につながっていく。わずか一発のミサイル——しかし、ドミノ倒しのきっかけには充分だ。その先の展開については、わたしたちの予測範囲を超えているよ」

「そんなこと、おまえたちにわかるはずもないじゃないか」

「では、標的とする人物をわれわれがどうやって選びだしていると思う、ミスター・ジェイミースン？　もしやでたらめに選んでいるとでも？」

「だったらテレパシーか」

ミスター・スミスは、頭の鈍い生徒を相手にしている忍耐づよい教師の顔つきになっていた。「TKは精神で物体を動かせるし、TPは人の思考を読みとれるが、そのどちらも未来を見ることはできない」いいながら、またタバコを一本抜きだす。「本当に一服しなくていいんだね？」

ティムは頭を横にふった。

スミスはタバコに火をつけた。「ルーク・エリスやカリーシャ・ベンスンのような子供たちはきわめて稀な存在だが、それ以上に稀な人間もいるんだ。もっとも貴重なレアメタルもかなわないほど貴重な人材がね。そういった人材のどこがすばらしいと思う？　年齢を重ねても能力が薄まらず、能力を発揮しても精神が壊れないことだよ」

目の隅になにかが動く気配があって、ティムはふりかえった。ルークがドライブウェイを近づいてくるところだった。さらに丘の上のほうでは、アニー・レドゥーが銃身を折ったショットガンを腕にかけて立っていた。カリーシャとニックがアニーを左右からはさんでいる。スミスはまだその三人には気づいていなかった——いまこの男は靄にかすんだデュプレイの遠く小さな町並みと、そこを貫いて日ざしにぎらぎら輝く線路を見つめていた。

いまではアニーは、一日のかなりの部分をカトーバヒル農場で過ごすようになっていた。アニーは子供たちに首ったけになり、子供たちはアニーとの時間を楽しんでいた。ティムはアニーを指さしてから、片手で宙をぽんぽん叩くしぐさをした——いまの位置にとどまっていろという合図だった。アニーはうなずき、その場に立ったまま目を光らせていた。スミスはまだ景色に見入っていた——なるほど、たしかに絶景だった。

「とりあえずは、別種の〈研究所〉があるとだけいっておこう。とても小規模であり、すこぶる特別な〈研究所〉だよ。なにもかもが一級品、最先端の品々ばかり。時代遅れのコンピューターや壊れかけたインフラなどとは無縁だ。この〈研究所〉は安全そのものの土地にある。ほかの〈研究所〉はいずれもわれわれが〝敵性環境〟と呼ぶ苛酷な環境の土地にあるが、これはちがう。テイザー銃もなければ注射もなし、罰を与えることもしない。この特別な〈研究所〉では、居留者の奥深くにある才能に心をひらかせるため、全身浴タンクのような設備で臨死体験をさせることもない。

　とりあえず、その施設はスイスにあるとしておこうか。本当ではないかもしれないが、話の用には足りる。とにかく、中立を保てる土地にあるのは事実だ。というのも、これから先も施設が維持されて、円滑に運営されつづけることに関心をむけている国家があまたあるからだ。現在この施設には、特別な客人が六人いる。全員がもう子供とはいえない年齢だよ。各地の〈研究所〉にいるＴＰやＴＫとは異なり、彼らの能力は十代後期や二十代初期になっても衰えない。それどころか、六人のうちふたりはずいぶん高齢だ。しかも彼らのＢＤＮＦ値は、そのきわめて特別な能力に呼応するような高い数値ではないんだ――その意味では彼らはすこぶる特異な存在であり、だからこそ発見もかなりむずかしい。われわれは一貫して交替要員をさがしつづけていたが、いまその捜索活動は中断中だ。そんなことをしても、ほとんど意味がないように思えるからね」

「そういう人たちはなんと呼ばれてる？」

「プレコグ」ルークがいった。

　スミスは驚き顔でくるりと身をひるがえした。「おやおや、これはルークじゃないか」そういって笑顔を浮かべたが、同時に一歩あとずさっていた。怯えているのか？　そう、怯えているようだとティムは思った。「プレコグね。そう、そのとおり」

「いったいなんの話をしているんだ？」ティムはふたりにたずねた。

「予知能力者《プレコグニション》」ルークが答えた。「未来が見える人たちのこと」

「もちろん冗談でいってるんだろ？」

「わたしは冗談などいっていないし、この子もいってない」スミスはいった。「その六人を、現代のDEW《デュー》ラインと呼んでもいい――いまはもうなくなった冷戦時代の遠距離早期警報防空レーダー網《ディスタント・アーリー・ウォーニング・ライン》の略称だよ。いや、もっと現代風のたとえをつかうなら、六人はわれわれのドローンだといってもいい。それも未来へ飛んでいって、次に大災厄が起こる場所を特定するドローンだ。われわれは本当の大災厄の阻止だけに集中している。この世界がいまも生き残っているのは、ひとえにわれわれがこうした予防措置をとれていたからだ。その過程で命を落とした子供たちは数千人にのぼる。しかし、一方では助かった子供たちが数十億人もいる」スミスはそういってルークに顔をむけ、微笑んだ。「もちろん、きみには理解できるね――単純そのものの演繹法だ。きみが数学の天才だということも知っているよ。そんなきみなら費用便益比についても知っているな。気に食わないだろうが、理解はできるだろう?」

アニーとアニーが世話をしているふたりの子供たちは、また丘をくだりはじめた。しかしティムはもう、彼らにもどれというジェスチャーを送らなかった。いま耳にしている話に衝撃をうけていたからだ。

「テレパシーならわかる。テレキネシスもわかる。しかし予知能力だって? そんなものは科学じゃない。カーニバルのいんちき占いだ!」

「そんなものではない、断言しよう」スミスはいった。「まず、われわれのプレコグたちが標的を見つけだす。そののちTKとTPのグループが集団行動でそれぞれの能力を高め、標的人物を除外していたわけだ」

「予知能力《プレコグニション》は実在していますよ、ティム」ルークが静かにいった。「それこそ〈研究所〉を脱走する前から、そうにちがいないって思ってました。エイヴァリーも察していたと思います。そう考えなければ筋が通りません。ここへ来てから、ぼくは手にはいるかぎりの資料や文献に目を通してきました。統計の数字は反駁不可能です」

カリーシャとニックがルークのもとに近づいてきた。ふたりはビル・スミスと名乗るブロンドの男を物珍しげな目でじろじろ見ていたが、なにもいわなかった。アニーはふたりのうしろに立っていた。うららかな陽気だったが肩かけ《セラーペ》をまとっていて、その姿はこれまで以上にメキシコの拳銃つかい《ガンスリンガー》そっくりだった。目は爛々と光って油断ない。子供たちがアニーを変えた。といっても、テイムは子供たちの能力の影響ではないと考えていた。長い目で見れば、そのたぐいの変化は改善とは逆方向にしか働かない。アニーが変わった理由は子供たちとのふれあいか、さもなければ子供たちがアニーをあるがままに受けいれていたからではないかと考えていた。理由はどうあれ、ティムはアニーの変化を歓迎していた。

「これでわかったね？」スミスはいった。「きみのところの天才くんが裏書きしてくれたぞ。われわれのもとにいる六人のプレコグたちは――ひところは八人いたこともあるし、また七〇年代のある時期にはわずか四人に減り、薄氷を踏むような日々だったな――われわれが〝蝶《ちょう》番《つがい》〟と呼んでいる特定の人間をつねに探索している。彼らは、人類絶滅に通じる扉がひらくときに動く軸のような存在だ。〝蝶番〟は破滅の仲介者ではない――破滅の媒介者だ。例の伝道師のウェスティンはそうした〝蝶番〟のひとつだった。ひとたびそういった人間が見つかると、われわれは彼らを調査し、背景を調べあげ、監視し、動画を撮影する。そののち、〝蝶番〟は世界各地の〈研究所〉にいる子供たちにゆだねられ、その子供たちがさまざまな手段で彼らを除去するわけだ」

ティムは頭を左右にふっていた。「そんな話を信じるものか」

「ルークがいったではないか、統計は――」

「統計はどんなことだって証明できる。だれも未来のことは見とおせない。もしおまえやおまえの仲間たちがそんなことを大真面目に信じているのなら、おまえたちはもう組織の名に値しない――カルト集団だ」

「あたしには、未来が見えるおばがいたよ」アニーが唐突にいった。「ある晩、おばの息子たちがジュークボックスのある居酒屋へ遊びにいこうとしたんだ。でも、おばはふたりを店へ行かせなかった。そうしたら、その店でプロパンガスの爆発事故が起こった。二十人もの人たちが、煙突に閉じこめられたネズミみたいに焼け死んだ。でも、息子たちは家にいたので無事だった」アニーはいったん口をつぐみ、まるであとから思いついたかのようにいい添えた。「それだけじゃない、おばはトルーマンが選挙で大統領に選ばれることも予言してた。でも、そこまでのたわごとを信じる人はいなかったね」

「じゃ、トランプのこともわかってた？」カリーシャがたずねた。

「いいや。おばは都会出のあんな大馬鹿がしゃしゃり出てくるよりもずっと前に死んでたよ」アニーはそういい、カリーシャが片手を広げてかかげると、切れのいい動作で手のひらを打ちあわせた。

　スミスはこの茶々入れを無視して話をつづけた。「世界はいまもここにこうして存在しているね、ティム。これは統計ではなく事実だ。核兵器が広島と長崎に甚大な被害をもたらしてから七十年、核兵器の保有国もかなり多くなり、また人間の原始的な感情が理性的思考をぐらぐらと揺らし、はたまた宗教を装った迷信が政治の進路のガイド役をつとめているという情況に変わりがないとはいえ、世界はいまもこうして存在している。それはなぜか？　われわれが世界を保護していたからだよ――そして、その保護はいま消え去った。ルーク・エリスがやったのはそういうことだし、きみが参加したのもそういった行為だったのだよ」

　ティムはルークに目をむけた。「きみはこの話を信じるかい？」

「いいえ」ルークはいった。「それに、この人本人も――少なくとも百パーセント完全には――信じていません」

　ティムは知らなかったが、ルークは大学進学適性試験《SAT》の数学の問題のことをたずねてきた女子生徒のことを思っていた。アーロンくんが泊まったホテルの宿泊料金にまつわる問題だった。あの女子生徒は答えをまちがえていたが、これもおなじだ――こちらのほうが規模が大きいだけだった。どちらも欠陥のある計算式から、まちがった答えが引きだされているのだ。

「きみも、できれば信じたがっているのだろうね」スミスはいった。

「アニーのいうとおりだよ」ルークはいった。「未来予測が頭のなかに閃く人はたしかに存在するし、アニーのおばさんもそのひとりだったのかもしれない。この男はあんなふうに話していたし、もしかしたら自分でも信じてるのかもしれないけど、そういう閃きを得る人はそこまで珍しい存在じゃないよね。ティム、あなたもそういった閃きを得たことが一度や二度はあるんじゃないですか？　ただし、別の名前で呼んでいたかもしれません。たとえば……虫の知らせとか？」

「あるいは第六感とか」ニックがいった。「テレビドラマを見てると、警官たちはしじゅう第六感を働かせてるよ」

「テレビのドラマは現実とはちがうぞ」ティムはそういいながらも、過去のある行動のことを思い起こしていた――これといった理由もないまま、ふと飛行機を降りてヒッチハイクで北へむかおうと心に決めたときのことだった。

「それってすごく残念な話」カリーシャがいった。「だってわたし、〈リバーデイル〉っていうドラマの大ファンだし」

「こういったことにまつわる話では、〝閃き〟っていう単語がよくつかわれてるんだ」ルークはいった。「まさにこの言葉どおり、光が閃いたみたいに思えるからだろうね。雷が落ちてきたときの閃光のように。ぼくもそういうことがあると信じているし、それをうまく利用できる人がいてもおかしくないとは思うよ」

スミスは〝そら見たことか〟といいたげに、さっと両手をかかげた。「だから、わたしがそういっちぇるじゃにゃいか」舌足らずな発音がふたたび表面に浮きあがっていた。これがティムには興味深く感じられた。

「ただし、この男がみんなの前で話してないことがある」ルークはいった。「自分からは話したくないから黙ってるのかもしれない。この手の連中はみんなそうだ。だれの目にも敗色が明らかだったのに、ぼくたちの国の将軍連中が自分からはヴェトナム戦争ではぜったい勝てないといいたがらなかったのとおなじだ」

「きみがなにを話しているのか、わたしにはさっぱりわからないな」スミスはいった。

「わかってるくせに」カリーシャがいった。

「わかってるじゃん」ニックがいった。

「さっさと白状しちまいな、旦那」〈みなしごアニー〉がいった。「ここにいる子供たちには、あんたの頭の中身がお見通しだ。くすぐられてる感じがしないかい？」

ルークはティムにむきなおった。「以前、これを動かしている原動力は予知能力《プレコグニション》にちがいないと考えていたんですが、あるとき本物のコンピューターをさわれる機会があって――」

「つかうときにトークンを出す必要のないコンピューターっていう意味だよね」カリーシャが口をはさんだ。

ルークは肘でカリーシャを小突いた。「頼むから、ちょっと黙ってろよ」

ニックがにやにや笑っていた。「用心しろよ、シャー。

ルーキーは怒ると怖いぞ」

カリーシャは笑った。スミスは笑わなかった。ルークとその友人たちがこの場にあらわれたことで、スミスは会話の主導権を奪われていた。その表情――すぼめた唇、ぎゅっと寄ってつながった眉――を見れば、この男がそういう立場に慣れていないことはわかった。

「本物のコンピューターをつかえる機会ができると――」ルークは話を再開した。「――ベルヌーイ分布をとってみた。どういうものか知ってるかい、ミスター・スミス？」

ブロンド男はかぶりをふって否定した。

「でも、この人ほんとは知ってるよ」カリーシャがいった。目に楽しげな光が躍っていた。

「そのとおり」ニックが同意した。「で、そのことをあんまりよく思ってない。なんとか分布とは相性がよくないんだよ、この人」

「ベルヌーイ分布は、確率を正確に表現するための方法なんだ」ルークはいった。「基本になっているのは、ある種の経験的イベント――たとえばコイントス、たとえばフットボール試合の勝者――には、考えられる結果がふたつあるという考え方だ。結果をあらわすには、それが成功的結果ならポジティヴのp、失敗的結果はネガティヴのnとする。くわしい話でみんなを退屈させないようにするけど、最終的にはブール値関数での結果が得られて、それがランダムイベントと非ランダムイベントのちがいをはっきりとあらわすんだ」

「わかったから、簡単な話でもおれたちを退屈させるのはやめてくれよ」ニックはいった。「あっさりと結論だけいってくれればいい」

「コイントスはランダムイベント。フットボールの試合は、サンプル数がごく少ない場合にはランダムイベントに見える。でも、サンプル数が多くなれば、だんだんランダムじゃないことが明らかになる。ほかの要素が変数として組みこまれるからね。そうなると、これは確率的状況ということになる。もし確率Aが確率Bよりも大きければ、おおむね結果はAになる。スポーツ賭博をしたことが一度でもあれば、そのあたりはわかってもらえると思うけど」

「わかるよ」ティムはいった。「毎日の新聞にも賭け率《オッズ》や点差予想が出てるしな」

ルークはうなずいた。「じっさい単純なことだよね。

それで未来予知の統計の数字にベルヌーイ分布をあてはめると、興味深い傾向が浮かびあがってくる。アニー、おばさんが息子さんたちを家から出さないほうがいいと脳波に教わってから本当に火事が起こるまでにはどれくらいかかった？」

「火事は当日の夜のことだったよ」アニーはいった。

ルークはわが意を得たりという顔つきになった。「うん、それ、うってつけの例になるね。ぼくがベルヌーイ分布をあてはめたところでは、未来予知をもたらした閃き――このほうがお好みなら啓示といってもいい――がもっとも正確になるのは、予知された出来事がわずか数時間後の場合だとわかった。予知と予知された出来事のあいだの時間が長くなればなるほど、予知が現実のことになる確率は低下しはじめる。間隔が数週間単位になれば、確率はもうテーブルから落ちるほどになって、pはnになるんだ」

ルークはブロンド男に注意をふりむけた。

「おまえはこのことを知っ
ている、おまえの同僚たちも知っている。みんな、何年も前から知ってたんだ。はっきりいって何十年も前からね。知っていたはずだよ。コンピューターがつかえる数学マニアならベルヌーイ分布をあてはめられるんだから。まあ、おまえたちがあんなことをやりはじめた四〇年代後期とか五〇年代初期には、まだはっきりわかっていなかったかもしれない。でも、八〇年代になるころにはわかっていたはずだ。いや、ことによったら六〇年代にね」

スミスはかぶりをふった。「きみはとても頭がいいね、ルーク。しかし、それでもまだ子供だということに変わりはないし、子供は魔法じみた考えに耽りがちだ――真実をねじ曲げて、最終的には自分が望む真実に形をあわせてしまうんだよ。もしやきみは、われわれのグループの未来予知能力が本物だと立証するための検査すらおこなっていないとでも考えているのかな？」

舌足らずな発音がどんどん悪化していた。

「新しいプレコグを迎え入れるたびに、新しい検査をおこなっているよ。彼らには一連のランダムイベントの予測という課題が出される……特定の旅客機の到着遅延だったり……ミュージシャンのトム・ペティの死去のようなニュース報道だったり……イギリスのEU離脱投票の行方だったり……あるいは特定の交差点を通過する車の車種だったりもする。われわれのもとには、かれこれ四分の三世紀もさかのぼる予測成功事例の記録が――記録に残っている成功事例が――そろっている」《四分の三世紀《しゃんしぇいき》もしゃかのぼる》ときこえた。

「でも、あんたたちの検査は毎回決まって、もうすぐ起こる出来事の予測ばっかりだったじゃん」カリーシャがいった。「いいよ、わざわざ否定とかしなくても。だって頭のなかでネオンサインみたいにぴかぴか光って見えてるから。それに、理屈にはあってるよね。だって、五年も十年も待たなきゃ答えあわせできない検査なんて、なんの役にも立たないし」

　カリーシャはニックの手をとった。ルークがふたりのところまであとずさり、カリーシャの手をとった。ティムの耳に、またあのハム音がきこえはじめた。まだまだ低い音だったが、響いていることはまちがいなかった。

「死亡当日のバーコウィッツ議員は、われわれのプレコグが予知したとおりの場所にいたぞ」スミスはいった。「しかもプレコグによる予知は、たっぷり一年前のことだった」

「オーケイ」ルークはいった。「でも、おまえたちは十年後や二十年後、それどころか二十五年後に起こることの予知をもとに、標的とする人物を――たとえばポール・ウェスティンを――選んでもいたじゃないか。そういった予知が信頼できないこともわかっていて、なにかが起これば――かかってきた電話を受けそこなうとか、そんな些細なことでも――人々やその人々がかかわる出来事の方向性が変わることもあると知っていて、それでもなお、おまえたちは計画を進めたんだ」

「きみのいうことにも一理あるのは認めるよ」スミスはいった。「しかし、あとで後悔《こうきゃい》しゅるくらいなら安全策《あんぜんしゃく》をとっておくほうがいいではないか。的中した予知のことを考えてごらん。そのあとで、なにも手を打たなかったらどんな結果になったかを考えてみるといい！」

　アニーは話を一段階、あるいは二段階ばかり引きもどした。「予知の中身の当人を殺したら、その予知が的中したかどうかなんてはっきりしなくなるんじゃないか？そこんところがわからないね」

「この男にだってわかってない」ルークはいった。「でもこの男は、自分たちのこれまでの殺人すべてに根拠なんてなかったと考えるのが耐えられないんだ。連中のだれひとり耐えられないんだよ」

「われわれがあの村を破壊したのは、あの村を救うためだった、か」ティムがいった。「ヴェトナムのことで、だれかがそんなような発言をしてなかったか？」

「われわれのプレコグたちがわれわれをずっと騙し、つくり話をでっちあげているとほのめかしているのなら――」

「プレコグたちに騙されてないと断言できる？」ルークが反撃した。「もしかしたら意図的には騙してないのかも。でも……そのプレコグたちはいい暮らしをさせてもらってるんだよね？　贅沢ざんまいだ。ぼくたちが〈研究所〉で強いられていた暮らしとは大ちがい。それにプレコグたちの予知も、最初になされた時点では嘘のないものだったのかもね。それでも、あいかわらずランダムな要因がまったく考慮されてないんだけどさ」

「あるいは神という要因も」カリーシャがいった。

スミス――神ならぬ身には知るよしもないほど長く神を演じてきた男――は、この言葉に皮肉っぽい笑みをのぞかせた。

ルークはいった。「ぼくがなにを話しているのか、おまえにはわかってるね。わかってることが、こっちにはわかってるんだよ。変数があまりにも多いんだね」

スミスはひととき黙ったまま景色をながめていた。それから――「そのとおり、われわれのもとには数学者がいる。そのとおり、ベルヌーイ分布のことが報告書や議論で言及されたこともある。もう何年も昔からだ。とりあえず、きみが正しいと仮定しよう。またわれわれの〈研究所〉ネットワークが、この世界を核戦争による破滅から五百回救ったことはない、とも仮定しよう。では、それがわずか五十回だったら？　あるいは五回だったら？　それでもまだ、この計画にはそれなりの価値があるとはいえないかね？」

静かすぎるほど静かな声でティムがいった。「いえないね」

スミスは正気をなくした人を見る目をティムにむけた。「いえない？　いま〝いえない〟といったのか？」

「正気の人間なら、確率の祭壇に子供たちをいけにえとして捧げたりしない。それは科学じゃなく、ただの迷信だ。さて、そろそろお引き取り願いたいね」

「われわれは再建するよ」スミスはいった。「といっても、だれも操縦しないまま坂道をくだっていくおんぼろ自転車のように、この世界が転がり落ちているようななかでも時間があればの話だ。ここに来たのはそれを話すためであり、もうひとつ、きみたちに警告するためだ。インタビューは禁止。記事を出すのも禁止。フェイスブックやツイッターにこの件のスレッドを投稿するのも禁止だ。たいていの人からは笑い飛ばされるのがおちだろうが、われわれは真剣に受けとめるよ。もし命が大事で生き長らえたかったら、なにもしゃべるな」

　ハム音は先ほどよりも高まっていた。シャツのポケットからアメリカンスピリットの箱をとりだすスミスの手は震えていた。なんの特徴もないシボレーのマリブから降り立った男は自信にあふれ、場を仕切る責任者のおもむきだった。命令を発することにも、その命令が可及的すみやかに遂行されることにも慣れきった男。しかしいまここに立っている男——舌足らずな発音がますます悪化し、シャツの腋の下の汗じみがこっそりと広がりつつある男——は、もう最初の男ではなかった。

「あんたはもう引きあげたほうがいい」アニーが助言した——ひどく静かな声で。親身な口調とさえいえるかもしれない。

　スミスの手からタバコの箱がぽろりと落ちた。スミスが上体をかがめて拾おうとしたが、箱は——風も吹いていないのに——勝手に地面を滑って離れていった。

「タバコは健康によくないぞ」ルークはいった。「タバコをやめなければおまえがどうなるか、プレコグじゃなくたってわかることだ」

　マリブのフロントガラス用のワイパーが勝手に動きはじめた。ライトが点灯した。

「おれならもう引きあげるな」ティムがいった。「まだ帰れるうちに。あんたは事態がこんな展開を迎えたことで腹立ちがおさまらないんだろうし、それはおれにも伝わってる。でも、あんたはこの子たちがどれだけ腹を立てているかに気づいてない。この子たちは核爆弾の爆心地にいたんだぞ」

　スミスは自分の車に近づいてドアをあけた。それからルークに指をつきつけて、「きみは自分が信じたいことを信じているだけだ」といった。「われわれみんながそうだね、ミスター・エリス。いずれきみにもわかる日が来る。なんとも悲しいことにね」

スミスは車で走り去った。後輪が巻きあげた土埃がうねりながらティムたちのほうへ流れてきて……そこですっと向きを変えて離れていった。だれも感じとれない風が吹きつけてきたかのように。

ルークは、たとえジョージでもいま以上に巧みにはこなせなかったはずだと思いながら微笑んでいた。

「もっと巧みにこなして、あんな男を始末しちまえばよかったのかも」アニーが当たり前のような口調でいった。「菜園のいちばん奥には、人ひとり埋められる場所がいくらでもあるんだし」

ルークはため息をついて、頭を左右にふった。「まだまだほかにもいるんだよ。いまの男は交渉の窓口役にすぎないね」

「それにさ」カリーシャがいった。「そんな真似したら、わたしたちがあいつらみたいになっちゃう」

「それはそうだけど」ニックがいった。その先をニックはつづけなかったが、たとえ他人の心が読めなくても、ティムにはこの少年の思いの先が読みとれた。《やっていれば、胸のすく思いだっただろうね》

2

ティムはウェンディが夕食の時間までにはコロンビアから帰ってくるだろうと思っていた。しかしウェンディから電話で、コロンビアで一泊するほかなくなったと告げられた。なんでもフェアリー郡の法執行機関の将来にまつわる会議がまた一件、あしたの午前中に開催されることになったらしい。

「あきれたな。これじゃいつまでもおわらないんじゃないか？」ティムはたずねた。

「これが最後の会議になるはず。ただでさえ、ややこしい話なのよ。そこへもってきて、お役所仕事のせいでなにもかもこんがらがっちゃって。で、そっちは万事順調？」

「ああ、順調だよ」ティムはそう答え、この言葉が嘘でないことを願った。

それからティムは夕食のために、大鍋でスパゲティを茹でた。ルークがそこにボロネーズソースをくわえた。カリーシャとニックはふたりで力をあわせてサラダをつくった。アニーはふらりと姿を消していたが、これはいつものことだった。

　みんなよく食べた。おしゃべりも盛りあがり、だれもがたくさん笑った。そのあとティムが冷蔵庫から〈ペパリッジファーム〉のケーキをとりだし、喜歌劇《コミックオペラ》に出てくるウェイターよろしく高々とかかげてテーブルに引き返すと、カリーシャが涙を流していた。ニックとルークのふたりがカリーシャの肩に腕をまわしていたが、なぐさめの言葉は口から出されていなかった（すくなくともティムにきこえる言葉では）。ふたりの少年は、考えをめぐらせる内省的な顔つきを見せていた。カリーシャに寄り添いながら、完璧には寄り添っていないのかもしれない——どちらも、それぞれの心配ごとに深く沈んでいるのかもしれなかった。

　ティムはケーキをテーブルに置いた。「どうしたんだい、K？　ふたりにはわかっているみたいだけど、おれにはわからない。だから不肖の兄を導いてくれ」

「もしあの男のいったことが正しかったら？　あの男が正しくて、ルークがまちがっていたら？　世界を守るはずのわたしたちがいなくなったことが理由で、この世界が三年後に破滅したら……いえ、三カ月後に破滅するとしたらどうする？」

「ぼくはまちがえてない」ルークはいった。「あいつらのところにも数学者はいる。でも、ぼくのほうが優秀だ。ありのままを話してるんだから、自慢でもなんでもない。だいたい、あいつはぼくのことをなんていってた？　魔法じみた考えごとだとかなんとか。それこそ、あいつらにいえることじゃないか。あいつらは、自分たちがまちがっているという考えに耐えられないんだよ」

「本気でいってないくせに。あんたの頭のなかに、そういう声がきこえるよ、ルーキー。本気で信じてるわけじゃないって！」

　ルークはこの言葉を否定せず、自分の皿に目を落としているだけだった。

　カリーシャは顔をあげてティムに目をむけた。「もしあの連中が一回だけでも正しかったら？　そうなれば、すべてわたしたちのせいになっちゃう！」

　ティムは口ごもった。これから自分が口にする発言が目の前の少女の一生に大きく影響するかもしれないとは考えたくないし、そんな責任を引き受けるのはごめんだが、すでにその責任を引き受けているとも思った。ふたりの少年も話をきいている。話をきいて、待っている。ティムには超能力はなかったが、それでもひとつだけもっている力がある。成人だということだ。大人だ。彼らは大人であるティムの口から、ベッドの下には怪物などいないという言葉をききたがっていた。

「きみのせいになんかならない。きみたちのだれのせいにもならない。あの男はきみたちに黙っていろと警告しにきたんじゃない――きみたちの人生に毒を盛るためにきたんだ。あの男の目論見どおりにさせるなよ、カリーシャ。きみたちのだれひとり、あんな男の思いどおりになるな。種族としてのおれたち人間には、ほかの種族にまさるようにつくられた長所がひとつある。そして、きみたち子供はそれをやり遂げた」

ティムは両手を伸ばして、カリーシャの頬から涙を拭った。

「そう、きみたちは生き延びた。愛と機転をフル活用して生き延びたんだ。さあ、ケーキを食べよう」

3

金曜日になり、ニックが旅立つ番になった。

ティムとウェンディはルークといっしょに立って、腕を組んだニックとカリーシャがドライブウェイをくだっていく姿を見つめていた。このあとウェンディがジョージア州ブランズウィックのバスターミナルまで車でニックを送っていくことになっていたが、上に立っている三人ともわかっていた――ふたりにはわずかでも、ふたりで過ごす時間が必要であり、それがふたりの当然の権利だと。さよならをいうための時間が。

「よし、じゃおさらいしておこうか」一時間前、昼食のあとでティムはそう切りだした。ちなみにニックもカリーシャも食事があまり進んでいなかった。ルークとカリーシャがあまり多くない食器のあと片づけをするあいだ、ティムとニックは裏口のポーチに出ていた。

「いいよ、そんなの」ニックはいった。「全部頭にはいってる。ほんとだよ」

「それでも念のためだ」ティムはいった。「大事なことだからね。ブランズウィックからシカゴに行く。いいね？」

「うん。シカゴ行きのバスは今夜の七時十五分出発だ」

「バスの車内ではだれに話しかける？」

「だれにも。人の注意を引くのは禁止」

「シカゴに着いたら？」

「ネイビーピアからフレッドおじさんに電話をかける。なぜなら、誘拐犯たちにそこで解放されたから。ジョージとヘレンも、おなじところで犯人たちから解放されてる」

「ただし、きみはそんなことを知らない」

「そう、知らない」

「ジョージやヘレンのことは知ってる？」

「名前をきいたこともない」

「では、だれに誘拐されたかは知ってる？」

「知らない」

「犯人たちの目当ては？」

「知らない。謎なんだ。犯人たちはおれを虐待しなかったし、あれこれ質問することもなかったし、ほかの子供たちの声はきこえなかったし、とにかくなんにも知らない。警察に質問されても、これ以上のことは口にしない」

「よし、いいぞ」

「そのうち警官たちもあきらめて、おれはネヴァダ州へ行き、そこでおばさんやおじさん、それにボビーといっしょにずっと幸せに暮らしましたとさ」ボビーはニックの弟で、ニックが誘拐された夜にはたまたま友だちの家に泊まっていた。

「じゃ、両親が殺されたことを知ったのはいつ？」

「おれはまったく知らなかった。大丈夫、ちゃんと泣いてみせるから心配しないで。そんなむずかしいことじゃない。それに嘘泣きじゃないし。そこはまかせてくれよ。話はおしまい？」

「あともう少し。とりあえず、その握り拳にこめた力をちょっと抜いたらどうかな？　両腕の先についてる拳と、きみの頭のなかの握り拳の両方だよ。〝ずっと幸せに暮らしました〟の部分を本当にしてやれ」

「そう簡単じゃないよ、ったく」ニックの目は涙で濡れ光っていた。「そんなに簡単にできるかっていうんだ」

「わかるよ」ティムはいい、思いきってハグをした。

最初ニックは黙って受け身のままティムにハグされていたが、やがて抱きかえしてきた。それも強い力で。これは出発点だとティムは思った。この少年なら、たとえ警察にどれだけ多くの質問を投げかけられ、たとえ警察からきみの話は筋が通らないと何度いわれようとも大丈夫だろう。

余計な話をつけくわえてしまうという点でティムが心配だったのは、ジョージ・アイルズだった。あの少年は昔ながらのおしゃべり屋で、話に枝葉をつけることが習い性になっていた。しかしティムは、自分のいいたいことが最後にはジョージにしっかり伝わったと思った――というか、伝わったことを願っていた。つまり、きみが知らないということがきみの身を守る。きみがつけくわえた話がきみの足をすくう。

そしていまニックとカリーシャは、ドライブウェイ入口に立つ郵便うけの横でハグをかわしていた。ミスター・スミスがあの舌足らずな口調で責任をいいたて、ただ生き延びようとしただけの子供たちに罪の意識を植えつけようとした場所で。

「あいつ、本気でカリーシャのことを愛してる」ルークはいった。

そうだね――ティムは思った――そしてきみもおなじだ。

しかし、恋人たちの三角関係で気がつくと仲間はずれになった男はルークが初めてではないし、最後にもならないだろう。ただし、恋人たちという表現は妥当だろうか。ルークは聡明だが、同時にまだ十二歳。カリーシャへの感情もひとときの発熱のようなもので、いずれはおさまるはずだ――ただし、それをいま本人に告げても意味はない。それでも記憶は残る。ティムが十二歳のときに首ったけになった女の子をいまでも忘れていないように（ちなみに相手の少女は十六歳で、ティムにはふたりの年の差が距離にして何光年にも思えていた）。おなじようにカリーシャも、決して引きさがらずに戦ったハンサムなニックのことを忘れないだろう。

「あの子もきみを愛してるよ」ウェンディが静かな声でいい、よく日に焼けたルークのうなじを軽くつかんだ。

「でも、愛の種類がちがう」ルークはむっつりといったが、すぐに笑顔を見せた。「どうだっていいよ、それでも人生はつづくんだ」

「そろそろ車に行ったほうがいいな」ティムがウェンディにいった。「バスは待ってくれないぞ」

ウェンディは車に乗りこんだ。ルークもドライブウェイの下まで同乗させてもらい、カリーシャのそばに立った。車が発進して離れていくあいだ、ふたりは手をふった。ニックの手が窓から突きでてきて、ひらひら動いた。ついで、その手が見えなくなった。ニックのジーンズの右前ポケット――バスターミナルをうろつくすりたちがいちばん手を出しにくいポイント――には、現金とテレホンカードがはいっていた。そして靴のなかに、一本の鍵があった。

ルークとカリーシャはならんでドライブウェイの坂道をあがっていった。半分あがったところで、カリーシャが顔を両手に埋めて泣きはじめた。ティムは坂道をおりかけたが、考えなおして足をとめた。これはルークの仕事だ。そしてルークは両腕をカリーシャの体にまわすことで、仕事をやりぬいた。カリーシャのほうが背が高かったので、カリーシャはルークの肩ではなく、頭の上に頭を載せることになった。

ティムの耳にハム音がきこえた――といっても、いまは低いささやき声にすぎなかった。ふたりはなにか話していた。ふたりの話の中身はきこえなかったが、それでかまわなかった。ふたりの会話はふたりだけのものだった。

4

それから二週間たって、今度はカリーシャが出発する番になった。むかう先はブランズウィックではなく、このサウスカロライナ州のグリーンヴィルのバスターミナルだった。翌日の遅い時間にシカゴに到着したら、有名な観光地のネイビーピアからヒューストンの妹に電話をかける予定。ウェンディはカリーシャに、ビーズ細工がほどこされた小さなハンドバッグをプレゼントした。中身は現金七十ドルとテレホンカード。片方のスニーカーには、ニックがもっていたのとおなじ鍵が忍ばせてある。現金とテレホンカードは盗まれるかもしれないが、これなら鍵が盗まれる心配はない。

カリーシャは力いっぱいティムを抱きしめた。「これじゃ、してもらったことへの感謝にはとても足りないのもわかってる。でも、わたしにはこれしかできないから」

「充分だよ」

「あとは、わたしたちのせいで世界が滅ぶとか、そんなことがなければいいのに」

「これを話すのも最後にするけどね、シャー——もしどこかでだれかが大きな赤いボタンを押したとしても、それはきみではないよ」

カリーシャは疲れた笑みをのぞかせた。「最後の瞬間にみんなでいっしょになったあのとき、わたしたちの手のなかには〝すべての大きな赤いボタンをおわらせる大きな赤いボタン〟があった。で、そのボタンを押すのは最高の気分だった。それがずっと頭にとり憑いて離れないの。どんなに気分がよかったかが」

「でも、それはもうおわったことだぞ」

「うん。なにもかも過ぎたことになって、すごくほっとしてる。だれであっても、あんな力を手にしちゃいけない——子供だったらなおさら」

大きな赤いボタンを押せる立場にある人間のうち何人かは——肉体はともかく精神の面では——まぎれもない子供だ、とティムは思ったが、口に出すのは控えた。いまカリーシャは未知の未来、なにも定まっていない未来にむきあっている。だから、いま以上に怖がらせてはいけない。

カリーシャはルークにむきなおって、もらったばかりのハンドバッグのなかに手をいれた。「あんたにあげたいものがあるんだ。〈研究所〉から逃げてきたときポケットにしまいこんでて、それっきりずっと忘れてた。で、それをあんたにもっていてほしくて」

そういってカリーシャからわたされたのは、潰れて皺くちゃになったタバコの箱だった。箱の表側には投げ縄をくるくるとまわしているカウボーイのイラスト。その上に**《ラウンドアップ・キャンディ・シガレット》**と商品名が書いてある。カウボーイの下には、**《父さんみたいに一服しよう！》**とあった。

「もうちょっとしか残ってない」カリーシャはいった。「潰れてるし、味も変わっちゃったかも。でも——」

ルークは泣きはじめた。今回、肩に腕をまわして慰めるのはカリーシャの役目だった。

「やめて、ハニー」カリーシャはいった。「泣かないで。お願いだから。それとも、わたしに胸が張り裂けそうな思いをさせたいの？」

5

カリーシャとウェンディがいなくなると、ティムはルークにチェスをしたくないかとたずねた。ルークは頭を左右にふった。「しばらくのあいだ裏庭に出て、あの大きな木の下にすわっていようと思ってます。なんだか自分の中身が空っぽになった気分です。こんなに空っぽに感じられたのは初めてで」

ティムはうなずいた。「中身はまたしっかりもどってくる。おれを信じろ」

「ええ、信じるほかないみたいです。それで……いずれだれかがあの鍵をつかう必要に迫られると思いますか？」

「いや」

子供たちがもたされたのは、メイン州南東部のチャールストンにある某銀行の貸金庫の鍵だった。金庫には、モーリーン・アルヴォースンがルークに託した品が保管されていた。もしカトーバヒル農場から旅立った子供たちのだれかの身に——あるいはルークやウェンディやティムの身に——なにかが起これば、彼らのひとりがチャールストンへ行って貸金庫をあける手はずになっていた。〈研究所〉で培われた絆が残っていれば、残る全員があつまってもおかしくなかった。

「USBメモリの中身を本物だと信じてくれる人はいるでしょうか？」

「アニーならぜったいに信じるね」ティムは微笑みながらいった。「あの人は幽霊もUFOも、それこそ魂の入れ替わりでもなんでも信じてるんだから」

ルークは笑顔を返さなかった。「ええ、たしかに。でもアニーはちょっと……その……頭がふわふわしてるところがあるから。前よりはずいぶんよくなりましたよね。ミスター・デントンとよく会うようになってからは」

ティムは思わず眉毛を吊りあげた。「ドラマーと？　もしかして、アニーとドラマーは……彼氏と彼女の間柄になってる、という意味の話かな？」

「ええ、そう思います。年を重ねた大人同士の交際でも、やっぱりそういう表現ができるならの話ですけど」

「アニーの心を読んでわかったのか？」

ルークは淡く微笑んだ。「いいえ。ぼくの力は、ピザのアルミ皿を動かしたり本のページをめくったりするのが限界にもどっちゃいました。ふたりのことはアニーが教えてくれたんです」ルークはちょっと考えこむ顔を見せた。「あなたに話しても問題にはならないと思います。別にアニーから秘密を守る誓いを立てろとか、そういうことはいわれてないので」

「いやはや、たまげた。それからUSBメモリについていえば……そうだ、セーターのほつれた一本の毛糸を引っぱっていけば、一着丸々ほどいてしまえるって知ってるだろう？　あの映像はその一本の毛糸のようなものだと思う。あそこに映っている子供たちの顔に見覚えのある人もいるはずだ。大部分の子供たちに、そういう人がいるだろうね。そうなれば正式な捜査も開始される。そうなってみろ、あの舌足らず男の組織は計画の再スタートを願ってるようだが、そんな思いも窓から外へ吹き飛ばされるね」

「どっちにしても、計画の再スタートなんて無理だと思いますよ。あの男はできると思っているかもしれない。でも、それこそ魔法じみた考えです。世界は一九五〇年代当時から大きく変わりました。いいですか、これからぼくは……」そういってルークは、大雑把に母屋とその裏の菜園のほうをさし示した。

「ああ。いいとも。行っておいで」

ルークは歩きはじめた——正確にいえば歩いていたというより、うつむいたまま足を引きずっていた、というほうが正しかった。

ティムはルークをそのまま行かせかけ……考えなおして少年に追いつくと、その肩をつかんだ。ルークがふりむくと、ティムはすかさずその体をハグした。ニックのこともハグしたし、子供たち全員をハグしてきた——それこそ悪夢で目を覚ましたあとの彼らをハグしたこともある。しかし、きょうのこのハグにはもっと大きな意味があった。このハグは、少なくともティムにとっては世界そのものを意味していた。ルークに、きみは勇敢な少年だ、もしかしたら少年むけの冒険物語以外の世界でいちばん勇敢な男の子かもしれないといってやりたかった。ルークに、きみは意志の力が強くて礼儀正しい男の子で、ご家族が生きていればさぞや誇りに思っただろうといってやりたかった。ルークに、きみのことを愛しているといってやりたかった。しかし、そんな言葉は出なかったし、そもそも言葉は必要ではなかったかもしれない。あるいはテレパシーも。

ときにはハグがテレパシーになることもある。

6

母屋の裏手、ポーチと菜園のあいだに立派なパインオークの古木がそびえていた。そしてルーク・エリス——かつてはミネソタ州ミネアポリスの住民であり、かつてはハーブとアイリーンのエリス夫妻に愛されていた息子であり、かつてはモーリーン・アルヴォースンとカリーシャ・ベンスン、ニック・ウィルホルムとジョージ・アイルズの友人だった少年——は、その大樹の下に腰をおろした。ついで胸もとに引き寄せた両膝に左右の前腕をあずけ、ウェンディ巡査がいうところの〝ローラーコースター丘陵〟のほうに視線をなげた。

そうだ、ぼくはかつてエイヴァリーの友人でもあった、とルークは思った。エイヴァリーは自分たちをあそこから外へ出した本当の功労者だ。もしヒーローがいるなら、それはぼくなんかじゃない。エイヴァスターだ。

ルークはポケットから、くしゃくしゃになったキャンディ・シガレットの箱をとりだすと、中身の一本を抜きだした。初対面のときのカリーシャが、このシガレットを一本くわえて床にすわっていたその姿が思い出されてきた。

《一本どう？》カリーシャはそうたずねてきた。《ちょっとばかり糖分を体に入れると頭の働きに効き目があるかも。わたしの場合にはいつも効くんだ》

「きみはどう思う、エイヴァスター？　ぼくの頭の働きにも効いてくれるかな？」

ルークはキャンディをばりばりと嚙み砕いた。たしかに効き目があったが、その理由は見当もつかなかった——ただ、科学的な理由でないことは確かだった。箱をのぞきこむと、まだ二、三本は残っていた。その気になればいま食べつくすこともできるが、それは先の機会にまわしたほうがいい。
のちのちのために、少しはとっておいたほうがいい。

二〇一八年九月二十三日

著者あとがき

忠実なる愛読者諸氏、みなさんのお許しをいただければ、ここでラス・ドーアのことを少しお話ししたい。

初めてラス・ドーアと会ったのはいまから四十年以上も前――四十年よりもずっとずっと前――で、場所はメイン州ブリッジトン。ラスはそこで、医師が三人いる病院でただひとりの医師助手をつとめていた。そこでラスは、胃腸をやられる風邪から耳の感染症にいたるまで、わが家族がかかった軽い病気のほぼすべてを診察してくれた。熱が出たときに決まって口から出る警句は、特効薬は透明な液体だというもの――〝ただのジンとウォッカ〟だった。ラスから生業をきかれたわたしは、長篇や短篇などの小説を書いていて、その大半は超常現象や吸血鬼や、そのほかいろいろなモンスターをとりあわせたぞっとするような作品だ、と答えた。

「申しわけない、わたしはそういった本を読まないんですよ」ラスはいった。当時のわたしたちのどちらもが知らなかったことだが、やがてラスはわたしが執筆したものすべてに目を通すようになった。通常は原稿段階だったが、執筆中のあれこれの作品に目を通すことも珍しくなくなった。妻だけは例外だが、ラスはわたしの作品がきちんと服装をととのえ、クローズアップにも耐える姿になる前に目を通す、ただひとりの人間だった。

そのうちわたしはラスに質問をするようになった。最初は医学に関する質問だった。たとえばインフルエンザのウイルスが年ごとに変化し、そのため新しいワクチンができてもすぐに流行遅れになることを教えてくれたのはラスだ（ちなみにこれは『ザ・スタンド』のためだった）。昏睡をつづける患者の筋力低下を防ぐための運動療法のリストも提供してくれた（これは『デッド・ゾーン』のため）。さらに、動物がどのようにして狂犬病に罹患するのか、この病気がどのように進行するのかを辛抱強く説明してくれた（これは『クージョ』のため）。

ラスへの依頼は次第に範囲を広げていき、やがて医療現場をしりぞいたラスはわたしのもとでフルタイムの調査助手として働きはじめた。本当にラスがいなかったら書きあげられなかった作品といえる『11／22／63』の取材では、いっしょにテキサス教科書倉庫を訪れた。わたしが場の空気すべてを感じとろうとしているあいだ（同時に幽霊をさがして……幽霊を見つけていたあいだ）、ラスは写真を撮影し、あちこちの寸法を計測していた。リー・ハーヴェイ・オズワルドが逮捕された映画館〈テキサス・シアター〉を訪れたとき、暗殺当日の上映作品を質問したのもラスだった（〈愛欲と戦場〉と〈第八高地突撃隊〉の二本だてだった）。

『アンダー・ザ・ドーム』のときは、わたしが構築を試みていた閉鎖環境のマイクロ・エコシステムについて、情報の断片を山ほどあつめてくれた。それこそ、発電機の性能の限界から食料の備蓄が尽きる日数にいたるまでの情報だったが、なかでもラスがもっとも誇らしげに答えを提示してきたのは、わたしが登場人物に約五分間分の空気を供給する方法――スキューバダイビングの酸素タンクのようなもの――をたずねたときだった。これは作品のクライマックスのシーンで必要だったが、わたしの筆はそこで立ち往生していたのだ。ラスもおなじだったが、ある日渋滞した道路につかまったラスは周囲をぐるりと囲む車を見まわした。

「タイヤだよ」ラスはわたしにそういった。「タイヤには空気が詰まってる。黴くさいだろうし、味もひどいものだと思う。でも呼吸することはできるぞ」

そう、そんな次第で、わが読者諸氏よ、タイヤが答えになった。

いまあなたが読みおわったばかりのこの作品でも、新生児への脳由来神経栄養因子《ＢＤＮＦ》検査から（そう、これは事実。ただし若干の脚色をほどこした）、ありふれた家事用品で毒ガスをつくる方法（ゆめゆめ自宅で試作することなかれ、よい子の諸君）まで、いたるところにラスの指紋が残っている。ラスは作品のすべての文章と事実を綿密に診察し、わたしが一貫して目標にしている境地――〝ありえざるものを信じられるものにつくりかえる〟境地――にたどりつくのを手助けしてくれた。ラスは大男でブロンド、肩幅は広く、ジョークとビール、そして七月四日の独立記念日にペットボトルのロケットを飛ばすことを愛している男だった。またふたりのすばらしい娘さんを育てあげ、長きにわたる闘病を強いられた奥方を最期まで看取った。わたしとラスは仕事をともにしたが、同時に友人でもあった。気心の知れた友人同士だった。口論をしたことは一度もない。

そのラスは二〇一八年の秋、腎臓疾患で世を去った。その死が痛ましく思えてならない。そう思うのは、お察しのとおり、なにかで情報が必要になったときだが（最近ではエレベーターと初代ｉＰｈｏｎｅにまつわる情報だった）、もうラスがいないことを忘れて、うっかり「そうだ、ラスに電話を入れるかメールを送るかして、どんな具合かたずねておこう」と思うことのほうがずっと多い。本書はわたしの孫たちに捧げられているが――かなりの部分が子供たちについての話だからだ――いざ印刷にまわそうというときに頭に浮かんだのはラスのことだ。旧友をただ見おくるしかないのはひどくこたえる。

きみがいなくなって寂しいよ、相棒。

この文章をしめくくる前に、なじみの面々への感謝を述べておくのが筋だろう。わがエージェントのチャック・ヴェリル。翻訳権の担当で、十あまりの言語で「この声がきこえますか？」をどういうのかを調べてくれたクリス・ロッツ。映像化権（近ごろはこれがかなり増えている）を担当しているランド・ホルステン。スクリブナー社の宣伝広報担当のケイティー・モナハン。そして、可動部分がたくさんあって、複数のタイムラインが並行して描かれ、登場人物が何十人にもなる本書の編集を担当したナン・グレアムには特大の感謝を。ナンのおかげで、本書はよりよい作品になった。さらに、電話の応対や各種のスケジュール決めをおこなうことで、わたしに毎日の執筆のための貴重な時間をつくってくれているマーシャ・ディフィリッポとジュリー・ユーグリー、バーバラ・マッキンタイアの三人にも感謝している。

最後になったが決して最小ではない感謝を、わが子供たち──ネイオミ、ジョー、そしてオーウェン──と、わが妻に捧げたい。ジョージ・R・R・マーティンの言葉を拝借させてもらえば、妻はわたしの太陽であり星々だ。

二〇一九年二月十七日

訳者あとがき

スティーヴン・キングが二〇一九年に発表した長篇 *The Institute* の翻訳、『異能機関』をお届けします。いま書店の店頭で本書を手にとられた方は、藤田新策さんの装画をながめながら、世界最高峰のストーリーテラーであるスティーヴン・キングが今回はどのような趣向で胸躍る作品を届けてくれたのだろうかと期待に胸をふくらませていることでしょう。その期待は裏切られません。それではさっそく、お話のご紹介を――。

本書の主人公は十二歳のルーク。ミネソタ州ミネアポリスの住宅街に、情愛あふれる両親とともに暮らしている明朗快活な少年です。しかし、隣家のおない年の友だちと無邪気にふざけあうことがあるとはいえ、ルークを〝どこにでもいる普通の少年〟と形容することはできません。というのも、ルークは学業成績がずばぬけて傑出した優秀な学童をあつめている学校に通っているばかりか、その学校でも類を見ないほどの天才児だったのです。ルークはみずからの優秀な頭脳をさらに活用するべく、飛び級制度をつかって全米でも最難関の大学二校に同時入学することを希望しています。

そしてルークにはもうひとつ秘密がありました。ときおり、身のまわりの軽い品――たとえばピザが載っていたアルミ皿――が、風もなく地震でもないのに小刻みに揺れ動くようなことがあるのです。

しかし、大学進学適性試験もなんなくこなしつつ平和に過ごしていたルークの暮らしは、ある夜を境に一変します。天地が逆転したともいえるでしょう。人々が寝静まった深夜、一台の黒いＳＵＶが静まりかえった住宅街にやってきました。そして車から降り立った面々はてきぱきとルークの家に侵入、無慈悲に両親を殺害したのち、目覚めかけたルークを薬剤で眠らせてまんまと拉致したのです。

やがて目覚めたルークは困惑します。目覚めた先は、かぎりなくミネアポリスの自室に似ていながら、細部を確認すると自分の部屋ではなかったからです。しかもおそるおそるドアから外に出ると、そこは見たこともない殺風景な廊下でした。おまけに廊下では、十代の少女がタバコらしきものを手にしているではありませんか！　ほどなくわかるのですが、ここにはルークとおなじように自宅から拉致されてきた少年少女が厳格な監視のもとで幽閉され、種々の苦痛をともなう検査を受けながら暮らしていました。そんな子供たちに共通するのは、なんらかの超能力を保持しているということ。この〈研究所〉とのみ呼ばれている施設の狙いを解く鍵はそこにあるようです。

メイン州の山林の奥深くに人知れずたたずむ〈研究所〉の陰惨きわまる実態が次第に明らかになり、自分たちを待つ苛酷な未来をかいま見るにつけ、天才少年ルークは狡猾な監視の目の裏をかいて逃げだすべく知力のかぎりをふりしぼることになるのです……。

……と、これまでの紹介を読んでから本書のページをひらいた方は、いささか戸惑われるかもしれません。主人公のルーク少年、ぜんぜん出てこないじゃないか！　そしてその代わりに語られているのは、ティムという四十代の元警官がフロリダ州から新天地を目指して旅立ち、やがてサウスカロライナ州の田舎町にたどりついて新たな人生をはじめるという物語だからです。スモールタウンとそこに暮らす市井の人々を絶妙なエピソードで描きだす巨匠キングの筆さばきには感歎させられるものの……ええと、超能力少年少女の血沸き肉躍るお話はどこへ行った？　と思う方もおられるでしょう。ご安心ください。ふたつのストーリーラインはやがて絶妙に交差してからみあい、物語を空前絶後のクライマックスにむけて急加速させていくのです。その鍵となるのは、本文中で二回くりかえされる《大きな出来事でも、動きの軸になるのは小さな蝶番だ》という文句です。どういうことなのか、それはみなさんでお確かめください。

訳者が本書を訳しながら連想したのは、まず過去にキングが超能力をテーマに書きあげた『シャイニング』や『デッド・ゾーン』『ファイアスターター』といった往年の傑作長篇の数々でした。しかし、それ以上に強く連想されたのは、近年の映画化で新しい読者を得た畢生の大作『ＩＴ』です。力をあわせて危機に立ちむかう少年少女の群像劇を描きだすときのキングの筆は、いつにも増して生彩豊かです。訳出中は、当然ながら先の展開も頭にはいっているのに、いつしかルークとその仲間たちに声援を送っていたこともしばしばでした。

また知人から推薦されたネットフリックス・オリジナルのドラマ〈ストレンジャー・シングス　未知の世界〉が、ゲラ校正中のまたとない息抜きになったこともいい添えておきます。キングの作品世界に影響されたとおぼしきこの四シーズンにわたるドラマには、私見ながら本書『異能機関』と〝共鳴〟する部分が多いように思われました。

本書の刊行と同時に、電子書籍で短篇「ローリー」が配信されます。もともとは二〇一八年に公式サイトに掲載された作品で、日本では本書のパブリシティ素材として無料配信されることになりました。長年連れ添った妻に先立たれて空虚な引退生活を送っていた男性が、ちょっとしたきっかけで犬を飼うことになり……という物語です。近年、短篇でもますます評価の高まっているキングの美点が発揮された佳品を、ぜひお楽しみください。

本書ののちもキングは精力的に執筆、二〇二一年には短めの長篇 *Later* と本書と同程度のボリュームがある *Billy Summers* の二冊を発表しました。

『ジョイランド』と同様に〈ハードケイス・クライム〉叢書の一冊として刊行された前者の舞台はニューヨーク。主人公は死者の姿を見ることができるばかりか、彼らが語る真実の話をきくこともできる能力をそなえた少年です。少年とひとりの女性警官、そして著作権エージェントである少年の母親を主要人物に緊迫感のある物語にしあがっています。

後者は、題名になっている凄腕スナイパーの殺し屋が引退前におこなう〝最後のひと仕事〟のてんまつを描いたクライムノヴェル……と見せかけて、ひと筋縄でいかないのがキングのキングらしいところ。主人公ビリーは〝殺ししか能のない男〟に見えますが、これはサバイバルのための演技、本当はエミール・ゾラをはじめ文学に造詣の深いインテリです。この〝最後のひと仕事〟の待機期間中、ビリーは周囲に溶けこむために〝デビュー作刊行を目前にした作家〟という設定で暮らすことになります。この設定にかねてから胸中に秘めていた執筆欲が刺戟され、ビリーは自伝的な小説を書きはじめたのですが……という意想外のベクトルで動きだした物語は、その先もますますオフビートな展開になっていきます。

二〇二二年には、ファンタジー大作 *Fairy Tale* が発表されました。主人公チャーリーはティーンエイジャーの少年。かねてから交遊があった孤老がその死にあたってチャーリーに託したのは、広壮な屋敷の敷地内にある小屋のなかに異世界への扉があるという秘密でした。その異世界には寿命を延ばすことができる日時計があるというのです。しかし、その異世界は邪悪な勢力によって侵略されており、チャーリーはその戦いに巻きこまれていくのでした。

また今年（二〇二三年）九月には、長篇 *Holly* の刊行が予告されています。題名からも想像がつくとおり、『ミスター・メルセデス』にはじまる〈ビル・ホッジズ三部作〉で忘れえぬ存在感を発揮し、そのあとも中篇集 *If It Bleeds*（二〇二〇）収録の表題作などにも登場したホリー・ギブニーを主人公とする長篇です。ホリーが〈ファインダーズ・キーパーズ探偵社〉の一員として、失踪した娘の行方をさがしてほしいという依頼人の頼みに応じるところからはじまる物語とのことで、期待は高まります。

来たる二〇二四年は、キングが長篇『キャリー』を発表してから五十周年にあたります。半世紀もの長きにわたって全世界の読書界の第一線に立ちつづけ、活字のみならず幾多の映像化作品でも数えきれないほどの人々を楽しませてきたこの巨匠の今後のますますの健筆を祈らずにはいられません。

本書の翻訳にあたってはたくさんの方のお知恵を拝借したほか、文藝春秋翻訳出版部の永嶋俊一郎氏と髙橋夏樹氏には特段に多くの点で助けられました。末筆ではありますが、ここに記してみなさまに感謝いたします。

白石朗

異《い》能《のう》機《き》関《かん》 下

二〇二三年六月三十日 第一刷
著 者 スティーヴン・キング
訳 者 白石朗《しらいしろう》
発行者 大沼貴之
発行所 株式会社文藝春秋
〒102―8008 東京都千代田区紀尾井町三―二三
電話 〇三―三二六五―一二一一
印刷所 凸版印刷
製本所 加藤製本
万一、落丁乱丁があれば送料当方負担でお取替え
いたします。小社製作部宛お送りください。
定価はカバーに表示してあります。
ISBN978-4-16-391718-4